KB218390

장편소설

세번의 거짓 네번째 약속

초판 발행 2023년 8월 1일

지은이 | RYUKANG
발행인 | 신태식
디자인 | RYUKANG
표지 그림 | RYUKANG
교정 | 도서출판 길위에서 교정팀

발행처 | 도서출판 길위에서
출판신고 | 제 2023-000074호
주소 | 경기도 용인시 기흥구 동백중앙로 191, 8층 에이치 807호
전자우편 | writer.ryukang@gmail.com / ontheroadpublish@gmail.com

ISBN 979-11-983885-0-6

세번의 거짓

거짓

네번째
약속

아침부터 온 비가 저녁까지 이어졌다. 밤이 되며 잦아들었지만, 여전히 우산이 필요한 비였다. 9시가 넘었다. 마음속 아카시아 잎을 뜯었다.

[할 수 있을까? 해도 되는 걸까? 꼭 해야만 하나? 해야 할 것 같아. 해 보자. 해야 해. 하자. 오늘은 비도 오니 택시 잡기가 더 어려울 거야. 일단 나가자.]

중간 문을 열고 밖으로 나섰다. 후드득후드득 빗방울 떨어지는 소리가 마음을 적당히 산란시켰다. 거친 시멘트 계단이 대리석처럼 반질거렸다. 내려서는 걸음마다 실리콘 코팅처럼 얇고 투명하게 고인 빗물이 찰싹였다.

경동시장 근처 한옥, 밤톨만 한 문간방 2개에서 시작한 유목민 같은 생활이 행당동에서 공릉동으로, 광명시로 그리고 10년 만에 신림동까지 이어졌다. 신림동은 개천가를 따라 빠듯한 삶을 담기에 적당한 집들이 다닥다닥 붙어있는 동네였다. 관악산이 주위를 둘렀지만, 사람이 모여 사는 곳엔 나무라야 대로변 가로수뿐인 메마른 동네였다.

두 가구가 살게 지어진 허름한 이층집이었다. 봉천동으로 넘어가는 고갯길 초입 도로변에 자리한 집은 가난한 집답게 창문이 작고 적었다. 거의 언제나 열려있는 녹슨 철제 대문으로 들어서면 오른쪽으로 아래층 마당이, 왼쪽으로 위층으로 올라가는 시멘트 계단이 보였다. 마당은 나무도 작은 구석 화단도 없었다. 벽과 시멘트 바닥이 만나는 모서리 틈새 사이에서 잡초 풀포기 몇 개만 겨우 자라는 집이었다.

아래층은 평범한 살림집이라야 맞았지만, 세탁공장으로 부르는 게 더 옳았다. 종종 계단을 내려가며 널려있는 빨래 사이로 스치듯 아래층 부부를 마주쳤다. 40대 중반 나이의 남편은 동그란 얼굴에 체구가 작았고 남편과 비슷한 키에 힘이 더 세 보이는 아내는 얼굴이 크고 각이 져 강인해 보였다. 하나뿐인 중학생 딸은 평범했다.

부부의 얼굴에는 공통점이 있었다. 집과 분리되지 않은 일터에서 하루 24시간 떨어지지 못하는 부부의 얼굴은 진한 락스 물에 오래 담겨 흰색마저 탈색된 낡은 광목천 같았다. 표정이 없었다. 일터에 어울리는 표정만 가능한 인조인간 같았다. 부부는 언제나 바지런히 움직였다. 키보다 높이 걸린 빨랫줄들에 빨래를 널기 위해 머리가 뒤로 젖혀진 채 팔을 하늘로 올리기를 반복했다. 마당은 근처 모텔에서 나오는 수건과 침대보를 수거하고 세탁해서 가져다주는 작업의 시작과 마무리 공간이었다. 봉고차에서 빨랫감으로 배불뚝이가 된 마대를 꺼내오면 세탁기가 돌아갔고 헹굼이 끝나면 빨랫줄들의 등골이 휘었다. 시멘트로 덮인 마당 위로 등가죽이 배에 들러붙는 얇은 흰 빨래들이 줄줄이 들어찼다.

마당은 윙윙대며 휘청이는 세탁기와 탈수기 소리, 첨벙이는 물소리, 빨래가 탈탈 털리는 소리를 빼면 고요했다. 부부의 목소리를 제대로 들어 본 적이 없었다. 시선이 마주치면 고개 인사를 했지만, 이야기를 나눈 적도 없었다. 각자 정해진 일이 너무 분명해서인지 부부는 일에 필요한 대화도 하지 않았다. 결코 떨어지지 않을 것처럼 완고하게 달라붙은 입술은 한숨을 쉬거나 숨 쉴 때만 벌어졌다. 표정과 목소리가 사라진 마당은 그나마 흰색 빨래들이 가득 널려있을 때 생기가 돌았다.

이사 온 지 채 한 달도 지나지 않아 계단을 오르내리며 아래층 마당을 쳐다보는 일이 적어졌다. 모두가 벌거벗은 대중목욕탕에서 호기심이 사라지듯, 벗겨져 노동만 남은 아래층 부부의 삶에 대한 관심도 사라졌다.

버스 정류장 쪽으로 차를 몰았다. 도로를 따라 드문드문 서 있는 플라타너스 가로수 잎들이 빗물에 젖어 무겁게 가라앉아 있었다. 오렌지색 가로등 불빛까지 묵직한, 썰렁하고 쓸쓸한 밤이었다.

버스 정류장에서 50미터쯤 떨어진 도로변에 차를 세우고 사람들을 살폈다. 대여섯 명이 우산을 들고 버스가 오길 기다리고 있었다. 망설임이 커지는 망상을 접고 정류장에서 제일 멀리 떨어져 서 있는 여자 앞으로 차를 몰았다. 창문을 내렸다. 시선을 맞추는 건 자신이 있었지만, 긴장 때문인지 우산속 어둠 때문인지 여자의 시선을 찾아내지 못했다. 30대 후반으로 보이는 여자가 갑자기 앞에 선 차에 놀란 듯 뒤로 물러설 기세를 보였다.

상체를 조수석 쪽으로 기울이고 공손하게 소리쳤다.

"어디 가세요? 제가 아르바이트하는 학생인데요. 웬만한 곳은 5천 원에 태워드릴 수 있어요."

여자가 차 안을 살폈다. 잠시 머뭇거리던 여자가 고개를 옆으로 살짝 기울이다 우산을 접으며 뒷문을 열었다. 뒷자리에 앉아 빗물을 제대로 털지 못한 우산을 정리하며 여자가 말했다. 자신의 결정을 완전히 믿지 못한 듯, 끝이 흐려지는 말투였다.

"반포 고속버스터미널로 가주세요. 대학생인가 봐요. 나라시는 잘 안 타는데... 비가 오고... 버스는 안 오고... 택시도...."

고개를 돌려 여자를 바라보며 밝게 웃었다. 웃는 것 말고는 어색함을 털어낼 방법이 없었다.

"네, 대학생이에요. 제가 오늘 처음 시작했어요. 첫 손님이시네요."

제대로 시선을 마주친 여자가 말했다. 한결 마음 놓은 음색이었다.

"아... 그래요. 비도 많이 왔으니 천천히 운전해요."

새벽 도매 시장 근처가 아닌 집 근처 동네에선 처음 본 나라시차가 신기한 듯 여자가 차 안을 살폈다.

[의자 시트가 특이하네. 푸른색 아메바 패턴을 보면 커튼용인 것 같은데. 면이네. 바느질이 어설픈 걸 보면 가정용 재봉틀로 집에서 만든 것 같은데... 대학생인가? 스무살이나 됐을까? 곱게 자란 얼굴인데, 왜 이런 일을 할까? 고학생이 아니라면 해외여행 경비를 벌려고 하나?]

막상 손님을 태우고 나니 두려움이 있던 자리에 불안이 찾아왔다. 밤 운전 경험도 적었지만, 비 오는 밤 운전은 처음이었다. 모르는 사람을 태운 채, 불법의 불안을 품고 젖은 아스팔트와 타이어가 만드는 마찰 소리만 흘리며 달렸다. 조금 속도가 높았는지 국립묘지 앞을 지날 때 넓게 고인 물에 차가 살짝 미끄러졌다. 긴장으로 팽팽하게 당겨진 줄이 툭 하고 끊어지며 회초리처럼 심장을 때렸다. 뜨겁고 매운 회초리였다. 실내 후면거울로 여자를 쳐다보았다. 표정을 보니 여자도 느낀 것 같았다. 미안하다고 말하는 게 오히려 여자를 더 불안하게 만들 거란 생각이 들었다. 숨을 고르고 속도를 낮췄다. 불빛이 거울처럼 비치는 노면 위 수면을 찾기 위해 눈에도 불을 켰다.

운전만큼은 누구보다 잘한다는 자부심이 무너지며 손바닥 땀구멍이 비지땀을 쏟아냈다. 반포 도매 상가 근처에서 내릴 때까지 여자는 물끄러미 창밖만 바라보았다. 여자가 차에서 내렸고 주머니엔 오천 원이 찾아왔다.

첫 손님을 태우고 나니 자신이 붙었다. 호텔 앞까지 가서 손님을 태우기도 했고 유흥주점 근처를 돌며 손님을 찾기도 했다. 자정쯤 비가 완전히 그쳤다. 여전히 여기저기 빗물이 고인 도로가 많았다. 거리에 인적이 드물어질 때까지 꽤 많은 손님을 태웠다.

[새벽 3시네. 후우~. 그만 집으로 가자. 무사히 끝났네. 생각보다 사람들이 좋게 생각해 줘서 다행이야. 엄마가 좋아하실 거야. 그래, 애썼다.]

단단한 옥수수 알갱이 같던 두려움과 긴장이 팝콘처럼 펑펑 터지며 부풀어 올랐다. 마음이 편안한 팝콘으로 가득해졌다. 긴장이 풀려서인지 얼굴이 화끈거리고 나른해졌다. 운전석 창문을 열었다. 차가운 바람이 시원했다.

신림동 개천 변 일방통행 길에 들어섰다. 죽은 척 웅크린 차들이 길가에 나란히 빼곡했다. 모두가 잠든 동네의 적막함이 마음을 툭 툭 두드렸다. 마음이 일렁이다 쏟아질 듯 출렁거렸다.

집 옆 도롯가에 차를 세우고 돈을 셌다. 미리 준비했던 거스름돈을 제하고 나니 7만 원 정도가 더 들어있었다. 생각보다 많은 돈에 부싯돌이 번쩍번쩍 불씨를 튀겨냈다. 석유통이 바로 옆에 있었지만, 불씨는 그대로 까만 밤으로 사그라져 갔다. 하나만 닿았어도 활활 타올라야 맞았지만, 불은 붙지 않았다.

포장을 벗기다 실수로 떨어뜨린 아이스크림처럼 바닥에 떨어진 마음을 집어들고 묻은 흙을 털었다. 차를 대고 골목으로 들어섰다. 새벽이라 살짝 열려 있는 대문을 밀고 계단을 올랐다. 빨랫줄만 앙상한 아래층 마당이 어둠에 눌려 밑으로 꺼져 내려가는 것 같았다. 발소리도 함께 깊어졌다. 주인이 살기 위해 지어지지 않았으니 당연했을까? 집은 모든 게 허술했다. 특히 방문들이 얇고 가벼웠다. 잠들어 있을 식구들이 깨지 않도록 조심스레 중문을 열고 안으로 들어섰다.

8시. 4시간도 못 잤지만 쉽게 깼다.

"엄마, 이거 받으세요. 어제 아르바이트해서 번 돈이에요."

"어제? 어제 늦게까지 안 들어오더니, 그랬었구나. 우리 동주, 애썼다."

엄마는 어젯밤 내가 어떤 일을 했는지 묻지 않았다. 측은하거나 미안해서였을까? 혹시라도 걱정하실 것 같아 자세한 이야기는 하지 않았다. 대학에 입학한 후 아침은 걸렀다.

"학교 다녀올게요."

1만 원만 남기고 엄마에게 지갑 속 돈을 다 꺼내드리고 나왔다. 집 앞 도로가에 앉아 강아지처럼 꼬리를 흔드는 흰색 프레스토의 머리를 쓰다듬어주고 버스 정류장으로 걸었다. 비 온 뒤 하늘이 파랬다. 오늘은 미팅이 있는 날, 평범한 대학 1학년으로 세상을 만나는 날이다.

...

자리가 많이 비어있던 좌석버스가 돌고 돌아 압구정동에 섰다. 여대생 둘이 탔다. 학교 로고가 금박 된 폴더를 가슴에 끼고 웨이브 진 머리카락이 어깨를 살짝 덮은 여학생은 앞에서 두 번째 오른쪽 자리에 앉았고, 까만 바탕에 흰 실이 박힌 조다쉬 청바지를 입은 여학생은 버스 뒤쪽 자리에 앉으려는지 옆을 스치고 지나갔다. 향수인지 샴푸인지 모를 달콤한 꽃향기가 났다. 상상의 덩굴나무가 길게 뻗었고 무성한 잎이 피어났다. 향기 때문이었다.

붐비지 않는 버스에 타 자리에 앉고 나면 습관처럼 버스 안 사람들을 관찰했다. 중학교 때부터였다. 초자연적인 힘으로 버스가 이대로 세상에서 고립되는 상상을 했다. 자유 의지와 선택이 가능한 사회가 유지될 수 있을까? 아니면 힘의 독재 체제로 변질하며 결국 알파 메일(alpha male)이 모든 것을 독점하게 될 것인가? 그 과정은 얼마나 치열하고 동물적인 싸움이 될까?

배고픔과 최소한의 안전이 보장되고 나면 결국 가장 큰 가치는 여자가 될 텐데, 여전히 가냘프고 이쁜 여자의 외모가 그 가치의 기준이 될 까? 힘으로는 알파메일이 될 수 없는 남자의 삶은 어떤 모습이 될까? 더구나 사랑이 느껴지는 여자가 만약 그 안에 존재한다면 어떤 마음으로 살아갈까?

궁금증만 자극하는 영화 트레일러 같은 상상이었지만 유별나게 아름다운 여자가 있을 때는 장편 영화가 되기도 했다. 하지만, 대개의 상상은 그리 오래 지속되지 않았다. 사랑을 새긴 유전자를 남길 기회를 어떻게든 찾아냈다. 버스가 한강 다리에 올라섰다. 넘실대는 강물 위로 지난봄이 비쳤다.

"와 자동차네!"
집 앞에 하얀색 현대 프레스토가 서 있었다.
"아빠, 이제 본격적으로 시작하시나 봐요!"

아버지는 가발이 우리나라 전체 수출의 10%를 차지할 정도로 호황이었던 60년대 말 가발공장을 했었다. 잘나가는 그룹사 임원이었던 아버지의 승부수는 멋지게 성공하는 듯했다. 일부 공정의 하청공장으로 시작한 사업은 직접 수출 물량을 수주하고 선적하는 큰 규모의 사업으로 발전해 갔다.

대부분이 10대 후반이나 20대 초반 여자였던 공원들의 작업 효율을 높이기 위해 공장 안에 설치된 스피커에서 남진과 나훈아의 히트곡들이 종일 흘러나왔다. 몰래 각성제를 탄 저녁 식사를 먹이고 밤을 새우며 만들어도 수출 물량을 채울 수 없는 지독한 호황이었다. 공원 여러 명이 한 공장에서 다른 공장으로 통째로 옮기기도 했고 가끔은 인력을 빼앗긴 공장에서 일주일 만에 더 좋은 조건을 내걸고 다시 데려가는 일도 흔하게 벌어졌다.

부천 소사공단으로 공장을 확장 이전하며 아버지는 더욱 공격적으로 사업을 확장해 나갔다. 사업이 잘되자, 아버지의 씀씀이도 따라 커졌다. 부잣집 장남으로 태어나 평생 돈 걱정 없이 자란 아버지는 타고난 기분파였고 손이 컸다. 서울 웬만한 집 서너 채 값을 들여 집을 개보수했고 비만 오면 질퍽해지는 동네 길을 사비를 들여 시멘트로 포장하셨다.

하지만 1974년 아무도 예상치 못했던 석유파동이 왔다. 1년이나 버텼을까? 결국, 최종부도가 났다. 어떻게든 버텨보려 했던 아버지의 노력은 오히려 더 혹독한 시련으로 돌아왔다. 모든 게 남김없이 사라졌다. 부자는 망해도 3년은 간다고 했지만, 아버지는 그렇지 못했다.

가구와 가전제품에 빨간딱지가 붙은 집에서 쫓겨나는 날 아버지는 사글셋방을 얻을 돈도 없는 처지가 되었다. 막다른 길에서 아버지는 이민을 선택했고 그렇게 유일한 꿈이고 미래가 된 미국 이민은 식구 모두를 무위(無爲)의 세계에 들어선 현자로 만들었다. 이민을 향하지 않은 모든 것들을 버렸다. 이민 수속은 처음 예상보다 점점 더 늦어졌지만 '그저 거기에 산이 있으니 오를 뿐'이라는 순수한 마음이 흔들린 적은 없었고 이제 10년을 넘기고 있었다.

점심은 학생회관 1층 식당에서 빙초산으로 맛을 낸 냉면을 먹었다. 돈을 벌고 나면 오히려 더 값싼 음식을 먹고 싶어졌다. 그렇게라도 해야 돈을 벌기 위한 노력 때문에 생기는 마음의 상처가 더 빨리 아물었다. 오늘도 그랬다.

수업을 마치고 미팅 장소로 향했다. 이대 정문 앞 언덕배기에 있는 가미분식 맞은편 건물 2층 카페였다. 4 대 4 미팅이었다.

여학생 4명이 들어와 앉았다. 노란 원피스를 입은 키 크고 피부가 흰 여학생이 맞은편 옆자리에 앉았다. 외모도 이뻤지만 유복하게 자란 티가 났다. 시간이 흐르며 그녀가 내게 시선을 주는 느낌이 여러 번 있었지만, 시선을 피했다. 환하게 웃는 그녀의 시선을 받아내기엔 헛된 희망일 거란 어리석은 패배감이 너무 진했다.

여자가 남자들이 내놓은 소지품을 골라 파트너를 정하는 시간이 되었다. 나는 다른 여학생과 파트너가 되었고 노란 원피스 여학생은 우리 과 킹카 중의 한 명인 민수와 파트너가 되었다. 여의도에 사는 민수는 180센티를 훌쩍 넘는 키에, 누가 보기에도 윤택함이 묻어있는 매너 좋은 친구였다. 미팅이 끝났다. 파트너끼리 2차 장소로 향했지만 난 그대로 헤어졌다.

집으로 향하는 버스 안에서 노란 원피스 생각을 했다. 임미진. 태릉 근처 배밭이 많은 곳에 있는 여대를 다닌다고 했다. 민수와 잘 어울릴 거로 생각했다. 몇 번 마주쳤던 시선 속 그녀가 또렷했다.

어깨가 들어 올려지는 커다란 숨을 쉬었다. 내겐 과분한 여자였다.

...

1학년 2학기가 끝나며 당구를 치고 맥주를 마시는 신입생의 흔한 일상이 거품처럼 사그라들었다. 학교에서 보내는 시간도 급격히 줄어들었다. 해지는 캠퍼스를 빠져나가는 학우들을 보며 사무치던 외로움도 멈췄다. 세 개나 들었던 서클 활동도 모두 시들해지거나 그만두었다. 강남 8학군 동기들로부터 느껴지는 이질감도 더 강해졌지만 동시에 신촌 시장 훼드라에서 막걸리를 사주며 정의를 일깨워 주던 운동권 선배의 부름도 두려웠다. 학교 안에서는 충분히 학생이지 못했지만, 학교 밖에서는 학생이라 편했다. 오히려 아르바이트하며 마주치는 사람들과의 공감이 더 쉬웠다.

"동주야, 아빠랑 어디 좀 가자."

일요일 아침, 전화를 끊은 아버지가 외출을 재촉하셨다.

"어디 가시게요?"

"이 부장 잡으러 가는 거야. 그 녀석이 숨어 지내는 곳을 알아냈다. 일단 그 동네로 가는 거야. 어서 가자."

서둘러 차에 오른 아버지와 향한 곳은 강남 외곽 그린벨트 지역이었다. 도로를 벗어나 비포장도로로 접어들었다. 강남을 벗어난 것도 아닌데 수풀이 우거진 동네로 들어섰다. 비닐을 씌우고 돌이나 폐타이어로 눌러 놓은 지붕을 가진 집들이 흩어져 있었다. 하나같이 '탁' 치면 '턱'하고 무너질 것 같은 병들고 지친 집들이었다. 담벼락이 허물어졌거나 무너진 지 오래라 원래 없는 것처럼 보이는 집도 많았다. 전봇대가 없으니, 전깃줄도 없었고 담이 부실하니 대문이 기댈 곳도 없는 동네였다. 당연히 주소 표지판이나 집주인의 이름이 적힌 직사각형 나무 명패도 없었다.

작은 공터 한편에 차를 세웠다. 한집 한집 들어가 묻기 시작했다.

"혹시 여기 이만결씨 댁인가요?"

여섯 번째 집을 나와 유난히 구석에 있는 집으로 향했다. 멀리서도 마당 안이 훤히 들여다보였다. 빨래하는 여자가 보였다. 작은 오두막 같은 집은 가까이 갈수록 더 초라해졌다. 불쌍한 집이었다. 30대로 보이는 마른 여자가 손에든 빨간 플라스틱 물바가지를 펌프로 기울여 물을 부어 넣고 재빨리 긴 손잡이를 위아래로 움직였다. '꺽' '꺽' 소리가 나는 것 같더니 펌프 주둥이가 벌컥벌컥 지하수를 뿜어냈다.

황톳빛 고무 대야 옆에서 빨랫감을 헹구던 여자가 허리를 펴고 아버지와 나를 맞았다. 곧 자신의 집으로 찾아올 걸 이미 예상한 표정이었다.

"무슨 일이시죠?"

몸뻬 바지에 뒤로 묶은 머리카락이 많이 흩어진 채였지만 선이 가는 오똑한 코와 붉은 입술이 돋보이는 아름답게 태어난 여자였다. 하지만 커다란 눈과 공허한 눈동자 때문인지 퀭해 보였다. 여자가 헝클어진 머리카락을 훔쳐 올렸다. 길고 흰 손가락이 눈에 띄었다. 여러모로 조금만 꾸미면 우아한 아름다움이 빛날 여자였다. 왜 이런 여자가 이 부장 같은 남자와 인연을 엮고 이런 곳에 있는지 선뜻 이해되지 않았다.

아버지가 물었다.

"이만결씨 댁인가요?"

"네, 맞는데요...."

여자가 고개를 돌려 남편이 있는 방을 향해 나지막이 소리쳤다.

"여보, 누가 찾아오셨어요."

창호지를 바른 여닫이문이 헐겁게 열리며 남자가 보였다. 많지는 않았지만 깊게 파인 주름. 길고 거친 수염. 뭉치고 엉겨 붙어 제멋대로 솟아오른 머리카락. 검은 눈동자조차 무거워 아래로 쏠린 그래서 흰자가 더 많이 보이는 눈. 이미 오래전 중력과의 싸움을 포기한 듯 힘없이 매달려 있는 턱관절을 따라 벌어진 입. 예전 얼굴이 아니었지만, 이 부장이었다. 일어서기는커녕 앉아 있는 것도 벅차 보였다. 이 부장은 놀라지 않았다. 이런 날이 올 줄 예상 했고, 각오도 한 것처럼 행동했다.

"아... 오셨어요. 들어오세요. 여보, 뭐 보리차라도 좀 내와요."

숨소리에 가려 단어가 사라지는 병자의 목소리였다. 소용없는 원망으로 염치를 찾고 싶은 듯 여자는 작은 소리로 중얼거렸다.

"여보, 아무것도 없어요... 죄송합니다."

말을 끝낸 여자가 무안함을 피해 도망치듯 부엌으로 사라졌다.

아버지가 이 부장을 알게 된 건 작년 겨울이었다. 결국, 언젠가는 올 비를 확신하며 말라 갈라지는 저수지 바닥을 그저 바라보기만 하던 때였다. 그런 아버지에게 기회가 찾아왔다. 일본에서 큰 인기를 끌던 패치 가죽 가방의 수출 주문을 따냈다. 패치 가방은 자투리 가죽을 다각형 모양으로 잘라 부직포에 붙이고 지그재그(zigzag) 박음질을 하여 만든 가죽 원단으로 만든 가방이었다.

오퍼상 수수료만 받고 생산 공장으로 넘기려던 처음 계획이 이 부장을 만나며 달라졌다. 이 부장이 불어넣은 희망과 욕심에 아버지의 마음이 둥실 떠올랐고 결국 직접 수출 사업으로 변경되었다. 관세청 사거리에 사무실을 내고 직원을 뽑았다. 큰형도 다니던 회사를 그만두고 합류했다. 흰색 프레스토도 그때 산 차였다.

이른 봄 아버지의 사업은 만개하는 듯했다. 가방 업계에서 잔뼈가 굵은 이 부장은 일사천리로 일을 진행했고 아버지는 이 부장을 신뢰했다. 신용장이 열리며 본격적인 지출이 일어났다. 사무실과 인건비, 부대 비용이 있다지만 주요 지출은 가방 생산에 들어가는 비용이었다. 그 비용 일체도 자연히 이 부장이 집행했다.

무난히 진행되던 사업이 여름이 되며 급격히 기울었다. 회삿돈 일부가 이 부장과 생산 공장 사이에 있던 기존의 문제를 해결하는 데 사용됐고, 이 부장의 개인적인 부채 상환에도 사용됐다. 수출 납기가 다가왔지만 결국 생산이 멈췄다. 어쩌면 아버지의 사업은 시작부터 열매가 맺히지 않는 씨방 없는 꽃을 피우려는 노력이었는지 몰랐다. 아버지는 어느 날 잠적해 버린 이 부장을 찾으면 방법이 있을지도 모른다는 희망에 매달렸었다.

"사장님 죄송합니다. 면목이 없습니다."

두 팔로 방바닥을 짚어 45도로 기울어진 상체를 간신히 버티며 앉아 있던 이 부장이 먼저 말문을 열었다.

"제가 치질이 너무 심해서 제대로 앉아 있을 수도 없습니다. 먹지도 못하고 있고요."

여름인데도 방바닥은 뜨거웠고 이 부장이 두른 이불은 두꺼웠다. 아버지는 문제 해결 방안에 대한 구체적인 질문은 하지 않았다. 얼마나 심한지 어떤 상황인지 이 부장의 건강에 대해서만 물으셨다. 아버지가 일어섰다. 체념하신 것 같았다.

아버지를 따라 방을 나와 신발을 신었다. 주방에서 나와 머쓱하게 서 있던 여자에게 인사를 하고 마당을 나서던 아버지가 돌연 뒤돌아 여자에게 다가갔다. 양복 안주머니에서 지갑을 꺼내 지갑 안에 있던 돈을 남김없이 꺼내 여자의 손에 쥐여 주었다. 언뜻 보아도 만 원짜리가 몇십 장은 돼 보였다. 여자가 초점 없는 눈으로 돈을 받았다.

예의가 묻은 거절도 없었다. 고맙다고 말했지만 중얼거리듯 작은 소리였다. 마지막으로 아버지가 방 안에 있는 이 부장에게 소리쳤다.

"병원 꼭 가봐. 일단 사람이 살고 봐야지. 치료 잘하고."

방 안에서 지켜보던 이 부장이 머리를 조금 더 밖으로 내밀며 말했다.

"지금은 그린벨트로 묶여있어 팔 수 없지만, 그린벨트만 풀리면 좋은 값에 팔 수 있어요. 그러면 제가 일부라도 변제할게요."

이 부장을 한 번 더 쳐다본 아버지가 그 집을 빠져나왔다. 아버지의 걸음걸이가 이 부장을 잡으러 신림동 집을 나설 때 보다 더 빨랐다. 이 부장에게 준 돈은 한동안, 아니 어쩌면 오랫동안 아버지 지갑에 있기 어려운 금액이었다. 건조해진 입술에 침을 바르며 버티다 결국 그 침 때문에 입술이 다 터져버리는 지경이었던 그때. 이제 그 터진 입술에서 피가 흐를 것이 뻔했지만 돌아오는 차 속에서도 그 이후에도 나는 왜 그 돈을 이 부장에게 주었는지 묻지 않았다. 아버지의 마음이 아름답다고 생각했다. 나라시라도 해서 아버지를 도와드리고 싶은 마음뿐이었다.

...

    10월. 2학기 중간고사 마지막 시험을 마치고 강의실을 나섰다. 공대 앞에 모여있는 친구들이 보였다. 모두 들뜬 표정으로 웃음이 끊이지 않았다. 평상시 운동화만 신고 다녔던 성혁이가 반짝이는 구두를 신고 있었다. 아버지 구두를 빌려 신은 듯 어색했지만, 못지않은 모범생 주민과 성일의 옷차림도 엇비슷했다. 종로로 가는 버스를 탔다. 신이 난 성혁이 웃음을 흘리며 말했다.

    "동주야, 오늘은 내가 쏠게. 엄마에게 이야기했어. 네가 나랑 같이 고고장 가준다고, 엄마가 너한테 고맙대. 오늘 쓰는 거 다 내라고 넉넉히 주셨어."

    주민이 싱글벙글 기대 가득한 표정으로 말했다.

    "동주야. 우린 너만 믿는다."

    현실과는 반대로 과 친구들은 나를 유복한 집에서 자란, 공부도 잘하고 놀기도 잘 노는 믿을만한 헌팅 능력자로 여겼다. 거의 매일 했던 미팅, 일주일에 두 번, 반월공단을 다녀오는 날에는 어쩔 수 없이 학교로 몰고 갔던 흰색 프레스토, 과사무실에 걸려있던 1학기 성적 장학금 리스트에 있던 내 이름 때문이었다.

    종로에서 간단히 저녁을 먹었다. 미리 생맥주도 조금 마시고 코파카바나로 들어갔다. 너무 이른 시간이었는지 음악이 나와도 무대는 채워지지 않았다. 분위기가 달아 오르려면 시간이 조금 더 필요한 것 같았다. 한 시간도 넘게 테이블에 앉아 힐끔힐끔 지나가는 여자들을 쳐다보며 맥주를 마셨다. 조급해진 성혁이 나를 무대로 떠다 밀 기세로 말했다.

    "동주야. 이젠 무대도 꽉 찼고, 빨리 가서 뭐 좀 해봐."

    "알았어. 일단 찍어야지."

북적이는 무대를 보며 어떤 여자에게 말을 걸어야 하는지 고민하고 있던 그때 누군가 내 어깨를 '툭' 쳤다. 고개를 돌렸다. 청바지와 흰 티를 입은 여자가 미소를 머금고 나를 빤히 쳐다보았다.

"나 몰라요? 기억 안 나요?"

친구들 눈이 휘둥그레졌다. 내 눈은 더 휘둥그레졌다.

"누구시죠? 전 모르겠는데요?"

"그때 이대 앞에서 미팅... 기억 안 나요?"

소파에 기댄 허리를 엉거주춤 펴며 여자의 얼굴을 다시 한번 살폈다. 애써 지웠던 기억들이 폭죽처럼 솟아올라 터졌다.

노란 원피스였다.

"이제 생각나요! 그때 노란 원피스 입었었죠?"

갑자기 더 커진 음악 소리에 잘 들리지 않았는지 그녀가 내 쪽으로 몸을 기울이며 말했다.

"안 들려요~!"

양손을 모아 그녀의 귓가로 가져가 다시 한번 큰 소리로 말했다.

"생각난다고요. 노란 원피스!"

그녀도 손을 오므려 내 귓가 가까이에 대고 말했다.

"이름이 김동주 맞죠? 제 이름은 임미진이에요. 기억 안 나요? 전 그날 동주 씨가 또렷이 기억나는데..."

기쁨 때문이었는지, 숨결이 느껴질 정도로 가까이 다가온 그녀 때문이었는지 담배 연기를 깊이 들이마셨을 때처럼 심장이 벌떡댔다.

．．．

    오돌토돌 엠보싱 된 유리라 밖이 뭉개져 윤곽만 어렴풋이 보이는 창문으로 연한 햇살이 들어왔다. 생각보다 늦잠을 잤다. 어제 그녀를 만났던 생각을 하며 잠에서 깨서였을까? 피곤했지만 행복했다. 팔을 있는 대로 뻗고 기지개를 켜며 공갈 하품을 했다. 부엌에선 엄마가 아침을 준비하는 소리가 들렸다. 오늘은 금요일, 가죽 아르바이트 날이다. 반월공단에도 다녀오고 부천과 모래내도 들려야 한다. 마침 오전 수업이 없는 날이라 대리출석 걱정도 없었다. 부지런히 다니면 오후 2시쯤엔 끝낼 수 있을 것 같았다.

    씻고 나오는데 엄마가 물었다.
    "무슨 좋은 일 있었니?"
    기쁜 일이 있으면 나도 모르게 콧노래를 부르는 버릇이 있었다. 59초마다 1초씩 내 어깨를 두드리던 미진의 모습이 떠올랐다. 파트너도 아닌 그녀가 왜 내 이름을 기억했는지 신기했다.
    "엄마, 조금 늦었어요. 나중에 말씀드릴게요. 저 가요."
    머리카락이 굵고 숱도 많은데 살짝 반곱슬이라 빗질도 어려웠지만 잘 마르지도 않았다. 여전히 젖은 머리를 손가락으로 털며 계단을 뛰어 내려갔다. 문득 고등학교 1학년 때 같은 반이었던 재민이 떠올랐다. 초겨울 햇살이 따뜻한 날 교실 창가에서 햇살에 영혼을 팔고 있었다. 곁으로 슬며시 다가온 재민이가 부러운 눈으로 말을 걸었다.
    "내가 너처럼 생겼으면 소원이 없겠다. 어떤 여자도 다 꼬실 수 있을 거야!"
    그날 재민의 표정과 목소리가 떠올랐다. 자신감이 솟았다. 날개를 활짝 펴고 기류를 따라 활강하는 새처럼 계단을 내려갔다.

반월공단을 다녀오는 길에는 화물차가 많았다. 화물차 기사들의 운전은 거칠었고 나도 자연히 양보 없는 운전을 했다. 늦게 출발해 차가 더 많이 막혔다. 오전 10시쯤 수인선에서 반월공단으로 빠지는 사거리에 도착했다. 곡예 운전은 여기까지였다. 좌회전 신호를 받고 오른쪽으로 크게 휘어지는 언덕길을 넘어 10여 분을 더 들어가면 영지산업이었다.

창문을 열고 경비실 쪽으로 고개 인사를 했다. 이미 서너 달을 다녀, 내 차를 알아본 경비 아저씨가 알았으니 들어가라며 손사래를 쳐주었다. 영지산업은 일본에서 생돼지 원피를 수입해서 가죽을 만드는 가죽공장이었다.

정문을 통과하면 오른쪽으로 수입된 컨테이너가 화물을 부릴 수 있는 넓은 하역공간과 창고가 있었고 정면으로는 천고가 높은 가공 건물과 상대적으로 작은 사무동이 왼쪽으로 보였다.

공장 뒤편에는 폭 2미터 지름 4~5미터는 돼 보이는 두꺼운 바퀴처럼 생긴 커다란 통 6개가 늘어서 있었다. 위스키를 숙성시키는 참나무통처럼 굵은 판자를 이어 붙여 만든 통이 돌아갈 때면 통 안에 든 가죽들이 회전하다 중력에 의해 떨어지며 철퍼덕거리는 소리를 냈다. 원피에서 털과 기름을 제거하고 부드럽게 만들고, 또 썩지 않게 방부처리를 담당하는 태닝(Tanning) 작업통들이었다. 태닝(Tanning) 작업 통 아래쪽 바닥에는 판자들 사이 틈으로 새어 나왔는지 푸른 기운이 도는 진한 녹색 물이 고여있었다. 크롬 같은 중금속과 유독성 화학물질이 많은 폐수였다.

태닝을 마친 가죽은 염색과 수분조절, 두께 조절, 건조 작업을 거친다. 마지막으로 가죽의 가장자리 너덜너덜하거나 너무 얇은 부분을 칼로 도려내는 작업을 마치고 상품이 된다. 늙은 돼지, 출산한 돼지는 쳐지고 늘어진 배 때문에 크고 좋은 가죽 원피를 만들기 어려웠다. 피부에 상처가 많은 돼지도 환영받지 못했다. 영지산업의 가죽은 일본 돼지 원피만 사용했고 최고급 가죽 원단을 생산했다. 일본은 상대적으로 더 어린 돼지를 도축했고 돼지 축사 환경이 좋아서 피부에 상처도 적었기 때문이었다. 자연히 잘라버리는 가장자리 조각의 질도 다른 곳과는 비교할 수 없이 좋았다.

가죽 가공의 막바지 단계인 가장자리를 잘라내는 작업장 가까이 차를 댔다. 작업장 입구를 들어서며 안쪽을 향해 큰 소리로 외쳤다.

"안녕하세요!"

가죽공장 안은 어디나 냄새가 강렬했지만, 건조장 근처는 열기 때문인지 냄새가 특히 더 심했다. 건조 가마에서 꺼낸 커다란 석쇠 같은 철망에서 가죽의 끝을 잡고 팽팽하게 만들었던 쇠고리들을 풀 때 나는 달그락 소리로 가득했다. 저만치에서 공 반장이 슬쩍 고개를 돌려 나를 째려보았다.

공 반장은 40대 중반이었지만 머리숱이 없고 살이 붙어 볼록한 뺨이 쳐져 제 나이보다 열 살은 더 늙어 보였다. 큰 체구 덕분에 멀리서도 쉽게 찾아낼 수 있었다. 가만히 있어도 화난 사람 같아 보이는 공 반장이 환하게 웃는 걸 딱 한 번 본 적이 있었다. 점심을 마치고 남는 자투리 시간에 공장 마당에서 족구를 할 때였다. 가끔 웃는 시늉을 했지만 웃어도 미간 사이 찡그려진 주름은 펴지지 않았다. 마음이 매일 파내고 쌓아 만든 주름이라 그런 것 같았다.

오늘따라 공 반장의 눈가에 붙은 불만이 눈꺼풀을 내리눌렀다. 심통으로 부푼 뺨이 터질 것 같았다. 평상시였다면 꾸벅 허리 숙여 배꼽 인사를 한 후 가죽 마대를 싣고 오면 될 일이었다. 하지만 오늘은 왠지 공 반장에게 넙죽 엎드려 큰절이라도 하고 가야 할 것 같았다.

빈 마대가 접혀 있는 선반에서 마대를 두세 장 꺼내 작업대 근처로 갔다. 건조된 가죽을 꺼내는 작업 때문에 아무도 없는 작업대 주변 바닥에 널려있는 가죽 조각들을 손으로 긁어모아 마대에 담았다. 원피는 얇게 저며 피부가 있는 가죽과 피부가 붙어있지 않은 세무/스웨이드 가죽으로 가공되었고, 내가 가져가는 가죽 조각들은 한쪽면에 피부가 붙어있는 것들이었다. 피부가 붙어있는 가죽도 세무 밑면에서 지름이 1mm 정도이거나 더 작은 가죽 가루들이 많이 떨어졌다. 작업대 근처 바닥에는 그런 가죽 가루들이 많았다. 겨우 마대 하나를 담았는데 머리와 얼굴, 옷이 가죽 가루투성이가 되었다. 가져온 마대 세 개를 모두 채웠다.

"수고하세요. 저 이제 갈게요!"

아무 말 없이 힐끗 나를 쳐다본 공 반장이 애써 무시하듯 휙 고개를 돌렸다. 마음이 불편했다. 더 서둘렀다. 직접 담은 마대 3개와 이미 담겨있는 마대 2개를 차에 실었다. 트렁크에 한 개, 뒷자리에 3개, 조수석에 한 개, 그렇게 5개가 차에 욱여넣을 수 있는 한계였다.

영지산업 대표, 한 사장은 아버지와 나이 차가 많이 나지는 않았지만, 공고를 나와 바닥부터 사회생활을 시작해서인지 아버지가 전무일 때 대리 직급을 달고 있었다. 성실하고 빈틈없는 성격으로 상무까지 진급했고 석유파동 여파로 그룹사가 해체되는 과정에서 그룹 산하 기업 중 하나였던 가죽 수입 가공 공장을 인수해 지금의 영지산업으로 키운 입지전적인 사람이었다.

한 사장은 예전 상사였던 아버지에 깍듯했고 따뜻하게 배려해 주었다. 패치 사업이 기울며 사정이 나빠지자, 가죽 조각이라도 가져가면 생활에 도움이 될 거 같다는 아버지의 부탁을 거절하지 않았다. 공 반장에게 나를 직접 소개하며 가죽 조각 일부를 가져갈 수 있게 했다. 한 사장은 따로 또 공 반장을 불러 돈을 받지 말라는 당부를 재차 했다.

공 반장의 얼굴이 일그러진 이유는 뻔했다. 나 때문에 줄어든 부수입 때문이었다. 큰 쓰임새가 없던 '기레빠시'로 불리던 끄트머리 가죽 조각들은 패치 가죽제품이 일본에서 큰 인기를 얻기 시작하며 처지가 달라졌다. 사정을 아는 사람들은 너나없이 공 반장에게 줄을 대 가죽 조각을 받아 가려 했고, 가죽 조각을 가져가기 위한 쟁탈이 심해질수록 공 반장 손에 쥐어지는 액수도 커졌다.

일종의 폐기물인 가죽 조각 처리는 공 반장의 재량이었다. 가죽 조각을 처분해 얻어지는 수입은 공식적으로 존재하지 않지만, 관행으로 치부되는 작업반장의 뒷주머니 수입이었다.

수입은 작업반장의 것이었지만 일부는 생산직원들과의 회식이나 경조사에도 쓰이는 것 같았다. 몸에 해로운 중금속도 많이 다루고 작업환경도 열악했던 가죽 가공공장이었기 때문에 현장 직원들을 다독이기 위한 장치인 것 같았다. 무상으로 가져갈 수도 있었지만, 공장 내부 사정을 들었기 때문에 정기적으로 성의를 표현했다. 하지만 다른 업자들보다는 적은 금액이었다.

공 반장이 오늘처럼 적대감을 보인 적은 처음이었다. 분명히 다른 업자가 훨씬 더 큰 돈을 제안한 게 틀림없었다. 돈도 돈이었지만 분노하는 것 같았다. 자신이 보장해 준 권리를 침해하는 사장의 월권이 불편했고 그런 사장을 달고 나타난 나는 눈엣가시일 뿐이었다. 크롬 같은 중금속에 노출되는 것에는 관대했지만 달콤한 알사탕 같은 작은 혜택엔 첨예했다. 작아도 당연한 권리라고 생각하면 조금도 양보하려 하지 않는 것 같았다.

영지산업 직원들에게는 한 가지 작은 혜택이 더 있었다. 거의 무제한 공급되던 돼지고기였다. 일본에서 염장되어 컨테이너로 들여오는 돼지 원피에는 비계는 물론 살점도 많이 붙어있었다. 종종 업무를 마친 후 돼지껍질에 붙어 있는 살점으로 김치찌개를 끓이고 삼겹살을 구워 소주를 마셨다. 하지만 의미 있는 혜택이라 여기지는 않았다. 중국집에서 일하며 매일 짜장면을 먹을 수 있는 상황과 다를 바 없었다.

운전석 창문은 활짝 열 수 있었지만, 마대 입구에서 삐져나온 가죽 조각이 밖으로 날릴까 봐 다른 창문들은 조금만 열어야 했다. 부천 소사로 가는 길 내내 가죽 가루들이 소용돌이치며 날렸다. 언제부터인지 영지산업을 나와 산업도로에 들어서면 가슴이 아파졌다. 그래도 최소한은 이해받고 공감받았던 대학생 그것도 연대생이라는 대개는 칭찬과 인정이 보장되던 신분도 공 반장 앞에서는, 아니 그리 크지 않은 금액의 돈 앞에서는 무력했다.

익숙해질 만도 했지만 힘에 부쳤다. 나로 인해 불편해진 사람을 정기적으로 마주하는 경우도 처음이었지만 돈 때문에 돈 앞에서 작아지는 내 모습을 마주하기가 점점 힘들어졌다. 덕분에 수인선에서의 운전은 더 거칠어졌고 대개는 창문을 연 채로 꽤 빠르게 달렸다. 하지만, 밀고 들어오는 바람에도 사라지기는커녕 더 강해지는 가죽 냄새처럼 삶에 대롱대롱 매달려 있는 초라함이 씻겨 내리지는 않았다.

예전 아버지 가발공장이 있던 소사공단 근처 길가에 잠시 차를 세웠다. 담배를 꺼내 입에 물었다. 이제 11개비가 남았다. 대학생이 되며 허락된 선택의 자유, 그중의 하나가 담배였다. 담배를 입에 문 멋진 배우가 나왔던 영화 때문도 아니었고 겉멋으로 따라 하고 싶어서도 아니었다. 그냥 경험해 보고 싶었다. 1학년 시작과 함께 딱 100개비만 피우고 끊겠다고 마음먹었다. 처음엔 피우는 법을 몰라 심호흡으로 기절 일보 직전까지 갔었다. 하지만 입으로만 뻐끔거리는 방법이 있다는 걸 알고 난 이후에도 깊은 호흡으로 들이마셨다. 이왕 담배를 피우기로 한 이상 제대로 피우고 싶었다.

어느새 89번째 담배였다. 연기를 들이마시면 여전히 어지러웠고 심장은 불규칙하게 통통거리며 뛰다 천천히 가라앉았다. 두 모금을 깊게 연이어 들이마셨다. 가슴이 조여들고 몽롱해졌다. 마음을 깔고 앉아 있는 공 반장을 어떻게든 빨리 밀쳐내고 싶었다. 어제의 나를 찾아 눈을 감았다.

미진의 목소리가 들렸다.

"이제 그만 나가요. 너무 늦지 않게 집에 가야 해요. 아버지가 엄하셔서...."

친구들에게 양해를 구하고 미진과 나는 먼저 자리에서 일어났다. 미진은 키가 컸다. 167센티라고 했지만, 막상 옆에 서니 170센티인 나보다 더 커 보였다. 마른 몸이었지만 가슴만은 유독 풍만했다. 코파카바나를 나온 후 얼마큼 걸었을까, 갑자기 미진의 오른팔이 내 왼팔을 감싸 안았다. 순간 보드랍고 뭉글한 미진의 가슴이 심장에 닿았다. 사촌 여동생과 고1 때 연합서클에서 나를 짝사랑했던 여학생이 딱 한 번씩 끼워준 팔짱이 전부였고 더구나 그 두 번 모두 가슴이 느껴진 적은 없었다.

팔뚝에서 느껴지는 감각들이 증폭되며 한순간에 마음을 점령했다. 걷는 내내 대로를 벗어나 안쪽 길에 있는 꼬마 빌딩 사이 숨겨진 공간으로 그녀를 데려가 안고 싶은 욕망이 솟구쳐 올라왔다. 하지만 상상일 뿐이었다. 오히려 미진과의 공간을 일정하게 유지하는 데 애를 썼다. 감각에 장악당한 뇌가 부풀어 겉만 빵빵한 풍선이 된 것 같았다. 참았던 질문을 했다.

"근데 미진 씨, 나 좋아해요? 왜요?"

"글쎄, 사실 나도 이유를 모르겠어요. 근데 동주 씨가 너무 착해 보여요. 선해 보이고... 그런 마음이 보이는 사람? 그런 거 같아요. 근데, 그런 게 있나? 하하. 근데 아까 동주 씨를 알아보고 얼마나 기뻤는지 몰라요. 나도 왜 그랬는지 신기해요."

눈을 떴다. 한결 마음이 편했다. 힘이 났다. 기쁨과 고마움, 희망의 잎새에 달팽이가 들러붙었다. 오랜 시간 동안 온몸을 짜내 점액질을 두르고 기어야 했고 아주 조금씩밖에 오를 수 없었지만 그래도 행복할 것 같았다. 잠시 혼자 타들어 가고 있던 담배를 끄고 시동을 걸었다.

　　　　　　　　　　　　　　　　　　　　　　　···

　　짜투리 가죽이 패치 가죽 원단이 되기 위해서는 세 번의 작업을 거쳐야 했다. 부직포에 가죽을 붙이는 첫 작업이 끝나면, 가죽의 이음새를 따라 지그재그 박음질을 했고 마지막으로 색을 입히고 표면 코팅 작업을 마치면 한 장의 가죽 원단으로 새롭게 탄생했다.

　　4인용 밥상만 한 크기의 직사각형 부직포에 가죽 조각을 잘라 이어 붙이는 1단계 작업은 가내수공업으로 처리했다. 잘라내 버리는 가죽이 적어야 했고 가죽 사이 틈새가 없게 잘 붙여야 해서 시간이 제법 걸리는 섬세한 작업 공정이었지만 그렇다고 전문 기능공을 따로 육성할 만한 기술은 아니었다.

　　형편이 어려운 사람들이 모여 사는 동네에는 가내수공업 일거리가 많았다. 일이라는 의미가 담긴 '업'이라는 이름을 붙이기에도, 노동에 대한 보상이라고 부르기에 도 낯 뜨거운 일이고 수입이었다. 하지만 사람들은 집에서 자투리 시간을 활용해 살림에 보탤 수 있는 푼돈 벌이를 달가워했다. 가죽 가루와 먼지, 본드 냄새 때문에 집에서 하기엔 부담되는 일이었지만, 인형에 눈을 붙이거나 봉투 붙이는 일로 받는 돈에 비하면 월등히 좋은 수입이었다. 가내수공업이 돌아가는 동네에는 일거리를 받아서 뿌리고 거두는 '십장' 역할을 하는 사람들이 있었다. 부천에서는 미스 박 누나가, 모래내에서는 노 씨 아저씨가 그런 역할을 했다.

　　아침 일찍 반월공단에서 가죽 마대를 싣고, 소사에 도착해 마대 일부를 내려주면 점심때쯤엔 모래내에 도착할 수 있었다. 하지만 오늘은 늦게 일을 시작한 데다 공 반장 눈치 때문에, 마대에 가죽 담는 일까지 해서인지 부천으로 가는 길 위에서 점심시간을 맞았다. 속이 쓰렸지만, 점심은 걸렀다. 일이 많거나 마음이 불편할 땐 굶는 게 좋았다. 끼니를 거르면 자책의 시간이 줄어 좋았다. 남을 탓하기보다는 나를 혼내는 게 마음이 가벼워지기 쉬웠다.

복숭아가 유명해서 붙여진 이름 복사골, 소사에 있는 미스 박 누나 집에 도착했다. 대문을 들어서면 작은 마당 건너편에 주방으로 들어가는 문이 나오는 작은 집이었다.

"누나, 안녕하셨어요?"

미스 박 누나가 부엌에서 튀어나왔다. 쑥스러운 미소와 안절부절못하는 몸짓이었지만 온몸에서 환대가 피어났다.

"아, 왔어? 어서 들어와."

말을 마친 누나가 콜라를 꺼내려 냉장고 쪽으로 갔다. 누나는 언제나 콜라를 권했다. 집에 콜라가 없으면 '잠깐 기다려 내가 얼른 가서 사 올게'라며 지갑을 챙겼다. 고향에 가면 누나의 엄마가 항상 콜라를 준비했다 주셨다는 이야기를 들었다. 누나에게 콜라는 마음의 진액이 담긴 설탕물이었다.

"콜라는 됐고요. 물이나 한 잔 주세요."

동그란 얼굴의 미스 박 누나는 표정이 섬세하진 않았지만 그래서 더 순박해 보였다. 순수한 얼굴의 아름다움을 보여주는 사람이었다. 작은 석유 배달 가게를 하는 남편도 누나 못지않게 순박한 미소를 가진 사람이었고 초등학교 4학년, 1학년인 아들 둘도 그랬다. 엄연히 가정을 꾸린 아줌마였지만 우리 집에서는 미스 박으로 통했다. 미스 박 누나는 예전 아버지 가발공장에서 파트 반장도 했고 나중에는 총반장도 했었다. 멀리 전라남도 진도가 고향이라 예전 명절 때 고향을 다녀오려면 왔다 갔다 하는 데만도 꼬박 이틀이 걸리는 길고 고된 여행이었지만, 언제나 바리바리 싼 묵직한 선물 보따리를 가져오곤

했다. 미스 박 누나는 결혼도 어머니의 중매로 했다. 조촐했지만 어머니는 딸처럼 동생처럼 미스 박 누나의 결혼식도 챙겨주셨다.

결혼 후 예전 아버지 가발공장이 있던 소사에 정착한 누나는 어떻게든 살림을 늘리려 노력했다. 여러 가지 가내수공업 일을 하고 있었고 자연스럽게 패치 가죽 붙이는 일도 맡았다. 예전 작업반장의 경험이 있어서인지 미스 박 누나가 관리하는 소사 지역에서 나오는 제품은 품질이 좋았다. 가죽 패치 일은 이제 미스 박 누나의 주요 소득원이 되었다.

"누나 오늘은 좀 늦어져서 바로 가요. 붙여 놓은 거 가져갈게요!"

가끔 식사 시간 때와 맞을 땐 미스 박 누나가 차려주는 밥을 먹고 오기도 했었지만, 대개는 마대를 내리고 제품을 수거하기에 필요한 시간만 머물렀다. 언제나 다음 스케줄인 모래내가 기다리고 있었기 때문이다. 누나가 문밖까지 나와 손을 흔들며 배웅해 주었다. 오랜 시간이 흐른 후 어머니가 지나가는 말로 미스 박 누나의 이야기를 한 적이 있다. 아버지가 미스 박 누나와 그렇고 그렇다는 소문이 있었다고 했고 그래서 미스 박 누나의 결혼에 어머니가 더 나섰었다는 이야기였다. 소문이 소문뿐이었는지 실제로 그랬는지는 알 수 없었지만, 미스 박 누나와 우리 집은 친척보다 훨씬 더 가깝고 따뜻한 사이로 지냈다.

모래내 개천을 건너 안쪽으로 깊숙이 들어가면 두꺼운 가죽 박음질이 가능한 공업용 미싱 2대를 가지고 박음질 작업을 처리하는 노 씨 아저씨가 있었다. 2단계 작업이 전문이었지만 동네 사람들에게 가죽을 나누고 제품을 걷는 1단계 공정 관리도 맡았다.

처음 노 씨 아저씨를 보았을 때 많이 놀랐었다. 사람, 인간, 인체, 피부, 감정처럼 일상에서는 구체적으로 떠올리지 않는 단어들이 눈과 가슴, 뇌를 강

타했다. 굵고 거친 붓으로 물감을 듬뿍 묻혀 짧은 스트록으로 그려낸 고흐의 자화상 같은 얼굴이었다. 피부의 대부분이 녹아내려 없었고 불길에 노출되며 결 따라 익어가며 당겨진 근육 섬유질이 그대로 보였다. 눈썹도 없었지만, 물렁뼈가 버텨주던 코의 절반도 사라진 얼굴이 빨갰다. 목도 그랬고 손도 그랬다. 몸을 본 적은 없지만 전신 화상이 틀림없어 보였다. 언제나 낡고 빛바랜 새마을 모자를 쓰고 있었다. 여름에도 긴소매 옷만 입었다.

목소리도 달랐다. 불길 속에서 뜨거운 공기를 들이마셔 성대도 화상을 입은 것 같았다. 쇳소리가 심한 목소리였고 말을 할 땐 100미터 달리기를 한 직후에 이야기하듯 숨도 넉넉하지 못했다. 기적이 아니라면 살아남지 못했을 것 같았다. 어떻게 화상을 입었는지는 묻지 않았다. 그때 불길 속에서 느꼈을 마음을 마주할 자신이 없었다.

노 씨 아저씨 얼굴에서 느꼈던 긴장감과 무서움은 만남이 잦아지며 시나브로 사라졌다. 아저씨와 나는 동무처럼 친해졌다. 손을 잡는 것도 자연스러워졌고 만나면 한 번, 헤어질 땐 또 한 번, 아저씨의 손을 잡고 눈을 맞추었다. 표정이 드러나지 않았지만 노 씨 아저씨의 따뜻하고 삶에 열심인 마음이 그 손안에 있었다.

노 씨 아저씨의 정확한 나이는 모른다. 고3 딸이 졸업하면 소개해 주고 싶다고 했다. 고향이 전북 김제라며 참 좋은 곳이라고, 꼭 한번 고향으로 초대하고 싶다고도 했다. 공 반장 때문에 생긴 마음의 상처는 노 씨 아저씨를 만나며 새살이 돋았다. 두 사람이 삶을 살아가는 모습을 연이어 보고 나면 톨스토이의 단편소설 '사람은 무엇으로 사는가'를 읽고 난 후에 드는 느낌이 들었다. 공 반장과 노 씨 아저씨는 우문현답으로 제자를 길러내는 삶의 두 스승일지도 모른다고 생각했다.

어느새 3시가 넘었다. 노 씨 아저씨에게 남은 마대 3개와 소사에서 걷어온 1단계 가공된 부직포도 넘겼다. 정산은 다음에 하기로 했다. 곧장 집으로 향해 차를 몰았다. 미진을 향한 마음이 너무 고팠다.

부리나케 샤워를 하고 라면 한 개를 끓여 먹자마자 버스 정류장으로 달렸다. 신촌 로터리에서 버스를 갈아타고 연희동 화교학교 앞 정류장에 내렸다. 해가 기울고 있었지만 아직은 환했다. 공중전화 부스로 향했다. 밝고 고운 여자 목소리가 들렸다. 미진이 어머니가 받으실지 모른다는 생각이 맞았다.

"안녕하세요. 미진이 친구 동주라고 합니다. 미진이 좀 바꿔주세요."

"미진이 아직 학교에서 안 왔는데... 이름이 동주라고 했어요? 미진이 들어오면 전화 왔었다고 알려줄게요."

정류장으로 다가오는 버스가 잘 보이는 곳에 섰다. 한 대씩, 가끔은 연이어 버스가 정류장에 도착했고 또 떠나갔다. 기다림의 시간이 길어지며 이스트가 들어간 빵 반죽처럼 마음이 부풀어 오른 후 꺼져갔다. 붉어진 해가 정류장 맞은편 산을 넘어가며 내가 서 있는 쪽이 오렌지빛으로 물들더니 이내 어둑해졌다. 여기저기 건물 옥상에서 빨간 십자가가 나타났다. 십자가를 볼 때면 신성함이나 위안을 느끼기보다는 왠지 모를 거부감이 들곤 했다.

중학교 3학년 때였다.

"자! 이번 선물을 받을 사람은 우리 혜정 자매님입니다."

작은 무대 앞 한쪽에서 피아노 반주를 하던 여학생이 무대 위로 올랐다. 기다렸다는 듯이 같은 반 친구 명철이가 말했다.

"내 말이 맞지? 우리 목사님 딸. 이쁘지? 우리랑 같은 중 3이야."

여학생은 친구 이야기보다 더 맑고 이뻤다. 마이크를 잡은 대학생으로 보이는 남자가 예쁘게 포장된 작은 상자를 여학생에게 내밀며 소리쳤다.

"자~! 과연 어떤 선물일까요? 어서 선물을 풀어 공개해 주세요!"

크리스마스이브 저녁, 교회 학생부가 모여 선물을 나누는 시간이었다. 포장을 푼 여학생이 당황해 어쩔 줄을 몰라 했고 사회를 보던 남자 대학생이 짓궂은 미소로 여학생을 놀렸다. 선물을 꺼내 보여달라는 사회자의 요청에 장내가 응원 소리로 가득 찼다. 화답하듯 여학생이 레이스가 달린 분홍색 팬티를 꺼내 두 손으로 잡고 올려 들었다. 무대 위 여학생의 얼굴이 무척 빨갰지만 웃고 있었다. 사람들이 환호성을 질렀다. 웃음과 환호도 어색했지만, 무대 위 여학생의 웃음이 견딜 수 없었다.

자습 시간에 교과서 사이에 끼워 놓은 빨간 만화책을 교탁에 앉아 있던 선생님 몰래 보았을 때처럼 가슴에 불이 났다. 빨간책의 단골 주제는 선생님과 제자, 양아버지와 딸, 이모와 조카, 혹은 친구 어머니와의 섹스 같은 것들이었다. 적나라하게 그려진 그림과 대사도 충격적이었지만 현실에서라면 상상하기도 어려운 도덕적 일탈을 마주하는 것이 힘들었다. 무엇보다 마음을 아프게 한 것은 빨간책이 보여주는 육체적인 욕망의 철저한 승리였다. 빨간책을 보고 나면 마음이 갈기갈기 찢기는 것 같았다. 그럼에도 드물게 찾아오는 빨간책을 볼 수 있는 기회는 어떻게든 놓치고 싶지 않았다.

여학생이 들어 올렸던 팬티를 선물 박스에 담으면서도 여전히 생글생글 웃었다. 여자의 운명이 여학생을 덮치는 데 정작 여학생은 모르는 것 같았다. 여자로서의 일생을 고분고분 받아 들이라고 요구하는 세상에 대한 분노와 미움, 원망이 솟구쳤다. 이쁜 여학생이 있다며 나를 교회로 데려온 친구를 째려본 후 교회를 박차고 나왔다. 교회가 불편해진 건 단지 그때 겪었던 경험 때문만은 아니었지만, 그날 난 종교의 순수함에 대한 기대를 잃어버렸다.

세상이 어두워질수록 빨간 십자가 불빛도 강해졌고 실내 등을 켠 버스 안이 멀리서도 더 환하게 잘 보였다. 8시가 넘어가자 버스에서 내리는 사람이 드물어졌다. 세 시간 넘게 서 있으려니 허리가 뻐근했다.

중학생이 되고 난 후에도 난 내가 남자 사람이란 걸 제대로 알지 못했다. 하지만 중학교 1학년 겨울과 함께 남자가 찾아왔다. 그 남자는 분명히 나였지만 처음 보는 사람이었다.

동복을 입었지만 가끔 뛰다 보면 땀이 나서 웃옷을 벗어야 하는 때였다. 모두가 체육복으로 갈아입느라 법석이었다. 주번이라 칠판을 지우고 자리에 앉아 있는데 누가 옆구리를 쿡 찔렀다. 1년을 꿇고 들어왔다는 맨 뒷자리 명식이었다. 주변 눈치를 살피더니 교복 안쪽에서 동그랗게 말린 잡지 같은 걸 꺼내더니 내 책가방에 쑥 집어넣었다. 머리통 하나는 더 큰 명식이 막냇동생을 대하는 표정으로 어르듯 말했다.

"이거 잘 맡아둬. 가끔 학생부 선생들이 가방 뒤지니까 가방에 넣지 말고 어디 잘 꿍쳐 둬. 혹시 보면 한 사람은 망보고. 걸리지 않게 봐야 해. 알았지? 이거 걸리면 죽는다!"

체육 시간, 주번 2명은 교실에 남아 교실을 지켰다. 이번 주는 키 순서대로 받은 번호 13번이었던 나와 14번 친구가 주번이었다. 돌돌 말린 잡지였지만 본능이 귀신처럼 알아챘다. 머리카락이 쭈뼛 섰다. 콩알만해진 심장이 콩닥거렸다. 친구들이 운동장으로 모두 빠져나간 후 14번 친구가 망을 보는 동안 먼저 잡지를 살폈다. 플레이보이 잡지였다. 놀라웠다. 상상으로 그려낼 수 없었던 디테일이 고스란히 드러나 있었다. 아름다웠다. 어떤 것과도 비교가 되지 않을 경이로움이었다. 주변이 사라지며 어두워지는 것 같았다. 사진 속 여자들이 튀어나와 세상을 가득 채우는 것 같았다. 마지막 페이지를 넘기고 잡지를 덮었다. 다듬이질을 마무리할 때처럼 '빵 빵 빵' '빵' 네 번, 심장이 강하게 휘두른 방망이에 얻어맞고 납작해졌다.

14번 차례가 되었다. 교실 문을 살짝 열어 놓고 기대 서서 두리번두리번 계단이 있는 복도 양쪽 끝을 살폈다. 다리가 후들거리고 속이 울렁거렸다. 건식 한증막에서 막 나온 사람처럼 얼굴이 벌겋게 달아오른 14번 친구가 제일 뒤 구석 자리에서 일어났다. 잡지를 다 본 것 같았다.

나도 자리로 가서 앉았다. 그리고 책상에 엎어져 잠시 얕은 기절에 잠겼다. 심장은 여전히 '쿵쿵' 땅을 울리며 달음박질했지만, 몸은 무기력하게 쓰러진 채 꼼짝하지 못했다. 상상과 현실 어디를 쳐다보아도 잡지 속 여자들이 그 모습 그대로 사정없이 나타났다. 거꾸로 든 목이 긴 물병에서 벌컥벌컥 간헐적으로 쏟아지는 물처럼 마음이 울컥울컥 쏟아졌다.

중학교 2학년 늦은 봄 즈음, 친구에게 들었는지 아니면 내가 스스로 깨쳤는지 기억이 나지 않지만, 처음으로 자위를 했다. 점점 자위의 빈도가 높아졌고 은행에 꽂혀있던 여성잡지의 속옷 광고를 보고 나면 자위를 해야만 했을 정도로 자위에 빠졌다. 이불을 덮고 누워 1분이면 충분했던 단순한 행위가 점점 길어지고 복잡해져 갔다. 사정을 최대한 늦추고 직전의 긴장을 즐겼다. 몸이 뻣뻣해지고 머리가 텅 비는 느낌이 한 번으론 부족했다. 완급 조절로 깔딱고개를 넘는 시간을 최대한 늘리며, 길고 강력한 자극에 매달렸다.

제대로 된 자위를 위해서는 목욕을 핑계로 목욕탕 문을 잠가야 했다. 그렇게 자위에 빠져가던 중 3 겨울이었다. 사정에 다다르기 직전 생소한 느낌이 들었다. 사정을 한 것도 아닌데 갑자기 끝부분으로부터 날카로운 작열감이 번개처럼 척수를 타고 올라왔다. 손도 뜨거워졌다. 감았던 눈을 떴다. 작은 목욕탕 한쪽 벽으로 물총처럼 붉은색 피가 뿜어져 나가고 있었다.

그게 누구의 피고, 어디에서 뿜어져 나오는지, 어떻게 이렇게 뿜어져 나올 수 있는지, 얼마간 전혀 이해하지 못한 채 잠시 쳐다보기만 했다. 전쟁터에서 총알을 맞은 사람이 전투가 끝난 후 총상을 입은 자신의 몸을 발견하는 영화 장면처럼 긴장으로 패닉이 잠시 연기 된 고요함이었다.

몇 초나 흘렀을까, 어느새 한쪽 벽이 피로 물들어 시뻘게졌다. 그제야 심장이 쿵쾅거리고 있다는 걸 알아챘다. 여전히 상황 파악이 안 되었지만, 우선 휴지로 피가 뿜어져 나오는 끝부분을 둘둘 말았다. 한동안 발기가 지속되었고 휴지도 두어 번 더 갈아야 했다. 결국, 발기가 풀리며 출혈도 멈췄다. 평상시로 돌아온 녀석을 살폈다. 요도 끝과 피부를 이어주던 힘줄 같은 조직이 절반 정도 끊겨 있었다. 감각에 홀려 피부를 너무 강하게 잡아당긴 결과였다. 타일이라 물청소가 가능해서 다행이었다. 만약 이불 속에서 이런 일이 일어났다면 어땠을까 상상하며 피를 닦아내던 기억이 아직도 생생하다.

중학교를 졸업하며 나는 내가 남자란 걸 절감했다. 물론 여전히 남자는 아니었다. 남자의 몸을 가졌다는 걸 피해 돌아갈 수 없다는 걸 알았을 뿐이었다. 그때부터 나는 남자라는 사람의 역할과 의미를 더 적극적으로 찾았다. 제대로 알고 싶었다. 남자가 사람이 되는 과정의 성립과 이해가 필요했다.

그리고 언제인가부터 남자는 여자를 통해 사람이 될 수 있는 존재란 걸 알게 되었다. 동굴 속 곰과 호랑이와는 다른 방법이었지만 남자와 여자는 사랑을 통해 사람이 된다고 믿게 되었다. 사랑한다는 건 하나의 그릇에 서로의 마음을 담고 서로의 몸을 장작처럼 불태워 그릇에 담긴 마음을 끓이는 과정이라 이해하게 되었다. 사람이 되기 위해 절실한 사랑이라면 서로의 육체를 향한 끌림은 숨기고, 부끄러워야 할 것이 아닌 자랑스럽고 드러내야 할 소중한 것이라고 확신하게 되었다.

미진을 태운 버스가 정류장으로 다가왔다. 버스가 정류장에 도착하기 직전, 미진도 나를 발견했다. 예상하지 못했던 나의 기다림에 놀란 그녀의 얼굴이 반가움으로 환하게 빛났다.

"동주 씨~!"

오랜 기다림에 지칠 만도 했지만, 기다렸다는 듯 심장이 요동쳤다. 동네 골목길을 걸었다. 다른 곳으로 갈 수 있는 시간이 없었다. 그녀는 아무리 늦어도 10시 전에는 집에 들어가야만 했다.

연희동 화교학교 앞 버스 정류장에서 골목을 세 번만 꺾어 들어가면 나오는 그녀의 집은 연대 북문과도 가까웠다. 담이 높고 정원이 넓은 고급 주택들이 모여있는 동네였다. 혹시 몰라 미진 아버지의 퇴근길과 겹치지 않는 길로 걸었다.

대로변을 벗어나 안쪽 골목으로 접어들자, 안심한 듯 그녀의 팔짱이 나를 감았다. 반가움과 인사치레 같은 말을 나눈 후 우리는 말이 없었다. 그녀와 나를 이어주는 팔짱이면 충분했다. 동네의 조용함이 좋았다. 둘이 걷는 발소리가 잘 들렸다. 서로가 뱉은 숨을 또 나눠 마시는 소리도 짜릿했다. 시간이 거인의 걸음처럼 흘렀다. 한동안 흐름을 멈추었다 단 번에 삼십분씩 흘렀다.

집이 가까워지면 다시 멀어지는 골목으로 방향을 틀었다. 몇 번을 그러다 미진의 집이 있는 골목 끝 모퉁이에 있는 놀이터에 이르렀다. 놀이터는 텅 비어 있었고 길가 가로등 불빛은 놀이터 안쪽에 놓인 시소 근처에서 경계선을 놓고 어둠과 싸우고 있었다.

"미진 씨, 안고 싶어요. 안고 싶은데... 안아도 돼요?"

느닷없이 마음이 튀어나왔지만 당당하게 말했다. 진심이라면 떳떳해야 맞았다. 욕망의 칼날은 날카로워 보이지만, 진심이 담긴 욕망은 결코 상처를 낼 수 없다고 믿었다. 마음 어디를 봐도 나는 진심이었다.

그녀가 국화처럼 웃으며 조용히 내 손을 잡아 끌었다. 빨간색 시소를 지나쳐 어둠의 구역으로 스며들어 갔다. 놀이터를 둘러싼 담벼락에 그녀가 등을 기댔다. 그녀를 살며시 안았다. 그녀의 귀와 쇄골 사이 목 어딘 가에 코끝이 닿았다.

히로시마 상공에 터진 원폭처럼 그녀의 살 내음이 코끝에서 폭발했다. 폭풍이 쓰나미처럼 비강을 휩쓸고 또 휩쓸었다. 후각 수용체들이 미친 듯이 SOS를 쳐댔고 당황한 뉴런들이 한 번도 연결하지 않았던 모양으로 이어지며 대뇌피질을 무력화시켰다. 본능에 점령당한 이성이 두개골을 열고 탈출 준비를 했다. 눈꺼풀을 내려 빛을 차단하더니 그녀의 숨소리와 내 심장 소리를 제외한 모든 소리를 차단했다. 고요한 우주로 콸콸 물이 흘러들어 더 적막해지는 것 같았다.

그녀를 둘러 안은 손을 조금도 움직일 수 없었다. 조금만 움직여도 내 손의 감각들이 그녀의 몸을 찾아낼 것 같았다. 그대로 가만히 얼마를 있었다. 세상 어느 것도 움직이지 않는 것 같았다. 내 마음도, 몸 어느 것도 움직일 수 없었다.

미진이 집이 보이는 조금 떨어진 곳에 헤어졌다. 내가 서있는 곳을 향해 돌아선 미진이 마지막으로 한 번 더 손을 흔들어 주고 대문 안으로 사라졌다. 하룻밤을 꼬박 새운 다음날 단잠을 깊이 자고 일어났을 때처럼 마음이 구름 한 점 없는 파란 하늘처럼 상쾌했다. 정류장으로 가는 발걸음이 가벼웠다. 터벅대다 달렸다. 함박웃음을 머금고 내달리는 내가 보였다. 기쁨이었다.

집으로 가는 버스에 올랐다. 6명이 더 타고 있었다. 맨 뒤 창가 구석 자리에 앉았다. 맨 뒷자리는 의자가 높이 올려져 있어 창밖을 쳐다보기도 좋았고 창문을 열 때 뒤에 앉은 사람을 신경 쓸 일이 없어 좋았다. 그녀가 준 믿음이 새삼 고마웠다. 창문을 조금 열었다. 들이치는 바람에 이마를 가져다 댔다. 버스에 타고 있는 사람들을 관찰하지도 4차원 세상으로 빠지는 상상도 하지 않았다. 그저 이마에 부딪히고 스쳐 가는 바람 타래만 느꼈다.

...

1967년 10월 13일. 비슷하게 손가락을 오므리고 똑같이 눈을 감은 두 아이가 태어났다. 어둠 밖, 눈부시게 밝은 첫 빛을 어렴풋이 느낀 지 19년이 흘렀다. 그땐 시간이 지나고 나면 그 두 아이가 우연의 호미를 들고 줄기 아래 땅속에서 커가는 고구마처럼 숙명이 주렁주렁 묻혀있는 밭으로 함께 들어설지, 아무도 알지 못했다.

몇 시간 차이는 났지만 같은 날이었다. 오늘은 미진의 생일이다. 내 생일이기도 하다. 생일이 같다는 사실을 알았을 때 동시에 탄성을 지르며 서로를 쳐다보았었다. 눈도 입도 동그래졌었다. 난 동트기 전 새벽이었고 미진은 오후 4시였다. 태어나는 모습을 한 번도 구체화해 보지도 않았지만 바로 그날 또 어딘가에서 다른 아기가 태어났다는 사실이 놀라웠다.

아침부터 해가 좋은 가을 일요일, 매끈한 포장지를 벗기고 새 세숫비누를 꺼내 머리를 감았다. 가끔 빨랫비누로도 머리를 감았고 얇아진 세숫비누가 있었지만 향이 좋은 새 비누를 쓰고 싶었다. 찬물로 너무 오래 감고 헹궈서인지 머리가 얼얼했다. 수건으로 머리를 말리며 욕실을 나섰다. 외출복을 입은 둘째 형이 다가와 말했다.

"동주야, 너 5천 원만 있으면 형 줄래?"

"오천 원? 왜?"

"형 아끼는 서클 후배 생일이 이번 주말인데 면도기라도 하나 사주려고 그래. 너 돈 있지?"

찡그리며 접히는 내 미간과는 달리 둘째 형의 얼굴엔 미소가 돌았다.

"후배? 누군데?"

"준호라고 너도 한번 봤잖아. 형이 정말 아끼는 동생이야."

"꼭 생일선물 사줘야 해?"

"응, 부탁해. 정말 착하고 또 나를 얼마나 잘 따르는지 몰라. 사랑하는 후배 생일인데 그냥 지나가고 싶지 않아."

둘째 형은 나보다 4살 많았고, 3학년이었다. 아버지의 사업 실패가 마침 형의 사춘기와 겹치며 한동안 방향 없는 질주가 심했다. 고등학교 2학년 때 여학생이 좋아 교회를 다녔다. 하지만 교회 주말학교 선생이었던 대학생이 그 여학생을 건드렸고 그걸 안 둘째 형은 그 대학생과 담판을 짓는다며 만났다. 소주병이 깨지고 주먹다짐이 났다. 그 문제로 자칫 학교를 그만두게 될 수도 있었지만, 다행히 졸업은 할 수 있었다. 고등학교 내내 진학을 포기한 친구들과 주로 어울렸고 술과 담배는 당연했다.

그런 둘째 형이 졸업 후 대학에 가겠다며 학원 등록을 했다. 미국 이민에는 불필요한 대학이었고 공부였는데 부모님은 무척 대견해했고 둘째 형을 전폭적으로 지지해 주었다. 다행히 학력고사 점수가 괜찮게 나왔다. 서울에 있는 대학 대신 4년 전액 장학금과 생활보조금 혜택을 제공하는 지방 분교를 택했다. 결과는 지방 분교 전체 수석이었다. 하지만 공부에 대한 열의는 2학년 때 자기가 만든 영어 공부 서클에 대한 애착으로 변해갔다. 서클 남자 후배들의 추앙에 교내 연애까지 더해졌고 결국 서클과 4년 장학금이 자리를 맞바꾸었다. 전액 4년 장학금에 필요한 학점을 유지하지 못하게 되며 장학금도 끊겼다. 그런데도 둘째 형은 아쉬워하거나 후회하지 않았다. 내년이면 졸업이지만 취직이나 입대보다는 대학원으로 진학 해 공부를 더 하고 싶어 했다.

IT 관련 잡지사의 해외원고 번역 아르바이트를 했지만, 서클과 후배들을 위해 쓰기에도 모자라 했다. 서클을 위해 학교에 갔고 서클 활동이 없는 날만 집으로 들어와 잠을 잤다. 후배들을 위한 일한 일이라면 조금도 망설임이지 않았다. 가족과 후배 중 하나를 선택해야 할 때면 언제나 후배가 먼저였다.

지갑에서 5천 원을 꺼내 둘째 형에게 주었다. 둘째 형에 대한 기대가 사라진 지는 꽤 됐지만 다시 한번 기대를 접어 마음 깊숙이 쑤셔 넣었다. 내 마음을 아는지 모르는지 둘째 형은 환하게 웃으며 기뻐했다.

"고마워! 준호가 엄청나게 좋아하겠다. 황학동 벼룩시장 한번 가봐야겠다. 좋은 거 찾을 수 있을까?"

"아무래도 거기 가면 중고지만 좋은 게 있겠지...."

아버지 가발 사업이 망한 이후 아침에 미역국이 나오는 걸 빼면 식구들의 생일은 여느 날과 별다르지 않았다. 그래도 아버지 생일날은 조금 달랐다. 생일 케이크는 없었지만, 밥상에 아버지가 좋아하는 조기구이가 미역국과 함께 올라왔다. 엄마를 포함한 다른 식구들의 생일은 그저 "오늘이 생일이네." 정도의, 스치듯 지나가는 한 줄 말이 다였다.

오늘 아침에도 미역국을 먹었지만 특별한 축하는 없었다. 심지가 깊어 흔들림이 적었고 겉으로도 쉽게 나타나지 않는 엄마였지만, 가족의 생일날 아침 엄마의 얼굴엔 숨겨지지 않는 아쉬움과 미안함이 배어 있었다. 그런 엄마를 보는 게 마음이 아팠다. 다른 사람은 몰라도 내 생일날만은 엄마의 마음을 덜어드리고 싶었다. 생일은 일 년이 시작되면 그저 줄 서 차례대로 나타났다 사라지는 365개의 하루 중 하나일 뿐이라고 생각했다.

생일은 엄마가 죽음의 가능성이 있음에도 조금의 망설임 없이 선택했던, 인간이 상상할 수 있는 최고의 고통을 겪었던 날이다. 그날 난 아무런 선택도 하지 않았고 고통이 있었다 한들 조금의 기억도 없어 고통의 크기는 물론 존재 자체도 가늠이 불가능한 날일 뿐이다. 정작 고생한 사람이 아닌 수혜자가 축하받아야 하는 생일이 싫었다. 생각하면 할수록 생일의 의미를 찾기가 힘들어졌고 그만큼 축하와는 거리가 멀어졌다. 그런데 오늘 가뜩이나 미진의 생일과 같은 날이라 표면 바로 아래까지 올라와 있던 내 생일을 둘째 형이 쑥 밀어 올렸다. 내 생일이 소환된 건 그래서 오랜만이었다.

생일과 관련해서는 마음이 굳어진 줄 알았는데 그렇지 않았다. 둘째 형이 생일이 세워진 땅 한쪽을 삽으로 푹 떠내자, 주변이 삽시간에 꺼져 내려갔다. 단단한 땅인 줄 알았는데 모래뿐인 곳이었다. 생일이 기울더니 거꾸러져 개미지옥에 빠진 개미처럼 모래 속으로 사라졌다. 형답지 못한 행동에 대한 섭섭함보다는 5천 원이 마음을 뒤흔드는 가난을 마주하는 게 싫었다.

둘째 형이 원망스러웠다. 엄마의 마음을 위해서라고 생각했지만 어쩌면 내 마음을 지키기 위해 엄마를 끌어들였는지도 몰랐다. 생일은 가난한 나를 만나기 쉬운 날이라 버렸을 뿐이었다. 이렇게 집을 나설 수는 없었다. 마음을 추슬렀다. 생일 축하를 받는 그녀의 얼굴을 그렸다. 이뻤다. 미진과 함께니까, 오랜만에 내 생일도 축하받기로 마음먹었다.

약속 장소인 놀이터로 가며 그녀의 집을 지나쳤다. 회색 벽돌담이 높아 마당이 잘 보이지 않았지만 대충 짐작으로도 잔디밭이 있고 돌과 나무로 꾸며진 마당을 가졌을 법한 2층 양옥집이었다. 널찍한 집들이 이어진 동네는 냄새도 좋았다. 각박한 사람들이 다닥다닥 모여 살면 나는 찌든 냄새, 마른 냄새, 쉰 냄새가 없었다. 상쾌하고, 촉촉하고, 싱싱한 냄새가 났다. 그녀의 집 앞을 지나며 다름을 느꼈지만, 특별히 부럽지도 부끄럽지도 않았다. 다만 동트는 아침에 어둠을 밝히려 촛불을 들고 서 있는 듯한 느낌만 언뜻 스쳤다.

그녀를 안았던 놀이터 구석 담벼락이 가을 햇살을 고스란히 튕겨내고 있었다. 너무 낮아 걸터앉으면 자연히 무릎이 펴지는 공원 벤치에 앉았다. 간혹 살랑이는 바람을 핑계로 가을 나무들이 잎새 몇 개씩을 떨어뜨렸다. 일요일 아침 연희동 주택가는 조용했다. 혹시나 하는 마음에, 골목길로 나가 미진을 마중하지 않고 놀이터 안에서 기다렸다.

골목 저만치 그녀가 나타났다. 노란 원피스였다. 치마와 같은 천으로 만든 긴 띠로 조여진 허리가 더 잘록해 보이는 A라인 치마였다. 무릎 정도에서 멈춘 치맛단의 굵고 동그란 웨이브가 찰랑거렸다. 그녀가 가볍게 깡충 걸음으로 다가왔다.

"일찍 왔어요?"

"조금요. 어? 이 옷...?"

그녀가 선물을 펼치듯 치마 양쪽 끝을 잡고 펼치듯 잡아당겼다.

"네, 동주 씨랑 처음 만났을 때 입었던 원피스예요."

곁으로 다가온 그녀가 팔짱을 끼었다. 심장으로 그녀의 향기가 흘러들었다. 충동적 도발을 막기 위해 심장부터 다독여야 했다.

"우리 북문으로 올라가서 청송대 들렀다 점심 먹으러 가요. 오늘 몇 시까지 집에 들어가면 되죠?"

"종근당 빌딩에서 저녁을 먹을 거니까 5시까지만 들어가면 돼요."

"종근당이요? 거기에 무슨 식당이 있어요?"

"네, 서울 클럽이라고 있어요. 외할아버지가 회원이세요. 옛날 고종황제가 만든 사교클럽이라고 하더라고요."

"아... 그렇군요. 그럼, 외할아버지도 높으신 분이었어요?"

"네, 외할아버지는 예전에 국방부 장관 하셨어요."

속으로는 적잖이 놀랐다. 사는 집만 다른 게 아니었다. 어쩌면 나와는 하나도 비슷한 게 없는 그녀일 수도 있었다. 하지만 그녀가 너무 이뻤다. 달라도 함께 하고 싶었다. 함께 할 수 있다고 믿고 싶었다.

어느새 청송대였다. 나란히 벤치에 앉았다. 바닥에 이미 떨어진 마른 낙엽과 아직은 달려있는 마지막 잎새들 냄새가 뒤섞여 있었다. 가을 냄새가 진했다. 저만치 맞은편 숲에 데이트 중인 커플이 보였다. 남자가 허벅지에 비스듬히 앉아 있는 여자의 허리를 양팔로 휘감고 있었다.

"미진 씨, 어제... 내가 안고 싶다고 했을 때 왜 허락했어요? 얼마든지 오해할 수도 있었을 거 같은데..."

그녀가 맞은편 커플을 향했던 고개를 내게 돌렸다.

"왜요? 왜 오해를 해요? 좋아하는 사람끼리 안는 게 이상한 거예요? 좋아하는지 아닌지가 중요한 거지! 안 그래요? 나도 안고 싶었으니까 안은 거예요. 내가 남자 마음만 받아주는 지고지순한 여자인 줄 알았어요? 엄마가 아빠 말고는 연애 한번 해본 적이 없다고, 근데 엄마는 몰라서 그랬지만 나 보고는 그러지 말라고 했어요. 여자로 태어나 삶의 주인공이 되기 위해서는 어떤 남자를 만나는지가 중요한데 만나고 경험하지 않고 좋은 남자를 알아보는 건 불가능하다고 했어요. 동주 씨는 내가 선택한 거예요. 몰랐어요?"

콧대가 들리게 그녀가 웃었다. 그랬다. 내게 다가온 건 그녀였다. 흔한 남자들처럼 그녀를 수동적인 여자로만 생각했다니. 부끄러웠다. 그녀의 당당함이 생경했지만, 사실 어떤 여자의 어떤 태도도 모두가 처음이라 어색했을지도 몰랐다. 여자만이 아닌 사람으로도 깊은 나눔이 가능한 사람 같아 기뻤다. 내 사랑은 그런 나눔 없이는 이루어질 가능성이 너무 희박하니까!

노천극장 쪽으로 청송대를 빠져나와 학교를 나섰다. 연세로 중간쯤에 있는 경양식집으로 향했다. 높은 칸막이와 어두운 조명으로 스킨십이 가능해 유명 여자 연예인도 데이트를 위해 자주 온다는 소문이 있는 곳이었다.

이화여대 쪽으로 빠지는 골목을 지나 신촌 시장 쪽으로 신호등이 없는 횡단보도 중앙선을 막 건너는데 다가오는 택시가 보였다. 신호등이 없었지만 20미터는 족히 떨어져 있는 택시가 당연히 속도를 줄일 거로 생각하며 길을 건넜다. 그런데 오히려 택시가 속력을 더해 달려들었다. 깜짝 놀라 그녀의 손을 잡고 급하게 뛰어 횡단보도를 건넜다.

길을 건너고 나니 아드레날린이 보낸 신호에 몰려든 피를 처리하느라 심장이 터져나갈 것 같았다. 횡단보도를 지나친 택시가 보란 듯이 속도를 줄였다. 놀리는 것 같았다. 닻줄이 끊겨 표류하던 뇌가 분노의 파도에 휩쓸렸다. 손에 들고 있던 생일선물 봉투를 그녀에게 맡기고 곧바로 택시를 향해 달렸다. 100미터를 달려가 마침 신촌 로타리 신호등 때문에 서있던 택시 운전석 창문을 주먹으로 두드리며 소리쳤다.

"운전 똑바로 해!"

택시 기사의 사과를 기대했지만 택시의 운전석 문이 열리고 택시 기사가 튀어나와 다짜고짜 내 멱살을 움켜쥐었다. 전혀 예상하지 못한 반응에 나는 낚시에 걸린 오징어가 먹물을 쏘아대듯 분노만 뿜어낼 뿐 아무런 대응을 하지 못했다. 40대로 보이는 택시 기사는 나보다 작고 말랐지만, 몸싸움엔 이력이 난 사람 같았다. 움켜쥔 멱살을 치밀어 올리더니 트렁크 쪽으로 나를 밀쳤다. 허리가 뒤로 꺾이며 아무런 힘을 쓸 수가 없었다.

"이런 어린 새끼가 어딜 감히 내 차를 건드려! 대학생이면 다야? 이 새끼야! 너 오늘 한번 처맞아 볼래?"

주변으로 사람들이 몰려들었다. 도로 한복판에 사람들이 둘러서서 만든 작은 원형경기장이 생겼다. 아무도 폭력의 정당성에 관심을 두지 않았다. 어느새 왔는지 사람들 틈 사이로 발을 구르며 어쩔 줄 몰르는 노란 원피스도 흐릿하게 보였다. 억울하고 창피해서 눈물이 터질 준비를 했지만 분노가 쌓은 둑에 갇혔다. 어떻게 해서든 목을 조르고 있는 택시 기사를 밀쳐내고 얼굴을 향해 주먹을 날리고 싶었지만 택시 기사를 때렸을 때 일어날 수 있는 문제가 떠올랐다. 무조건 참아야 했다.

순간 몸이 노작 지근해졌다. 가난이 택시 기사보다 더 강하게 목을 조였다. 절벽 아래로 내 스스로 떨어지는 것 외에는 다른 패배의 방법이 보이지 않았다. 하지만 가만히 있을 수는 없었다. 택시 기사가 가진 약점은 나와 크게 다르지 않았다. 눈에는 눈. 이에는 이였다. 택시 기사의 눈을 노려보며, 소리쳤다.

"그래 쳐라! 쳐, 이 새끼야. 오늘 돈 좀 벌어보자. 쳐! 쳐봐! 이 새끼야. 경찰 불러. 경찰서로 가자!"

"뭐? 경찰? 이런 병신 같은 새끼가..."

미친개 같던 택시 기사의 눈동자가 갑자기 뿌예지며 광기를 잃었다. 주변을 둘러본 택시 기사가 목을 조르고 있던 손을 풀며 소리쳤다.

"너 이 새끼, 오늘 운 좋은 줄 알아. 에이, 재수 없어!"

몰려드는 사람들 때문에 눈치가 보였는지 문제가 커져봤자 자신이 불리할 뿐이라는 생각에 이르렀는지 부리나케 택시에 올라탄 기사가 도망치듯 사라졌다. 흩어지는 구경꾼 사이에서 그녀가 달려와 찻길 한복판에 덩그러니 남겨진 나를 인도로 잡아끌었다. 눈물이 터져 쏟아졌다. 억울함과 미안함이 물고 물리며 용솟음처럼 타고 올라간 후 사방으로 튀어 떨어져 내렸다.

"동주 씨, 괜찮아요? 난 괜찮아요. 걱정 마요!"

그녀가 손수건을 건네며 말했다.

"정말 나쁜 사람이에요. 택시 기사. 어떻게 자기가 잘못 해 놓고 오히려 남 탓을 하는지…. 미친개를 만났거니 마음 쓰지 마요. 동주 씨 잘못 없잖아요. 좀 더 울어요. 울면 괜찮아질 거예요."

사람들 눈길이 덜 닿는 건물 사이에 숨어 한참을 울었다. 목구멍에 걸렸던 묵직한 자갈도 사라지며 눈물도 잦아들었다. 하지만 한동안 고개를 들지 못했다. 마음이 진정되었지만, 그녀를 바라볼 낯이 없었다. 가만히 옆에 서 있던 그녀가 조금 큰 소리로 힘 있게 말했다.

"김동주! 힘내! 그럴 수도 있지. 안 그래 김동주?"

갑자기 정신이 번쩍 났다. 아직 벌건 눈이 다 마르진 않았지만, 더 이상의 어리광이 창피했다. 어리석은 시간이 이미 너무 길었다.

경양식집 구석 자리에 앉았다. 너무 울어서인지 귀도 조금 먹먹했다. 어둡게 선팅 된 창밖 거리 풍경이 감정이 담기지 않은 흑백 무성 영화 같았다.

이미 2시가 넘었다. 시간이 빠듯했다. 생일 노래가 나왔다. 나는 뒷주머니에 해변가 파라솔처럼 보이는 작은 자수 로고가 박힌 노란색 코듀로이 바지를, 그녀는 노란 줄이 가로로 들어간 회색 털실 장갑을 내게 선물했다. 생일도 같았지만 제일 좋아하는 색도 같았다.

"근데 미진 씨, 저 미국으로 이민 가요."

갑자기 툭 뱉은 말에 하늘을 나는 코끼리를 본 사람처럼 미진의 눈이 동그랗게 커졌다.

"네? 미국 이민이요?"

그녀가 숨을 골랐다.

"언제요?"

"아직 몰라요. 초등학교 5학년 때 신청했는데 아직도 기다리고 있어요. 매년 내년, 내년 했는데 벌써 10년이 됐네요. 이젠 정말 가게 돼야 가나 보다 생각하고 있어요."

"전혀 예측이 안 되는 거예요? 그러다 갑자기 가는 거예요?"

"아니요. 형제 초청 이민 쿼터가 풀리는 속도에 따라 시간이 달라지는데, 수속하는 이주공사 이야기로는 이제 정말 2~3년 남았다고 해요. 아마 졸업할 즈음에는 가게 되지 않을까 싶어요."

"정말요?"

"네, 놀랐죠?"

"네. 솔직히 좀 많이 놀랐어요. 그래도 먼저 이야기해 줘서 고마워요."

"미진 씨가 놀랄 일이 하나 더 있어요."

"생일선물 너무 많이 가져온 거 아니에요? 하하. 그래요 이야기해 줘요."

철봉에 간신히 대롱대롱 매달려 있으면서도 자기 다리에 물 양동이를 걸라는 그녀가 안쓰러웠다. 그래도 해야 했다.

"우리 집이 좀 많이 가난해요. 아까 택시 기사도 우리 집이 부잣집이었다면 한 대 쳤을지도 몰라요. 내가 창피했던 것도 사실은 그런 가난함 때문에 양보해야 하고, 참아야 하는 것들을 마주하는 나 자신이었고요."

"동주 씨. 아까는 가난해서 잘 된 거예요. 괜히 정말 싸움이 났으면 동주 씨 마음만 더 상처 났을 거예요. 오늘 일은 잊어요."

"알았어요. 근데 우리 집은 초등학교 3학년 때 아버지 가발 사업이 망한 이후 지금까지 쭈욱 가난했어요. 지금도 학자금 융자를 받아 학교에 다니고 있고 몰래 과외도 하고 싶은데 연결이 잘 안돼서 몸 쓰는 아르바이트를 많이 해요. 가끔 학교에서 점심 사 먹을 돈이 없어 굶은 적도 있었어요. 점심값 정도야 친구들에게 빌리면 그만이었지만 몇백 원이 없어서 빌리는 내 모습을 마주하기 싫어서 그랬던 거 같아요. 그런데 재미있는 건 우리 과 친구들은 제가 부잣집 아들인 줄 알아요. 신기하죠?"

미진은 아무 말이 없었다. 듣기만 했다.

"1학기 때는 미팅을 오십 번도 더 한 것 같아요. 어떤 날은 하루에 미팅을 세 번이나 했어요. 점심때 미팅하고 오후에 한 번 더 하고 저녁땐 고팅을 한 거죠. 사랑하는 여자를 찾고 싶었어요. 1학기 초반에는 미팅을 나가면 결혼할 사람을 찾기 위해 미팅을 한다고 이야기했어요. 어땠겠어요? 하나같이 난감한 표정을 지었죠."

그녀도 난감한 미소를 지었다. 미진이 앞에 있는 맥주잔을 돌려가며 표면에 맺힌 물방울을 엄지손가락으로 밀어 내렸다. 맥주잔 밑바닥을 따라 가늘고 동그란 물 도넛이 생겼다.

"고마워요. 동주 씨는 자존감이 참 큰가 봐요! 하기 힘든 이야기일 수도 있는데, 감추다 나중에 하고 싶은 이야기일 수도 있는데 쉽게 하네요. 안 좋은 조건을 먼저 이야기하는 건 자신감이 없이는 불가능한 건데! 내가 그날 미팅에서 본 게 그런 자신감이었나 봐요. 동주 씨가 참 괜찮다고 생각했었어요. 그런데 오늘 보니 내가 맞았네요."

고마운 바람이 불었다. 마음을 칠한 연을 바람에 태워 높이 날렸다.

"전 사랑은 일생에 딱 한 번만 사용할 수 있는 주사라고 생각해요. 한 번의 기회만 주어지는 사랑이니, 사랑한다면 결혼하는 게 너무 당연하겠죠? 저, 어제 미진 씨 안고 싶다는 말. 사실은 미진 씨랑 결혼하고 싶다는 이야기였어요. 미진 씨에게 안아도 되냐고 물었지만 사실 그 건 내가 내게 물었던 거예요. 사랑할 건지? 결혼하고 싶은지. 확실한지. 그리고 어제 약속했어요. 미진 씨를 안으면서요. 사랑하기로!"

진지하게 이야기를 듣던 미진이 웃음을 터트렸다.

"웃어서 미안해요, 동주 씨. 근데 동주 씨 이야기가 너무 재미있어요. 웃겨요. 어린 왕자예요? 근데 농담 아니죠?"

나도 모르게 헛웃음이 터졌다.

"농담 아닌데...!"

"알아요. 농담 아닌 거. 동주 씨가 귀여워서 웃었어요. 진지하게 이야기했는데.... 근데 지금도 웃겨요. 동주 씨 지금 내게 프러포즈한 거 맞죠? 하하하. 근데 뭐예요. 동주 씨 좀 너무한 거 아니에요? 실컷 가난한 남자의 미국 이민을 이야기해 놓고는 덥석 프러포즈를... 하하하."

아쉬운 입맞춤이 경양식집을 나서기 직전까지 길게 이어졌다. 덕분에 가족과의 저녁 약속 시각이 빠듯해진 미진이 곧바로 택시를 타야 했다.

"동주 씨, 갈게요. 생일 축하해요!"

보조개 흔적이 비치는 싱그런 미소를 짓고 그녀가 택시에 올랐다. 그녀가 탄 택시 뒤꽁무니에 달린 시선이 끊어진 후에도 한동안 그대로 서 있었다. 그녀의 입술로부터 넘겨받은 사과 향이 코끝에서 감돌았다.

"김동주!"

그녀의 따뜻하고 단호했던 목소리가 떠올랐다. 외출복을 입은 육사 생도처럼 어깨를 바짝 펴서 제쳤다. 쭈욱 펴진 척추와 어깨 덕에 자연스레 숨도 더 크고 깊어졌다. 자신감도 함께 차올랐다. 한편 암담해야 했지만, 오히려 더 용기가 났다. 해처럼 뜨겁고 달처럼 서늘하게 영원히 마음을 달구고 식혀줄 뫼비우스의 띠 위로 풀쩍 뛰어 올라섰다.

···

　10월 중순. 서울이 조금씩 겨울 쪽으로 기울어 갔다. 해가 지고 나니 바람이 더해지며 쌀쌀함이 느껴졌다. 나라시를 하기에 좋은 날씨였다. 더구나 오늘은 금요일이다. 밤 11시가 넘으면 택시를 잡기 위해 차도까지 내려와 손을 흔드는 사람들이 많을 게 뻔했다.

　자정이 넘어가며 차도까지 내려와 손가락 두 개를 펴서 흔들며 따블을 외쳐도 외면받는 사람들이 넘쳤다. 의식과 무의식 사이에서 외줄 타기를 하듯 간신히 중심을 잡고 서 있는 남자 앞에 차를 세웠다. 창문을 열고 말을 걸기도 전에 남자가 알아서 조수석 문을 열고 탔다. 연회색 정장을 입은 남자는 40대로 보였고 나라시를 타 본 경험이 많은 듯했다. 취기로 어눌해진 말투였다. 대치동 한 아파트로 가자고 했다.

　어눌한 반말로 빨리 가자며 손을 앞으로 두세 번 휘젓던 남자가 고개를 떨구더니 이내 곯아떨어졌다. 나라시를 하며 이렇게 취한 사람은 처음이었다. 가는 내내 남자의 고개는 무겁게 떨어진 상태로 흔들렸고 몇 번 알 수 없는 짧은 소리를 중얼거렸다. 남자가 말한 아파트 단지에 들어섰다.

　"도착했습니다. 몇 동이세요?"

　깊은 잠에서 헤어 나오지 못할 것 같던 남자가 고개를 번쩍 들었다. 눈꺼풀을 절반도 밀어 올리지 못한 남자가 주위를 둘러보곤 나를 힐끗 쳐다보았다. 혀 꼬부라진 소리였다.

　"응, 여기면 됐어. 근데 학생인가?"

　"네."

　남자가 지갑에서 만 원짜리 두 장을 꺼내 건네곤 말없이 차에서 내렸다. 잠시 남자를 쳐다보았다. 걸음이 느리고 몇 걸음마다 잠시 멈출 것 같았지만 집을 찾는 데는 문제가 없어 보였다. 호의에 놀라 감사하다는 말을 못 한 게 아쉬웠다. 젊어서의 자기 모습을 떠올렸을 거로 생각했다. 아파트 단지를 빠져나와 역삼동 쪽으로 차를 몰았다.

"훅훅! 흰색 프레스토 도로변으로~! 정차, 정차."

영동 세브란스 앞을 지나는데 난데없이 경광등을 켠 경찰차가 따라붙었다. 지시대로 길가에 차를 세웠고 경찰차에서 내린 교통경찰이 어슬렁어슬렁 다가왔다. 상황상 그럴 수는 없었지만, 혹시 나라시 하는 걸 들킨 건 아닌지 조바심이 났다. 창문을 내리고 물었다.

"무슨 일이시죠?"

"깜빡이를 안 켜고 차선 변경입니다. 운전면허증 주세요."

말투나 표정을 보니 차선 변경은 핑계일 뿐 뇌물을 받기 위한 단속이었다. 미리 접어놓은 만 원짜리를 꺼내 운전면허증 아래에 끼워 교통경찰에게 건넸다. 운전면허증을 받아 든 교통경찰이 촉감으로 확인한 지폐에 흡족한 미소를 지으며 말했다.

"아버지 뭐 하시나? 아버지가 공부 열심히 하라고 차도 사주셨는데, 밤늦게 놀러 나다니고 말이야~ 응?! 학생인 것 같은데."

혹시나 주요 인사의 아들이면 인사에 불이익이 날까 확인하는 질문 같았다. 일부러 조금 건방진 느낌이 나게 말했다. 서투르다 싶으면 아버지가 국회에 계신다고 거짓말을 할 참이었다. 중학교 동창 친구의 아버지가 국회 도서관에 계셨고 사람들은 국회에 있다고 하면 알아서 국회의원으로 해석한다는 걸 친구를 통해 알고 있었다.

"도서관에서 늦게 공부하고 가는 거예요. 근데 제가 지금 5천 원짜리가 없어서 만 원짜리 드렸거든요. 5천 원은 거슬러 주세요."

"엥? 그래? 어쩌냐? 나도 5천 원짜리 지금 없는데!"

뭔가 있는 집안 자식이라고 생각한 듯 말투가 한결 친절해졌다.

"어! 그럼 안 되는데요."

교통경찰이 모자챙을 잡고 살짝 치켜올렸다. 교통 법규 위반은 5천 원이었다. 귀찮지만 어쩔 수 없다는 듯 운전면허증을 돌려주며 말했다.

"그럼 나 따라와."

새벽이라 그런지 잔돈을 만들 곳이 만만치 않았다. 10분도 넘게 경찰차를 따라다닌 후에야 5천 원을 돌려받았다. 얼마 전 교통사고를 당해 병원 응급실에 도착한 사이드카 교통경찰의 부츠를 벗기자 접힌 만 원권 수십 장이 쏟아졌다는 신문 기사가 떠올랐다. 5천 원을 뜯겼지만, 운이 좋은 날이었다. 손님 태우기도 쉬웠고 후한 손님들도 있었다. 새벽이 되며 인적도 드물어졌지만, 택시도 드물었다.

역삼동에서 까만 원피스를 입은 여자를 태웠다. 화장이 짙었다. 유흥업소에서 일하는 것 같았지만 유흥업소에 대해 자세히 알지도 못했고 다양한 유흥업소의 성격이나 특성의 구분도 불가능했다. 정확히 어떤 일을 하는 여자인지 짐작도 어려웠다. 그나마 내 또래인 것 같아 작은 공감이 생겼다. 송파 주택가 골목 안에 있는 여자의 집 앞에 도착했다. 내리지 않고 미적대던 여자가 말했다.

"혹시, 집에 들어올래요? 커피라도 한잔해요."

정중하게 사양했다. 여자는 실망했지만, 거절을 예상한 것 같았다. 자존심이 상한 표정은 보이지 않았다. 다만 이미 쪼그라든 자존감을 마주하는 것처럼 보였다. 한편 내 모습인 것 같아 미안했다.

2만 원을 주고 내린 손님 덕분에 벌이가 특별히 좋은 날이었다. 욕심이 났다. 집으로 가기 전, 딱 한 명만 더 태우고 싶었다. 지나는 차가 부쩍 준 편도 4차선 대로 길가에서 택시를 기다리는 남자가 눈에 띄었다. 양복 차림의 중년 남자를 태우고 속도를 올려 2차선으로 접어드는데 갑자기 '빠아아~앙!' 긴 경적이 울렸다. 반사적으로 속도를 줄였다. 조수석 창문이 열린 택시가 내 차 운전석 옆으로 바짝 따라붙었다. 머리가 희끗희끗한 택시 기사가 사나운 표정으로 삿대질을 해댔다.

"야 인마! 너 이 새끼! 불법 나라시 하는 놈이지? 차 세워!"

앉아 있는데도 다리가 덜덜 떨렸다. 심장에서 솟아오른 폭죽이 머릿속에서 화약 냄새를 풍기며 연신 터져댔다. 인도 옆에 차를 세웠다. 내차 옆으로 3차선에 나란히 택시가 섰다. 차에서 내리는 게 무서웠다. 운전석에 앉은 채 내려진 창문 밖으로 머리를 내밀고 연거푸 조아렸다.

"죄송합니다. 대학생인데요, 학비를 벌려고 아르바이트하고 있습니다. 죄송합니다. 정말 죄송합니다."

조수석으로 몸을 기울인 택시 기사가 내 얼굴을 보고는 갑자기 말문이 막힌 사람처럼 조용해졌다. 화가 펄펄 끓는 냄비에 측은함이 뚜껑을 찾아 덮은 것 같았다. 택시 기사의 표정이 부드러워졌다. 소리는 컸지만, 조심스럽게 타이르는 목소리였다.

"가능하면~ 대로변에서는 하지 말고.... 조심해서 해야지~!"

멀어지는 택시를 보면서도, 여전히 심장이 벌렁거렸다. 하지만 다행이었다. 불처럼 화를 내고 당장 경찰을 부를 것 같았던 사람이 오히려 나를 걱정해주는 사람으로 순식간에 바뀐 상황이 언뜻 받아들여지지 않았다. 잠시 어색한 상황에 머뭇대고 있던 내게 손님이 물었다.

"어느 대학 다녀요?"

"연대 다닙니다."

"좋은 대학 다니는데 무슨 사정이 있나 보네."

"네... 사정이 좀 있어요."

"그랬구나...."

남자가 고개를 끄덕이더니 작은 한숨을 내쉬었다. 나도 크게 숨을 몰아쉬고 다시 차를 몰았다. 마음이 쉽게 가라 앉지 않았다. 다리가 여전히 부들부들 떨렸다. 핸들을 꽉 잡았다. 남자의 집 앞에 도착했다. 열심히 공부 잘하라는 당부와 함께 1만 원을 주며 남자가 내렸다. 이유를 설명해 주지는 않았지만, 그도 내 편이 되어 주었다.

집으로 가는 내내 천천히 차를 몰았다. 나라시를 하지 않았다면 잠들어 세상과 단절되었을 6시간. 남들과 다른 시간을 보냈던 선택의 이유를 헤집었다. 이유는 어이없이 단순했다. 더 복잡하고 어려운 이유를 찾으려 애썼다. 그래야만 할 것 같았다. 하지만 답은 언제나 한곳으로 모였다. 어느새 신림동 개천으로 갈라진 일방통행 도로에 도착했다.

...

친구의 초청으로 미국에 가셨던 아버지가 돌아오셨다. 60년대 중반, 가발 회사의 미국 지사 형식으로 들어가 자리를 잡은 작은아버지도 계셨지만 정작 아버지가 미국을 다녀온 건 고등학교 동창 친구 덕분이었다.

아버지에겐 고등학교 단짝 친구가 두 명 있었다. 사진반 친구와 평행봉 친구였다. 재벌가의 장남인 사진반 친구는 졸업 후 자연스럽게 소원해졌지만, 평행봉에서 기계체조를 함께 하며 태권도에 진심이었던 친구는 미국에 진출해 미국 태권도의 대부가 된 이후에도 아버지와 연락을 주고받는 사이로 남았다. 무함마드 알리와 함께 한국을 다녀가기도 했고 이소룡에게 태권도 발차기를 전수해 주었다는 전설 같은 이야기의 주인공이었던 그 친구는 미국 국회의사당에서 태권도를 가리켜 300명의 미국 국회의원 제자를 거느린 워싱턴 정가의 유력인사였다.

단짝 친구의 성공 신화를 눈으로 직접 확인해서인지, 뉴욕 알부자로 소문난 작은아버지가 어떤 이야기를 해 주셨는지 모르지만, 아버지는 달라져 왔다. 품고 있던 희망의 달걀이 타조알만 해졌다.

아버지는 원래 낙천적이고 따듯했다. 찾아서 도와주진 않았지만, 입고 있던 외투까지 벗어주진 않았지만, 주머니 속에 있는 것들은 아낌없이 모두 나누어 주었다. 운도 좋았다. 대학생일 때 6.25가 터졌고 영문과 전공 덕분에 통역/연락장교로 참전했다. 소위나 중위 같은 초급 장교는 소모 장교로 불렸다. 초급 장교가 무사히 살아 돌아오는 건 거의 불가능했다. 작전 중 인민군의 따발총 세례를 받은 아버지의 지프차가 뒤집혔고 운전병도 전사하는 와중에 아버지는 다리에 총알 한 방을 맞았다. 총상은 관통상이었고 장애 없이 전역할 수 있었다.

전쟁이 끝나고 살아남은 장교가 극히 드문 덕분에 아버지는 성북구 상이용사들을 대표하는 대장이 되었다. 전후 70만 명에 이르는 참전 상이용사들에 대한 국가의 보상은 없거나 부족했다. 자연히 상이용사들의 불만은 커졌고 사회적인 문제로 불거졌다. 상이용사 대장은 경찰서장 못지않은 권력을 가지고 있었다. 하지만 아버지는 권력을 즐기거나 활용하지 않았다. 측은지심이 강한 아버지와 권력은 궁합이 좋지 않았다.

젊은 나이에 야심 차게 컬러 인쇄업에 도전했고 전쟁 중에 불에 탄 인쇄기를 속아 사는 바람에 망한 걸 빼면 큰 실패는 없었다. 하지만 가발 공장이 부도나자, 그동안 아버지가 돈과 마음을 베풀어 주었던 사람들마저 등을 돌렸다. 모든 걸 잃고 알거지가 되었다. 딱하나. 따듯한 마음만 빼고.

···

고백이 허락된 후 미진을 만나지 않았던 날은 거의 없었다. 하루에 2번이나 3번을 만난 날도 있었다. 만남의 횟수로만 센다면 올해가 가기 전에 100번은 넘길 게 확실했다. 그녀를 만나고 집에 와 잠자리에 들면 또 그녀가 보고 싶어지기 일쑤였다.

미진 때문에 새벽에 잠이 깨거나, 새벽에 잠이 깨 그녀 생각이 나면 집을 나서 연희동으로 가는 버스를 탔다. 미진이 학교에 가기 위해 집을 나서는 시간보다 훨씬 일찍 도착해도 괜찮았다. 기다림은 기쁨이었고 길어질수록 기쁨도 진해졌다. 기다림은 행복이 피어나는 정원이었다.

버스 정류장 근처 건물 사이에서 여름 햇살에 녹아내리는 아이스크림 같은 입맞춤을 한 후 헤어지기도 했지만, 그녀의 학교로 가는 버스에 올라타는 횟수가 점점 더 많아졌다. 그런 날은 그녀가 더 고팠고 그녀의 수업이 끝날 때까지 그녀의 학교 근처에서 서성였다.

매일 카페나 경양식집에 들어갈 돈이 없었다. 대신 좌석버스에 둥지를 틀었다. 높은 등받이 덕에 다른 승객이나 운전기사의 시선으로부터 사랑을 감추기가 쉬웠다. 옆자리와 뒤쪽 가까이 앉은 사람이 있거나 버스가 정류장에 멈출 때는 빼곤 입맞춤에 바빴다. 가끔은 뒤쪽 자리에 앉기 위해 일부러 종점까지 가서 텅 빈 채 출발하는 버스에 오르기도 했다.

12월에 들어서자 5시만 돼도 어두워졌다. 겨울로 다가서며 점점 더 밤이 빨리 찾아왔고 미진의 통금시간도 조금 더 빨라졌다. 가죽 아르바이트를 하는 금요일엔 시간이 부족했고 그녀가 신림동으로 왔다.

칸막이 카페에 앉자마자 종업원이 오기 전에 빠르고 진한 입맞춤을 했다. 키가 큰 미진이 내 어깨에 머리를 기대려면 고개를 많이 꺾어야 했다. 그녀가 소파 앞으로 조금 빠져 앉더니 내 어깨에 머리를 기대려 했다. 허리를 곧추세워 어깨를 위로 밀어 올렸다. 한동안 미진의 머리카락을 쓰다듬으며 샴푸 향기에 섞인 그녀의 향기에 시간을 맡겼다. 미진이 고개를 들고 나를 쳐다보았다. 빙그레 웃는 게 꼭 아이를 쳐다보는 엄마 웃음 같았다.

"동주 씨, 우리 여행 갈까?"

어안이 벙벙했다.

"여행?"

"응. 1박 2일로. 나 프러포즈 받았잖아. 벌써 잊었어?"

살짝 놀리는 말투였다. 기쁨이 담긴 선물 상자를 열었는데 스프링에 매달린 도깨비 얼굴이 튀어나왔다. 한 번도 본 적 없는 얼굴이었지만 미진이 아버지가 분명했다. 살짝 미간을 찌푸리고 있는 나를 본 미진이 짓궂게 웃었다. 정말 아무런 걱정이 없는 편안한 얼굴이었다.

"많이 놀랐구나, 우리 동주. 걱정하지 마!"

그녀는 무거운 걸 가볍게 만드는 재주가 있었다. 감정을 걷어내는 것이 문제 자체를 해결하려는 노력보다 앞서야 한다는 걸 본능적으로 아는 것 같았다. 그리고 보면 그녀와 나 사이에 일어나는 대개의 것들은 그녀의 뜻에 따라 그녀가 빚어낸 것들이었다. 그녀와 함께라면 모든 걸 훨씬 더 무난하게 해낼 수 있을 것 같았다.

"다음 주 토요일에 가자. 아빠가 일본으로 출장 가신다고 했어. 장소는 동주 씨가 정해봐."

딸의 삶을 만들어 주고 싶고 안전한 행복을 보장해 주고 싶은 아버지들이 모여 사는 골짜기 생각이 났다. 딸을 호시탐탐 노리는 수컷 도둑놈을 막기 위해 아버지들은 매일 불침번을 섰고, 자기 아내도 딸이었다는 기억은 완전히 상실한 채 수컷들의 욕망으로부터 딸을 보호하는 게 사랑이라고 확신하는 아버지만 가능한 방식으로 사랑하고 희생했다. 자신의 속마음을 본 남자가 여자가 돼가는 딸을 보며 드는 당연한 마음인지도 모른다. 사랑으로 포장된 책임과 보호의 무게는 살아오며 가졌던 자신의 마음과 행동에 비례하니까.

미진 아버지의 사랑은 내가 어릴 적 아버지에게서 받았던 사랑과 비슷한 점도 있었지만, 많이 달랐다. 훨씬 더 적극적이었다. 초등학교까지는 미진 어머니가 학부모회장을 맡아가며 미진의 학교생활을 지원했다. 연희 초등학교 내내 줄곧 반장이었고 6학년 때는 전교 학생회장도 맡았다. 초등학교 때까지만 해도 미진은 동급 남학생보다 이삼 년은 더 누나 같았다. 고무줄놀이하는 여학생들에게 대놓고 다가가 고무줄을 끊거나 치마를 들치며 '아이스케키'라고 소리치고 도망가는 개구쟁이 남학생들조차 미진을 어려워했고 미진의 기세에 눌려 그녀의 말이라면 모두 고분고분 따랐다.

중학교 때부터는 아버지가 나섰다. 담임선생님을 한 달에 한 번씩 조선호텔로 불러 고급 일식을 대접했고 국/영/수 같은 주요 과목 선생님들은 돌아가며 집으로 초대해 대접했다. 테니스를 좋아하는 선생님이 있으면 장충 테니스 코트로 초대해 테니스를 쳤다. 선생님들이 집으로 돌아갈 때는 흰 봉투도 잊지 않았다.

키 크고 이쁜, 초등학교 내내 반장을 했던 학생이 싫지 않았던 중학교 선생님들에게 미진 아버지는 더없이 고마운 학부모였다. 고마움은 미진에 대한 각별한 관심과 애정으로 나타났다. 미진 아버지에게 미진은 서울대나 연대 의대가 당연한 딸이었고 중학교 3년은 그 밑그림을 완성하는 시간으로 여겼다. 중학교 3년 동안 쏟아부은 아버지의 노력은 충분한 보상이 예약된 즐거움이었다.

하지만 중학교 3학년 겨울 방학 때 그녀에게 찾아온 사춘기를 미진 아버지는 조금도 눈치채지 못했다. 고등학교에 올라간 후 성적이 떨어졌다. 중학교 때와 똑같이 아버지는 선생님들을 챙겼지만, 그녀가 건넌 강의 폭과 깊이가 너무 넓고 깊어져 있었다. 산다는 게 뭔지 몰라 창밖을 쳐다보는 사춘기 여학생에게 아버지나 선생님들의 전형적인 사랑은 약효가 없었다.

고 2가 되며 전교 석차보다는 반 석차가 의미가 있는 상태가 되었고 미진 아버지는 더 이상 학교를 찾거나 선생님을 초대하지 않았다. 미진 아버지의 사랑은 필름에 난 스크래치 때문에 화면 가득 비가 오는 오래된 영화처럼 상처 난 사랑이었다.

결국 그녀는 아버지가 원하는 대학보다 두 단계는 낮은 대학에 입학했다. 실망이 크고 무거웠지만, 미진 아버지는 자신의 깊고 진한 사랑을 보여 줄 기회라 생각했다. 의대나 서울대 대신 박사학위를 따게 해주고 좋은 배우자를 찾아 주고 싶은 마음이 더 뜨겁게 불타올랐다. 이제 딸의 운명은 정말로 자신의 손에 달려있다고 믿었다.

...

내일은 미진과 경주로 여행을 떠나는 날이다. 여행을 위해 오늘은 미진과 만나지 않기로 했다. 잠이 깨자마자부터 마음과 시간이 반대 방향으로 달려나갔다. 최대한 일찍 일을 끝내고 싶었다. 서둘러 반월공단으로 출발했다.

작업장 안에 공 반장이 보이지 않았다. 부리나케 마대를 옮겼다. 잘하면 공 반장을 마주치지 않고 일을 마칠 수 있을 것 같았다. 공 반장의 적대감 또한 한 사람이 살아가는 삶의 방식으로 이해하기로 마음먹었지만, 실상은 그렇지 못했다. 공 반장의 표정이 그물처럼 나를 덮쳤고 시선은 작살로 날아와 가슴팍을 뚫어버리곤 했다. 그와의 마주침은 점점 더 고통스러워졌다. 작업장을 빠져나가는 데 공 반장의 목소리가 들렸다.

"거기! 잠깐!"

물건을 훔치다 걸린 것도 아닌데 가슴이 뜨끔했다. 가죽을 꾹꾹 눌러 담은 마대를 어깨에 짊어진 채 인사를 하려 몸을 돌렸다. 인사를 막 하려는데 공 반장이 먼저 큰소리로 외쳤다.

"이번이 마지막이야. 이번까지만 가져가라!"

내 손해는 여기까지라고, 또 행여 네가 대학생이라고 혹은 아버지가 사장과 어떤 관계가 있다손 쳐도 더 이상 무슨 특별한 대접을 받을 생각이라면 이젠 끝이라고, 나한테는 통하지 않을 거라는 걸 강조하려는 듯 사나운 표정을 짓고 있었다.

"이제 다른 데서 가져갈 거야!"

계약서를 쓰고 가져가는 건 아니었지만 공 반장의 통보는 너무 갑작스러웠다. 예의나 매너, 위선조차 만질 수 없는 밤송이 같은 따갑고 뾰족한 껍질을 가진 사람다웠다. 언제라도 터져 나올 소리가 오늘 나왔을 뿐이었다. 할 수 있는 일은 없었다. 어떤 말을 해야 할지 생각이 안 났다. 할 말이 있었어도 하지 않았을지 모른다. 그저 지금, 이 순간이 싫다는 마음이 엉켜 미간이 찌푸려졌지만, 가슴 한쪽을 막고 있던 담벼락이 허물어지는 것 같았다. 시원한 해방의 바람이 불었다.

일방적인 통지를 날린 공 반장이 작업장 안쪽에 대고 작업 지시를 내리려는지 등을 돌렸다. 짧게 자른 공 반장의 뒤통수 아래 울룩불룩한 목덜미가 시선을 잡았다. 수육을 만들기 위해 두꺼운 실로 칭칭 감은 고깃덩어리처럼 보였다. 탱탱한 탄력이 있어 보였지만 그건 늘어진 피부가 깊게 접히며 두꺼운 피하지방이 솟아올랐기 때문이었다. 왜 그런 느낌이 들었는지 모르지만, 눈두덩에 붙어있는 욕심보다 열 배는 더 큰 욕심이 그 안을 채우고 있는 것 같았다. 순간 한여름 깊게 접혀 맞닿은 피부 사이의 땀 냄새를 맡은 것처럼 기분이

나빠졌다. 마음에 두드러기가 나는 것 같았다.

　살며 양보하기 싫은 내 모습의 표상은 메마르고 갈라진 발뒤꿈치 하나였는데 오늘부로 목덜미가 더해졌다. 공 반장의 뒷덜미를 쳐다보다 억지 인사를 남기고 작업장을 빠져나왔다. 너무 오래 메고 있어서였는지 마대가 옆으로 쏠려 가죽이 쏟아질 것 같았다. 쏟아져 버렸으면 좋겠단 생각도 들었다. 어깨 위 마대가 공 반장이 된 것 같은 느낌이 들며 내팽개치고 싶은 욕망이 치밀어 올랐다. 하지만 언제나 그랬듯 생각뿐이었다. 마대가 떨어지지 않게 자세를 고쳐 잡았다.

　영지산업을 빠져나가려니 막연한 걱정들이 튀어 올랐다. 우리 집도 그랬지만 미스 박 누나가 더 걱정이었다. 살림살이로 따지면 우리 집이나 미스 박 누나네나 별반 차이도 없었는데 마음이 한쪽으로 쏠렸다. 가죽 조각 붙이는 일이 넉넉하지 않은 살림에 큰 도움이 된다며 즐거워하던 모습이 떠올랐다. 수입이 없어지는 것도 마음에 걸렸지만, 갑작스러운 중단이 더 마음에 쓰였다.

　예상대로였다. 미스 박 누나의 아쉬움은 먹구름이 가득한 바다를 쳐다보는 늙은 어부의 한숨 같았다. 전화로 아버지에게 사정을 알렸다. 모래내에 도착했다. 노 씨 아저씨에게도 마지막일 수 있음을 알렸다. 안타까워했다.

　"나야 다른 곳에서도 공급받으니 괜찮지만, 우리 동주 학생 일거리가 없어져 어떻게 하나!"

　"네, 저희 아버지가 공장 사장님에게 전화해서 알아보신다고 했어요. 근데 가죽 공장 반장님 표정이 너무 마음에 걸리네요. 왠지 어려울지도 모르겠단 생각이 들어요."

　"그렇구나... 잘 해결돼서 계속 볼 수 있으면 좋겠는데... 혹시 정말 가죽을 더 이상 가져올 수 없게 되면 다음 정산하러 올 때 밥 한 끼 꼭 했으면 좋겠는데... 어쨌거나... 잘 해결이 되면 좋겠는데...."

"네, 아저씨. 감사합니다."

"그래요. 어서 또 가봐요."

노 씨 아저씨는 처음 만났을 때부터 반말과 존댓말을 섞어 나를 대했다. 그런 노 씨 아저씨가 오늘따라 말끝을 흐렸다. 잔근육이 녹아내린 아저씨의 얼굴에서 표정을 찾기는 어려웠다. 동그랗게 열렸다 닫히는 입술과 다 타버린 눈썹 때문에 감정을 알아채기 위해서는 눈동자를 잘 들여다봐야 했다. 마음을 담아낼 방법이 오직 눈동자라 그랬을까? 아저씨의 눈은 마음의 호수였다. 그런 아저씨의 눈에 섞이지 않는 물과 기름을 휘저어 놓은 것 같은 혼란이 보였다.

아저씨는 자신을 똑바로 바라보며 눈동자가 흔들리지 않던 나를 좋아했고 대학생인 나를 부러워했지만, 자식처럼 자랑스러워했다. 그런 나와의 예정된 헤어짐과 서운함이 아저씨의 눈동자에 비쳤다. 가난하고 미천한 일을 하는 전신 화상을 입은 아저씨가 받았을 차별이 새삼스러웠다. 미안했다. 나 대신 내 역할을 해줄 사람이 나타나길 기원했다.

평소와 똑같은 길이고 일이었지만 힘든 하루였다. 집에 도착하자마자 아버지를 찾았다. 예상대로였다. 가죽 아르바이트가 끝났다. 자연스레 차도 소용이 없어졌다. 며칠 내로 차도 팔아 없애기로 했다.

며칠 후 부천과 모래내를 돌며 제품을 수거하고 정산을 마쳤다. 다음날 아침 하얀 프레스토를 보낼 준비를 했다. 파란색과 흰색 패턴이 있는 원단을 평화시장에서 사고, 할머니에게서 엄마에게로 물려 내려온 싱거 미싱으로 하루가 꼬박 걸려 만들었던 의자 커버를 벗겨 냈다. 씌울 때도 애를 먹었는데 벗기는 건 훨씬 더 힘이 들었다. 투두둑 바느질 자국을 따라 천이 터졌다. 어차피 버려질 시트였다. 더 세게 잡아당겼다. '부욱' '부욱' 터지고 찢어지는 소리가 가슴에 닿았다.

　　　　　...

　고속버스에 오르기 전 빠진 게 없는지 마지막 점검을 했다. 완벽한 거짓말을 소망했다.

　"현주랑 다른 친구들에게 이야기 잘한 거지?"

　"응, 다 이야기했어. 우리 집에 전화하지 말라고 했어. 아빠에겐 종강 파티는 안 가는 대신 겨울 엠티 다녀온다고 이야기했어. 주말에 일본에 계실 거니까 걱정 안 해도 돼."

　그녀가 안심하라며 싱긋 웃었다.

　'치익' 김빠지는 소리와 함께 버스가 한번 출렁이고 멈췄다. 경주라는 도시의 유명세에 비해 터미널은 작고 초라했다. 터미널 근처 중식당에서 짜장면을 먹고 불국사로 가는 버스를 탔다. 창밖엔 신라의 흔적도 많았지만, 지방 도시만이 가진 허술한 볼거리가 많았다. 미진은 사람들을 더 신기해했다.

　"동주 씨, 여기 신기하다. 오토바이 탄 여자들이 정말 많다~! 추울 텐데 전부 미니스커트를 입고 타네!"

　"아, 다방에서 커피 배달하는 다방 레지들이야."

　"다방 레지?"

　"다방에서 일하는 여자들을 레지라고 해. 그리고 저렇게 오토바이를 타고 커피나 쌍화차를 배달하기도 하지. 예전에는 서울에도 있었어. 지금은 시골에나 있는 줄 알았는데, 경주에 저렇게 많은 건 나도 몰랐네."

　티켓다방이나 레지들에 대해 더 자세한 설명을 해줄까도 싶었지만, 하지 않았다. 레지들의 슬픈 삶이 미진의 마음도 아련하게 만들 게 뻔했다. 불국사 버스 정류장 근처는 한산했다. 길 건너는 대형 주차장이 있었고 숙박 단지 가장자리를 둘러싼 식당들이 보였다. 그 앞을 지나갈 때 몇몇 식당에서 식사하고 가라거나 식사는 안 하냐는 식으로 말을 걸어왔다. 저녁때 오겠다는 답을 줄줄이 흘리며 식당가를 지나쳤다. 15분 정도를 걷고 나니 숙소가 나타났다. 불국사 숙박 단지 가장자리 언덕을 등지고 있는 작은 호텔이었다.

손을 꼭 잡고 호텔 문을 들어섰다. 쑥스러워할까 봐 마음이 쓰였다.

"잠시 여기에 있어. 내가 체크인하고 올게."

키를 받았다. 투숙객이 없어 한산했다. 301호였다.

"미진아, 내 목에 팔 걸어. 미국에선 신혼여행 가면 첫날밤 신부를 안고 문턱을 넘어야 한대!"

그녀가 양팔로 내 목을 둘러 감았다. 밖으로 열리는 호텔 방문을 한껏 열어젖히고 그녀를 안아 올렸다.

"와아~!"

그녀가 자지러지게 웃으며 환호성을 질렀다. 방안은 커튼이 쳐져 있어서인지 어둑했다. 그녀를 내려놓으며 오른팔로 그녀의 허리를 감아 내게로 당겼다. 왼손으로 그녀의 목을 받치고 입술을 맞췄다. 입술로 영혼이 빨려 나가는 것 같았지만 타임스퀘어의 수병과 간호사처럼 순간의 영원함에 갇혀 아득해졌다. 한참을 더 그렇게 있었다.

어렵게 입술을 떼고 방을 나섰다. 검은색 교복을 입은 학생들이 바글대던 불국사를 다시 찾았다. 한적했다. 화려한 다보탑을 둘러보는 미진이 아름다웠다. 정갈한 석가탑 앞에 선 미진이 순결하고 우아했다. 경내 어디를 가도 그녀만 도드라졌다. 주차장으로 내려오니 나무 그림자가 길었다.

"석굴암은 안 되겠다. 택시를 타고 가도 너무 어두워질 것 같아."

"동주 씨, 안 가도 돼. 우리 일찍 저녁 먹고 들어가자."

이름만 다를 뿐 다 비슷해 보이는 식당 중 제일 작은 곳으로 들어갔다. 맥주와 파전, 비빔밥을 시켰다.

"동주 씨, 나도 한 잔 마실까?"

"그래! 그럼, 우리 건배하자. 한 잔은 그렇고 반 잔은 괜찮을 거야."

미진은 맥주 한 모금만 마셔도 온몸이 빨개지고 어지러워했다. 엄마를 닮아서였다. 밖이 컴컴하게 어두워지기 시작할 즈음 식당을 나왔다. 나트륨 가로등 주변으로 연한 오렌지빛 솜사탕이 동그랗게 걸렸다.

"근데 동주 씨는 왜 제일 작은 식당에 가자고 했어?"

"시장에 가면 가능하면 바닥에 앉아 나물 같은 걸 파는 할머니들이 있잖아. 난 그런 할머니들 물건을 팔아주고 싶어. 왠지 내가 도움이 될 수 있다는 기분 좋은 느낌이 들거든. 식당도 이왕이면 제일 작은 식당을 도와주고 싶어. 큰 식당은 어차피 내가 아니라도 잘 될 테니까."

"그런 거였구나. 선한 마음인걸~! 혹시 내가 그런 동주 씨의 모습을 처음 미팅 때 느낀 건가?"

"그랬을까? 근데 미진아, 술 마신 거 괜찮아?"

"응, 조금 어지럽지만 괜찮아."

고개를 들어 하늘을 보았다. 별이 빼곡했다. 잠바 호주머니 속에 들어있는 그녀의 손이 따듯했다. 공기는 차가웠지만 숨은 상쾌했다. 호텔로 가까워질수록 더 서둘러 걸었다. 빨리 호텔로 가야 했다. 점점 차오르는 설렘으로 가슴이 빠개질 것 같았다.

풀 먹여 바삭한 침대 보가 팽팽했다. 그녀도 단추를 풀고 옷을 내렸다. 침대 보가 사각대던 소리가 사라지며 숨소리만 들렸다. 모든 게 다 처음이었다. 그녀의 몸은 도저히 불가능한 곳에 있어 더 신비로운 마추픽추 같았다. 손끝에서 튀는 스파크에 퓨즈가 녹아내리듯 마지막까지 저항하던 유교적 죄책감이 무너져 내렸다.

코끝에서 농도 짙은 식초 냄새가 났다가 사라졌다. 온전히 사람으로만, 남자와 여자로만 남겨진 시간이 벅찼는지 어느 순간 그녀가 혼절하듯 잠에 빠졌다. 숨 쉬는 근육을 빼곤 움직임이 사라졌다. 이름을 부르며 살짝 흔들어 보았지만, 아무런 반응이 없었다. 살짝 벌어진 그녀의 입술 사이로 숨이 드나드는 소리가 났다. 사과 향이 섞인 아기 냄새가 났다.

커튼 틈새에서 새 나오는 외등 불빛이 점점 강해졌다. 잠드는 능력을 상실한 것 같았다. 감각의 여진이 통과 중이었고 심장은 여전히 단단히 모여있는 피를 해산시킬 능력이 부족했다. 그녀가 베고 있는 팔베개를 지키기 위해 뒤치락거릴 수도 없었다. 새벽이 돼서야 미로 깊숙이 숨어있던 잠을 겨우 찾아낼 수 있었다.

눈부심에 눈을 떴다. 커튼 사이로 파고든 아침 햇살이 머리맡을 비췄다. 그녀가 없었다. 벌떡 일어나 시계를 찾았다. 8시였다. 불안감이 불쑥 튀어나왔다. 어제 탁자에 놓아둔 방 열쇠가 보이지 않았다. 옷을 걸치고 다급히 방을 나서려는데 문이 열리며 그녀가 방 안으로 들어섰다.

"일어났네! 아침 산책 다녀왔어. 참 신선하네, 밖이."

그녀가 해맑게 웃으며 내 품을 찾았다.

"어젯밤 고마워. 참느라 힘들었을 텐데. 그렇지~?"

"고맙긴! 당연하지. 내가 줄 수 있는 최고의 선물은 첫날밤인걸~! 난 그때까지 참을 거야. 살며 딱 하나뿐이고 단 한 번만 줄 수 있는 선물을 주고 싶어. 모두에게 인정받는 그날 밤에."

짐도 없었지만 그래도 두고 가는 건 없는지 방을 살폈다.

"이제 나가자, 미진아."

지나온 길을 거슬러 올라갈 시간이 됐다. 한 번만 더 안고 싶은 마음이 채 다 부풀어 오르기도 전에 바람 빠진 풍선처럼 쪼그라들었다. 늦지 않게 미진을 집으로 들여보내야 마음이 편해질 것 같았다. 벤치에 앉아 경주 시내로 가는 버스를 기다렸다. 바람이 없으니, 햇살이 고스란히 온기로 다가왔다. 건물 지붕 검은색 용마루 위로 보이는 하늘이 파랬다.

"미진아, 고마워. 사실 너희 집을 처음 보았을 때 망설였어. 내가 좀 초라해지는 것 같았거든. 하지만 후회는 죽는 순간에도 하기 싫어. 사랑이 보이는데 어떻게 안 해. 너와 사랑을 완성해 보고 싶어. 삶과 이름을 바꿔 불러도 되는 그런 사랑. 나중에 미국에 가서 돈 벌면 진짜 멋지고 당당하게 프러포즈하고 싶은데! 꼭 그럴 수 있으면 좋겠다. 꼭!"

가슴이 찌릿했다. 내가 말하고 내가 운다는 게 민망해 마음을 다독였다.

"뭐가 그렇게 맨날 고마워? 그리고 초라하긴 뭐가 초라해. 그런 말 또 하면 혼내줄 거야! 그리고 프러포즈는 이미 받았는데 뭘 또 진짜로 한다고 하는 거야? 그땐 거짓말한 거야, 그럼?"

말꼬리를 올리며 놀리듯 웃고 난 미진이 진지하게 물었다.

"근데 미국엔 언제 가는 거야?"

"정확하지는 않지만 아마 졸업하고 한 2년은 더 걸릴 거 같아."

"아직 먼 거네."

"응."

"그럼 군대는?"

"글쎄 아직 거기까지는 생각해 보지 않았어. 대학원에 가거나 뭔가 방법을 생각해 봐야지. 군대는 가능하면 안 가려고 해. 어차피 이민을 가는 데... 굳이 군대에 갈 필요가 있을까 싶어서."

"그렇구나. 알았어! 근데 동주 씨. 꼭 미국에 가야 해? 동주 씨 정도면 여기서도 얼마든지 잘 살 수 있을 텐데. 아니다. 아직 시간이 많이 남았으니 동주 씨도 한 번 더 생각해 봐요. 물론 미국에 가서 사는 것도 좋아 난."

"그래. 그럴게. 사실 난 한 번도 미국을 안 가는 삶을 그려 본 적이 없었어. 나도 요즘 들어 생각해. 과연 가족과 함께 미국 이민 가는 게 최선인지 다른 방법은 정말 없는지."

"어떤 결정을 하 건, 어디에서 살건, 동주 씨는 잘할 거야. 잘될 거고. 동주 씨가 그렇게 가난하고 이민 갈 사람이었다는 걸 알았다면 그때 코파카바나에서 모른 척했을지도 몰라. 하지만 이젠 달라. 이젠 알아. 동주 씨가 얼마나 진심으로 사는지! 얼마나 잘난 사람인지! 근데 아빠를 속였는데 이렇게 기분이 좋아도 되는지 몰라! 동주 씨가 어떤 삶을 살려 하는지 또 한 번 봤으니까! 아마 아빠도 동주 씨를 알고 나면 달라질 거야. 힘내~! 김동주! 알았지?"

•••

경주를 다녀온 후 나는 더 자신이 생겼고 미진은 더 편안해했다. 아무것도 없지만 쳐다만 봐도 마음을 채워주는 하늘 같은 믿음이 생겼다. 두 사람만 있으면 언제나 푸르러지는 그런 하늘이었다.

미진과의 시간으로 꽉 채워진 1학년 2학기가 끝났다. 겨울 방학 내내 눈을 뜨면 그녀로 향하는 시간으로만 하루들이 채워졌다. 오늘은 계동 골목으로 감사원까지 오른 후 삼청동으로 내려와 인사동까지 걷기로 했다. 계동 골목은 조금 더 좁고 초라해 보였지만 그대로였다.

"여기 이 집 빙수가 참 맛있었어. 근데 3년 동안 몇 번 사 먹어 보질 못했어. 거의 대부분 주머니에 있는 건 회수권뿐이었거든. 왜 사 먹지 못할 때는 더 맛있어 보일까? 서걱서걱 얼음이 갈리는 소리가 생각난다. 불량식품이겠지만 빨갛고 노란 단물을 뿌린 빙수. 그 앞 사각 철판 위에 얇게 퍼진 떡볶이. 참 절실했었는데... 하하."

"이쪽으로 가면 정독 도서관이야. 공부보다는 여학생들 구경하러 가는 친구들이 더 많았지."

"여기쯤이다. 졸업식에서 교복을 버린 곳. 주머니엔 계란이 터져있고 옷을 잡아당겨서 단추는 다 떨어지고 밀가루를 뒤집어쓴 교복 윗도리를 여기에 버렸어. 풀어진 호크도 잠그고 모자도 단정하게 다시 써야 했던 교문 앞에서 교복을 벗어 버리니 얼마나 속이 후련했는지 몰라."

교문을 통과해 언덕을 올랐다. 왼쪽으로 야구부의 동계 훈련을 위한 커다란 돔 형태 비닐 텐트가 보였다. 돌덩어리가 된 기억이 가슴 위로 떨어졌다.

"저기 커다란 비닐하우스 기둥으로 쓰이는 굵은 대나무 보여? 고1 때 저 대나무 기둥 3개가 완전히 갈라질 때까지 맞은 적이 있어."

"저게 대나무였구나~! 근데 동주 씨가 맞았다고? 왜?"

"봉사활동을 하는 연합서클에 가입했었어. 보육원을 방문하거나 어린이날 안내 활동을 하는 서클인데... 초가을이었던 것 같아. 토요일 학교가 끝난 후 니까 오후 3시쯤이나 되었을까? 제과점에서 함께 교외 봉사활동을 할 여학교 대표와 만나 이야기를 하고 있었어. 근데 갑자기 어떤 아저씨 둘이 들이닥치는 거야. 묻지도 않고 가방을 낚아채 뒤지더라. 공책을 꺼내더니 맨 앞장에 쓰여있는 이름과 학년, 반을 작은 노트에 적고는 한심하게 쳐다보며 뭐라 하더니 쑥 나가버리는 거야. 가방에서 꺼낸 공책들은 널브러져 있고 우리가 뭘 잘못했는지 아무런 설명도 없이 말이야. 근데 맞은편에 앉아 있던 여학생 얼굴이 사색이 되었어. 그중에 한 명이 자기네 학교 학생부 선생이라는 거야. 뭔가 문제가 있나 싶었지만 별걱정은 안 했어. 다만 교외지도 선생들이 왜 대낮 제 과점에 교복을 입고 마주 앉아 이야기하는 학생들의 이름을 적어가는지가 이해할 수 없었지. 동성이었다면 문제가 없었을 거고, 그렇다면 남자와 여자라는 사실이 죄라는 건데. 정말 조금도 이해할 수 없었어."

"교외 지도반? 그런 것도 있어?"

"있더라고. 나도 그날 처음 알았어. 잘 못한 것도 없고 죄가 될 리 없다고 생각해서 그냥 잊고 있었어. 그런데 한 달 정도 지나고 난 어느 날 점심시간에 교실로 온 담임선생님이 나를 찾더니 뺨을 때리는 거야. 점심시간 끝나는 대로 학생부로 가보라고며 얼굴이 벌게진 담임의 얼굴이 지금도 생각나."

문득 그날의 죄 아닌 죄가 그 여학생의 삶에 어떤 영향을 주었을지 마음이 아득해졌다.

"그게 그럴 정도의 사건이야?"

"그치? 1학년 때 담임선생님은 여학교에서만 있다 와서 체벌을 한 번도 제대로 하지 않았던 분이라 정말 놀랐어. 플라스틱 자로 손바닥에 소리가 나지 않게 가져다 대는 시늉만 하던 분이었거든. 나도 전혀 영문을 모르겠더라고. 남은 점심시간 내내 이유를 찾다가 교외 지도반 생각이 났어. 하지만 뭐 그게 대수라고, 뺨까지 때리는 건지, 한편 참 별일이다 싶었지."

불과 3년 전의 일이었다는 게 믿기지 않았다. 지름이 15센티도 넘는 대나무 기둥이 새삼 억울한 마음을 끄집어 올려 후려쳤다.

"점심시간이 끝나고 학생부로 갔는데 학생부 선생이 눈에 쌍심지를 켜고 있었어라. 대뜸 학교 망신시킨 그놈이 너냐며 싸한 웃음을 짓더니 야구부 동절기 연습장으로 쓰려고 짓고 있는 비닐하우스에 가서 제일 굵은 대나무 기둥을 3개

뽑아 오라는 거야. 사실 왜 대나무 기둥을 뽑아 오라고 한지 전혀 감이 없었어. 대나무를 뽑아 가니까 엎드려뻗치라고 하더라고."

　학생부 선생이 손목에 차고 있던 금속 손목시계를 푸는 소리와 시계가 책상에 떨어지는 소리가 다시 들리는 것 같았다. 점점 더 커지며 격양되어 가던 그 선생의 거친 목소리. 힘을 쓰기 전에 분노를 끌어올려 제대로 된 참교육을 시키려는 준비 운동 같았다.

　대나무 기둥을 손에 쥔 학생부 선생이 목소리를 깔았다.

　"하~아 참. 별놈이 다 학교 망신을 시키네. 너 같은 놈은 평준화 이전이었으면 근처에도 얼씬 못했어. 어딜 감히 학교 마크가 달린 교복을 입고 제과점에서 여학생을 만나! 우리 학교가 어떤 학교인데 교육청까지 올라가게 만들어 이 새끼야."

　길고 굵은 대나무가 허공을 가르며 냈던 윙윙 소리가 들렸다. 살에 대나무가 달라붙는 소리도 다시 들리는 것 같았다.

　"그때 참 어리둥절했었어. 내 생각과는 달라도 너무 다른 잣대를 전혀 이해하지 못했었으니까. 아무튼 그 선생이 그러더라. 우선 맞아야 한다고. 그리곤 잘 못 한 만큼 충분히 맞았다고 생각되면 그만하라고 말하라는 거야. 죗값만큼 때리기로 결정을 해놓고는 마치 내게 결정권이 있는 것처럼 말하는 선생이 웃겼어. 죄가 뭔지도 모르는 사람에게 죄의 무게를 재라는...."

　가슴이 벌렁거렸다. 그녀의 숨소리도 조금 거칠어진 것 같았다. 그녀의 팔짱이 더 타이트해졌다.

　"동주 씨 괜찮아?"

　미진이 숨을 몰아쉬는 나를 물끄러미 쳐다보았다.

　"응. 괜찮아. 잠깐 그때 생각이 나서 나도 모르게 숨이 좀 벅찼네."

　"얼마나 억울했으면 지금도...."

"사실 난 평생 한 번도 맞아 본 적이 없었어. 그 선생이 인정사정없이 대나무를 휘두르기 시작했는데 이상하게 아무런 소리도 나오지 않더라. 신음조차 내지 않았어. 너무 억울해서 아픈 소리도 내기 싫어졌지. 맞으면 맞을수록 내가 뭘 잘못했는지 더 모르겠는 거야. 몸 좋은 체육 선생이 있는 힘을 다해 휘둘러서인지 대나무 하나가 다 갈라져 쪼개지고 두 번째 대나무로 허벅지와 엉덩이를 때릴 때 이미 바닥에 배를 대고 널브러져 있었지. 그런데도 멈추지 않고 대나무 3개가 다 갈라져 더 이상 때릴 수 없을 때까지 때리더라고."

차가운 학생부실 바닥에 시체처럼 엎어져 있는 내가 보였다. 때리다 지쳐 씩씩거리던 그 선생의 숨소리가 들리는 것 같았다.

"끝까지 난 절대 잘못했다 말하지 않았어. 분이 덜 풀렸는지 그 선생이 씩씩대고 있었어. 그런데 어느 순간 갑자기 숨을 못 쉬겠는 거야. 아무리 크게 숨을 쉬려 해도 숨이 들여 쉬어지지 않더라. 꺽꺽거리며 숨을 못 쉬는 나를 쳐다보던 그 선생이 갑자기 나를 팬티만 남기고 홀딱 벗기고 소파에 눕히고 온몸을 마사지하기 시작했지. 그래도 내 호흡이 정상으로 돌아오지 않자, 욕을 해대며 나를 둘러업고 운동장을 가로질러 스탠드 아래에 있는 양호실로 뛰어갔었어."

"어휴~! 난 믿기지 않아. 무슨 잘못을 했다고. 그렇게까지... 명예?"

미진이 큰 한숨을 내쉬었다.

"양호실에 누워있다 정신을 차리고 나서 교실로 돌아왔지. 와서 보니 엉덩이와 허벅지가 부풀어 올라 교복 바지가 찢어질 것처럼 팽팽해져 있더라고. 그날 부모님께 이야기를 드리고, 맞은 데를 보여드리니 얼마나 화를 내셨는지 몰라. 무슨 학교가 그런 걸로 학생을 이렇게 심하게 때리냐며 화를 많이 내셨던 기억이 나."

그때 억울했던 생각을 하면 꼬리처럼 따라붙는 한 사람이 떠올랐다. 자신이 이야기할 때 뒤를 돌아봤다는 죄목으로 나를 불러내 주먹으로 얼굴을 때리다 어금니가 갈려 이가 부서지자, 학교 뒤쪽 으슥한 곳으로 데려갔던 그 중학교 음악 선생. 학교에서 일어나는 일은 부모님에게 이야기하는 게 아니라며 절대 아무에게도 발설하면 안 된다던, 큰 뿔테안경을 쓰고 있던 그 선생. 결국 그 사람이 왜 그랬는지, 무엇을 두려워했는지, 무엇을 지키려 했는지 알게 되면서 마주해야 했던 인간의 초라함. 삶이 얼마나 비참해질 수 있는지를 생각하며 괴로워했던 시간이 떠올랐다.

방학이라 학교는 텅 비어 있었다. 공작새 우리가 있는 중정을 지나 운동장과 맞닿아 있는 건물 옆을 지나려는데 건물에서 양복을 입은 남자가 나왔다. 수업을 들어온 적이 있던 선생님이었다. 엉뚱한 곳을 쳐다보며 모른 체했다. 그도 나를 힐끗 쳐다보았지만 이내 먼 곳을 바라보며 지나쳤다.

고등학교 건물이 끝나면 운동장이 나왔다. 비원을 보여주기 위해 운동장 오른쪽 도서관으로 올라가는 계단을 올랐다.
"여기가 비원이야. 아무도 못 들어가는 곳인데 가끔 넘어가 담배를 피우고 오는 친구들도 있었지. 아까 지나친 사람 있지? 선생님이야. 일부러 모른 척했지. 난, 선생을 좋아하지 않아. 훌륭한 선생님도 있지만 안 그런 사람들이 너무 많더라. 사실 선생이라는 사람들의 사람답지 못한 모습을 너무 많이 보았어. 학교도 그런 것 같아. 그저 사회와 기득권에 공손한 인간으로 세뇌하는 역할을 하는 곳이 학교 같아. 그리고 아까 이야기하려다 안 했었는데 가끔 나를 때리던 그 선생이 생각날 때가 있어. 그럼, 속으로 불러주지. '나쁜 새끼야! 그게 그렇게까지 할 일이었니? 그렇게 살아서 얼마나 잘 먹고 잘 살고 있니?'라고."

"그랬구나. 잘했어. 이해돼. 동주 씨 이야기를 듣다 보면 신기하기도 하고 나는 상상도 해보지 못한 일들이 동주 씨에겐 참 많았던 것 같아. 동주 씨 마음이 어땠을까 생각해 보면 가끔 밤에 잠이 안 올 때도 생기더라. 그런데 동주 씨는 어떻게 그렇게 밝은 거야?"

"글쎄. 왜 난 밝은 걸까? 미진이 만나려고?"

"모야~!"

팔뚝을 꼬집으며 그녀가 웃었다.

...

무대 위 남자 배우가 갑자기 뒤로 돌더니 허리를 굽혔다. 엉덩이를 관객 쪽으로 내밀더니 순간 바지를 내렸다 올렸다. 작은 소극장 맨 앞자리라 무대를 조금 올려다보고 있어서 더 깜짝 놀랐다. 뭐가 특별히 보여서가 아니었다. 딱히 성적인 표현으로 다가와서도 아니었다. 많은 사람 앞에서 바지를 내리는 상황 자체가 연극이라고는 하지만 새로웠다. 미진을 쳐다보았다. 고개를 숙여 엉덩이를 시선에서 치워내고 있었다. 연극이 끝났다. 동숭로도 처음 와봤지만, 입장료가 있는 연극 관람도 처음이었다.

"잘 봤어! 미진아, 고마워."

"또 그런다! 고맙긴~. 돈 있는 사람이 내면 되지. 왜 맨날 동주 씨만 내야 해~! 돈도 없으면서!"

"고마워 미진아. 그래도 가능하면 내 돈으로 데이트하고 싶어. 미진이 아버지 돈 말고. 하지만 가끔은 미진이가 내줘, 나 정말 돈 없을 땐."

"응. 그러자."

"그나저나 그 연극배우 보일락 말락 하게 엉덩이를 까는 거 얼마나 연습했을까? 무대보다 객석이 낮은데 각도까지 다 계산했겠지?"

"징그러워. 그만해 동주 씨!"

어색하거나 민망할 때 미진은 내 팔뚝을 꼬집었다.

"아야! 아파~!"

"또 꼬집을 거야 또 그러면~!"

엉덩이 장면의 목적이 궁금했다. 배우가 귓속말로 속삭였다.

[삶을 속박하는 것들의 의미를 생각해 봐! 강한 믿음일수록 더 의심해 볼 필요가 있어, 의심해 봐! 고정관념의 노예가 되지 마! 삶을 속박할 수 있는 건 너의 자유 의지 하나뿐이야! 너도 생각해 보고 그래서 결정한 것이 아니라면, 세상의 요구를 그냥 그대로 믿지 마!]

두어 발짝 도망친 나를 쫓아온 그녀가 매달리듯 팔짱을 끼었다.

"근데 동주 씨, 나 일본에 가."

"일본? 여행? 얼마나? 부모님하고?"

"응, 2주일 정도. 동경으로. 겨울에는 항상 일본에 가서. 지인들도 많으시고, 새로운 사업 아이템도 찾으시는 것 같아."

"언제 가는 거야?"

"다음 주 토요일에."

"다음 주 토요일? 21일? 아... 그럼, 크리스마스랑 올해 마지막 날엔 우리 못 만나겠네..."

"미안..."

"아냐, 뭐가 미안해... 근데 왜 벌써 섭섭해지지?"

"그러지 마. 동주 씨. 근데 나도 가기 싫다. 이번엔."

마로니에 공원은 여왕벌이 바람에 실려 보낸 페로몬을 따라 모여드는 일벌처럼 거리 공연을 보려는 사람들이 몰려있었다.

"저기 저 나무들 보이지? 프랑스 파리 샹젤리제 가로수 마로니에와 비슷해 보이지만 마로니에 나무는 아니래. 예전 서울대 문과대 학생들이 마로니에 공원이라고 부르기 시작했다는데 아마 파리의 낭만을 느끼고 싶어서 그랬겠지? 아, 그러고 보니 우리 미진이 불문과구나~! 언젠간 가보겠네, 마로니에 공원. 프랑스!"

일주일이 훌쩍 지났다. 무료로 관람이 가능한 과천 국립현대미술관 야외 조형물 전시 공간을 거닐며 시간을 보냈다. 해가 좋았지만, 오래 머물 수는 없었다. 너무 추웠다.

버스가 동작대교를 삼분의 일쯤 건너고 있었다. 가운데 지하철 교량에서 4호선 열차가 따라붙었다. 순간 버스와 지하철의 속도가 같아지며 아무것도 움직이지 않는 것처럼 보였다. 이내 속도를 낸 지하철이 버스를 추월했다. 얼마간 버스가 뒤로 후진하는 것 같은 느낌이 들더니 열차가 사라졌다.

"내일이네."

"응. 그러게 벌써 내일이네."

내일을 앞둔 오늘이라 그랬을까? 가슴이 날카롭게 아려왔다.

"미진아, 우리 이번 방학 땐 설악산 한번 가보자."

그녀와는 어디에서도 둘이 될 수 있었다. 좌석버스 푹 파인 자리도 좋았지만, 자유로운 몸과 마음이 가능한 넓은 공간이 점점 더 절실해졌다. 몰래 숨어 하는 키스도 좋았지만 당당한 입맞춤이 더 기뻤다. 경주 여행이 촉매가 된 것 같았다. 자꾸 여행을 가고 싶어졌다. 더 멀리. 더 오래.

"그래요, 동주 씨. 설악산 겨울에 괜찮을까?"

"응, 흔들바위까지만 가는 건 괜찮을 거야."

＊＊＊

미진이 일본으로 떠나는 전날 밤, 그녀의 집 근처 놀이터는 이미 어둠이 깊은 겨울이었다. 내일이 코앞까지 바짝 다가와서였을까? 사막을 종일 걸어 오아시스에 도착한 카라반이 물을 찾듯 입술을 찾았다. 충분한 시간이 지났다고 생각했다. 입술을 뗐다. 실수였다. 가슴이 저며지더니 갈라진 틈 사이로 줄줄 물이 흘러 빠져나갔다. 메마른 사막을 2주나 더 걸어야 다음 오아시스가 나오는 사막 한가운데 여행자처럼 다시 입술이 메말라 왔다. 놀이터의 밤이 조금만 더 늦게 깊어지길 바라며 다시 입술을 찾아 떠났다.

미진을 태운 비행기가 하늘로 날아 올라갔을 시간이 지났다. 허전해진 마음을 채울 궁리를 하다 양초 아르바이트가 떠올랐다. 을지로 4가 근처 타일과 조명가게들 사이에 드문드문 있는 안료 가게에서 빨간색, 파란색, 노란색, 녹색 안료를 먼저 샀다. 청계천 쪽으로 조금만 들어가면 나오는 방산시장에서 제과용 틀과 두꺼운 심지용 면실을 사고 마지막으로 넓적하고 두툼함 파라핀 덩어리를 들 수 있는 만큼 샀다.

초 만드는 건 쉬웠다. 중탕으로 파라핀을 녹이고 염료를 탄 후 한 손으로 심지를 잡고 하트, 사각기둥, 원기둥 모양의 틀에 녹은 파라핀을 붓고 굳히면 그만이었다. 다음 날 저녁 만든 초를 박스에 담아 모텔촌이 있는 봉천동 사거리로 갔다. 서울대학교 학생들도 많이 다녔지만, 모텔로 들어가는 연인들이 많았다. 크리스마스이브라 그랬는지 해지기 전에 만들었던 양초가 모두 팔렸다. 설악산 여행을 하고도 남을 돈이 생겼다.

...

　2주 만에 만난 미진의 입술은 너무 달았다. 너무 오랜 입맞춤에 상피가 부르터 벗겨지려 했다. 자극된 모세혈관으로 입술이 선명한 붉은색이 되었다. 숨결에서 치자꽃 향기가 났다.

　손에 들려있는 케이크 상자를 보고 미진이 물었다.

　"이게 뭐야? 케이크?"

　"응, 케이크야."

　"지금 꺼낼 거야?"

　"아니 조금 있다."

　"그래? 그럼, 나부터."

　그녀가 작은 쇼핑백을 테이블에 올렸다.

　"동주 씨, 이거 동주 씨 선물!"

　이쁘게 포장된 선물을 풀었다. 강남에 사는 몇몇 과 친구들이 차던 카시오 시계였다.

　"우와! 너무 비싼 거 아냐?"

　"아니야, 안 비싸. 동주 씨가 비싼 사람이지!"

　시계를 찼다. 액정이 45도로 틀어져 있어 손목을 돌리지 않고도 시간이 잘 보이는 시계였다. 얇고 가벼웠다.

　"시계가 너무 좋다. 고마워 미진아."

　나도 맞은편 자리에 놓았던 케이크 상자를 테이블로 올렸다.

　"미진아, 이건 내 선물. 열어봐."

　"우와! 이게 뭐야? 케이크가 아니네? 성이네. 너무 이쁘다! 성냥? 동주 씨가 만든 거야? 이걸 어떻게... 정말 시간 많이 걸렸겠다."

내 얼굴과 성냥개비로 만든 성을 번갈아 쳐다보던 미진이 안겼다.

"동주 씨...."

2주를 꼬박 걸려 만들었다고 설명하고 싶었지만, 이런 성처럼 이쁜 집에서 그녀가 살게 해주고 싶다는 꿈같은 이야기를 해주고 싶었지만, 엉뚱한 말이 대신 튀어나왔다.

"만약 나중에 우리가 헤어지게 되면 여기 지붕 오렌지색 성냥 머리에 불붙여서 태워버려. 아마 순식간에 타 버릴 거야."

"그게 무슨 말이야! 동주 씨. 헤어지긴 뭘 헤어져. 그리고 이걸 불태우라고? 글쎄, 설사 헤어져도 그러고 싶지 않을 것 같지만, 알았어. 그때 가서 결정할게! 내가 받은 선물이니 이젠 내 거고 내 맘이잖아, 그치? 근데 참 이쁘다. 동주 씨 정성도 그렇지만 정말 손재주 있다~. 고마워요!"

일본이 궁금하기도 했지만, 여행에 대한 이야기는 별로 하지 않았다. 묻지도 않았지만, 관심도 없었다. 그녀도 나도 그리움의 해갈이 먼저였다. 마음이 촉촉해진 후 뽀송해질 때까지 언어는 훼방꾼에 불과했다. 시선과 숨결, 손길과 입술이 해야 할 일이 너무 많았다. 충실한 시간이 충분히 흐른 후에는 아득한 행복으로 깊게 빠져들었다.

미진과 헤어진 후 버스에 올랐다. 2주 만의 시간이 너무 달콤해서였을까? 이상하게 마음이 가라앉았다. 버스 창밖 불빛들이 내게 속삭이는 것 같았다.

"동주야, 꿈이 담겼다 쳐도 그건 그저 한낱 성냥개비일 뿐이야. 네가 아무리 성냥개비를 쌓아도 네 손목에 찬 그 시계가 될 수는 없어. 너에겐 시계도 과분하지만, 미진은 더 과분해. 오늘 그게 너무 분명하게 네 앞에 보였는데 넌 아직도 그걸 부정하는 거니?"

입술을 굳게 다물고 녀석에게 소리쳤다.

"맞아. 그럴지도 몰라. 하지만 난 사랑을 믿어. 사랑하는 게 좋아. 사랑할 수 있는 만큼 할 뿐이야. 사랑할 수 있는 한 사랑할 거야. 걱정하지 마. 내 사랑이 정말 초라해지면 내가 그만둘 거니까!"

밤 9시가 돼서 들어선 집안 분위기가 차가웠다. 아니나 다를까 어머니가 작은형과 나를 안방으로 부르셨다. 엄마의 표정이 특히 어두웠다.

"앉아라."

엄마는 마음에 피할 수 없는 태풍이 불기 시작하면, 검투사 같은 표정을 지었다. 오똑한 콧날 위 미간이 솟아올랐고 꽉 깨문 어금니 때문에 양쪽 턱관절 모서리가 뾰족해졌다. 딱딱해진 엄마의 마음이 느껴졌다.

엄마는 여자 형제 중 외할아버지와의 전쟁에서 승리한 유일한 자식이었다. 한학자로 전통 유학의 길을 고집했던 외할아버지는 남의 집 사내아이들의 유학 교육에는 열의를 가졌지만 정작 당신 딸들의 신식 교육은 철저히 외면했다. 여자는 남편에게 순종하며 아이를 잘 낳고 기르면 그만이라는 믿음이 너무 강했다. 국민학교도 보내지 않으려 했고 결국 엄마를 제외한 다른 여자 형제들은 국민학교만 겨우 마칠 수 있었다. 그런 외할아버지와 단식 투쟁을 불사한 엄마는 여자 형제 중 유일하게 중학교에 갈 수 있었다. 엄마가 고등학교를 졸업할 때쯤에는 할아버지의 완고함이 누그러졌지만, 일제강점기를 통해 몰락해 버린 집안 사정 때문에 대학 진학은 포기해야 했다. 지독한 유학자인 할아버지의 반대를 돌파할 수 있었던 건 어쩌면 할아버지의 지독한 자존심을 엄마가 그대로 물려받았기 때문일지도 몰랐다. 배화여고를 나온 엄마는 중매로 아버지를 만나 결혼할 때까지 국민학교에서 교편을 잡았다. 아버지의 사업이 망한 후에 어떤 일이 있어도 자존심만은 지키며 살고 싶다는 이야기를 더 자주 하셨다.

한 번 더 이를 꽉 물고 푼 엄마가 이야기를 꺼냈다.

"미국 작은엄마한테서 편지가 왔다. 이제 다시는 작은아버지에게 돈 이야기하지 말라고. 미국에 오면 길거리 나무에 돈이 주렁주렁 달리는 줄 아시는데 직접 와서 따가라고 하신다."

그간 미국 작은아버지는 조카들 대학 등록금에 보태라며 아버지에게 종종 돈을 보내주시기도 했고 청자나 전통 인형 같은 민속 공예품의 수입을 아버지에게 맡기며 아버지를 직간접적으로 지원해 주셨다. 대략적인 사실은 알았지만, 구체적인 돈 액수와 흐름을 알게 된 작은 엄마가 직접 이야기하기엔 불편한 아버지 대신 엄마에게 편지를 보낸 것 같았다.

엄마의 얼굴 근육이 모두 한꺼번에 움찔거렸다. 옆에 앉은 아버지는 고개를 돌려 컴컴해 아무것도 보이지 않는 창밖을 바라볼 뿐 말씀이 없었다. 편지의 내용은 결국 경제적인 도움은 더 이상 없을 것이며 미국에 들어온다 해도 마찬가지라는 것이었다. '돈이 주렁주렁 달린 돈나무'라는 표현에 담긴 작은 엄마의 마음이 엄마의 자존심 한가운데를 후벼 판 것 같았다.

엄마의 한탄은 짧았다. 하지만 상처가 얼마나 깊이 났는지 한눈에 알 수 있었다. 어쩌면 엄마는 미국 이민 초기에 작은아버지의 도움이 얼마나 절실한지를 알고 있었던 것 같다. 그렇게 소중해하던 자존심을 버리고라도 받고 싶었던 도움이었기에 웬만해선 빠지지 않는 절망의 구덩이로 돈나무와 엄마가 뒤엉켜 굴러떨어졌다.

안방을 나와 작은형과 함께 쓰는 방으로 건너왔다. 오각형 집은 방이 세 개 있었지만 하나는 뾰족한 삼각형 모양이라 실제로 잠을 잘 수 있는 방은 두 개뿐이었다. 이부자리를 꺼내 펼쳤다. 불을 끄고 자리에 눕자, 옆에 누운 둘째 형이 나를 불렀다.

"동주야, 너 내년에 군대 가면 어떨까? 형은 졸업하면 대학원에 꼭 가고 싶은데 오늘 너 들어오기 전에 엄마가 대학원 등록금은 힘들다고 하시더라. 너랑 나랑 동시에 두 명 등록금은 대는 건 불가능하다고. 그래서 말인데, 네가 형에게 양보하는 게 좋을 것 같아."

"군대? 내가?"

"응, 너는 공부에 별로 관심 없잖아. 형은 정말 공부가 좋아. 졸업하면 대학원에 꼭 가서 내 꿈을 펼쳐보고 싶어."

...

뺨과 코끝이 얼음 나라에서만 자라는 붉은 이끼로 덮였다. 날아오른 입김에 속눈썹도 하얗게 셌다. 뽀드득 소리 사이로 신발 밑 아이젠이 돌이나 언 흙이 드러난 곳을 지날 땐 쇠 긁히는 소리가 났다. 등산화도 아닌 운동화라 그런지 신발 안이 젖더니 차가워졌다. 뺨에 닿는 공기의 차가움이 시원해질 때쯤 발가락이 얼어버릴 것 같았다. 딱히 목표를 정한 건 아니었지만, 중간에서 돌아오는 느낌이 섭섭했다. 천축사까지는 오르기로 했다.

내려오기 시작할 땐 어깨 위로 김이 솟았다. 그녀의 손을 더 꼭 잡았다. 잠시도 놓고 싶지 않았다. 입 주변이 치과 마취 주사를 맞은 것처럼 어색했다. 하지만 가쁘게 쉬는 숨 두세 번마다 한 번씩 얼얼해진 입술이 함박만 해졌다. 그렇게라도 쌓이는 기쁨을 휘발시키지 않으면 마음이 터질 것 같았다. 춥고 눈 덮인 겨울 산이 그렇게 재미있는 곳이 될 줄은 몰랐다. 그렇게 행복해질 수 있는지 처음 알았다.

쌓인 눈과 추운 날씨는 미진과 내게 또 다른 느낌의 하나 됨을 선사했다. 바람이 없고 해가 좋아 가능했지만, 일상을 벗어난 작은 어려움을 함께 겪는 사람들만이 가질 수 있는 공감과 동지애에 가슴이 벅찼다. 꿩 대신 닭으로 선택한 도봉산 당일치기 등산이 끝났다. 고등학교 동창 친구들과 설악산으로 1박 여행을 한다고 했지만, 겨울이라 위험하다며 허락하지 않았던 미진 아버지가 처음으로 고맙게 느껴졌다.

산을 오르고 내리는 입구에는 여지없이 식당들이 자리했다. 파전이나 두부 찜, 콩비지 같은 음식과 그런 먹거리에 빠질 수 없는 막걸리나 동동주를 파는 식당들은 등산의 마지막 정상이었다. 도봉산 입구도 그랬다.

건물 옆으로 비닐하우스가 붙어있는 식당으로 들어갔다. 눈과 추위 때문에 산을 오른 사람도 많지 않았지만 아직은 내려올 시간이 아니라 식당은 텅 비어있었다. 빨간 플라스틱 의자와 굵은 전선을 감는 데 사용되었던 전선 타래로 만든 나무 탁자 중 난로와 가까운 곳에 앉았다. 연탄난로 하나뿐이었지만 해 잘 드는 비닐하우스는 꽤 따뜻했다. 따뜻한 온기로 더 빨개지는 미진을 보며 솟는 치기 어린 웃음을 참지 못했다. 그녀도 똑같았다.

"많이 추웠나 보네~! 뭐 줄까요?"

주인아주머니가 물었다. 내가 좋아하는 그리고 왠지 등산하고 내려오면 더 맛있어지는 동동주와 파전을 시켰다. 살얼음이 두껍게 낀 작은 동동주 항아리와 땅에 묻은 김칫독에서 익은 것처럼 보이는 싱싱한 배추김치와 동치미가 먼저 나왔다.

"너무 추웠지만 참 좋다. 겨울 산."

"그러게. 신발만 좋았으면 조금 더 올라갔을 텐데 아쉽다."

"우리 건배해요, 동주 씨."

"우리 첫겨울 등산, 건배~!"

누룩 색 플라스틱 잔을 마주쳤다. 벌컥벌컥 첫 잔을 비웠다. 식도를 꽉 채운 차가움이 위벽을 때렸다. 입술만 겨우 바른 그녀가 눈부셨다. 자연 속에서 더 아름다운 여자였다.

"근데, 동주 씨는 왜 공대를 간 거야? 학력고사 볼 때 수학은 완전히 다 찍었다면서."

"초등학교 5학년 때부터 고등학교 2학년 될 때까지는 정말 대학에 갈 거란 생각을 한 번도 해본 적이 없었어. 표가 없었으니, 공부는 그냥 남들이 하니까 그냥 따라 하는 정도였던 것 같아. 이과로 간 이유도 1학년 때 친했던 친구들이 이과로 가길래 따라 간 거지. 사실 이과와 문과가 뭐가 다른지 잘 몰랐어. 참 어리숙했어, 그때 생각해 보면."

"부모님이나 형들이 무슨 이야기를 해주거나 하진 않았어?"

"그러게. 왜 그랬을까? 근데 아무도 관심이 없었어. 나 자신도."

동동주를 들이켰다.

"미안. 그냥 궁금해서 물어본 건데... 너무 속상해 마요. 근데 이과였는데 학력고사 수학은 왜 다 찍은 거야?"

"아냐. 뭐가 미안해. 나도 궁금한걸."

수학 생각을 하자 허탈한 웃음이 터졌다.

"숫자 0과 1이 왜 0이고 1인지가 궁금했어. 왜냐면 그게 만약 0이 아니고 1이 아니면 수학은 존재할 수 없거나 와르르 무너진다는 생각을 초등학교 때부터 했는데 아무도 그 이유를 설명해 주지 않더라고. 너무 당연한 걸 물어봐서 그랬는지.... 답답하더라. 그래서 수학에는 관심을 아예 잃어버렸어. 고등학교에 들어가서는 완전히 손을 놓았지. 수학은."

"근데 어떻게 연대를 간 거야? 그것도 공대를."

"그러게. 운이 좋았어. 간신히 고등학교는 들어갔는데 공부는 뒷전이었지. 그러다 1학년 겨울방학 직전에 제과점 사건이 있었고. 2학년 1학기가 끝나고 나서야 깨달았지. 미국에 가려면 아직도 한참 더 남았다는 걸. 2학년 여름방학 때 마음먹고 공부했어. 영어 한 과목만 했어. 수학은 노력해도 결과를 내기어려운 상태라서 아예 포기했고. 3학년 때는 암기과목만 했고. 그런데 공대에갔으니 내가 생각해도 참 앞뒤로 어처구니없는 일이야!"

추운 산행으로 언 얼굴 때문인지 술 때문인지 얼굴이 뜨거운 장작불 앞에선 것처럼 화끈거렸다. 두 번째 항아리가 놓였다. 동동주는 가벼운 밥알들이빙글빙글 돌아야 제맛이 났다. 표주박으로 동그라미를 그리듯 휘저었다. 잔을 들 때마다 점점 더 속이 짜릿해졌다.
"동주 씨가 살아온 시간은 여러모로 참 나랑 참 많이 달라. 생각하는 것들이나 생각하는 방법도 다르지만, 계획 없이 닥치는 것들을 해내는 그런 시간이었네...."
"그렇지? 근데, 난 괜찮아. 지나온 시간을 후회하고 싶지 않아. 이제부터,지금부터가 더 중요하니까. 그리고 지금은 사랑해서 행복해."

미진의 다독임에 마음이 물컹해졌다. 둘째 형 이야기를 했다.
그녀가 길게 한번, 짧게 한번, 한숨을 쉬었다.
"무슨 형이 그래? 동생도 졸업은 해야지. 자기 대학원 대문에 동생은 졸업도 못하고 군대를 가라고? 그리고 공부도 동주 씨가 훨씬 잘하고 좋은 대학도다니는데 무슨 그런 형이 다 있어?"
"글쎄. 혹시 진짜 내가 공부에 관심이 없고 돈 버는 데 관심이 있다고 생각하는 걸까? 잘 모르겠네. 사실 내가 공부는 안 하고 이런저런 아르바이트를많이 했으니까...."

"아르바이트해서 번 돈, 동주 씨가 썼나? 다 부모님께 드렸잖아. 가족을 위해서 희생을 해 왔다는 걸 몰라? 어떻게 모를 수 있지?"

의심에 젖은 말투로 그녀가 물었다.

"그래서 동주 씨는 뭐라 했는데?"

"특별한 대답은 하지 않았어. 이상하게 아무 말도 안 나오더라."

"동주 씨 바보야? 착한 건 알겠는데 좀 너무한다!"

그녀의 얼굴이 처음으로 일그러졌다. 그녀의 단호한 꾸짖음에 한쪽 무릎이 꺾였다. 한동안 아무도 말이 없었다. 동동주를 따라 연거푸 마셨다. 고개가 슬그머니 떨어져 어깨 사이에 파묻혀 갔다. 그녀가 팔을 둘러 어깨를 감싸 안았다. 미진이 소리쳤다.

"김동주! 군대 가지 마! 안돼! 내가 못 보내!"

펑펑 눈이라도 내렸으면 좋았으련만 밖은 햇살이 가득했다.

...

2학기 성적이 나왔다. 학사 경고와는 거리가 있었지만 1학기에 비해 뚝 떨어진 점수였다. 등수나 학점에 연연해하지 않았다. 이민 때문만은 아니었다. 책에 쓰인 것이 칠판에 옮겨지고 교단에 선 사람의 성대를 통해 내 귀로 들어오는 과정에 고마워할 이유를 찾지 못했다. 오히려 학교가 제시하는 점수와 등수에 가려지거나 반대편에 서 있는 것들이 준 가르침이 크고 많았다.

학교는 '왜'나 '어떻게'라는 질문이 철저히 숨겨진 곳이었다. 수수께끼를 내는 스핑크스 같았다. 첫 수수께끼는 초등학교 졸업식 날이었다. 졸업식이 끝난 후 한 친구가 어른 두 명이 짠 스크럼 위에 올라탄 채 대여섯 명의 환호를 받으며 운동장을 두세 바퀴 크게 돌았다. 어깨에 태워져 불쑥 솟아오른 그 친구는 올림픽 금메달을 딴 사람처럼 두 팔을 번쩍 들고 세상을 얻은 듯 웃고 있었다. 한 손에는 꽃다발이 한 손에는 졸업장이 들려있었다.

영수였다. 반에서 유일하게 한글을 깨치지 못한 친구였다. 순간 영수가 나를 쳐다보는 것 같았다. 겨울이면 매달고 있던 희기도 하고 누렇기도 한 콧물 두 줄이 반짝였다. 아버지의 사업 실패 이후라 내 졸업식은 이야깃거리가 되지 못했다. 유일하게 외할머니가 오셨고 졸업하는 앞집 친구 진철이 아버지가 찍어 주는 기념사진을 위해 외할머니와 나란히 서 있었다. 꽃 세 송이를 얇은 종이로 대강 싼 꽃다발을 들고 할머니와 덩그러니 서 있는 내 모습이 영수 앞에서 더욱 초라하게 느껴졌다. 글도 못 읽는 영수가 왜 저런 축하와 인정을 받을 수 있는지 이해도 되지 않았지만, 화가 났고 괴로웠다.

벗어나고 싶었다. 방법은 하나뿐이었다. 영수의 졸업이 대단한 일이 될 수 있는 이유를 찾아야만 했다. 어쩌면 영수는 가족 중에 유일하게 초등학교를 마친 사람인지도 몰랐다. 한글을 읽지도 못하는데 졸업을 한 건 정말 기특한 일이란 생각까지 뻗어갔다. 그렇다면 영수의 졸업은 정말 대단한 일이었다.

어쩌면 영수는 내가 만난 가장 훌륭한 선생님이었는지 몰랐다. 영수는 소중한 가르침을 준 고마운 친구였다. 나름대로 수수께끼를 풀었다고 확신했지만, 수수께끼를 풀면 절벽 아래로 떨어져 죽겠다던 스핑크스는 꿈쩍도 하지 않았다. 오히려 학교는 더 단단해지는 것 같았다. 작은 동요도 보이지 않았다.

겨울이 깊어져 가며 기억의 깊은 곳에 보관되어있던 이야기들이 그녀 앞에 길게 줄을 섰다. 언젠가 고스란히 공감받기 위해 기다렸던 이야기들은 하나씩 그녀에게 달려가 안겼다. 미진의 눈빛, 표정, 한숨으로 다독여진 기억들이 미진의 품에 안긴 아이처럼 편안히 잠들어 새근거렸다. 1985년 겨울방학은 그랬다.

...

    2학년이 되었다. 술과 자유에 취한 듯 1학년과는 다른 모습을 보이는 동기들이 눈에 띄었다. 그중에는 강남 8학군 출신의 주안이와 승길이도 있었다. 주안이라는 이름은 교회 장로였던 아버지의 신앙심이 담긴 이름이었고 승길이 아버지는 이름이 꽤 알려진 정치인이었다. 둘은 1학년 한때 종로 3가로 헌팅을 다녀온 이야기를 무용담처럼 했었다. 중고등학교 여학생들이 술 마시러 오는 술집이 있고 그곳에서 어린 여학생들을 꾀어서 쉽게 잠자리를 가질 수 있다고 했다. 그랬던 주안이와 승길이도 연애를 시작하며 더 이상 종로를 찾지 않는 것 같았다.

    여자를 목적으로 다가서는 남자들이 그 둘만은 아니었지만, 이야기를 들으며 두 사람이 미웠다. 모파상의 소설〈여자의 일생〉을 읽고 난 후에 들었던 미안한 서글픔이 생생했었다. 어쩌면 그 여학생들에게는 삶의 궤적이 바뀔 수도 있는 일이 될지도 모르는데. 왜 진실로는 어려운 게 욕망과 거짓으로는 쉬운지 괴로웠다. 이젠 더 이상 종로에 가지 않는 걸 다행이라 생각해야 하는 것도 의문이었다. 그 둘 대신 또 다른 어른이나 어른인 척하는 남자들이 그 역할을 담당할 게 뻔했다.

    각자의 방향과 색이 진해지며 과 친구들과의 공통분모도 작아졌다. 공감할 수 있는 이야기가 적어졌고 자연히 어울림도 줄었다. 하지만 내겐 미진이 있었다. 해바라기처럼 해를 따라 움직이는 창을 가진 방에 미진이 있었다. 때론 가만히 앉아 나를 쳐다봐 주기만 했고 때론 두 팔을 벌리고 내게 달려오기도 했다.

남은 건 미진을 기다리는 시간이 담길 수 있는 선물이었다. 중앙도서관 2층 열람실로 가 이런저런 잡지들을 들춰 보다 그림 형제의 동화 라푼젤이 살고 있을 것 같은 원형 탑 위로 빨간색 지붕이 있는 성이 마음을 채갔다. 선물을 받는 그녀의 행복한 얼굴을 떠올렸다. 구름을 뚫고 올라간 동화 속 콩나무처럼 마음이 기쁨으로 우거졌다.

성냥 알이 제일 많이 들어있어 보이는 커다란 팔각 성냥 다섯 통과 문구용 칼, 핀셋과 튜브형 돼지 표 본드를 샀다. 성냥 통에서 성냥을 쏟아 휘어지지 않고 모서리각이 망가지지 않은 성냥개비를 골라냈다. 쓸만한 성냥개비가 생각보다 많지 않았다. 골라낸 성냥개비를 벽돌과 비슷한 모양이 되게 잘라냈다. 연한 재질의 나무라 너무 강하게 눌러 자르면 절단면이 찌그러졌다. 절단면이 찌그러지지 않게 하기 위해서는 톱질하듯 슬근슬근 잘라내야 했다. 성냥을 고르고 벽돌 모양으로 자르는 데만 꼬박 이틀이 걸렸다.

볼펜으로 케이크 상자의 바닥에 그린 성의 윤곽선을 따라 성냥으로 만든 작은 나무 벽돌을 하나씩 쌓아 갔다. 나무 벽돌을 핀셋으로 집고 종이 위에 얇게 짜 놓은 본드에 스치듯 묻혀야 했다. 너무 많이 묻으면 벽돌 사이로 본드가 삐져나와 지저분해졌다. 한 번에 높이 쌓을 수도 없었다. 성냥 벽돌을 3단 정도 쌓고 나면 본드가 마를 때까지 기다려야 했다.

쌓고 기다리고 쌓고 또 기다리는 날들이 이어졌다. 목과 허리가 아팠지만, 오히려 반가웠다. 고통은 기쁨의 엄마란 걸 알고 있었다. 성이 높아질수록 시간도 더 빨리 지나갔다. 한 줄만 더 쌓고 싶은 마음에 잠드는 시간도 점점 더 늦어졌다. 사람들이 모여 제야의 종소리를 듣고 있을 때 나는 고깔모자처럼 생긴 지붕 맨 꼭대기에 성냥 머리를 올렸다.

···

2학년 1학기 기말시험이 다가왔다. 어차피 포기한 공부와 학점이었지만 그래도 며칠은 시험 준비를 했다. 중앙도서관으로 향하는 데 성일이 불러 세 웠다. 성일은 과 동기 친구 중 유일하게 우리 집을 다녀간 친구였다. 강남의 부동산 졸부와는 거리가 먼 강북 부잣집 장남인 성일은 품위가 있었다. 그림 과 디자인에 관심이 많았고 나이가 들면 자신은 너무 유명해져서 사설 경호 원이 필요할 거란 이야기를 하곤 했다.

"동주야, 너 아르바이트 한번 해볼래? 서울 시내 초등학교 앞 문방구 실태 를 조사하는 건데, 어때 해 볼래?"

성일 아버지는 문구 사업을 하셨다.

"그래? 어떻게 하는 건데? 당연히 내가 할 수 있지."

"서울 시내 초등학교 앞 문방구에 회사 제품 홍보 포스터를 붙이고 문방구 의 이름과 전화번호를 적어 오는 거야."

"간단하네. 좋지. 내가 자전거 좀 타잖아. 자전거 타고 하면 되겠다. 아르 바이트비는 얼마나 되는 거야?"

"한 군데마다 천 원이야. 근데 포스터가 딱 500장이야. 그러니까 500장만 붙이면 되는 거야."

중학교 3학년 내내 눈이나 비가 내리지 않으면 거의 매일 사이클을 탔다. 손잡이가 양 뿔처럼 둥글게 밑으로 굽은 로드 사이클이었다. 헌병 검문소가 있는 공릉동 사거리에서 스퍼트 하면 육사 앞까지 쉬지 않고 한 번에 주파할 수 있었다. 스퍼트하고 나면 코끼리가 허벅지를 누르는 것 같은 압력이 느껴졌다. 페달을 멈추고 나서도 한동안 터질 것처럼 아팠지만 불암산까지 오르고 나면 그 고통에 비례한 만족을 가질 수 있었다. 자전거를 타면 걸으면서는 느낄 수 없었던 공기의 밀도가 느껴져서 좋았다. 고민이나 상념도 바람에 씻겨 나가는 것 같았다. 그때 열심히 탄 자전거 덕분에 허벅지는 굵고 옹골찼다. 다른 건 몰라도 자전거 타는 건 자신이 있었다.

여름방학 첫날 이른 아침 성일에게서 받은 포스터를 사이클 뒤에 달린 짐받이에 고정했다. 배낭에 문방구의 전화번호와 상호를 적을 노트 한 권과 볼펜, 서울 시내 지도를 넣고 페달을 밟았다.

다음날 미진을 만났을 때 절뚝이며 걸었고 자리에 앉으면 허벅지에 바른 안티푸라민 냄새가 올라왔다. 첫날보다 둘째 날이 더 힘들었지만 셋째 날부터는 급격하게 고통이 덜해졌다. 중간중간 길이 좋으면 결승점을 앞둔 선수가 마지막 스퍼트를 하듯, 3시간을 기다리다 버스에서 내리는 미진에게 달려가듯 페달을 밟았다. 아무리 달려도 하룻밤만 자면 다시 달릴 수 있었다. 절뚝거리는 걸음걸이도 사라졌다. 한 달 만에 500장을 다 붙였다.

"우리 아버지가 놀라시더라. 어떻게 이렇게 빨리했냐고! 대단하다고."

성일이 두툼한 흰 봉투를 내밀었다.

"여기 아르바이트비."

오랜만에 목돈이 생겼다. 2학년이 된 후, 몰래 과외를 2개나 했지만 두 군데 모두 경제적 형편이 넉넉지 않은 집이라 돈벌이로는 충분치 않았다. 마음은 자꾸 절반이라도 어머니께 드리려 안달이 났지만, 이번만은 그러지 않기로 마음먹었다. 모두 다 미진과 쓰고 싶었다. 처음 보는 마음이 어색했지만 망설임은 없었다. 오히려 기뻤다.

여름방학이 며칠 남지 않았다. 미진과의 만남을 제외하곤 어차피 어떤 일도 큰 이슈가 될 수 없는 언제나 비슷할 수밖에 없는 어느 날, 밤 10시가 넘어 집으로 들어섰다. 밤인데도 흰 빨랫감들이 아래층 마당 한가득 걸려 있었다. 그제 내린 비 때문에 작업에 차질이 생긴 것 같았다. 위쪽 계단에 아버지가 보였다. 담배를 태우고 계셨다.

"아버지, 저 왔어요."

계단 중간쯤 아버지 얼굴이 보였다. 약주를 한잔하신 것 같았다. 환하게 웃고 계셨다.

"동주야, 이주공사에서 연락해 왔다! 형제 초청 쿼터가 많이 풀렸다고. 준비하라고. 우리도 곧 대사관 인터뷰하게 될 것 같구나."

출렁! 거미줄에 나비 한 마리가 걸린 것처럼 마음이 흔들렸다. 분명히 좋은 소식이었고 그렇게나 기다리던 소식이었지만 마음 한쪽이 힘없이 무너져 내렸다. 미진이 얼굴이 스쳤다. 집안에 들어서니 엄마도 새집으로 이사를 결정한 사람처럼 들떠 계셨다. 결국 그날이 왔다. 예상과는 달랐다. 마땅한 기쁨 대신 상념이 덮쳤다.

나비가 마지막 남은 힘을 짜내 날개를 퍼덕였다. 그럴수록 거미줄이 점점 더 조여왔다. 잠이 오질 않았다. 거미줄에 걸린 나비를 풀어 주려 나비를 잡았다. 거미줄에서 떼어내 놓아주었다. 나비가 표류하듯 날라 칠흑 같은 허공으로 사라졌다. 손가락 끝이 미끈거렸다. 날개 가루가 묻은 것 같았다. 그런데 이상했다. 분명 노란 나비였는데 가루에는 아무런 색이 없었다. 그냥 아주 고운 가루였고, 너무 고운 입자 때문인지 물기가 하나도 없는데도 미끈거렸다. 나비가 묻은 손가락을 비비다 멈췄다. 나비를 따라 깜깜한 잠으로 펄럭펄럭 날개를 휘저었다.

94

...

긴장했던 부모님과 인주의 대사관 인터뷰가 무사히 끝났다. 다음날 부모님과 함께 남대문 시장으로 짐가방을 사러 갔다. 가방가게 골목에 있는 가게로 들어섰다. 화학섬유와 가죽 냄새가 났고 어두운색 가방들이 많아서 인지 조금 우중충했다. 안쪽 한편에 이민 가방들이 모여있었다. 가게를 들어서는 아버지의 시선을 알아챈 가게 주인이 말했다.

"이민 가세요? 어디 미국?"

"어떻게 아셨어요?"

뻔한 답을 맞힌 것처럼 싱거운 표정으로 주인이 말했다.

"여기에서만 20년이에요. 가방 사러 가족이 오는 경우는 대개는 유학이나 이민이죠. 대개는 미국이고요. 저기 보이는 가방 중에 고르시면 돼요. 근데 별 차이 없어요. 크기도 항공사에서 정한 크기가 있어 다 비슷하고 원단과 바느질 차인데 그것도 하나만 빼면 다 비슷해요."

이민 가방이 모여 있는 곳으로 갔다. 주인도 따라와 가방 하나를 잡더니 박음질 양쪽을 잡아당기며 말했다.

"보세요. 박음질이 좋죠. 바늘땀이 일정하고 촘촘해요. 이민 가방이 워낙 크기가 큰데 가끔 공항에서 옆구리가 터지는 경우가 있어요. 가격이 좀 더 나가지만 특별히 무거운 짐이 있거나 조금이라도 더 많이 넣으려면 이 가방이 튼튼해서 좋을 거예요."

무게를 줄이기 위해서였는지 나일론 천이 얇았고 필요에 따라 지퍼를 열거나 닫아 가방 키를 조절하게 만든 가방이었다. 가격을 확인한 아버지가 여섯 개를 달라고 했다.

집으로 와 바로 짐을 쌌다. 짐이라야 대개는 옷이었다. 서울과 별반 다르지 않은 뉴욕 날씨라 4계절 옷을 다 가져가야 했다. 부피가 나가지만 이불도 넣었고 무거운 가족 사진첩도 쌌다. 키를 높이 키웠지만, 폭이 좁은 가방 여섯 개에 세 사람의 생활을 담는 건 어림없는 일이었다.

출발 전날 채우려고 비워둔 가방을 마저 채웠다. 아버지가 까만 매직으로 가방 양쪽에 영어 이름과 전화번호, NEWYORK, USA라고 쓰고 여러 개의 별 모양을 그렸다. 가방을 세로로 눕히고 빨간 노끈으로 가방 머리와 바닥을 가로질러 묶었다. 가방 손잡이에 노끈으로 리본을 묶던 아버지가 말했다.

"이래야 공항에서 우리 가방을 찾기가 쉽거든."

저녁이 되자 형광등 불빛에 번들거리는 파란 이민 가방 여섯 개가 방 한쪽을 채웠다. 대개의 이민자는 배편으로 짐을 부쳤지만, 부모님은 부치지 않았다. 10년 넘은 기다림 속에서 살림도 바싹 메말라 있었다. 짐으로 부칠만큼 값어치 있는 물건이 없었다. 모든 건 미국에서 벌어 미국에서 장만해야 했다.

"아버지, 돈은 얼마를 가져가시는 거예요?"

아버지가 허탈함이 살짝 비치는 미소를 지으며 말했다.

"그게... 아무리 해도 2천 불밖에 안 되더라."

언제나 모든 것에 솔직한 아버지의 대답이 이때만은 원망스러워졌다. 괜한 질문을 한 것 같았다. 한 가족이 이민을 가면서 필요한 돈이 가늠되지는 않았지만 60년대나 70년대도 아니고 2천 불은 너무 작은 돈이었다. 생각보다 더 가난한 부모님을 맞닥뜨린 가슴이 덜컹거렸다. 화제를 돌리고 싶었지만, 여전히 무거워질 수 있는 이야기뿐이었다.

"작은아버지가 공항으로 나오시는 거죠?"

"그럼~!"

"그럼 어디에서 사시게 되는 거예요?"

잡다한 것들을 버리려 정리하던 어머니가 잠시 일을 멈추고 말했다.

"구 씨 아줌마 알지? 구 씨 아줌마가 맨해튼에 건물이 있어. 우리 들어오면 그곳 아파트 중 하나를 쓰라고 했어. 걱정하지 마라, 동주야."

아버지 가발 사업이 부도가 난 후, 흔쾌히 3백만 원을 빌려주었던 사람이 구 씨 아줌마였다. 방 2개짜리 문간방 세를 얻고 한동안 쌀 떨어지는 일 없이 살 수 있었던 건 구 씨 아주머니 덕분이었다. 어머니는 구 씨 아주머니 덕분에 길거리에 나가 앉지 않을 수 있었다고 정말 고마운 친구라고 자주 말씀하셨었다. 이번에도 구 씨 아주머니의 도움이 있는 것 같았다.

날이 밝았다. 시간이 고요했다. 마지막 아침을 먹었다. 숟가락과 젓가락 달그락 소리와 음식이 잘리고 으서지는 소리, 목구멍으로 넘어가는 소리만 났다. 햇살 사이로 떠다니는 먼지만 살아 있는 것 같았다. 더 쌀 짐도 없었고 빠진 게 없나 돌아볼 일도 없었다. 태엽이 거의 풀려 느려진 시계를 쳐다보며 기차역에 앉아 있는 사람들 같았다. 출발 날짜가 정해진 후 적어진 이민 이야기가 출발일이 되자 아예 사라졌다. 부모님도 멍해지시는 것 같았다. 눈동자가 빛을 잃고 이정표는커녕 시선이 머물 점 하나 없는 하얗기만 한 어마어마하게 넓은 공간에서 길을 찾는 사람처럼 막막해 보였다. 오전 내내 숨소리 하나로 대화를 이어갔다.

점심으로 짜장면을 시켜 먹었다. 큰형이 빌려온 15인승 롱바디 봉고차에 짐을 실었다. 공항으로 가는 차 안도 적막했다. 모두가 입을 헤벌리고 눈을 뜬 채 꿈꾸는 사람 같았다. 출발도 이민도 미국도 이민 가방을 산 후 완전히 꺼져버린 불씨를 살리지 못했다.

공항 수속 카운터에는 이민자들처럼 보이는 사람들도 꽤 많이 보였다. 줄을 선 사람 중에서 우리 짐이 제일 크고 많았다. 가방에 터질 듯 담긴 게 가난임을 들킨 듯 얼굴이 화끈거렸다. 사람들이 수군대는 소리가 들리는 것 같았다. 미진이 왔고 학교에 들렀던 둘째 형도 도착했다.

짐을 부치고 출국장이 있는 3층으로 올라갔다. 고개를 숙이고 긴 생머리에 얼굴을 묻고 훌쩍이던 여동생 인주의 어깨가 들썩였다. 모두 따라 울었다. 한 명씩 돌아가며 모두가 안고 안겼다. 부모님과 인주가 출국장 쪽으로 돌아섰다. 출국장 입구 줄이 짧았다. 부모님과 인주가 출국장 안으로 들어서는 문 앞에서 잠시 멈췄다. 마지막 작별 인사를 나눴다. 뒷사람이 들어가며 열리는 문 사이로 한 번 더 크게 손을 흔들어 주는 세 사람이 보였다. 나도 뒤꿈치를 들고 팔을 높이 뻗어 크게 흔들었다.

...

큰형은 나보다 8살 많았다. 아이큐 159가 말해주듯 머리가 비상했다. 2살 때 한글을 깨치고 초등학교 땐 전교 1등을 놓치지 않았지만, 엉덩이가 가벼웠다. 공부엔 취미가 없었다. 꼬마 때부터 바이올린 가정교사를 집으로 불러 개인교습을 시키는 등 부모님의 관심과 기대, 사랑을 모두 독차지했다. 주머니가 넉넉해서 그랬는지 사람들과 어울림도 무척 좋았고 학교에서도 인기가 많았다.

부모 덕분에 세상 어려운 게 없던 큰형은 거침이 없었다. 부잣집 장남다운 객기였는지 고등학교 1학년 때는 여학생을 임신시켰다. 어머니가 나서서 돈으로 해결했다. 대학도 부잣집 아들처럼 다녔지만, 아버지 사업이 기울며 큰형의 삶도 함께 힘을 잃었다. 군대를 다녀와 중소기업에 취직했고 얼마 안 가 형수를 만나 결혼을 했다.

부모님이 들어가신 날부터 큰형 집으로 들어갔다. 큰형은 신림동 세탁소 이층집 맞은편, 개천 건너 반지하에 살았다. 집을 지을 때 비싼 시멘트 대신 모래를 많이 섞어서인지 시멘트가 드러난 곳은 표면이 거친 집이었다. 주인집 현관으로 올라가는 계단 오른쪽 아래쪽으로 반지하로 내려가는 계단이 있었다. 계단을 내려가 오른쪽 쪽문을 열면 짧은 통로가 나왔고 통로 왼편으로 방 두 개가 나란히 붙어있었다. 방 앞으로 난 통로에는 간단히 세수하거나 간신히 몸을 씻을 수 있는 수도와 뒤턱에 거북이 모양 로고가 있는 스테인리스 싱크대가 있었다.

화장실은 따로 떨어져 있었다. 쪽문을 열고 밖으로 나가 주인집으로 오르는 계단을 끼고돌면 나왔다. 반지하 때문에 1.5층이 된 주인집으로 올라가는 계단 아래 공간이 화장실이었다. 계단의 경사가 허락하는 공간이 전부였던 화장실에 들어가기 위해서는 허리를 숙이고 무릎을 많이 구부린 자세로 움직여야 했다. 이미 와본 집이었지만 정작 살려니 벅찬 한숨이 터졌다. 2년이 추가된 기다림이 그 집에선 더 느리고 무거워질 것 같았다.

하루가 지났다. 큰형과 공중전화부스로 갔다.

"형, 성일이가 공짜로 국제전화를 거는 방법을 알려줬어요."

"그래? 그런 게 있어? 어떻게 하는데?"

"수화기를 들고 0번 버튼을 오락실 갤러그 게임을 하듯이 연속해서 빠르게 누르면 신호가 떨어진대요."

성일이 말한 대로 하고 구 씨 아주머니 전화번호를 눌렀다. 정말이었다. 신호가 갔다. 살아있는 걸 기뻐하듯 무사히 도착한 사실이 기뻤다. 부모님의 목소리엔 구체적인 희망이 담겨있었다. 다만 인주는 울먹였다. 아직 어려 엄두가 나지 않는 것 같았다.

···

　인주를 처음 만난 날은 그림을 그릴 수 있을 정도로 선명했다. 여름이었고 낮이었다. 2살 정도 돼 보이는 여자아이가 마당 한가운데 있었다. 소매가 없는 얇은 원피스를 입고 있었다. 흰색이었지만 아래 끝단에는 산들바람에도 나풀거리는 라벤더색 천이 달린 원피스였다. 이미 오래 울었는지 퉁퉁 부은 눈으로 울고 있었다. 오른손은 어찌할 바 모르는 듯 가만히 내려져 있었지만, 왼손은 뒷머리를 천천히 비비며 사방을 둘러보고 있었다. 그 아이 앞에는 엄마가 서 있었다.

　"엄마, 누구야?"

　"동주 동생이야, 오늘부터 같이 살 거야. 동생 주게 가게에 가서 과자 좀 사 올래?"

　울고 있는 여자아이가 가여웠다. 얼른 달래주고 싶은 마음에 있는 힘껏 가게로 뛰어갔다. 빨리 과자를 사다 주고 싶어 한 번도 쉬지 않고 달렸다. 그 아이가 인주였다. 소원이 보육원이었던 어머니가 조금 떨어진 동네에서 인주 이야기를 들었고, 보육원에 맡겨질 인주를 데리고 오셨다. 그날 인주는 엄마가 마음으로 낳은 우리 집 막내딸이 되었다.

　미국으로 들어가신 지 열흘이 지났다. 공짜로 걸 수 있는 국제전화였지만 비슷한 질문과 뻔한 대답만 남겨지며 통화 시간은 점점 더 짧아졌다. 유일한 동아줄이었던 작은아버지 이야기를 물었다. 공항에서 뵌 후에 아직 별다른 연락이 없는 것 같았다. 전화를 끊고 나니 지난번 엄마가 받았던 작은 어머니의 편지 속 돈나무가 떠 올랐다. 돈나무를 지키는 사람의 의지가 생각했던 것보다 더 크고 단단한 것 같았다.

...

"동주 씨, 우리 설악산 갈 수 있을 것 같아. 아빠가 일본 출장 가신데. 내일 30일 날 가서서 5일 날 일요일에 오신대. 국군의 날이랑 개천절이라 더 오래 계시는 것 같아. 그리고 엄마가 동주 씨 보고 싶다고 집으로 와서 출발하라고 하셨어"

"그래 알았어. 오늘은 그럼 집에 일찍 들어가라 미진아. 요즘 매일 늦는다고 아버지가 안좋아하신다며."

활짝 웃으며 미진이 짓궂게 받아쳤다.

"싫은데?"

"모레 여행 가니까 오늘, 내일은 일찍 집에 들어가는 게 좋을 거 같은데."

"하하. 농담이야, 일찍 들어가야지. 동주 씨. 너무 불안해하지 마요."

미진을 바래다주고 버스 정류장 근처 공중전화부스로 들어갔다.

"성일아, 차 좀 빌리자. 나 미진이랑 설악산 여행 다녀오려고 하는데 너 차로 다녀오면 어떨까 싶은데 말이야. 내일부터 4일만 쓰자."

"그래? 알았어. 내일 학교로 차 가지고 갈게. 야~ 동주 좋겠다~!"

곧바로 미진에게 전화했다.

"미진아, 성일이 차 빌렸어. 내일은 우리 만나지 말고 1일 날 아침 9시까지 집으로 갈게."

8시 40분쯤 미진의 집에 도착했다.

"동주, 또 만나네. 우리 미진인 벌써 갈 준비 다 하고 기다리고 있다. 차 가지고 간다며? 운전 조심하고. 내가 동주 좋아하는 거 알지? 믿는다! 다녀와서 보자. 미진아~. 나 안 나간다. 재미있게 잘 다녀와."

미진 어머니는 목소리가 맑았다. 높은 산에서 흘러내린 계곡물이 잠시 쉬어 가는 소(沼)처럼 투명하게 찰랑거렸다.

차가 움직이자, 오리농장에서 갓 깨어난 오리 새끼들이 어미를 쫓아 종종 걸음으로 줄지어 달리듯, 기쁨이 꽥꽥거리며 차를 따라왔다.

"미진아, 어머니 말이야. 내가 살아 있는 한 어머니 좋아하고 존경할 것 같아. 참 고마우신 분이야. 미진도 낳아주시고, 날 믿어주시고."

"동주 씨 만나기 전에 미팅을 꽤 여러 번 했어. 그중 몇 명은 몇 번 만나기도 했고 엄마에게 사진을 보여주기도 했지. 근데 엄마가 도둑놈 같다고 하나같이 다 마음에 들어 하지 않으셨어. 근데 동주 씨 사진 보여줬는데 너무 좋아하시는 거야. 순수하고 착하고 잘 변하지 않는 마음 따뜻한 사람 같아 보인다고. 신기하지? 엄마가 어떻게 그걸 아셨을까?"

"그러게. 뭘까? 나도 신기하다."

강변북로에 들어섰다. 오른쪽으로 한강이 보였다.

"우리 엄마 사실 첫사랑이 있었어. 가난한 고시생이었는데 외할아버지의 반대 때문에 억지로 헤어졌다고 하시더라고. 외할아버지가 평생 군인으로 사셔서 굉장히 완고하고 엄하셨거든. 그런데 외할아버지가 그때 좀 심하게 하셨나 봐. 가위로 엄마 머리카락을 잘라버리고 학교도 가지 못하게 했대. 엄마가 단식도 하고 그랬지만 소용이 없었다네. 결국 외할아버지가 중신아비를 써서 선을 보게 하셨고 그러다 아빠를 만나게 된 거였대."

"으응. 그랬구나. 근데 엄마는 아빠가 어디가 좋으셨대? 두 분이 조금 안 어울리시는 것 같아서…"

"안 그래도 나도 궁금했어. 근데 이 이야기는 안 하려고 했는데… 아빠가 엄마와 선을 보고 엄마에게 홀딱 빠지셨나 봐. 어떻게든 엄마 마음을 잡아 보려 했는데 엄마는 아빠가 아주 별로였대. 엄마가 아빠를 거들떠보지도 않으신 거지. 아빠가 상사병에 걸려 죽네 사네 그랬나 봐. 여자 때문에 끙끙 앓고 있는 아들을 본 할아버지가 그러셨대. 남자가 뭐 그런 거로 끙끙대냐고. 여자를 갖고 싶으면 어떻게든 자빠뜨리고 보는 거라고. 잠자리를 가진 후에도 여자가 싫다 그러면 버리면 되고. 여자를 가졌으니 마음 앓이 할 필요도 없다고. 그리고 순결을 잃은 여자는 대개 따라오게 되어있다고!"

"그런 말을? 정말?"

"응, 할아버지가 건설업을 해서 표현이 좀 거치셔. 할아버지랑 크게 다툰 할머니가 할아버지 흉을 본다면서 엄마에게 말해주었대. 엉겁결에 아버지의 비밀이 드러나게 된 거지."

"그래서, 어떻게 된건데?"

"며칠 후, 아빠가 자살할 거라고 협박을 했고, 마음 약한 엄마가 아빠를 만났대. 그런데 그날 오렌지 주스를 마시고 엄마가 거의 실신을 한거야. 엄마 몰래 아빠가 술을 탄 거지. 엄마는 소주 반 잔만 마셔도 기절하시거든."

"어휴~!"

"그날 이후 엄마는 아빠와의 연락을 끊었는데 두어 달이 지나 결혼식을 하게 되었고 오히려 외가 쪽에서 사정하는 식이었다고 하더라고. 내가 엄마 뱃속에 생겼거든. 집안에 망신살이 들었다고 외할아버지가 무척 화를 냈고 유일한 해결 방법은 결혼이라고 생각하셨나 봐. 원래 이화여대는 학칙상 결혼을 하면 자퇴를 해야 하는데 엄마가 3학년 때인데도 외할아버지가 몰래 결혼을 시키신 거야. 배가 불러오기 전에 학교는 휴학해야 했고. 나를 낳고 나서 복학하고 졸업은 했지만 원래 엄마가 꿈꾸던 공부는 자연스럽게 포기할 수밖에 없었다고 하시더라고."

나무들과 하늘이 거울처럼 고스란히 비치는 아름다운 호수라고만 생각했는데 갑자기 하늘에 먹구름이 덮이고 비가 내렸다. 해를 잃어 검어진 물방울이 수면을 때렸다. 슬픈 호수였다.

도심을 통과하자, 낮은 산이 나왔고, 다리를 건널 수록 산이 높아졌다. 강원도에 들어서도 겨울 아침 입김에 취한 작은 나뭇잎들만 바닥을 뒹굴 뿐 단풍은 많치 않았다. 소나무가 많아서인지 깊은 가을까진 아직 시간이 있어 보였다. 똬리를 튼 것 같은 구불구불한 절벽 길 아래 소양호가 깊었다. 인제를 지나며 우거진 숲 사이로 좁은 길이 굽이쳤다.

"근데 미진아. 어머니 이름이 어떻게 되시지?"

"우리 엄마? 강신애. 믿을 신(信), 사랑 애(愛)."

미시령 휴게소에 내려 떡볶이와 어묵으로 요기한 후 휴게소 동쪽 끝 베란다로 나갔다. 멀리 속초와 동해가 보였다. 난간에 기댄 미진을 뒤에서 감싸 안았다. 미진 어머니의 첫사랑, 고시생의 마음을 떠올렸다. 한편 내 마음일 거란 생각에 마음의 힘이 빠졌다. 졸린 노란 병아리 새끼처럼 미진 어깨에 턱을 올려 꽸다. 멀리 보이는 바다 끝에서 부서지는 파도 소리가 들리는 것 같았다. 미진의 허리를 감고 있던 손에 힘을 주며 고백했다.

"미진아, 사랑해."

"응 나도 사랑해."

내리막이 완만해지더니 왼편으로 명성 콘도가 보였다. 산 끝자락이 바닷가 땅을 만나는 곳에 이르니 옅은 바다 내음이 스쳤다. 잠시 뿌리치고 등졌던 설악산으로 다시 핸들을 돌렸다. 척산온천에서 설악동으로 가는 가파른 오르막 산길로 들어섰다.

설악산 공원 매표소 바로 앞 주차장에 차를 대고 공원으로 들어섰다. 권금성으로 오르는 케이블카를 탔다. 굵은 쇠줄을 따라 하늘로 오른 케이블카가 개천을 건너더니 곧바로 울창한 숲이 걸리버의 양탄자처럼 발아래 깔렸다. 동쪽으로 시야가 트이며 멀리 동해가 보였다. 어마어마한 크기의 스테고사우루스 공룡 등에 난 골판 같은 바위 곁으로 다가서는 것 같더니 가파르게 솟은 후 멈췄다.

쇠 파이프 난간을 따라 올랐다. 5분도 안 걸려 돌 언덕이 나왔다. 언뜻 편평해 보였지만 크고 작은 바위로 울퉁불퉁한 돌 마당의 경사는 꽤 급했다. 권금성이었다. 노란 코듀로이 바지를 입은 미진과 언덕 가장자리 둥그렇게 불거져 올라온 바위에 앉았다.

"미진아, 저기 동해 봐봐. 가슴이 뚫리는 거 같다. 정말."

"어쩜 이렇게 선명하게 잘 보이지?"

시선이 닿을 수 있는 가장 먼 곳을 따라 쳐다보기만 할 뿐인데 알 수 없는 쾌감이 차올랐다. 등을 비추는 따스한 햇살 때문이었는지 두껍게 감싸던 현실이 조금씩 녹아 흘러내렸다. 바위를 적신 현실은 햇살에 말라 가루가 되고 바람에 날려 흩어지다 사라졌다. 그런데도 고요해서 좋았다. 그녀의 머리카락이 가끔 바람에 날리며 내 얼굴을 건드릴 뿐이었다.

동해로 뻗어가는 산 그림자가 갑자기 천리마처럼 달렸다. 내려가야 할 시간이 된 것 같았다.

모텔과 리조트가 뒤섞인 설악동 아랫마을에 도착했다. 숙소에 주차하고 방 열쇠를 받았다. 온돌방이었다. 작은 여행 가방을 올려놓고 식당으로 향했다. 5시가 넘어가자, 땅거미가 내려앉으며 하늘이 보라색과 오렌지색으로 물들었다. 순식간에 해가 넘어가며 형광등으로 밝아지는 식당 간판에서 빙산처럼 푸르고 차가운 기운이 흘러내렸다. 제일 작고 조촐한 식당으로 갔다. 감자전과 막걸리, 산채비빔밥을 시켰다.

"우리 엄마가 난 참 신기해. 대단하고. 여자들은 아주 친하지 않으면 친구들끼리도 쉽게 남자친구랑 1박 2일 여행하는 거 말 못 하는데. 아마 내 친구 엄마 중에 남자친구와의 여행을 대놓고 지지해 줄 수 있는 엄마는 없을 거야."

"그래? 궁금하기보다는 고맙지. 어머니가. 근데 난 한 번도 이상하다고 생각 안 했는데? 사랑은 갖는 게 아니잖아. 주는 거지. 호르몬의 노예가 된 남자들이 사랑이라 착각하기 쉬운 욕심과 착각. 그리고 한 여자를 내 것으로 만들 수 있다는 어리석음. 딸 가진 부모가 걱정하는 건 그런 걸 거야. 하지만 난 정말 자신 있어."

"맞아. 알아. 하지만 동주 씨의 그런 마음을 보여줄 방법이 현실적으로는 없잖아. 엄마가 동주 씨를 좋아하는 건 어쩌면 동주 씨가 다른 사람을 배려하는 마음을 가진 사람이라는 확신일지도 몰라. 엄마는 동주 씨 어디를 보고 그렇게 생각하게 된 걸까? 어떻게 다른 남자들은 다 도적놈 같다는데 동주 씨는 선한 사람이라고 믿게 된 걸까?"

저녁을 먹고 식당을 나서니 초저녁인데도 깊어진 밤 덕분에 달이 크고 환했다. 달빛이 쌀쌀함과 시원함의 경계를 오갔다.

"저기 공중전화 있다. 엄마에게 전화 한번 드리는 게 좋을 것 같아."

"미진이 짧은 통화를 끝냈다.

"별 이야기 없으셨지?"

"없고, 엄마가 재미있게 지내고 오래."

"응. 근데 어머니 보고 싶다."

"동주 씨! 가끔 오버하는 거 알지? 지금 울 엄마 생각한 건 봐줄게."

숙소로 가는 언덕길을 걸으며 어머니 생각을 했다. 조금만 욕심을 가져도 실망해야 마땅한 나를 믿어주는 미진 어머니의 마음이 더 소중해졌다. 숙소에 도착했다.

"어서 들어가자, 미진아. 그리고 오늘 손만 잡고 자자."

"정말? 알았어. 어디 봐야지. 안 그럼 엄마한테 다 이를 거야."

미진이 소리 내어 웃었다.

산장 방바닥은 차가웠다. 그래서인지 요가 두툼했다. 요를 깔고 그 위로 이불을 펼쳤다. 약과무늬 같은 전통 문양이 박힌 녹색과 붉은색 천을 가운데 두고 흰 홑청으로 사방을 두른 이불이었다. 면 티와 속옷을 입었는데도 이불 속이 차가웠다. 천장을 보고 나란히 누웠다. 손을 잡았다.

고개를 돌려 미진을 쳐다보았다.

"자, 이제 우리 손잡았으니 자자."

그녀도 고개를 돌리며 개구쟁이 같은 웃음을 보였다.

"동주 씨, 잘 자요. 절대 금 넘어오지 마!"

눈을 감았다. 그런데도 잡고 있는 그녀의 손에서 나는 빛에 눈이 부셨다. 마음을 돌려보려 커튼을 치지 않은 창으로 방안을 기웃거리는 가로등 불빛에게 말을 걸었다. 소용이 없었다. 일 분이 일 분도 안 돼 십 분처럼 흘렀다. 한 시간이 지난 것 같았는데 십 분도 지나지 않은 것 같은 착각 때문에 얼마의 시간이 흘렀는지 알 수 없었다. 창밖 가로등 불빛이 꺼졌다. 그녀의 손가락이 잠들어 있었다.

컴컴한 방안을 힘주어 밝히던 달빛마저 길을 잃고 난 후에야 잠이 들었다. 잡고 있는 손에도 드디어 어둠이 내렸다. 언제 잠들었는지 아직 밖이 어두운데 잠이 깼다. 새벽이라 추측했다. 나를 향해 모로 누워 잠든 미진의 팔이 내 가슴에 놓여 있었다. 성대 몰래 공기를 통과시켰다.

[미진아, 내가 가난하고 보잘것없을지도 몰라. 하지만 네게 줄 게 없다는 건 거짓말이었어. 난 하나는 줄 게 있어. 그 하나는 다른 사람의 열 개나 백 개보다 더 많은 하나야. 그 하나를 주기 위해 난 태어났어. 그래서 받아 줄 사람이 필요해. 내가 내게 주는 건 너무 외롭잖아. 네게 줄 수 있는 건 바로 나야. 사랑은 너에게 나를 줄 수 있는 유일한 방법이고. 왜 하나냐고 묻지 마. 왜 다 줘야 하는 건지 궁금해하지 마. 나도 답을 몰라. 태어난 이유가 어디에 있나? 그냥 태어난 거지. 널 사랑할 수 있어서 고마워, 미진아.]

가슴에 올려진 미진의 손을 살며시 쓰다듬었다. 묵직한 솜 이불이 눌러주는 느낌이 이제야 아늑하게 느껴졌다. 잠이 들었다.

바스락거리는 소리에 눈을 떴다. 밖이 이미 환했다. 뭔가를 찾고 있던 미진이 이불로 다시 쏙 들어와 안겼다.

"잘 잤어? 난 어제 피곤했나 봐. 언제 잠들었는지 모르겠더라."

"그런 것 같았어. 잘 잤다니 좋다."

"나 먼저 일어날게. 동주 씨는 조금 더 누워있어요."

욕실로 들어가는 소리가 났다. 수도꼭지를 틀었는지 '쏴' 물소리가 났다. 변기 물 내리는 소리가 났고 샤워기 물소리가 들렸다. 이 닦는 소리 외에는 화장실에서 사람이 내는 소리는 아무것도 들리지 않았다. 수건으로 머리를 싸맨 미진이 나왔다. 나도 일어나 나갈 준비를 했다.

이른 아침인데도 설악산을 오르는 사람이 적지 않았다. 울산바위까지는 왕복 4시간. 신흥사를 지나 계곡을 따라 올랐다. 몸이 더워졌다. 입고 있던 잠바를 벗어 허리춤에 묶었다. 흔들바위를 지나치자 산이 가팔라졌다. 가파른 바윗길을 오르는 철계단도 다시 드문드문 나타났다. 쉬엄쉬엄 오르는데도 땀이 났다.

가파른 암벽 갈라진 틈을 따라 담쟁이처럼 달라붙어 있는 계단으로 울산바위를 올랐다. 수직에 가까운 구간도 있었고 아주 좁은 사이 공간을 파고들듯 오르기도 했다. 다리도 뻐근했지만, 숨이 많이 찼다. 중간 어디쯤 계단 한쪽으로 작은 공간이 나왔다. 전망대였다. 중턱인데도 숲과 능선, 바다가 파노라마처럼 펼쳐졌다.

산을 내려오는 데 더 오랜 시간이 걸렸다. 자맥질하다 숨이 차오는 해녀처럼 이삼 분만 내려가면 숨이 차고 갈증이 났다. 그녀는 산소였고 생명수였다. 오가는 사람을 피해 그녀를 찾았다. 오래 참았던 숨을 내쉬고 신선한 공기를 들이마시듯 그녀의 입술을 마셨다. 그러다 갑자기 나타난 인기척에 놀라 황급히 입술을 떼고 어색해하기도 했다. 산을 거의 내려오며 미진이 놀려대는 소리도 잦아졌다.

"우리 겁쟁이, 동주~! 동주는 새가슴!"

하조대에는 군인들의 훈련이 한창이었다. 멀리 바다 위에서 연보라색 연기가 피어올랐고 육중한 수송기 한 대가 지나갔다. 갑 티슈에서 화장지가 뽑혀 나오는 것처럼 군인들이 45도 기울기로 비행기에서 쏙쏙 뽑혀 나왔다. 곧바로 낙하산이 펴지며 하늘에 버섯이 뿌려졌지만 높지 않은 고도에서 핀 버섯들은 빠른 속도로 바다에 꽂히며 사라졌다. 연잎처럼 바다 위에 펼쳐진 낙하산 옆으로 군인들이 솟구쳐 올랐다. 대기하던 작은 군용보트가 군인들을 건졌다. 공수부대 훈련인 것 같았다. 몇 대의 수송기가 비슷한 장면을 만들고 사라졌다.

바다는 군인들의 훈련으로 복잡했지만 사람 없는 늦가을 해변은 차분했다. 백사장이 시작되는 곳에서 신발과 양말을 벗었다. 걸음을 내디딜 때마다 수만 개의 모래 알갱이가 발바닥을 자극했다. 감각 세포와 모래 알갱이가 일대일 대응을 하는 것 같았다. 걸으며 눈에 띄는 이쁜 조개껍질을 몇 개 주웠다. 백사장 마른 곳에 앉았다. 동해 푸른 바다라서 더 하얀 파도가 몇 걸음 앞까지 다가오다 거품으로 사라져 갔다.

"미진아, 여기 하조대 해수욕장에서 죽을 뻔했었어. 중1 때."

"죽을 뻔?"

"응. 여름방학 때 반 친구 2명과 놀러 왔어. 텐트랑 코펠 싸매고. 어떻게 그런 생각을 했는지 몰라. 정말 하나도 몰랐는데. 놀러 가는 게 뭔지도 몰랐는데 말이야. 아마 둘째 날이었던 것 같아. 백사장에서 놀고 있는데 작은 바구니를 머리에 인 아주머니가 자두가 맛있으니 사 먹으라는 거야. 자두가 뭔지 몰랐는데 바구니 안을 보니 정말 이쁘게 생긴 작은 과일들이 있더라고. 목도 마르고 해서 열두 개를 사서 친구들과 나눠 먹었지. 자두란 걸 그전까지 먹어 본 적이 없었는데 우와~ 어찌나 달고 향기로웠는지! 정말 맛있게 먹었었어."

"자두를 몰랐어? 한 번도 먹어 본 적도 없고? 중학생이 될 때까지?"

"응. 한 번도. 근데 조금 시간이 지나니까 숨이 조금 차오며 어지러워지는 거야. 몸도 간지러워지고. 너무 뜨거운 태양 아래에서 놀아 일사병이 왔나 싶었지. 근데 어느 순간 곧이 메어오더니 목소리도 잘 안 나오고 숨도 못 쉬겠는 거야. 그땐 바로 알아차리지 못했지만, 기도가 알레르기 반응으로 부어 좁아진 거였어. 텐트에 들어가 누웠는데 숨이 막혀 죽을 것 같더라고. 친구들이 부리나케 병원으로 달려 나갔지. 근데 이 근처에 병원이 없었거든. 다행히 약국이 있어서 항히스타민제랑 사이다를 먹고 살아난 거지. 한 시간 정도 지나니 숨이 편안해지더라고. 그때 친구들을 기다리며 죽음을 생각했었어. 그 후에 더 강해진 것 같아. 후회 없이 살고 싶다는 소망."

"아... 자두가 알레르기를 일으키는 걸 몰랐었구나!"

"응. 내가 복숭아 알레르기가 심해서 복숭아털만 날려도 두드러기가 나고 기도가 부어 막혔거든. 아마 그래서 엄마가 자두를 사 오지도 않으셨던 것 같아. 그때 만약 약국이 가깝지 않은 곳이었으면 어쩌면 그러다 죽었을지도 몰라. 하조대는 그래서 내겐 좀 특별한 곳이야."

"그때 정말 놀랐었겠다! 근데 역시 동주 씨는 용감하다. 중1 때 친구들과 동해안까지 여행을 다 다니고!"

해변을 순찰하는 군인 두 명이 보였다. 하조대 백사장 오른쪽은 군 통제 구역이었고 철조망이 쳐져 있었다. 바람에 머리카락이 뒤로 넘어가 이마가 시원했다. 모자가 날아갈까 미진도 정수리에 손을 얹어 모자를 눌렀다. 아까 주운 조개껍질을 모래 위에 펼쳤다.

"미진아, 모래가 이런 조개껍데기들이 쪼개지고 부서져서 만들어졌다는 게 믿어지니? 얼마나 많은 조개가 살고 죽은 걸까? 이만큼 모래가 생기려면."

미진이 모래 한 줌을 쥐고 올렸다. 손가락 사이로 모래가 살금살금 빠져나 갔다. 그러다 손을 펴 남은 모래를 다 떨어뜨렸다. 처음엔 모래를 쳐다보던 그녀가 두세 번을 그런 다음엔 바다를 쳐다보며 말했다.

"우리 일어나자. 이제 오색으로 가자!"

오색에 도착했다. 작은 리조트 모텔에 짐을 올려 놓고 바로 약수터로 향했 다. 골짜기를 따라 늘어선 식당가가 끝나고 다리가 나왔다. 다리 건너 계곡 가 장자리를 따라 조금 더 올라 가면 약수터였다. 약수터 근처부터 철분 냄새가 났다. 주변 바위가 녹슨 것처럼 온통 벌겋다.

"약수가 졸졸 나오네? 다른데 약수는 콸콸 쏟아지는데."

널따란 바위 위에 갈라진 틈에서 샘물이 흘러나와 왼쪽으로 한 걸음 정도 떨어진 바위 위 움푹 파인 곳으로 모였다. 작고 빨간 플라스틱 바가지로 샘물을 떠서마셨다.

"와~! 미진아, 이거 마셔봐. 진짜 신기하다."

"으~! 물맛이 무슨 녹슨 주전자에 담긴 사이다 같다."

약수가 아니었다면 한 모금도 마시지 못할 것 같은 물맛이었다.

"미진아, 여기에 전설이 있대. 황진이 알지? 여기 바닥 약수가 샘솟는 작은 틈이 황진이의 그곳이랑 똑같이 생겼다는 거야. 황진이가 죽은 뒤에도 세상 남자들의 무릎을 꿇리기 위해 이런 곳으로 약수를 흘려보낸다는 전설. 이 약수를 마시려면 바닥에 절을 하듯 엎드린 후 이 틈에 입을 대야 마실 수 있다는 거야."

그녀의 볼이 불그레해지더니 여지없이 내 팔을 꼬집으며 말했다.

"전설이 너무 야해~!"

계곡을 따라 식당가로 내려갔다. 작은 식당을 골라 들어가 오색약수로 지은 솥 밥을 먹었다. 철분 맛이 나는 에메랄드 색 밥이었다. 식당을 나서 숙소로 걸으려니 어느새 시커먼 먹물 같은 어둠이 산 중턱까지 차올라있었다.

숙소에 들자마자 밤이 꽉 찼다. 어젯밤보다 더 길고 더 깊은 입맞춤을 나누었다. 여행의 마지막 밤이 주는 아쉬움과 욕심은 아꼈다. 사랑을 아꼈다. 사랑하니까. 늦잠을 잤다. 아침 하늘에 구름이 많았고 어제부터 불던 바람이 더 거세졌다. 일찍 출발하는 게 좋아 보였다.

한계령에 도착했다. 차 문을 열자, 바람이 문짝을 잡고 있던 손을 뿌리치고 활짝 문을 열어젖혔다. 바람이 거셌다. 미진도 내린 후 바람 때문에 문을 닫지 못했다. 둘이 힘을 합쳐 밀어야 차 문이 닫혔다. 미진을 감싸 안고 휴게소로 뛰었다. 바람에 떠밀려 한 걸음 앞으로 가면 두 걸음은 옆으로 밀렸다.

아무리 바람이 거세도 한 번 더 바다를 보고 싶었다. 휴게소에서 나와 잠시 동해 쪽 끝에 세워진 난간으로 갔다. 멀리 바다가 있었지만, 흐린 날씨로 하늘과 구별이 되지 않았다. 바람이 이젠 현실로 다시 들어가야 할 시간이 되었다며 더 거세게 밀어붙였다. 난간을 더 세게 부여잡았다. 등 뒤에 붙어 간신히 버티던 미진이 소리쳤다.

"동주 씨, 이제 그만 가자!"

차도 바람에 들썩였지만 차 안에 들어서자 갑작스러운 고요함에 마음이 요동쳤다. 바람 때문에 나왔음이 분명하길 바라며 눈물을 훔쳤다.

"동주 씨 울었어? 바람 때문에? 아니면 슬픈 거야?"

"응, 바람일 거야. 근데 이제 다시 서울로 간다고 생각하니 조금 슬프다. 미진과 함께 있는 시간이 끝나가잖아."

"울지 마, 동주 씨. 우리 또 여행 가면 되잖아. 왜 울어! 눈물 닦아요."

한계령 계곡에는 커다란 바위들이 많았다. 빗방울들이 모이는 시간이 길었던 날 쓸려 내려온 바위들 같았다. 산의 높이가 물의 힘이 된 결과였다. 홍천을 지나자, 바위가 작아지고 자갈들이 하천을 덮었다. 강원도가 끝나고 북한강이 되며 큰 자갈들이 사라졌다. 서울이 가까워지며 자연이 작아졌다. 돌아오는 길은 물 속에서 짓는 웃음 같았다. 여전히 행복했지만 물기로 먹먹했다.

미진을 내려주고 성일이 집으로 향했다. 연희동에서 홍제동을 거쳐 정릉에 도착하는 내내 마음이 어지러웠다. 이민을 포기하고 싶은 욕망이 생각을 조였다. 이민으로의 선택이 단단해진 이유를 더듬었지만 찾지 못했다.

성일에게 차를 돌려주고 집에 도착했다. 형수가 애틋한 비밀을 상상한 사람들이 만드는 표정을 지으며 살갑게 말했다.

"잘 다녀왔어요? 좀 전에 미진 씨 전화 왔었어요. 다시 전화한대요."

"네? 언제요?"

"한 사십 분 된 거 같은데..."

7시가 돼도 전화가 없었다. 불안했다. 쓰다 말고 구겨 버린 원고지가 마음에 쌓여갔다. 거의 1시간이나 흐른 후 전화벨이 울렸다.

"동주 씨...."

목이 잠긴 소리였다.

"미진아, 무슨 일이야? 목소리가 이상한데? 운 거야?"

"나, 집 나왔어."

심장에 뜨거운 기름이 확 끼얹어졌다.

"집을 나와? 지금 어디야?"

"신림역에 방금 도착했어. 동주 씨랑 통화가 안 돼서 그냥 왔어."

"알았어. 내가 금세 가니까 표 파는데 근처에 있어."

숨겨 놓은 비상금을 꺼내 지갑에 넣고 집을 뛰쳐나갔다.

"형수님, 저 나가요."

지하철역으로 뛰었다. 지하철 탑승구 근처에 여행 때 입었던 옷차림 그대로인 그녀가 보였다. 앞서거니 뒤서거니 반가움과 걱정이 그녀에게 달려갔다. 생각만큼 많이 운 것 같지는 않았다. 다행이었다.

"미진아, 무슨 일이야?"

"아빠랑 일이 있었어."

그녀가 살며시 팔짱을 끼었다. 한 발짝씩 짧게 천천히 걸었다.

"아빠? 아빠가 오셨어?"

"응, 아빠 회사에 문제가 생겨서 급히 돌아오셨어."

"언제? 어제?"

"응, 어제."

"그럼 우리 여행 간 거 때문이네..."

"응. 오늘은 집에 들어가지 않을래."

어떻게 해야 할지 방법이 생각나지 않았다. 미진은 단호해 보였고 무조건 들여보내기도 싫었다. 신림역을 나와 근처 2층 카페로 들어갔다.

"맥주 한잔할래?"

"아니, 안 마실래. 동주 씨 마실 거면 시켜."

"무슨 일인지 조금 자세히 이야기해 줄 수 있어?"

"뺨을 맞았어. 아빠한테. 아빠에게 대들었거든, 내가."

그녀가 씁쓸한 미소를 지었다. 언젠가는 미진 아버지가 알게 될 줄은 알았지만 그게 미진의 뺨으로 이어질 줄은 상상하지 못했다. 복잡한 생각이 들었지만, 답안지는 일단 백지로 남겨두기로 했다. 그녀의 마음을 보듬어 주는 것이 우선이었다. 그녀가 쉴 수 있는 곳이 딱히 떠오르지 않았다. 신림동과 봉천동을 꽉 채운 모텔들이 가까웠지만, 미진과 밤을 지내기엔 너무 원색적이라 싫었다. 서울을 떠나면 좋을 것 같았다.

"미진아, 우리 기차 타고 어디 갈까?"

"기차?"

"응, 아무 데나 가자. 밤새 달리는 기차가 있겠지. 서울역으로 가보자."

10시가 다 돼서 도착한 서울역은 한산했다.

"제일 멀리 가는 기차표 두 장 주세요."

"이제 남은 건 목포행 완행열차뿐이에요."

"그럼 그걸로 주세요."

11시 10분 출발 열차였다. 높은 천장 때문인지 대합실은 썰렁했다.

"미진아, 미진이 말대로 됐네? 어제 그랬잖아, 한계령에서. 우리 또 여행 가면 된다고. 근데 우리 오늘 또 여행 가네. 좋다~! 그렇지?"

미진이 피식 웃었다. 감정이 차분해지며 피곤을 느끼는지 미진이 머리를 기대고 눈을 감았다. 열차를 타기 위해 사람들이 움직였다. 연인처럼 보이는 사람은 우리 둘뿐이었다. 사람이 앉는 의자가 서로 마주 보고 앉는 의자였다. 맞은편 자리에 할머니 한 분과 딸처럼 보이는 아주머니가 앉았다. 출발한 열차는 조금 달리는 것 같더니 이내 멈추기를 반복했다. 거의 모든 기차역을 다 서는 것 같았다. 열차 안은 대화를 나누는 사람들도 더러 있었지만 덜컹거리는 쇠바퀴 소리에 묻혀 들리지 않았다.

"미진아, 좀 자. 너무 피곤하겠다. 우리 같이 눈 감자."

눈을 감았지만, 열차 천장 불빛이 눈꺼풀을 뚫고 희미한 빛으로 신경을 자극했다. 피곤함이 안구를 뒤에서 잡아당기며 잠으로 끌어들였지만 깊은 잠에 빠지진 못했다. 90도로 세워진 등받이 때문에 머리가 자꾸 옆이나 앞쪽으로 떨어졌고 허리도 불편해 일정한 시간마다 자세를 고쳐야 했다.

새벽 3시쯤 전주역에 열차가 들어섰다. 여러 사람이 내릴 준비를 했다.

"미진아, 안 되겠다. 우리 그냥 여기에서 내리자. 더 이상 가는 건 너무 힘들 것 같아."

전주역 맞은편에 불이 켜진 간판은 여관과 여인숙, 모텔들뿐이었다. 인적 드문 역전은 어떤 일이 벌어져도 이상하지 않을 것 같은 분위기였다. 아드레날린이 분비되며 감각들이 깨어났고 행동이 민첩해졌다. 가뜩이나 빠른 걸음이 더 빨라졌다. 다행히 24시간 음악 감상실이 두 군데 있었다. 더 넓고 훤한 길가 음악 감상실로 들어갔다. 요구르트를 시키고 자리에 앉았다. 잠깐씩 잠이 들기도 했지만, 점점 더 피곤이 무거워졌다.

"미진아, 우리 나가서 아침 사 먹자. 따듯한 국물이라도 먹어야지 몸이 너무 찌뿌드드하다."

"응. 동주 씨 배고프겠다."

밖은 환했다. 전주에는 비빔밥과 콩나물국밥이 유명하다는 이야기가 생각났다. 펄펄 끓는 콩나물국밥이 들어가자, 뱃속에 뜨거운 난로가 생기는 것 같았다. 피곤이 조금 느슨해졌다. 주인아주머니에게 물었다.

"저희가 서울에서 왔는데요, 혹시 근처에 가볼 만한 곳이 있나요?"

"완주 송광사가 좋지! 시내버스 타고 가면 갈 수도 있고."

버스를 탔다. 밭과 산들이 보이기 시작한 후 얼마 안 가 송광사 앞 정류장에 도착했다. 주차장으로 쓰이는 것 같은 넓은 마당 앞으로 담장이 단정했다. 큰 절이었지만 인적이 드물었다. 수행 시간 중인지 스님도 보이지 않았다. 천천히 절 안을 걸었다. 깊은 산속에 있는 절이 아닌데도 아침이 더해지며 고즈넉함이 정갈하게 깔려있었다. 절 마당 가운데 커다란 법고가 달린 아름다운 종루에 올랐다.

송광사 보다 더 조용하고 차분해진 그녀가 말문을 열었다.

"할머니가 우리 아빠 친엄마가 아니야. 할아버지가 외도하셔서 낳은 게 우리 아빠였고 아빠가 중학생이 된 다음에 할아버지 집으로 들어와 사셨는데. 아빠 친엄마는 일본에서 사셔."

별안간 나온 할머니 이야기였다.

"정말? 그랬구나. 아직 살아계시고?"

"응. 살아계셔."

"아... 그랬구나. 근데 아빠가 왜 반대하신대? 보시지도 않고."

"아빠가 좀 무뚝뚝하고 완고하셨지만 내겐 부드러우셨는데... 난 사실 아빠가 그렇게까지 나오실 줄 몰랐어. 동주 씨 집안에 대해 엄마에게 들었다며 이것저것 물으시더라고. 그러더니 안 된다고 단정하시는 거야. 처음부터 너무 단정적이라서 내가 좀 화가 났었나 봐. 왜 안 되느냐고 따지듯이 대들었지. 아버지도 점점 더 목소리가 커지시더니 나중엔 동주 씨가 나쁜 놈이란 거야. 어떻게든 잠자리를 갖기 위해 여자친구가 부모에게 거짓말을 하게 만드는 수준 낮은 놈이라고. 아니라고 말씀드렸지. 절대 아니라고. 그리고 밤을 지낸 게 무슨 말이냐고. 아빠가 생각하는 그런 거 없었다고. 그런데 전혀 믿지를 않으시는 거야. 남자는 다 똑같은 늑대 같은 놈들이라고. 내가 동주 씨를 만나고 변했다고... 못돼졌고 천해졌다고..."

"천해져?"

어떻게 이런 말을 딸에게.... 이해가 되지 않았다.

"후우... 나도 모르게 정말 큰 소리로 대들게 되더라. 근데 갑자기 세상이 깜깜해지더니 뺨이 화끈해지고 불꽃이 보이는 거야. 아빠가 내 뺨을 때렸다는 걸 안 순간 그 자리에 그대로 서 있을 수가 없었어. 눈물이 마구 쏟아지는데 정신이 없더라. 그냥 뛰쳐나왔어. 대문을 나서면서도 내게 대체 무슨 일이 일어난 건지 모르겠더라고. 근데 멈출 수가 없었어. 숨이 찰 때까지 뛰다가 걷기 시작했지. 한참을 걷고 나니 그제야 또렷이 알겠더라고. 무슨 일이 일어난 건지를..."

북받치는 감정을 주체하려는 듯 그녀가 숨을 깊게 내쉬었다.

"동주 씨, 미안해. 나 때문에...."

"미진아. 난 괜찮아. 뭐 어떠면 어때. 걱정하지 마. 근데 아빠 너무하시다. 나를 어떻게 생각해도 좋지만, 미진이에게 함부로 이야기하는 건 아무리 미진이 아빠라도 내가 용서할 수 없어!"

"나도 동주 씨 따라 미국으로 확 가버릴까?"

"그럴까? 그럼 좋지!"

하지만 그건 거짓말이었다. 이렇게 가혹한 경제적인 상황에 미진을 불러들일 수는 없었다. 내가 싫었다. 그리고 무엇보다 언제 누구와 했는지 알 수 없는 오래된 약속 때문이었다. 최소한 몇 년간은 가족의 이민과 정착을 위해 나는 없어야 한다는 약속. 어떤 일이 있어도 가족을 위해 살기로 한 약속.

바람이 스쳐 갈 때마다 대웅전 뒤 대나무 숲이 사각거렸다. 임금님 귀는 당나귀 귀라며 진실을 쏟아냈던 대나무 숲이 나를 몰아붙였다.

[거짓말이라고? 정말? 왜 진실을 말하고 나서 거짓말이라고 여기는 거지? 하나를 버리지 않으면 안 되는 게 선택이야. 둘 다 가질 수는 없어. 그리고 정말 거짓말을 한 거라면 이젠 현실을 봐. 피하지 말고. 넌 알잖아. 부딪쳐! 설사 네가 나가자빠지고 이마에 피가 흘러도! 그리고 받아들여. 정말 거짓이라면.]

안 먹겠다는 미진을 설득해 점심을 먹인 후 전화를 걸었다. 다행히 어머니가 전화를 받았다.

"동주도 걱정이 많겠구나. 우리 미진이가 아버지에게 한 번도 큰 소리로 혼난 적이 없었는데, 그래서 더 많이 놀랐고 힘들 거야. 동주가 잘 달래주고 너무 늦지 않게 집으로 들어오게 해주면 좋겠다. 부탁한다."

"네, 제가 오늘 꼭 들어가게 하겠습니다."

"그래, 고맙다. 미진이 좀 바꿔줄래?"

수화기를 건네 받은 미진이가 몇 번의 대답만 하곤 전화를 끊었다. 어머니 목소리를 들어서 그런 건지 눈가가 다시 촉촉해졌다.

"동주 씨, 오늘 나 늦게 들어갈래."

"그래, 알았어. 일단 서울로 올라가자."

서울로 올라가는 고속버스 안에서 나도 미진과 함께 집으로 가서 아버지를 뵙겠다고 이야기했다. 미진도 그러자고 했다. 미진 아버지에게 진실한 내 마음을 보이는 것 외에는 방법이 없어 보였다.

미진과 함께 거실로 들어섰다. 소파에 미진 아버지가 앉아 있었고 미진 어머니는 우리들 쪽으로 다가왔다. 왜 무릎을 꿇었는지 모른다. 나도 모르게 거실 입구에서 서너 발짝을 채 다 걷지 못하고 미진 아버지가 앉아 있는 방향으로 무릎을 꿇었다. 허리가 굽어지더니 고개가 떨어졌다. 뼈와 살, 팔과 다리가 녹아 흐물거렸다. 심장과 허파, 성대만 버둥거렸다.

"죄송합니다. 그냥 미진이 좋았습니다. 진심으로 미진을 사랑했고 사랑하고 싶습니다. 그리고 미진이와 걱정하신 일은 없었습니다."

미진이 내 팔을 잡고 일으켜 세우려 했다. 방금 죽은 오징어 다리처럼 한쪽 팔이 축 처져서 들렸다.

"동주 씨, 왜 그래? 뭘 잘못했다고 그래?"

아무 반응이 없던 미진 아버지가 어르고 달래며 미진을 타일렀다.

"미진아, 엄마에게 이야기 들었다. 불쌍한 사람들을 보면 연민이 생기기 쉬워. 그걸 넌 사랑이라 착각하는 거야. 그런 사람들이 아무것도 가진 게 없다고 하는 건 솔직한 게 아니야. 무능한 사람들의 거짓말이란다. 속기 쉽지. 네가 아직 순진해서 몰라! 하지만 그런 사람들 머릿속을 아빠는 잘 알아."

"아빠, 그렇지 않아. 동주 씨 그런 사람 아니야."

석고대죄하듯 바닥에 처박혔던 머리를 들었다. 미진 아버지는 고개를 돌려 애써 나를 외면하고 있었다. 거실로 들어선 순간부터 나는 투명 인간이 되어있었다는 걸 알았다. 소파에 앉은 그 남자의 마음에 담긴 차가움이 고스란히 내게 흘러들었다. 그가 타이르듯 말했다.

"이봐! 자넨 우리 미진에게 어울리는 사람이 아니야. 그건 자네가 더 잘 알고 있지 않나? 집이 어렵다고? 그래서 아르바이트해서 학비를 낸다고 들었는데 그런 처지에 연애라니! 우리 미진이가 가야 할 길은 자네완 달라. 사랑한다고? 유치한 치기를 사랑이라 여기다니. 좋아, 그렇다 치세. 정말 미진이를 조금이라도 좋아한다면, 한 여자의 인생을 망칠 생각이 아니라면 이제 그만두게. 자넨 자격이 없어. 송충이는 솔잎을 먹어야지! 왜 그걸 몰라. 머리가 있다면 잘 생각해 보게."

제풀에 흥분한 남자의 목소리가 갑자기 커졌다. 으르렁대던 투견이 갑자기 흰 거품을 흘리며 짖는 것 같았다.

"그리고 내가 미진이를 어떻게 키웠는데 미진이를 더럽힐 수작을.... 더이상 욕심을 부린다면 내가 가만히 있지 않을 거야. 경고하네. 분수에 맞게 살게. 최소한 사람답게 살게 되면 그땐 자네에게 어울리는 여자를 찾고! 사람이 염치가 있어야지! 그리고 미진이 너! 너도 정신 차려!"

배우들의 우렁찬 목소리가 사라지고 조명이 꺼진 소극장처럼 머릿속이 깜깜하고 고요해졌다. 딱딱하게 굳어버린 감각 사이를 헤집고 울분이 솟았다. 목젖 근처에서 내 목소리가 맴돌았다.

[염치요? 당신은 그런 말을 할 자격이 없어요! 다른 건 몰라도 한 여자를 사랑하는 방법에 대해 염치가 없는 건 당신 아닌가요? 부끄러워해야 할 사람은 당신 자신입니다. 미안하지만 난 당신 같은 사람이 아니에요.]

미진이 흐느끼며 소리쳤다.

"아빠, 왜 말을 그렇게 해~! 동주 씨 미안해요."

소파에서 일어난 남자가 성큼성큼 거실을 벗어났다. 모든 게 끝나고 커튼이 내려오는 시간 같았다. 마지막 대사를 해야만 했다. 배에 힘을 주고 소리를 모아 객석 제일 끝까지 잘 들릴 수 있게 소리 냈다.

"미진이가 행복하길 바랍니다. 제가 바라는 건 그것뿐입니다. 그리고 다시 한번 말씀드립니다. 미진이와는 아무 일 없었습니다!"

남자는 자신의 목소리 외에는 어떤 말도 듣고 싶어 하지 않는 것 같았다. 조금의 멈춤도 없이 2층으로 올라갔다. 미진 어머니가 내 어깨를 다독였다.

"미안하다, 동주야. 너무 마음 상하지 말고! 내가 면목이 없구나."

"아닙니다, 어머니. 죄송합니다."

분했다. 눈물이 터질 것 같았지만 참아야 했다. 한 방울도 이곳, 그의 집에선 흘리고 싶지 않았다.

"미진아, 나오지 마. 나 갈게. 나오지 마."

있는 힘을 다해 일어섰다. 젖 먹던 힘을 다해 뛰쳐나갔다. 등 뒤로 따라 나오는 그녀의 목소리가 들렸다.

"내가 아빠에게 이야기 다시 잘할게. 미안해요 동주 씨. 나 때문에..."

현관을 나서자마자 참았던 눈물이 터졌다. 시야에 들어오는 모든 것들의 윤곽이 흐르는 물속에서 보는 것처럼 일렁였다. 대문을 나서기 전 미진을 찾아 고개를 돌렸다. 열린 현관문 앞에 그녀가 서 있었다. 달렸다. 우선 벗어나야만 했다. 숨이 차 더 이상 뛸 수 없게 돼서야 걸을 수 있었다. 터벅터벅 걸을 때마다 커다란 무쇠솥뚜껑이 갈비뼈에 걸려있는 것처럼 온 가슴이 아팠다.

한참을 걷고 나니 그제야 헉헉대는 내 숨소리가 들렸다. 여전히 살아 있었다. 그 남자 앞에서 미진을 사랑한다고 말을 해서인지 한편 가슴이 후련했다.

　미진의 집이 멀어진 이후에도 계속 걸었다. 뜨겁던 눈물이 차가워졌다. 숨을 쉴 때마다 바늘 수백 개가 허파꽈리들을 터트리는 것 같았다. 고통이 가슴을 타고 흘러 명치로 고였다. 수은처럼 무거운 고통이 펄펄 끓었다. 귓가에 대롱대롱 매달려 있던 그 남자의 단어들이 하나씩 떨어졌다. 첨벙첨벙 사방으로 튄 고통이 태운 매캐한 내음이 단내처럼 솟아올랐다.

　사냥꾼 냄새를 맡은 짐승이 키 큰 갈대밭 속으로 뛰어들었다. 짐승의 내달림을 따라 바스락 소리를 내며 갈대들이 갈라지며 쓰러졌다. 순간 짐승이 넘어졌다. 풀 마찰 소리도 멈췄다. 벌떡 일어난 짐승이 크게 뛰어오른 후 고꾸라졌다. 다시 일어나 달렸지만 조금도 앞으로 나아가질 못했다. 한참이 지나자, 흙냄새에 취한 듯 짐승의 주둥이가 땅에 처박혔다. 오른쪽 뒷다리에서 피가 흘렀다. 살을 파고든 올가미 철사가 보였다.

　결국, 모든 건 내 몫이란 걸 간신히 겨우 알아차렸다. 미진의 아버지, 그 남자가 쏜 총에 맞은 게 아니었다. 사방에 널려있던 가난의 올가미에 내가 들어선 것이었다. 막다른 골목에서 현실을 마주했을 뿐이었다. 심장과 폐가 사라져갔다. 텅 빈 가슴에 누가 박하 칠을 하는 것 같았다. 울적한 마음이었다면 술을 찾았겠지만, 분한 마음이었다면 술을 마셨겠지만, 억울했다면 취하게 마셨겠지만, 술은 싫었다. 방황할 힘이 조금도 남아 있지 않았다.

　곧바로 집으로 갔다. 방에 들어서자, 몸에서 새어 나온 피곤함이 푹 꺼진 방을 수조처럼 채웠다. 금붕어처럼 잠시 의식을 뻐끔거리다 잠이 들었다. 얼마나 오래 잠을 잤는지 모른채 눈을 떴다. 문틈에 솜털 같은 빛이 나 있었다.

방 안으로 빛이 스며들 정도면 겨울 해는 이미 오래전에 솟아 있어야 했다. 난 여전히 수면 아래쪽에 있는 것 같았다. 먹먹했다. 얕은 빛이 닿는 방안 여기저기로 시선을 날려보았다. 무릎을 꿇고 있는 내 모습이 보였다. 내 팔을 잡고 있는 미진도 보였다. 어제였는데, 옛날처럼 아득했다. 놀이동산 바이킹이 한쪽 끝으로 치켜 올라갔을 때처럼 어지러웠다.

또 얼마나 잤을까? 가슴이 섬찟해 눈을 떴다. 어제 베인 곳에서 다시 차가운 칼끝이 느껴졌다. 그런데 이상했다. 고통이 덜했다. 눈을 감고 마음을 더듬었다. 바닥에 피가 묻은 칼이 보였다. 고개를 드니 베어 벌어진 살 사이로 내 가운뎃손가락 끝이 보였다. 분명히 내 손가락이었다. 내 안에 내가 있다고? 아기야? 왜 이렇게 조그맣지? 뻔히 보이는 나를 꺼내지 않을 수 없었다.

떨어진 칼을 들고 더 깊이 살을 갈랐다. 두세 번 더 칼질해야 했다. 충수돌기처럼 퇴화한 척 웅크린 내가 있었다. 핏물이 흥건한 나를 들어냈다. 측은했다. 보듬어 주고 싶어졌다. 그래도 나, 고마운 나, 사랑하는 나였다. 눈물이 다시 뜨거워졌다.

저녁이 다 돼서 미진의 전화가 왔다.

"동주 씨, 잘 잔 거야? 괜찮아? 전화가 너무 늦었지? 미안.."

"응. 잘 잤어. 미진인? 궁금했는데 내가 전화하기가 좀 그래서... 미안."

"아냐, 내가 미안하지. 오늘 벌써 저녁인데. 나 전화 오래 못해요. 기운 빠지지 말고. 마음 너무 상하지 말고... 알았죠?"

"응. 그래. 다른 일이 또 있는 건 아니지?"

"응. 내가 다시 전화할게."

"그래. 미진이도 몸 상하지 않게 조심하고. 잘 자."

124

또 하루가 지났다. 전화는 없었다. 꿈을 꿨다. 상여가 가을 들판을 지나고 있었다. 맨 앞 요령잡이가 딸랑딸랑 종을 흔들며 서글픈 앞소리를 냈다. 그 소리가 슬퍼 울다 잠이 깼다. 가슴이 뻐근했다. 자궁 속 아이처럼 웅크리고 옆으로 돌아누웠다. 한참 전 흘린 눈물 때문이었는지 베개가 차가웠다.

오전 10시쯤 전화벨이 울렸다. 미진 어머니였다. 내일 11시에 이대 정문 앞 그린하우스에서 만나기로 했다.

"동주, 잘 견디고 있니?"

"네. 미진이는 괜찮은 건가요?"

"미진이 지금 입원해 있어. 그제 밤에 미진이가 수면제를 먹었어. 걱정은 말고. 지금은 괜찮아. 미진 아버지가 며칠 더 입원시켜서 안정을 찾게 해야 한다고 해서 아직 퇴원은 못 하고 있단다."

"그래서 미진이 연락이 없었군요."

"응. 오늘 보자고 한 건, 퇴원한 후에도 미진이 너무 힘들어질 것 같아서. 아버지도 미진이 저렇게 아버지 뜻을 거역하는 게 처음이라 조금도 양보할 기미가 없고. 동주가 얼마나 미진이 좋아하는지 내가 아니까...."

"무슨 말씀인지 알 것 같아요."

"나도 동주 좋아하는 거 알지? 내가 우리 미진이 마음을 너무 잘 알아. 사실 지금 미진인 젊었을 때 내 모습이기도 하고 내게도 동주 같은 사람이 있었단다. 그래서 하는 말이야. 미진이도 동주도 너무 아플 것 같아서. 우선은 소나기를 좀 피했으면..."

"더 말씀하지 않으셔도 알 것 같아요. 저도 어머니가 너무 좋아요. 그리고 미진이 힘든 거 저도 싫어요. 제가 사랑하고 싶다고 미진이 힘들어지면 제가 절 용서하지 못할 거예요. 걱정하지 마세요. 어머니."

"미안하다, 동주야. 그리고 고맙다. 혹시 연락할 일이 있으면 전화해. 낮에는 내가 받으니까."

미진 어머니의 말씀은 온화했고 인간적이었지만 가져다 대기만 해도 조직이 저며지는 수술칼처럼 날카로웠다. 얇은 근막만 정확히 갈랐다. 잔인한 느낌으로 가슴이 서늘해졌지만, 미진 어머니라서 고마웠다.

일주일이 지났다.

"미진아 좀 괜찮아? 왜 그랬어! 이젠 안 그럴 거지?"

"응, 이젠 안 그럴 거야."

"내 마음 잘 알지? 나, 너 사랑해서 양보하려고. 나 말고, 미진이 훨씬 더 사랑 많이 해 줄 수 있는 사람에게."

"무슨 말이야! 혹시 아버지가 연락한 거야?"

"아니. 너 병원에 들어간 다음 날 어머니를 만났어. 오해하지 말고 들어줘. 아버지 말씀이 다 틀린 건 아닌 거 같아. 내가 너무 가난한 걸 너무 몰랐어. 사랑 하나뿐이잖아, 다른 건 하나도 없는... 나... 미진아. 내가 너무 부족해. 지금의 나는 너무 부족하단 걸 이젠 알아."

그녀가 말없이 눈물을 흘렸다.

"미안해 미진아."

울기도 많이 울었다. 마지막 입맞춤도 두 번 있었다. 결국, 그렇게 하기로 했다. 사랑하니까, 아끼니까, 받아들이기로 했다. 마지막이 아닐 거란 말도 하지 않았다. 그냥 담담히 이별을 조그맣게 만들고 싶었다. 긴 이별이 그녀를 더 아프게 할 것 같았다.

그날 이후 매일 그녀의 집 근처로 갔다. 혹시 미진이 나올까 싶어 그녀의 집 근처를 서성였다. 이미 나갔다면 혹시 들어오는 건 아닐까 싶어 버스정류장이 보이는 곳에서 숨어 지켜보기도 했다. 방학이라 그녀가 집에서 나올 일이 적을 거란 걸 알았지만 그러지 않고는 하루가 너무 길어 숨이 막혔다. 어떤 날은 잠시라도, 어떤 날은 밤에 갑자기, 어떤 날은 아침부터 하루 종일 그녀를 기다렸다.

아침부터 추위가 매서운 날이었다. 전화벨이 울렸다.

"동주 씨. 오늘 만날 수 있어? 꼭 할 말이 있어. 꼭 줄게 있어."

토네이도에 마음이 뿌리째 뽑혀 하늘로 빙글빙글 솟구쳐 올라갔다. 무턱대고 날뛰는 심장 때문에 어지러웠다.

"신촌으로 올래? 이따 6시에 그 카페에서 만나."

마지막 만남. 새삼 억울했다. 몸살이 심할 때처럼 전류가 등짝을 타고 목덜미를 지나며 소름이 생겼다.

4시, 아트박스에 들어가 노란색 편지지와 편지 봉투를 골랐다. 미진과 나를 숨겨주던 카페의 코너 자리에 앉아 편지를 썼다. 다 쓴 편지지를 접어 봉투에 넣었다.

6시. 노란색 코듀로이 바지를 입은 그녀가 도착했다.

"잘 지냈어?"

"글쎄. 잘 모르겠어. 미진이는?"

"나도 잘 모르겠어. 근데 오늘 보니 반갑다. 김동주."

한동안 말이 없었다.

"동주 씨, 나 다음 주에 프랑스로 떠나."

마음이 '쩍' 소리를 내며 갈라졌지만 미소를 노력했다.

"그래서 가기 전에 마지막으로 동주 씨에게 선물을 주고 싶어."

"선물? 이미 다 받았는데 뭘 또 받아?"

"나를 줄게. 나를 가져. 결혼하면 가지려던 내 선물. 오늘 받아요."

고마웠다. 코끝이 찡해지며 눈물 보따리가 터질 것 같았지만 용케 버티는 내가 자랑스러웠다.

"미진아. 고맙다. 그래, 너 선물 내가 받을게. 나도 받고 싶다."

그녀가 웃었다. 한 번도 보지 못한 웃음이었다.

"그럼 가요. 동주 씨."

어두웠지만 신촌은 활기가 넘쳤다. 그녀가 처음처럼 팔짱을 끼웠다. 말없이 걸었다. 모텔 앞에 도착했다. 그녀의 팔짱을 내가 풀었다.

"미진아. 고마워. 이렇게 소중한 사랑 만들어 줘서 정말 고마워. 선물은 나 대신 널 사랑해 줄 남자에게 줘. 사랑했어. 사랑해. 하지만 여기까지만 해야 할 거 같아."

나를 뚫어져라 쳐다보는 미진이 아름다웠다.

"미진아, 그럼. 행복해라. 악수하자, 우리."

안주머니에서 노란 편지 봉투를 꺼내 그녀의 손으로 떠나보냈다.

"미진아, 나, 갈게. 안녕! 잘 가!"

잡았던 손을 다 놓기도 전에 뒤돌아 뛰었다. 한 번도 돌아보지 않았다.

"김동주~!"

멀리서 그녀의 목소리가 들리는 것 같았다.

···

　늦을까 서둘러 공항으로 향했다. 이륙 시간까지는 아직도 4시간이 남았다. 석 달 전 폭발물 테러 사건 때문인지 기관총을 앞으로 둘러멘 군인과 경찰이 많이 보였다. 곧바로 3층 출국장으로 올라가 2층 출국 수속장에서는 잘 보이지 않는 곳에 섰다. 공항엔 여느 때처럼 사람들이 많았다. 이민 보따리를 끌고 들어오는 사람들이 보였다. 하나같이 부모님보다 적어도 열 살은 젊은 사람들이었다. 떠나는 사람과 배웅하는 사람은 확연히 구분됐다. 하지만 사람들 얼굴과 몸에 배어 있는 헤어짐의 아쉬움은 다르지 않았다. 이별에 담긴 사람의 마음이 제일 잘 드러나는 곳이 공항인 것 같았다.

　두 시간쯤 지나 무릎 바로 위까지 오는 네이비블루 코트 아래로 노란 코듀로이 바지가 보이는 그녀가 공항으로 들어섰다. 엄마와 그 남자도 곁에 있었다. 심장이 매모그램(mammogram) 기계에 눌린 것처럼 납작해져 아팠다.

　수속 카운터로 짐을 맡기러 갔는지 그녀가 시야에서 사라졌다. 출국장 구석에 있는 기둥 뒤로 몸을 숨겼다. 그 남자에게 고개 인사를 한 미진이 어머니와 긴 포옹을 했다. 돌아선 그녀가 또각또각 출국장 입구로 걸어 들어갔다. 그녀 앞에 줄을 선 사람들이 줄어 한 사람만 남았을 때 그녀가 몸을 반쯤 돌리고 부모님을 향해 손을 흔들었다.

　미진 엄마와 그 남자가 3층 출국장 계단으로 내려가는 걸 확인한 후 출국장 안이 제일 잘 들여다보이는 곳으로 갔다. 사람들이 들어갈 때마다 열렸다 닫히는 문 사이로 그녀의 뒷모습이 보일 것 같았다. 하지만 미진은 보이지 않았다. 움츠려진 어깨를 폈다. 마음이 담담해졌다. 몸을 돌렸다. 바닥에 달라붙은 첫걸음을 떼어내는 게 너무 힘들었다. 세 번째 걸음을 뗐다. 미진이 나를 부르는 착각이 들었다.

"김동주! 김동주! 동주 씨~!"

분명 내 이름이었다. 고개를 돌리니 닫히는 문 사이로 서 있는 미진이 보였다. 웃는 것 같았다. 눈물이 글썽한 것 같기도 했다. 미진임을 확인하려는 시선이 그녀에게 달려들었다. 다시 문이 열렸다. 어깨에 가방을 멘 미진이 두 손으로 노란 편지 봉투를 들고 있었다. 한 발짝이라도 미진이 서 있던 쪽으로 다가서고 싶었지만, 나는 그냥 그 자리에 서 있었다. 내게 물었다. 왜 아무 말 없이 가만히 있느냐고? 가슴이 너무 시리다는 대답만 들렸다.

다시 문이 열렸을 때 내 눈동자에 비친 편지 봉투를 확인한 듯, 그녀가 손을 높이 들고 흔들었다. 이제 가라는 것 같았다. 그녀도 이젠 돌아서 간다는 것 같았다. 싱긋 웃는 것 같았다. 그녀가 아름답다는 생각만 들었다. 서서히 닫히는 문틈 사이로 그녀가 돌아섰다. 신촌 모텔 앞에서의 나처럼 미진도 더는 뒤돌아보지 않았다. 다시 한번 더 문이 열렸을 때, 안쪽 깊숙이 있는 보안 검색대를 통과하는 미진의 뒷모습이 잠깐 보였다.

•••

3학년이 되며 과 분위기가 완전히 달라졌다. 성일이도 카이스트 공부 스터디 그룹에 들어갔다. 가장 친했던 친구 중의 한 명인 형규도 대학원 준비 스터디 그룹에 전념했다. 과 친구들은 비 온 후 개울처럼 '장래'라고 불리는 커다란 호수로 빠르게 흘러갔다. 2년 전 모두가 모여있던 출발점에는 나만 홀로 남은 것 같았다. 마시면 속이 불편해지는 우유 같던 전공 수업이 불편함을 넘어 과민반응을 일으켰다. 전공 수업이 많아질수록 나는 더 메말라 갔다. 목구멍 바로 앞에 뚫린 구멍으로 마신 물이 한 방울도 남기지 않고 바닥으로 쏟아져 내리는 것 같았다. 마실수록 흥건해지는 바닥을 내려다보며 갈증이 증폭되듯 허무와 방황이 깊어졌다.

학교에 가도 수업을 빠지고 혼자 멍하게 앉아 있는 시간이 많아졌다. 몰래 과외 외에는 아무것도 하고 싶지 않았다. 무기력해졌다. 시간이 덧없이 빨리 흐르는 곳으로만 마음이 갔다. 그녀가 떠난 후 잠이 많아졌다. 주말이면 12시간이 넘게 한 번도 깨지 않고 자는 날도 자주 있었다. 푹 꺼진 지하 방은 내 몸에 딱 맞게 맞춘 옷처럼 나와 어울리는 공간으로 탈바꿈했다. 뭐가 그리 신나는 일이 많길래 그렇게 매일 웃는지 궁금하단 이야기를 듣는 게 싫어졌고 끼니를 건너뛰는 게 놀이처럼 즐거웠다. 배고픔을 느끼면 마음이 편안해졌다.

봄이되며 공짜로 미국과 통화를 할 수 있던 0번의 마법이 통하지 않았다. 자연히 미국과의 통화가 일주일에 한 번 정도로 줄어들었다. 거의 울리지 않던 전화벨이 울렸다. 어머니였다. 무슨 일이 생겼음이 분명했다.

"동주야, 오늘 아버지가 쓰러지셨다."

"아버지가요? 왜요?"

"얼마간의 돈이라도 버신다고 집 근처 버스정류장 앞 잡화점에서 왓치를 하시다가... 일사병으로 쓰러지신 것 같아."

"왓치요?"

"좀도둑들이 물건 훔쳐 가는 거 감시하는 걸 왓치 한다고 해."

"얼마나 안 좋으세요?"

"지금은 괜찮으셔. 근데 큰일이다. 당장 다음 달 렌트 내고 나면 돈이 한 푼도 없어지는데... 너희들만 들어오면 되는데. 브로드웨이 도매상에서 일하면 주급 300불은 받을 수 있고, 삼형제가 벌면 조그만 가게 하나 일 년 안에 시작할 수 있는데... 동주야."

부싯돌이 철컥대며 불꽃이 튀었다. 소방차 사이렌 소리가 귓전을 울렸다. 쓰러졌던 마음이 벌떡 일어나 비상구로 달렸다. 부모님의 이민 생활은 1년이 다 돼 갔지만, 인주가 학교생활에 적응을 잘해 내고 있다는 것 외에는 달라진 게 없었다. 이민을 일찍 와 이미 자리 잡은 예전 회사 부하직원에게 돈을 빌려 1년 가까운 시간을 버티신 것 같았다. 그 돈이 떨어져가자, 아버지가 나섰고 여름 뙤약볕에 일주일도 버티지 못한 것이었다. 부잣집 맏아들로 평생을 부모님 재산으로 누리며 살던 아버지는 삶에 필요한 기술이 없었다. 방금 이민 온 작은 체구의 50대 아시안 남자가 할 수 있는 일은 없었다. 유일하게 가능했던 콜택시 운전도 운전을 못 하는 아버지에겐 그림의 떡이었다.

다음날 유학원을 찾았다.

"미국 유학을 최대한 빨리 가려고 하는데요."

"I-20 입학허가서를 받으려면 우선 이과는 토플 500점 이상이라야 해요. 토플 점수 있어요?"

"토플요? 본 적이 없는데요."

"그럼 빨리 토플 시험을 보세요. 토플 점수 없이는 유학 허가가 안 나와요. 잔고 증명도 있어야 하지만 토플 점수가 안 나오면 어차피 못 가니 그건 토플 점수 나오고 해결하면 돼요."

서울에서 치러지는 토플 시험은 자리가 없었다. 3일 후 광주 조선대에서 치르는 시험만 가능했다. 토플이 영어 듣기가 포함된 시험이란 것 외에는 아는 게 없었다. 어차피 공부하려 해도 시간이 부족했다. 부딪쳐 보는 수밖에 없었다. 새벽 첫 고속버스를 타고 광주로 향했다. 정문 앞에 있는 공대에서 최루탄 냄새를 많이 맡아왔지만, 조선대는 그 농도가 달랐다. 언제 터진 최루탄인지 몰라도 바닥이 온통 연노란색 최루탄 가루로 뒤덮여 있었다. 교내로 들어서기 전부터 최루탄 때문에 눈물이 났다.

운동장 한가운데 완전히 불에 타 시커먼 뼈대만 남은 버스가 보였다. 불에 탄 버스가 퍼트린 매캐한 탄내가 최루탄 냄새와 뒤섞여 데모가 얼마나 치열했는지를 알려주고 있었다. 바리케이드로 이용된 것 같은 책걸상들도 캠퍼스 여기저기에 쌓인 채 널려있었다. 1년 후배지만 동갑이었던 한열이가 쓰러질 때 이곳에선 버스가 불탔을지 모른다는 생각이 들었다. 방학이고 6.29 민주화 선언이 나온 지 얼마 되지 않아서인지 캠퍼스는 조용했다.

다행히 토플 점수가 500점이 넘었다. 유학을 떠날 대학은 어떤 곳이든 괜찮았다. 어차피 의미가 없었다. 유학원과 채널이 있는 오하이오주 애쉴랜드 대학의 I-20를 받았다.

"엄마, 저 유학 비자 받았어요. 비행기 표는 형수 사돈 어르신이 사주셨어요. 8월 9일 날 들어가요."

...

출발 시각보다 한 시간이나 일찍 고속버스 터미널로 왔다. 똑같은 자리를 샀다. 남은 시간 동안 그녀와 걷던 길을 따라 걸었다. 똑같은 음료수를 하나 집어 들고 버스에 올랐다. 밤 10시 넘어 경주에 도착했다. 근처 여인숙으로 들어갔다. 여인숙이라는 작고 네모진 간판이 걸려있었지만, 그냥 오래된 변두리 집 같았다. 길쭉한 흙 마당 양쪽으로 버스만 한 건물이 서 있는 구조였다.

"여기 숙박비가 얼만가요?"

"4천 원인데 하루 쉬고 가시게?"

등이 굽은 할머니였다.

"아... 네, 여기 4천 원이요."

"오른쪽 끝에서 세 번째, 저 방을 쓰세요."

"열쇠 같은 건 없나요?"

"그런 건 없어요. 잘 때 안에서 문고리를 걸고 자면 되고. 화장실은 왼쪽 건물 끝으로 가면 있어요. 휴지는 따로 없어요. 자 그럼 편히 쉬고 가세요."

낮고 좁은 툇마루를 따라 방 앞에 디딤돌이 하나씩 놓여 있었다. 디딤돌에 신발을 벗어 놓고 방 안으로 들어갔다. 얇은 합판을 양쪽으로 덧댄 가운데가 빈 방문은 허술했고 가벼웠다. 안에서 고리를 걸어 잠글 수는 있었지만, 누구라도 힘껏 밀어젖히면 쉽게 뽑혀 나갈 것처럼 보였다. 방 한편에 이부자리가 놓여 있었다. 세 사람이 누우면 꽉 찰 것 같았다. 불을 끄고 누웠지만 잠이 오질 않았다. 역전 허름한 동네 분위기도 불편했지만, 여인숙의 허약한 구조가 당최 불안했다. 문밖 소리에 민감해졌다. 사람이 지나가는 것 같은 소리에도 신경이 곤두섰다. 갑자기 도둑고양이가 내는 '야옹' 소리처럼 작고 비밀스러운 목소리가 맨 끝방 쪽에서 들려왔다.

"사이다 있어요. 김밥 있어요."

귀가 사정없이 쫑긋 섰다. 점점 소리가 가까워졌다.

"사이다 있어요. 김밥 있어요."

가늘고 작은 소리였지만 도대체 이해가 안 되는 상황에 심장박동이 빨라졌다. 다른 방처럼 곧 지나갈 거로 생각하며 숨소리를 죽였다. 잠든 척하면 지나갈 것 같았다. 하지만 그 소리는 내 방 앞을 떠나지 않았다. 여자를 보낼 방법을 궁리하는데 갑자기 '탁탁, 탁탁탁' 방문 두드리는 소리가 들렸다. 문 두드리는 소리가 공명하며 방안을 채웠다. 두려웠다.

일부러 조금 크게 단호하게 말을 했다.

"필요 없습니다. 안 사요!"

"죄송해요. 안 사드셔도 돼요. 잠시만 방문 좀 열어주세요."

조금 더 확고한 음색으로 말했다.

"저 안 먹어요. 됐어요."

"아니요. 안 사드셔도 돼요. 잠깐만 방문 좀 열어주세요. 부탁드려요."

하지만 전혀 물러설 기미가 보이지 않았다. 집요한 읍소에 나도 모르게 벌떡 일어나 방문을 반쯤 열었다. 순간 여인이 방 안으로 뛰어들었다.

"죄송합니다. 죄송합니다."

일어나 천장에 매달린 전구 불을 켰다. 부리나케 문을 닫은 여인이 두 손을 모으고 머리를 연신 조아렸다. 여인은 40대 초반으로 보였고 남루하고 긴 치마를 입고 있었다.

"제가 잘 곳이 없어요. 제발 부탁인데 방 한쪽 구석에서 잠만 자게 해 주세요. 잠만 자고 갈게요. 제발 부탁합니다."

여인이 기도하듯 모은 손을 싹싹 빌며 말했다. 안돼 보였다. 밖으로 나가라고 소리쳐 내쫓으려니 마음이 불편해질 게 너무 뻔했다.

"그럼, 저쪽에서 주무세요. 하지만 해 뜰 때까지 만입니다."

"아유, 감사합니다. 아유, 아유, 감사합니다."

방 한편으로 비껴간 여자가 왼 무릎은 바깥쪽이 오른 무릎은 안쪽이 방바닥에 닿게 다리를 접고 주저앉았다. 불을 끄고 자리에 다시 누웠다. 오 분도 지나지 않는데 작고 낮은 목소리가 천둥처럼 방안을 채웠다.

"저기.. 부탁이 있어요. 선생님."

"..."

"한 번만 부탁드립니다. 제가 5천 원이 꼭 필요한데 저랑 한번 하시면 안돼요? 한 번만 하고 5천 원만 주시면 돼요. 선생님."

"네?"

"제가 딸내미가 중학생이에요. 근데 꼭 5천 원이 필요해서요. 한 번만 하시고 주시면 안 될까요? 정말 죄송합니다. 선생님 도움이 정말 필요해요. 사실 동트기 전에, 딸이 잠에서 깨기 전에 집에 가야 해요."

큰 죄를 지은 사람처럼 비는 모습과 목소리가 처참했다. 어이가 없다 못해 화가 났다. 막혔던 숨이 길게 터졌다.

"어후우~!"

눈앞의 현실이 벅찼다. 중학생 딸이 있는 엄마가 왜 여기에서 왜 이런 말과 행동을 하는지 해석이 불가능했다. 여인의 말이 모두 거짓이라 해도 가슴이 아팠다. 머리맡 가까이 두었던 배낭을 열고 3천 원을 꺼냈다.

"제가 3천 원은 드릴 수 있어요. 저도 무전여행하는 거라 돈이 조금밖에 없어요. 이거 받으시고 얼른 가세요. 따님 깨기 전에..."

"감사합니다. 감사합니다. 하나님 은혜로 천당 가실 거예요."

씁쓸했다. 3천 원을 받아 든 여인이 방을 나가자마자 밖에 놓았던 신발을 방 안으로 들여놓았다. 다시 한번 불을 끄고 자리에 누웠다. 이젠 어떤 사람이 와도 대답하지 않기로 했다. 마른 볏짚 다발을 모아 배배 틀며 새끼줄로 꼬이듯 마음이 바스락 소리를 내며 비틀어져 꼬여갔다. 방금 그 여인의 사연이 궁금했다. 아니 그 여인의 삶이 지금에 이르게 된 이유를 알고 싶어졌다. 이유라도 알면 마음이 편해질 것 같았다. 다행히 사이다를 파는 여자 사람이 더는 나타나지는 않았다.

아침 일찍 여인숙을 나서 불국사와 미진과 묵었던 숙소를 들렸다. 한동안 미진과 나를 다시 만난 후, 속초행 완행버스에 올랐다. 영덕을 지날 때 가는 비가 내렸다. 때맞춰 어둠도 다가왔다. 옆자리 아저씨에게 물었다.

"혹시 울진에 가면 싸고 안전한 숙소가 있을까요? 여인숙은 얼마나 하나요? 혹시 텐트를 치고 잘 수 있는 곳이 있을까요?"

"글쎄, 울진 발전소 때문에 여관들이 더러 있기는 한데..."

뒷자리에 앉은 아저씨가 머리를 앞으로 들이밀었다.

"말투가 서울 사람 같은데, 학생이에요? 배낭여행 하나 봐요?"

"네, 배낭여행 중인데 울진에서 하루 자려고요. 근데 숙소를 어디를 가야 할지 전혀 아는 게 없어서요."

"잘 됐네. 우리 집에서 저녁도 먹고 하루 자고 가면 되겠네. 마침 우리 큰 아들이 고2인데 서울 대학생 형에게 서울 이야기도 듣고~!"

터미널에서 내려 20분 정도를 걸었다. 마침 비가 그쳤다. 언덕 꼭대기 집이었다. 가운데 부엌이 있고 양쪽으로 방이 하나씩 있는 작은 집이었다. 부엌에서 아주머니가 튀어나왔다.

"아이고야, 이 아재, 또 누굴 데려왔나?"

눈썹 끝이 치켜 올라간 아주머니가 화를 내는 것 같았다.

"그게 아이고, 서울 학생이다. 연세대학교 학생이고, 우리 경준이랑 경모가 서울 대학생활 이야기도 듣고 이것저것 이야기 나누면 좋을 것 같아서 자고 가라 한 기다."

"주책이다. 정말! 먹을 것도 없는데 저녁은 어쩌려고?"

"그냥 있는 거 내오면 되지, 뭐 문제 있나?"

아저씨가 왼쪽 방을 가리켰다.

"우리 아들들 방이니 저리로 들어가서 짐 내려놓고 씻어요."

아저씨가 방 안으로 소리쳤다.

"경준아, 서울 대학생 형 오늘 우리 집에서 자고 갈 끼다. 인사드려라."

세수하고 난 후 얼마 되지 않아 작고 동그란 알루미늄 밥상이 방으로 들어왔다. 반찬은 없지만, 밥은 큰 그릇을 채우고도 봉긋 솟아 올라와 있었다. 경준이는 유도선수처럼 얼굴이 길쭉하고 턱이 잘 발달한 얼굴이었다. 아직 중학생인 동생은 이불 속에서 형과 내가 하는 이야기에 귀 기울였지만 이내 잠으로 빠져들었다. 경준이는 궁금한 게 많았지만, 질문이 구체적이진 않았다. 어느 순간 모두 잠에 들었다.

마음이 편하지 않아서인지 이른 새벽 눈을 떴다. 배낭을 챙겨 방을 나섰다. 세상이 고요했다. 두 분도 아직 주무시는 것 같았다. 아주머니에겐 죄송했고 아저씨는 고마웠다. 최소한의 성의로 아저씨에게 힘을 실어주고 싶었다. 툇마루에 메모와 함께 5천 원짜리 한 장을 올려놓고 바람에 날려가지 않게 돌멩이를 하나 주워 위에 올려놓았다. 이제 필요한 버스비를 빼면 채 5천 원도 남지 않았다. 언덕 아래 동해가 오징어 배들이 밝히는 불빛으로 요란했다.

속초로 가는 버스는 한 시간에 한번 꼴도 되지 않았다. 덕분에 울진에서의 머무름이 한 시간 정도 늘어났다. 언덕 위 경준이네 집 부엌에서 달그락 소리가 날 시간 즈음 속초로 향하는 시외버스도 울진을 벗어났다.

7번 국도는 동해를 따라 바다와 가까워졌다 멀어지기를 반복했다. 사랑을 추는 발레리나와 발레리노 같았다. 양팔을 벌리고 큰 원을 그리며 빙글빙글 몇 바퀴를 돌던 7번 국도가 바다로 뛰어들 것처럼 온몸을 기울이며 다가섰다. 손을 내밀고 서 있던 동해가 그녀를 받아내려 크고 흰 파도를 하늘로 추켜올렸다. 하지만 파도는 빈손으로 떨어졌고 그녀는 다시 멀어져 갔다. 동해가 돌아선 그녀를 잡기 위해 닿을 수 있는 끝, 넘을 수 없는 경계까지 몰아치다 파도로 부서졌다.

조금 열린 창으로 땅과 바다의 경계선에서만 나는 냄새들이 났다. 가끔은 파도 포말이 날려 올 정도로 바다가 가까워졌다. 바람으로 파도가 높았다. 삼척을 지나며 오락가락하던 빗방울이 굵어졌다.

속초에 도착했다. 잠시 비가 그쳤지만, 내린 빗물이 피워 올린 물안개가 자욱했다. 동해에서 집어먹은 습기가 절반은 방울이 되어 떨어졌는데도 하늘엔 탱탱한 물주머니 구름이 가득했다. 설악산 울산바위도 안개 같은 구름에 가려 겨우 뿌리만 보였다.

설악동 아랫 마을은 어제처럼 똑같았다. 미진과 머물던 산장 앞을 지나 설악산 입구 쪽으로 걸었다. 다시 비가 내렸다. 판초를 둘러썼지만 이미 흥건히 젖은 신발 때문인지 내딛는 걸음마다 '철퍽철퍽' 바위에 부딪히는 파도 소리가 났다. 하루 종일 굵기를 가늠하던 하늘이 마음을 정한 것 같았다. 빗방울이 굵어졌다. 아스팔트가 빗물이 흐르며 만든 물주름으로 덮였다. 작고 얕은 웅덩이도 보였다.

신흥사가 지그시 눈을 감고 빗방울을 맞고 있었다. 문에 보이지 않는 빗장이 쳐진 듯 인적이 없었다. 흔들바위 쪽으로 올랐다. 미진과 중간중간 멈추고 입술 사랑을 했던 곳들이 속눈썹에서 떨어지는 빗방울 때문에 분간이 되지 않았다. 산길이 가팔라지면 계곡도 따라 좁아졌다. 좁은 계곡은 물살이 더 거셌다. 비 때문에 더 거센 것 같았다. 어느새 파고든 빗물에 속옷까지 완전히 젖었다. 오르막 산행으로 뜨거워지는 몸 때문인지 차라리 시원했다. 어디까지 오를지 정하지 않았다. 텐트를 칠 수 있는 곳까지만 오를 생각이었다.

비가 더 거세졌다. 어두워지기 전에 텐트를 쳐야 했다. 편평한 곳은 좁은 등산로 아래 계곡 언저리뿐이었다. 비로 불어날 계곡물로부터 가능한 한 멀리 떨어진 안전한 곳에 서둘러 텐트를 쳤다. 폭음을 내고 흐르는 계곡물보다 3미터는 높은 곳이었다.

젖은 채로 코펠과 버너를 꺼내 라면을 끓여 먹었다. 비가 굵어졌다. 어둠이 스멀스멀 계곡으로 기어들었다. 따뜻한 라면을 먹었지만, 한기가 느껴졌다. 텐트 안으로 들어가 배낭에서 비에 젖지 않게 꽁꽁 묶은 비닐봉지를 꺼냈다. 수건으로 몸을 닦고 국방색 면바지와 파란 티셔츠로 갈아입었다. 은박지로 바닥이 코팅된 얇은 스티로폼 깔개도 꺼내 깔았다.

밤이 되며 빗방울 소리가 커졌다. 텐트 바깥에 한 겹 더 쳐진 방수 천 때문에 소리가 더 크게 들렸다. 빗방울이 커졌는지 커다란 솔방울이 떨어지는 것처럼 둔탁한 소리를 냈다. 계곡물소리는 전쟁터에서 육박전을 벌이는 수천 명의 함성이 뒤엉킨 소리 같았고 빗방울 소리는 전진을 알리는 북소리 같았다. 계곡물에 텐트가 쓸려가는 건 아닐까 두려워졌다. 텐트 밖으로 랜턴을 비추었다. 팔당 댐의 수문이 열렸을 때처럼 솟구치며 쏟아지듯 흐르는 계곡물이 보였다. 그래도 아직은 여유가 있어 보였다.

랜턴 배터리가 떨어질까 오래 켜고 있는 것도 불안했다. 잠을 자면 안 될 것 같았다. 한여름인데도 산이라 그런지 몸이 오슬오슬했다. 팔짱을 끼고 다리를 모아 오므리고 앉았지만 가끔씩 갈비뼈가 통째로 부르르 떨렸다. 졸음에 휘청거리는 뇌를 깨우며 일이십 분마다 밖을 비췄다. 잠깐 눈을 감는 걸 느꼈지만 저항은 불가능했다. 잠으로 굴러떨어졌다.

깜짝 놀라 눈을 떴다. 견디기 힘든 자책이 심방을 움켜쥐고 놔주질 않았다. 심방이 터지며 빈곤에 허덕이던 심실이 갑자기 몰려든 피를 흘려보내느라 난리가 났다. 불규칙하고 강하게 심장이 뛰었다. 부리나케 랜턴을 켜고 밖을 비췄다. 텐트가 쳐진 곳에서 삼십 센티미터도 남지 않은 곳까지 물이 불어나 있었다. 심장이 가슴에서 머리끝까지 부풀어 올라 펌프질을 해 댔다.

다행히 비는 그쳐있었다. 텐트를 접을 마음의 여유도 현실적인 이유도 없었다. 배낭을 둘러메고 랜턴을 움켜쥐었다. 미끄러지지 않고 계곡을 벗어나기 위해 자세를 낮추고 주변을 더듬었다. 경사가 적은 언덕을 암벽 등반을 하듯 바닥에 달라붙어 기어올랐다.

등산로를 가로질러 언덕 쪽에 다다랐다. 이젠 확실히 벗어난 것 같았다. 흙투성이가 된 채 돌덩어리에 걸터앉았다. 양동이째 확 끼얹어졌던 아드레날린 때문인지 몸서리가 쳐지고 맥이 빠졌다. 숨도 제자리를 찾았다. 텐트가 있던 자리 근처로 랜턴을 비췄다. 텐트 끄트머리라도 보일 줄 알았는데 아무것도 보이지 않았다. 일어나 더 아래쪽을 비춰보려 했지만, 다리에 힘이 빠지며 주저앉았다. 추운데도 고개가 자꾸 떨어졌다. 기절하듯 깜박 잠들었다.

설악동 쌍천 하류 커다란 바위 주변에 사람들이 몰려있었다.

"어머 어머 저기 봐. 어제 비로 쓸려온 사람인가 봐. 죽은 거지?"

"아니 그렇게 비가 오는데 산은 왜 올라간 거지?"

"젊은 사람 같은데, 쯧쯧쯧. 안 됐네."

입을 가리고 옆 사람과 작은 소리로 말을 하는 여인, 인상을 찌푸리는 아저씨, 혀를 차며 안타까워하는 할머니의 목소리가 들렸다. 웅성거리는 소리 사이로 누군가 손가락으로 넓어진 개천에 어울리지 않는 집채만 한 바위와 그보다 작은 바위 사이를 가리켰다. 주검이 보였다. 국방색 바지와 파란색 티셔츠를 입고 있었다. 표정은 없었다. 얼굴에서 고통이 느껴지진 않았다. 나였다. 순간 꿈을 꾼 것 같았다.

한 꺼풀 벗겨졌지만 아직 깨어나지 못한 꿈속에 미진이 나타났다.

"무슨 일 없지, 동주 씨? 나도 없어. 잊지 마. 내가 있잖아."

새벽 5시를 넘기고 얼마 지나지 않아 날이 밝았다. 텐트가 있던 곳으로 갔다. 계곡물이 등산로를 덮칠 것 같았다. 등산로 아래 텐트를 쳤던 곳은 급류 속에 잠겨있었다. 기뻤다. 죽을 고비를 또 한 번 넘긴 삶이 고마웠다. 마지막일지 모를 순간에 마중 나온 미진이 고마웠다. 견딜 수 있을까 걱정될 정도로 오한이

닥쳤다. 와들와들 몸이 떨고 있었지만, 마음은 깨끗했다. 하산을 시작했다.

　종종걸음이나 옆걸음으로 조심해야 하는 곳도 있었지만 달렸다. 신흥사를 지나고부터는 달리기를 멈췄다. 남아있는 숨이 모자랐다. 그래도 좋았다. 설악동을 빠져나올 때쯤, 여름인데도 온몸에서 김이 났다. 어제완 달리 땀이 몸을 타고 흘렀다. 살아 있다는 기쁨을 설악산과 미진에게 알려주고 싶었다. 큰 소리로 외쳤다.

　"설악아, 고맙다! 미진아, 고마워! 동주야 고마워. 살아 있어서."

　서울로 돌아오는 버스 창밖으로 풍경 대신 어제가 보였다. 삶과 죽음의 경계선에 섰던 중학교 2학년 때가 떠올랐다.

　견지낚시를 하던 아버지를 따라 덕소로 갔었다. 개구리헤엄으로 10미터 정도는 갈 수 있던 때였다. 조심성 많은 나는 일어서면 허리까지 물이 차는 강변 수심 얕은 곳에서 강변을 따라 일정한 거리를 유지하며 수영을 했다. 한번 헤엄을 치면 바닥을 딛고 서서 얼굴을 훔치고 숨도 쉬어야 했다. 세 번째 헤엄을 친 뒤 숨을 쉬기 위해 일어섰다. 갑자기 머리가 노래졌다. 발끝에 닿아야 할 바닥이 사라지며 물속으로 꺼져 내려갔다.

　코로 물이 들어와 매운데 아무것도 보이지 않았다. 청력을 잃어버렸는지 아무 소리도 들리지 않았다. 캄캄했는데 갑자기 파란 하늘과 강 언덕 위 숲이 보였다. 다시 물속으로 내려가며 세상이 캄캄해졌다. 숨이 차다는 생각은 들지 않았다. 다시 물 위로 솟아올랐다. 아무 소리도 들리지 않았지만, 저쪽에서 아버지와 아버지의 후배가 보였다. 나를 쳐다보고 있는 것 같았다. 세 번째 물 위로 올라왔을 때 수영을 잘하던 아버지 후배가 내게 다가오는 것 같았다. 여전히 세상은 고요했다.

네 번째 솟아오르고 물속으로 들어가며 휘젓는 손에 뭔가가 닿았다. 있는 힘을 다해 움켜쥐었다. 하지만 뭔가에 옆구리를 차이고 밀리며 손이 풀렸다. 바닥으로 가라앉았다. 영화가 끝난 불 꺼진 극장처럼 모든 게 완벽하게 까매졌다. 본능도 체념한 것 같았다.

그런데 이상했다. 갑자기 밝아지며 다시 하늘이 보였다. 코 바로 아래로 물이 넘실댔지만, 숨을 쉴 수가 있었다. 서서히 소리도 들렸다. 찰랑거리며 귓가를 때리는 물소리였다. 까치발로 겨우 숨을 쉬는데 누군가 다가와 뭍으로 데려갔다. 다시 세상이 검어졌다. 사람 말소리가 희미하게 들렸다. 눈을 떴다. 누군가 등을 두드렸다. 강물을 게웠다. 낮은 언덕 아래로 강이 보였다. 배를 깔고 엎어져 있다는 걸 알았다. 아버지와 아버지의 후배, 어떤 아저씨 목소리가 들렸다.

"정신이 좀 드나 보네요."

"동주야 괜찮니? 그대로 좀 누워있어라."

"물을 꽤 많이 마셨네요. 많이 게워 낸 거 보니."

"여기에서 많이 죽었어요. 모레를 퍼가느라 강바닥 여기저기 깊은 구덩이가 있어서 그래요."

"아, 그래요."

"운이 좋았어요. 마침 발끝이 바닥에 닿는 곳까지 밀려나서…"

"그러게요. 제가 헤엄쳐서 들어갔는데 이 친구가 저를 휘감는데 어찌나 세게 휘감아 오는지 저도 같이 빠지겠더라고요. 그래서 발로 찼죠. 아마 그 힘으로 옆으로 밀려 구덩이를 살짝 벗어났고 그래서 발이 닿은 건가 봐요."

"구덩이가 깊은 대신 좁아서 발이 닿았나 보네."

"처음엔 장난인 줄 알았어요. 근데 '아빠' '아빠' 얼마나 소리를 치던지… 그때 알았죠. 물에 빠진걸."

"보통 4번 올라오고 나면 대개는 더 못 올라와요. 그다음은 그냥 가라앉는 거죠. 이 학생이 운이 정말 좋네요."

물과 공기의 경계를 오르내릴 때 모든 것의 속도가 느려졌었다. 수면 위로 올라오며 보이는 장면들은 60배속으로 찍은 동영상을 슬로 모션으로 보는 것보다 더 천천히 움직였었다. 하지만 반대로 물속에 잠겼을 땐 내가 살아온 삶이 번개처럼 스쳐 지나갔다. 1시간짜리 영화를 0.01초에 다 볼 수 있는 능력이 생긴 것처럼, 보이는 모든 것과 그 안에 담긴 감성까지 섬세하게 느낄 수 있었다. 그날 물속과 물 바깥에서 보았던 영상들은 찰나였지만 열 시간을 '뚫어져라' 쳐다본 것보다 선명하게 각인되었다. 몇몇 장면들은 각별히 생생했다. 거실 전축에 마리아에레나 음반을 틀며 두 살이나 되었을 나를 안고 춤을 추며 행복해하던 아버지 모습은 그중에서도 가장 선명하게 떠올릴 수 있었다.

덕소 사고 이후 생각이 깊고 잦아졌다. 특히 삶과 죽음의 경계선에서 보았던 장면들이 선택된 이유가 궁금했다. 경계선을 인지한 뇌가 가용한 모든 뉴런들을 끌어모으는 걸까? 어떻게 그렇게 짧은 시간에 그렇게 많은 장면을 불러내 보여 줄 수가 있는 거지? 어떤 장면은 어떻게 선택이 되는 걸까? 경계선 앞에서 떠올릴 장면은 따로 저장되는 걸까? 중학생이 아닌 어른이었다면 어떤 장면이 보였을까? 질문을 이어가다 보면 새롭고 막다른 질문에 이르렀다.

삶은 마지막 기억들로 규정된다는 생각에 골몰했다. 삶을 규정할 수 있는 유일한 사람은 자기 자신뿐이니까. 어떤 삶을 살았는지는 경계선에 서야만 알 수 있다고 믿게 되었다. 그 후 그 경계선에 서 있는 꿈을 자주 꿨다. 가장 멋지고 행복한 나를 만나는 곳이었다.

...

    내일이면 출발이다. 끝이 되려면 아직 남은 게 하나 있었다. 내가 시작된 곳으로 갔다. 버스에서 내려 가파른 비탈을 내려갔다. 조각조각 분명한 기억과는 조금 다른 동네가 나타났다.

    길도 생각보다 폭이 좁았다. 차 두 대가 스치듯 지나갈 정도밖에 되지 않았다. 배신당한 기억이 시간의 흐름을 소환했다. 구멍가게를 지나면 경사가 완만해졌다. 백 미터쯤 아래에 있는 일제강점기 일본인 철도 간부들이 살던 관사 세 채가 나란히 그대로였다. 마당이 넓고 지붕이 높게 솟은 집들은 모양이 거의 똑같았다. 집에 비해 아담한 나무 대문을 가진 첫 번째와 두 번째 집을 지났다. 넓고 큰 파란 철대문을 가진 세 번째 집 앞에 섰다. 선명한 기억이 숲을 이룬 곳, 태어난 집이었다.

    삼각형 박공지붕 아래 끝방 창문이 보였다. 아버지의 서재를 빼도 방이 다섯 개나 돼서 모두 각자의 방이 있었다. 길쭉하게 안으로 뻗은 마당을 따라 담이 길었다. 담 안쪽은 정원이었지만 바깥쪽 땅은 꽤 높은 축대로 깎여있었다. 가끔 작은 받침 위에 올라가 담벼락 넘어 아랫동네를 구경하곤 했다. 조그맣고 허름한 집들이 끝없이 펼쳐져 있었다. 4층 건물의 옥상에서 아래를 바라볼 때처럼 다닥다닥 붙어있는 지붕들을 보며 생각이 어지러웠던 기억도 여러 번이었다.

    대문은 닫혀 있었다. 둥근 손잡이가 코뚜레처럼 끼워진 사자 머리가 세 개 달린 대문은 예전보다 훨씬 작아 보였다. 초등학교 입학 전, 다섯 살쯤이었다. 사람들이 집 마당을 가득 채웠다. 동네 길을 포장한 아버지를 명예 통장으로 추대하는 모임이 마당에서 열렸다. 한편에서 이웃 아저씨 두 명이 나누는 이야기 소리가 들렸다.

"저 대문 만드는 데 120만 원이 들었데."

"120만 원? 아랫동네 집 한 채 값이네!"

별 이야기가 아니었지만, 기억이 또렷했다. 이상하게 마음이 환해지고 기분이 좋아졌었다. 가게에 가도 돈 없이 물건을 가져왔던 내가, 돈을 알 리가 없었지만, 사람들의 부러워하는 모습에 우쭐해졌던 것 같다. 동네 어디를 가도 김 사장네 셋째 아들 대접을 받았다.

부잣집 셋째 아들로 부푼 에고(ego)는 정원에서 자라 나무가 되고 꽃을 피웠다. 정원은 절대적인 아름다움을 가르쳐 주었다. 하얀 꽃이 피면 황홀한 향기로 집을 뒤덮던 커다란 라일락. 쭉쭉 솟은 키 큰 향나무들. 뿌리는 현관 옆에 있었지만, 처마를 덮고 또 주차장 기둥을 덮어 시원한 그늘을 만들어 주던 등나무. 빨간색, 분홍색, 살색, 흰색, 주황색 장미들. 담을 타고 대문까지 이어진 덩굴장미. 가을이면 내 얼굴만 하게 피는 실국화. 정원은 봄부터 가을까지 꽃과 향기가 넘쳤다. 작았지만 충분한 자연이었다.

간혹 둘째 형이 엄마에게 혼이 나면 나도 모르게 괜히 겁이 나서 숨어 들었던 커다란 금고와 벽 사이 공간도 떠올랐다. 슬프거나 불행하다고 느껴지는 어릴 적 기억은 거의 없었다. 행복한 추억이 많은 집이었다. 그중에서도 아름다운 추억을 많이 담고 있는 곳이 정원이었다.

세 살이나 네 살 때쯤이었다. 대문 오른쪽으로 무성했던 덩굴장미 앞에 쪼그리고 앉아 아버지를 지켜보고 있었다.

"아빠, 땅은 왜 파요?"

"뿌리를 캐내려고 파는 거란다. 개나리 같은 건 휘묻이라고 줄기를 구부려서 땅에 묻으면 거기에서 뿌리가 나고 그럼 잘라 심으면 되는데 덩굴장미는 뿌리를 잘라 나눠 심을 수 있거든."

휘묻이라는 단어나 설명이 어린아이가 이해하기엔 어려울 수도 있었지만, 아버지는 언제나 자세하게 가능한 모든 걸 다 이야기해 주었다. 아버지가 다 파낸 크고 긴 덩굴장미를 눕혔다. 흙덩어리를 걷어내자, 뿌리가 보였다.

"여기 가운데를 아빠가 잘라낼 거야."

도끼와 톱으로 뿌리가 두 개로 갈라졌다.

"하나는 원래 있던 데에 다시 심고 다른 하나는 이쪽에다 심으면 되겠다."

문틈으로 본 정원은 엇비슷해 보였지만 생기가 없었다. 아버지의 손길을 잃고 풀이 죽은 것 같았다. 대문 맞은편 집 담벼락에 기댔다. 이삿날이 그려졌다. 집 앞에 작은 용달차가 한 대 서 있었다. 눈에 보이는 거의 모든 것에 붙어있는 빨간딱지 때문인지 용달차에는 짐이 별로 없었다. 가방이나 보따리, 커다란 플라스틱 대야에 담긴 주방 그릇, 작은 항아리 몇 개, 그런 것들뿐이었다. 대문을 나온 어머니가 열려있는 대문으로 집안을 물끄러미 바라보셨다. 어머니는 무슨 생각을 하는 모습이었지만 정작 생각이 모두 빠져나간 사람처럼 공허해 보였다. 떠나기 전 집을 휘둘러 보던 어머니의 마지막 눈망울이 떠올랐다.

날이 밝았다. 아침은 먹지 않았다. 형과 형수에게 인사를 하고 성일의 차에 올랐다. 김포공항에 도착했다. 국제선 2층 입구에서 짐을 내렸다. 수속 카운터에 짐을 맡기고 3층 출국장으로 올라갔다. 미진이 떠나던 날 서성이고 숨어있던 곳들을 들렸다. 떠날 수 있었다. 떠나야 할 시간이 되었다. 어서 떠나고 싶었다. 출국장 문 안쪽으로 들어섰다. 미진이 내 이름을 불렀던 그 자리에서 문밖을 쳐다보았다. 아무도 없었지만 울지 않았다.

검색대를 통과했다.

38A. 창가 자리. 시애틀로 향하는 보잉 747 점보기가 활주로를 뿌리쳤다. 이내 서울이 사라지고 어느새 한국을 벗어났다. 인공호흡기로 연명하던 설렘이 태평양을 접어들며 숨을 멈췄다. 첫 식사를 마치자 피곤이 몰려왔다. 풀칠한 것처럼 달라붙은 눈꺼풀이 비행 내내 잘 떨어지지 않았다. 착륙 직전에 제공되는 식사 때문에 깰 때까지 깊은 잠을 잤다. 13년 넘게 기다렸던 비행이었지만 무미건조했다. 바싹 마른 북어 같은 내 마음 같았다. 시애틀에 가까워지며 긴장이 성큼 마음으로 들어와 문 단속을 했다.

입국 심사대에 가까워지자 줄을 서는 입구가 두 개로 갈라졌다. 외국인 전용 입구로 들어섰다. 바로 옆 시민권자들이 선 줄보다 10배는 더 긴 줄이었고 안내를 맡은 사람들도 퉁명스럽고 고압적이었다. 내 차례가 되었다. 총을 차고 경찰복 같은 제복을 입은 입국심사관이 위압적인 눈초리로 질문을 했다. 죄를 지은 것도 아닌데 마음이 졸아붙었다. 여권을 돌려받아 쥐고서야 겨우 안도했다. 세관 검사원들도 죄인 취급은 마찬가지였다.

취조당하는 느낌에 울렁거렸던 속이 뉴욕행 비행기에 오른 후에도 여전했다. 이륙한지 5시간이 조금 넘어가자 멀리 뉴욕이 보였다. 왼쪽으로 기운 비행기가 맨해튼 빌딩 숲을 끼고 크게 회전했다. 맨해튼의 야경은 뭐라 표현할 길이 없었다. 비교할 수 있는 것이 없다는 것만 확실했다. 비현실적인 곳이었다. 착륙한 비행기가 택싱을 할 때 절감했다. 이제 정말 미국이었다.

마중나온 작은아버지의 짙은 네이비블루 캐딜락이 JFK(존 에프 케네디) 공항을 빠져나와 간선도로에 들어섰다. 도로변으로 보이는 집 창문들에 하나같이 굵은 쇠창살이 덧대어 있었다. 우범지대 같았다. 하늘에서 본 화려

한 모습과는 달리 주황색 가로등도 드문 길은 어둡고 허름했다. 자메이카 (Jamaica)를 벗어나며 주변 풍광도 달라졌다. 왼쪽으로 커다란 지구본 모양의 금속 조형물이 나타났다. 1964년에 개최되었던 세계박람회 기념 조형물이었다. 뉴욕으로 들어오는 대부분의 한인 이민자들이 초창기 이민생활을 시작하는 플러싱(Flushing)을 뚫고 화이트스톤(Whitestone) 다리에 올랐다. 퀸스(Queens)를 벗어났고 이제 막 들어선 브롱크스(The Bronx)를 지나면 맨해튼이었다.

맨해튼의 최북단에 들어섰다. 건물도 그렇지만 동네 분위기가 사진으로 익숙한 맨해튼과는 많이 달랐다. 고층 빌딩 대신 5층 내외의 석조건물들이 다닥다닥 빼곡하게 붙어있고 대로변 건물 1층 가게들엔 하나같이 셔터나 쇠창살이 내려져 있었다. 드문드문 가로등 불빛 외에는 어두웠고 인적이 없어 을씨년스러웠다. 도로변에 세워진 차들은 70년대 영화에서 본 것 같은 크고 오래된 낡은 차들이 대부분이었다.

왕복 4차선 대로변 연회색 벽돌 아파트 앞에 도착했다. 아버지와 하나씩 가방을 들고 계단을 올랐다. 5층 502호. 주워 온 것 같은 가구 몇 개가 놓인 아파트로 들어섰다. 서로 안아주고 등도 두들기며 기뻐했다. 그 사이 생계 걱정이 슬그머니 집을 빠져나갔다. 집으로 들어선 나를 본 것 같았다.

아파트는 워싱턴 하이츠 중심에 있었다. 길쭉한 고구마처럼 생긴 맨해튼은 흑인들이 사는 할렘(Harlem) 지역의 중심 거리인 125번가부터 폭이 좁아진다. 완전히 좁아진 맨해튼 181번가와 세인트 니콜라스 애비뉴(St. Nicholas Avenue)가 만나는 사거리를 중심으로 형성된 주변 지역을 워싱턴 하이츠(Washington Heights)라고 불렀고 한국 이민자들이 플러싱에 모여 살았듯 도미니카 공화국 출신 이민자들이 모여 사는 동네였다. 리틀 도미니카 공화국이라고 불렸다.

출신 나라별로 이민자들이 모여 사는 동네는 같은 나라 출신 이민자들이 거쳐 가는 관문 역할을 했다. 먼저 자리 잡은 이민 선배들의 경험은 보다 안전한 정착으로 가는 지름길이었다. 전문직 취업이 불가능한 대부분의 이민자에게 공통으로 적용되는 풍문이 있었다. 공항에 마중 나온 사람의 직업이 새로 도착한 이민자의 직업이 된다는 것이었다. 세탁소를 하는 사람이 마중을 나오면 세탁소를 차리게 되고, 야채 가게를 하는 사람이 마중을 나오면 야채 가게를 하게 된다는 뜻이었다.

이탈리아 사람들도 유대인들도 한국인들도 그런 방식으로 정착해 나갔다. 그러다 보니 맨해튼에 있는 세탁소의 80%는 한인 이민자가 운영하는 현상이 나타났다. 야채가게, 델리 같은 업종도 비슷했다.

워싱턴 하이츠는 도미니카 공화국에서 방금 도착한 이민자와 여행자가 밀물처럼 밀려들어 오는 동네였다. 여행 온 친인척들이 머물 때면 방 하나에 6명이 지내기도 했다. 인구 밀도가 높았고 181가 지하철역을 중심으로 사방 두세 블록은 아침부터 해가 질 때까지 사람들로 붐볐다.

바나나 모양이지만 진한 녹색이고 구워서 먹는 야채인 플란틴(Plantine)과 열대과일, 채소가 수북하게 쌓여 있는 식품점이 블록마다 하나씩 있었다. 고국으로 보따리 장사를 하는 사람들이 많아서인지 잡화점도 많았다. 슈퍼나 음식점, 심지어는 잡화 가게에도 대형 붐박스(Boombox)가 걸려있었고 메렝게(Merengue) 음악이 흘러나왔다. 가끔은 출력이 어마어마하게 큰 스피커를 장착한 차가 지나가며 콘서트장 같은 소리를 뿜어 댔다. 어떤 차는 전기로 작동하는 특수 스프링 장치를 달았는지 꿀렁꿀렁 장단에 맞춰 춤을 추기도 했다. 레게 음악의 한 종류인 메렝게 소리가 큰 곳에서는 지나던 사람들이 거리에서 몸을 꼬고 서로 엉덩이를 비벼대며 춤을 추는 활기찬 곳이 워싱턴 하이츠였다.

하지만 밤은 달랐다. 인적이 드물어지며 두려움이 어둠보다 진해졌다. 범죄로 유명한 할렘보다는 덜 했지만, 길거리를 걷기가 무서운 우범지대였다. 면적당 살인율로만 보면 할렘보다 더 높은 지역이 워싱턴 하이츠였다. 사람의 경제적 가치가 낮은 곳, 목숨 값이 낮은 곳의 범죄율이 높은 건 세상 어디나 같았다.

...

미국에서의 첫날이 밝았다. 잠시 잔듯했는데 9시간이나 잤다. 낡고 허름한 아파트였지만 습기 먹은 신림동 반지하 방과는 비교할 수 없이 쾌적했다. 기절 같은 잠이었다. 몸은 무거웠지만 마음은 가벼웠다. 아버지는 주방 식탁에서 신문을 보고 계셨다.

"이제 슬슬 일어나자. 점심 먹고 아버지랑 같이 나가자."

"네. 근데 어디로요?"

"황사장이라고 예전 경신물산에서 아버지가 신입사원으로 채용했던 사람인데 아주 사람이 좋아. 얼마나 깍듯한지 몰라. 오늘 오면 바로 소개해주겠다고 하네."

"네, 어떤 덴 데요?"

"도매상인 것 같아, 전자제품 도매상이라 그러는 것 같은데!"

내가 오면 주신다며 끓여 놓은 곰국 점심을 먹고 1시쯤 집을 나섰다. 구씨 아줌마에게 인사를 드려야 한다며 어머니도 따라 내려오셨다. 아파트 현관을 나서 건물 1층에 있는 잡화 가게로 들어섰다.

"하이, 굿모닝!"

스키니진을 입어 다리가 더 길어 보이는 여자가 가게로 들어선 어머니를 반갑게 맞이했다. 20대 초반의 여자는 금발과 갈색의 중간쯤 되는 머리색이 었고, 남부 유럽 백인의 피를 받았는지 얼굴이 유별나게 좁고 작았다.

낮 시간 동안 구 씨 아주머니 가게를 봐주기 시작한 어머니도 친숙하게 그녀와 인사를 나누었다.

"하이 카르멘! 여기 우리 아들. 인사해!"

카르멘과 인사를 나눴다. 미국에 온 지 5년이 넘었다는데도 영어가 아직 서툴렀다. 가게 안쪽 카운터 뒤에 있던 구 씨 아주머니가 반겨주셨다.

"왔구나~! 정말 잘 왔다!"

구 씨 아주머니는 서울에서 몇 번 뵌 적이 있었다. 키가 작았던 어머니와 170cm 정도의 키에 골격이 좋아 더 커 보이는 구 씨 아주머니가 어떻게 제일 친한 고등학교 동창 친구가 되었는지는 듣지 못했다. 아주머니는 소아마비 때문에 휠체어를 타야하는 자식을 위해 일찌감치 미국 이민을 결정했고 70년대 말 뉴욕에 자리를 잡았다. 부동산 투자에 수완이 있던 아주머니가 뉴욕에 와서 제일 처음 산 건물이 바로 이 건물이었고, 1층 가게도 직접 운영했다. 80년이 넘은 건물이었고 동네도 험했지만 높은 인구 밀도 덕분에 임대와 소매 장사 수입 모두 좋았다.

인사를 마치고 가게를 나섰다. 아파트 건물 앞 세인트 니콜라스 애비뉴는 워싱턴 하이츠를 남북으로 관통하는 번화한 중심거리였다. 행인이 정말 많았지만, 미국이라는 느낌은 전혀 들지 않았다. 거의 모든 사람이 영어가 아닌 스페인어로 이야기했고 외모도 달랐다. 특히 성인 여자들의 몸매가 눈길을 끌었다. 얇고 가느다란 발목에 비해 너무 굵은 허벅지와 그 허벅지 위로 이어진, 마치 뒷주머니에 반으로 자른 수박을 넣은 것처럼 옆과 뒤로 불룩하게 튀어나온 엉덩이가 생경했다.

세인트 니콜라스 애비뉴를 따라 세 블록만 걸으면 나오는 181번가 지하
철역은 지상에서 역으로 들어가는 입구가 하나뿐이었다. 입구 근처부터 지린
내가 진동했고 오랜 시간 동안 계속 지려져야 나는, 한 번도 맡아보지 못한 고
약하고 지독한 냄새였다. 최대한 숨을 쉬지 않고 계단을 내려갔다. 지하로 꽤
내려간 것 같았는데 플랫폼은 안 나오고 사방이 막힌 공간이 보였다. 심장이
벌컥거렸고, 산소가 사라지며 쪼그라든 허파가 새 숨을 달라고 외쳤다. 어쩔
수 없이 진한 지린내를 깊이 들이마셨다. 유별나게 매운 생와사비를 먹었을
때처럼 암모니아가 후각을 마비시켰다. 코가 얼얼했다.

갑갑한 지하 공간에 스무 명 정도 되는 사람들이 모여있었다.

"동주야, 냄새가 지독하지? 지하철을 타려면 여기에서 엘리베이터를 타야
해. 따로 내려갈 수 있는 계단이 없어."

"네? 그럼, 플랫폼에서 불이라도 나면 어떻게 해요?"

"어딘가에 비상구가 있겠지? 근데 안 보이더라. 있어도 평상시에는 못쓰
게 하려고 닫아 놓은 건지, 걸어서 역을 빠져 나갈 수 있는 방법은 없더라."

181번가 지하철역은 80년 전 워싱턴 하이츠에 백인 상류층이 모여 살던
시절 만들어졌다. 북쪽으로 갈수록 높아지는 맨해튼 지형 때문에 플랫폼의
깊이가 깊었고 대부분이 상류층인 이용객들의 편의를 위해 당시에는 드물게
엘리베이터를 설치한 럭셔리 역이었다. 이젠 이용하는 사람들이 많아졌고 계
단이 절실했지만 가난한 이민자의 편의를 위해 쓸 돈은 부족한 것 같았다.

엘리베이터가 도착했다. 가운데 패널 두 개가 양쪽으로 먼저 갈라진 후 가
장자리 패널 2개를 밀어내는 방식의 문이었다. 얼마나 천천히 열리는지 문이
완전히 열리는 데 십 초는 걸리는 것 같았다. 문이 다 열리기도 전에 사람들이
내리기 시작했고 다 내리기도 전에 내려가는 사람들이 한쪽으로 올라탔다.

워낙 문의 폭이 넓어서인지 타고 내림은 무난했다. 하지만 생각만큼 많은 사람이 타지는 못했다. 사람들 몸이 크고 손에 든 것들이 많은 탓인 것 같았다. 먼저 기다렸던 사람이 많아 다음 엘리베이터를 탔다. 내부 공간은 밖에서 볼 때 보다 작았다. 엘리베이터 몇 대로 출퇴근 시간 승객 모두를 처리하는 건 불가능해 보였다.

사람들이 다 타고 문이 닫혔는데도 엘리베이터가 꼼짝도 하지 않았다. 갑자기 둔탁하고 찌뿌드드한 기계음 소리와 함께 엘리베이터가 출렁였다. 놀란 심장도 덜컹 떨어졌다. 하지만 주변은 고요했다. 놀라거나 불안해하는 사람은 단 한 명도 없었다. 작은 목소리로 아버지가 말했다.

"놀랬지? 여기 엘리베이터는 방금처럼 십 센티미터 정도를 툭 떨어진 다음에 움직이더라. 나도 처음엔 얼마나 놀랐는지 몰라."

한국에서는 상상하기 힘든 느린 속도로 내려갔다. 엘리베이터의 육중한 무게가 느껴졌다. 두꺼운 철판을 겹겹이 덧댄 무거운 엘리베이터를 매달고 있는 쇠줄처럼 마음이 긴장으로 팽팽해졌다.

"여기 엘리베이터들이 오래돼서 그런지 엘리베이터가 고장이 자주 나. 여러 대가 있지만, 고장 나서 멈춘 엘리베이터 때문에 많이 기다릴 때도 있고."

"그럼 잘못하면 엘리베이터 안에 갇히는 경우도 있겠네요?"

"응, 가끔 그런다고 하는데 아직 갇힌 적은 없었어. 아빠는 가끔 타니까."

가뜩이나 침침한 엘리베이터 실내조명이 껌벅였다. 엘리베이터에 갇히는 상상이 현실이 되는 게 아닌지 목덜미가 섬찟했다. 몇 십 분만 갇혀 있어도 폐쇄 공포증 환자가 될 것 같은 두려움에 눈을 감았다.

[여긴 엘리베이터 안이 아니야. 금세 내릴 거야. 괜찮아. 근데 왜 이렇게 천천히 내려가야만 할까?]

플랫폼에 들어서자 매캐한 냄새가 진했다. 중학교 때 교실 난로 안 조개탄이 쑥색 연기를 내며 불붙기 시작할 때 나는 냄새 같았다. 여름인데도 홈리스들이 많았다. 겨울엔 따뜻하고 여름엔 시원하기 때문이었다.

32번가 역에 내려 브로드웨이를 따라 걸었다.

"저기 보이지? 다 한인들이 하는 도매상이야. 브로드웨이를 끼고 한인들이 하는 도매상들이 많은데 특히 우리가 가는 7번가와 브로드웨이 사이 28번가는 한인 도매상들로 꽉 차 있지."

28번가는 맨해튼 번화가와 가까운 곳인데도 걸어 다니는 사람이 드물었다. 도매상들이 몰려 있는 지역이라 그런 것 같았다. 대신 도로변에서 화물을 부리는 화물차들이 많았다. 28번가 중간쯤에 있는 도매상으로 들어섰다. 체구가 작고 단정한 느낌의 황 사장이 아버지를 반겼다. 인사를 나누고 황 사장을 따라 바로 옆 건물로 들어섰다. 전면 유리라 안이 훤하게 들여다보이는 가게는 폭도 넓었지만 깊이도 상당했다. '28번가 전자'였다.

간단한 질문 몇 개로 인터뷰를 끝낸 오 사장이 힘주어 악수했다. 화끈한 말투와 자신감이 가득한 표정이었다.

"어제 왔지만 바로 내일부터 나와라. 하루 이틀은 더 쉬어봤자 어차피 똑같지, 뭐. 강철도 씹어 먹을 때잖아. 아침 7시에 문 여니까, 알았지? 나머진 내일 일하면서 알면 되니까! 내일 보자."

32번가 코리아타운을 한 바퀴 둘러본 후 28번가 지하철역으로 들어섰다. 1번 열차를 기다리며 플랫폼에 서 있는데 181번가 지하철역이 떠올랐다. 매캐한 냄새와 지린내, 화장터에서 시신을 태우는 가마 같은 엘리베이터의 폐소공포증, 화재라도 나면 도망칠 계단도 보이지 않는 공포가 차례대로 마음을 덮쳤다. 하루의 시작과 마무리가 181번가 역을 통과하지 않으면 불가능하다는 사실에 좌절했다. 어떻게든 벗어나고 싶었다.

...

아침 5시 반에 일어나 밤 7시가 조금 넘어야 집에 도착했다. 하루 10시간을 꽉채우는 줄기찬 막노동을 처음 겪는 젊음이 녹아내렸다. 무거운 박스를 옮기고 쌓고 꺼내고, 1층 매장으로 다시 올려 정리하는 일은 끝없이 뻗은 철로를 달리는 것 같았다. 28가 전자 도매상을 다닌 지 채 3일도 안되서 입술이 터졌다. 한번 갈라지고 터진 입술은 말라붙었다 다시 터지길 반복했다. 퇴근 후 샤워를 하고 나면 졸음이 몰려왔다. 저녁밥을 먹고 나면 순식간에 눈이 감겼다. 피곤함이 배고품을 삭제시키기도 했지만 엄마를 생각해 먹기도 했다. 아무런 생각도 하지 못했다. 몸을 누이고 눈을 감고만 싶었다.

벌써 2개월이 지났다. 토요일은 그나마 편했다. 주말 장사 때문에 이른 아침 손님들이 많았지만 오후는 한가했다. 3백 불 주급도 받고 다음날, 일요일 아침 늦잠이 가능한 토요일이 그래서 제일 좋았다. 일요일 아침은 자연스레 거르는 날이 대부분이었다. 어떤 일요일은 점심을 먹고 다시 잠에 들어 저녁 시간이 다 돼서야 일어나기도 했다. 이젠 익숙해진 육체노동이 주는 최고의 행복은 깊고 깊은 잠이었다.

세 달을 넘긴 어느 날 오 사장이 나를 불렀다. 책상위에 있는 열쇠뭉치를 턱으로 가르쳤다. 오 사장이 [나는 이제부터 너를 믿기로 했다. 그러니 감동해도 돼. 내가 널 인정해 준 거야.]라는 말이 담긴 것 같은 표정을 지으며 한쪽 눈을 찡긋 껌뻑였다.

"내일부터는 가게 문 열고 닫는 거 제이가 맡아서 해라. 그리고 이젠 나 대신 사무실 일도 좀 맡아서 해. 박스 일은 바쁠 때나 도와주고."

내가 일을 시작하기 전까지는 제이크가 오 사장의 총애를 독점하고 있었다. 아놀드 슈워제네거 정도는 아니었지만, 육체미 선수 같은 제이크는 고등학교 때까지 부모님과 함께 아르헨티나에서 살았고 스페인어에 능통했다. 영어도 잘했다. 한인 잡화점과 남미 보따리 장사들은 가게의 핵심 고개들이었고 스페인어를 잘하는 제이크는 자연히 오 사장의 총애를 받았다. 배달도 했다. 브롱크스나 브루클린처럼 험한 지역으로 배달을 갈 땐 제이크의 우람하고 큰 덩치가 안전장치 역할도 했기 때문이다. 오 사장이 가게 열쇠를 내게 맡긴 후 제이크의 표정이 달라졌지만 나는 알아채지 못했다.

28가 전자 도매상은 소니 워크맨처럼 잡화점에서 팔 수 있는 소형 전자제품을 위주로 판매했다. 300평 정도 되는 1층 매장은 제품들이 전시되거나 바로 집어 갈 수 있게 쌓여 있었고 똑같은 크기의 창고가 지하에 있었다. 물건이 들어오는 날은 건물 밖 인도 바닥에 난 두꺼운 철문을 양쪽으로 열어젖히고 지하로 물건을 내렸다. 트럭에서 내린 박스들을 지하실 바닥까지 이어진 컨베이어 벨트를 이용해 지하실로 내렸다.

오늘도 대형 트럭 한 대가 짐을 쏟아 낸 후 매연 방귀를 풍기며 사라졌다. 나를 제외한 나머지 한인 직원 4명과 남미 출신 직원 2명이 지하실에 쌓인 박스들을 정리했다. 나도 오더 시트를 들고 지하 창고로 내려갔다. 입고 물량 파악을 끝내고 1층으로 올라가는 계단에 발을 딛는 순간 계단 위쪽에서 커다란 박스가 굴러 떨어졌다.

"어어~!"

나 보다 앞서 어깨에 박스를 올리고 계단을 오르던 제이크의 목소리였다. 반사적으로 위쪽을 쳐다보았다. 계단 맨 위에서 살기 어린 눈과 무시와 경고가 섞인 묘한 미소를 짓고 있는 제이크가 보였다.

160

"어이구. 미안. 박스가 미끄러져서 떨어졌네. 괜찮지? 옆에 떨어져서 정말 다행이다. 그대로 맞았으면 많이 다쳤을 텐데.... 쏘리."

말을 마친 제이크가 아무 일 없다는 듯 휙 돌아 사라졌다. 소름이 돋았다. 언제 왔는지 박형이 계단 맨 아래 발판 구석에 처박힌 모서리가 뭉개진 박스를 끄집어냈다. 가슴이 벌렁거리며 토가 나올 것 같았다. 박형이 지하실 한쪽 구석에 있는 의자에 나를 앉히고 어깨를 토닥였다.

"괜찮아?"

6시, 박형과 함께 가게 셔터를 내렸다. 바람에 옷깃이 펄럭였다. 어두워지며 사람들이 빠져나간 건물들이 인간이 채워준 온기를 잃고 차가운 돌덩이로 바뀌었다. 거리에 한기가 흥건했다.

맨해튼은 먼 곳에서 바라보면 틈이 없는 커다란 덩어리처럼 보인다. 하지만 네모난 두부를 두꺼운 칼로 깍둑썰기를 한 것처럼 밀집된 빌딩들 사이로 곧고 길게 뻗은 틈이 많았다. 그 틈 사이 바둑판 같은 선을 따라 생긴 바닥을 스트리트나 애비뉴로 부르며 차와 사람의 통로로 사용했고 나머지 틈새 공간은 모두 바람의 차지였다. 높은 빌딩 사잇길은 바람이 없는 날에도 바람이 불었다. 빌딩이 높을수록 바람은 막혔고 빠져나갈 틈새를 찾아야만 했다.

높은 빌딩이 빼곡한 맨해튼엔 그래서 언제나 바람이 쉬웠다. 바람으로 여름은 상쾌했지만, 겨울은 혹독했다. 봄과 가을엔 바람들이 갈팡질팡하며 추위 주변을 서성였다. 박형과 함께 브로드웨이 쪽으로 걸었다. 바람이 추웠다. 고개가 자라목처럼 잠바 사이로 파고들었다. 목을 움츠리고 양손을 주머니에 깊숙이 찔러 넣었다.

테이블이 4개뿐인 작은 중식당에 도착했다. 자본주의의 윤택함이 덕지덕지 붙은 맨해튼의 고층 빌딩들 바로 옆에 있다는 게 믿어지지 않는 허름한 공간이었다. 사각형 쇠 파이프를 대강 구부리고 시커먼 페인트를 칠해 만든 한국 어느 시골 시장 앞에서나 본 것 같은 철제 의자가 공간을 소박하게 만들었다. 마침 빈 테이블이 있었다. 짜장면과 짬뽕, 제일 작은 배갈도 한 병 시켰다.

평소 차분한 말투의 박형이 차분하게 이야기를 꺼냈다.

"아까 많이 놀랬지? 얼마전에 제이크랑 미스터 조가 이야기하는 걸 들었어. 그런데 이렇게까지 나올 줄 몰랐네. 나도. 그게... 걔네들은 제이가 미국 온 지 두 달도 안 돼서 매니저 노릇을 하는 게 아니꼬운가 봐. 한국서 좋은 대학 다녔으면 다닌 거지 뭘 아는게 있냐고.... 자기들은 힘들게 막일하는데 제이는 구두 신고 볼펜이나 들고 다닌다고."

박형의 이야기를 들으니 한편 이해가 됐다. 그들 입장에선 그럴만 할지도 몰랐다. 이유는 이해가 되었지만 행동은 이해되지 않았다.

"근데, 그렇다고 박스를 던지다니...."

"맞아. 내가 봐도 너무 심했지. 근데 여기 도매상에서 일하는 사람들, 한국에서 겪었던 사람들과는 다를 거야. 하지만 너무 걱정마. 겁만 주려고 한 걸거야. 두려워도 말고 의미도 두지 마. 제이크가 거칠어도 불법체류자니까 경찰이 개입되는 건 절대 원치 않을거야. 이민국 단속반에 걸리면 어쩌나 싶은 불안감을 항상 떠안고 사니까. 자, 한잔 마시자."

차가운 배갈이 목을 타고 흐르며 불같이 뜨거워졌다. 오랜만에 먹은 짜장면과 박형의 배려로 까부라졌던 기분이 되살아났다. 내 마음을 눈치챘는지 박형이 씩 웃었다.

"내일 한 번 봐봐. 제이크도 아무 일 없는 척 할 거야. 그리고 제이크는 아마 오래 다니지 못할 거야."

"네. 근데, 제이크가 왜 오래 다니지 못할 거로 생각하세요?"

"응, 그냥 그런 게 있어. 나중에 기회 되면 이야기해 줄게. 내가 지하실에서 뭐 본 게 있거든. 아무튼, 생각 너무 하지 말고! 시간이 없으니 우리 어서 일어나자. 늦어지면 위험해!"

맨해튼은 해가 지고 나면 일부 지역을 빼곤 어디나 다 위험했다. 80년대 말 뉴욕은 미국 내 최고의 실업률과 범죄율을 가진 곳이었다. 중식당에 들어선 지 30분 만에 일어나 집으로 향했다.

박형 말대로였다. 다음날 제이크는 아무 일도 없었던 사람처럼 행동했다. 오히려 내게 농담을 걸기까지 했다. 더 이상 궁금해하지 않기로 마음먹었다. 썰물로 빠진 뻘밭으로 깊이 걸어 들어갈 이유가 없었다.

• • •

12월이 되며 피곤한 평일에도 가끔 잠을 못 이루는 날이 생겼고 가장 행복했던 토요일 밤이 제일 불행해졌다. 12시를 넘겼는데 잠은 까마득했다. 아버지가 깨실까 봐 소리는 묵음으로 해 놓고 TV를 켰다. 케이블 없이는 공중파 메이저 방송사 채널 3개만 나왔다. 혹시나 싶은 마음에 이리저리 채널을 돌리다 불안정한 화면이었지만 한 채널이 잡혔다. 야하다는 표현이 맞을지 고민해야 하는 야한 채널이었다. 수영복을 입은 여자가 음악에 맞춰 춤을 추는 정도의 야함이었다. 신기하지도, 갈증이 해소되지도, 그렇다고 갈증을 더 깊게 만들지도 못하는, 의미를 상실한 야함이었다. 무의미한 시간이었는데도 거의 한 시간을 더 쳐다보고 나서야 허망함에 지쳐 잠에 들었다.

다시는 보지 않고 싶었지만, 토요일 자정을 넘기면 습관처럼 그 채널을 찾아 틀었다. 오늘도 촌스러운 수영복을 입은 백인 여자가 꽈배기처럼 몸을 꺾고 꼬며 자기 몸을 더듬고 있었다. 잠이 오지 않았다.

"너무 늦게까지 보지 말고 자라."

주무시는 줄 알았던 아버지의 낮고 조용한 목소리였다. 이야기를 마친 아버지가 '끙', 내 마음을 들여다본 듯 작은 가슴 앓는 소리를 냈다. 창피함과 미안함에 TV를 껐지만 고마움이 더 컸다. 풀어낼 수 없는 수컷의 외로움에 안타까워해 주시는 아버지의 공감이 고마웠다.

　　매일 반복되는 똑같은 루틴이 점점 더 딱딱해졌다. 181번가 지하철역으로 내려가며 맞이하는 지린내도, 메자닌의 답답함과 엘리베이터 안의 두려움도 여전히 느끼기는 했지만 말초 신경의 반응일 뿐 마음에 이르지는 못했다. 지루할 틈은 없었지만, 똑같은 복제품으로 채워지며 마음이 숨을 쉴 공간은 급격히 좁아져 갔다.

　　워싱턴 하이츠 같은 가난한 이민자들의 마을에도 크리스마스 장식용 생나무를 파는 곳이 생겼고, 맨해튼은 수십억 개의 전구로 뒤덮였다. 누구나 즐거워야만 하는 시간을 거부할 수 없는 사람들이 필요한 것들과 선물을 사기위해 가게마다 장사진을 쳤다.

　　28번가 전자는 난방이 좋지 않았다. 하지만 출근해서 30분만 지나면 추위가 오히려 시원해졌다. 큰 근육을 사용하는 육체노동의 장점이었다. 11시쯤 오 사장이 나를 찾았다. 사무실로 들어섰다.

　　"제이, 이리 와서 인사드려라."

　　"여기 김승원 사장님, 일하면서 뵌 적 있지? 사모님 하고 같이 오셨는데, 말씀 나누어 보고 싶다고 하시네."

　　김 사장은 28번가 전자의 최대 고객 중의 한 명으로 브롱크스 번화가에 커다란 잡화점을 두 군데나 가지고 있었다.

　　"안녕하세요."

"김 사장님이 그동안 오실 때마다 유심히 살펴보셨나 봐, 사위 삼고 싶다고~. 제이 좋겠네~."

오 사장이 나와 김 사장을 번갈아 바라보며 벙글벙글 웃었다.

"네?"

미세스 킴이 온화한 미소를 지으며 말했다.

"워낙 성실하단 이야기, 우리 애들 아빠에게 들었어요. 연대 다니다 왔다는 이야기도 들었어요. 반가워요."

한인 이민자들 사이에는 우스갯소리가 여럿 있었다. 그중 하나가 한 명도 빠짐없이 남자는 서울대를 나왔고 여자는 이대를 나왔다는 이야기였다. 돈을 벌어 크고 좋은 집을 사고, 벤츠나 BMW, 아우디 같은 차를 몇 대를 굴려도 해소되지 않는 갈등이 있었다. 낮아질 대로 낮아진 자존감이었다. 돈이 풍족해질수록 낮아진 자존감이 낸 마음의 상처도 깊어졌다.

돈 때문에 이런 노동을 하지만 나는 훨씬 더 우아하고 신분이 높은 사람이라는 자기 확신을 줄 수 있는 걸 찾았다. 학벌만 한 건 없었다. 자식들이 아이비리그에 가면 어깨가 펴지는 이유도 자신의 신분도 덩달아 높아졌다는 어리석은 착각 때문이었다. 하지만 한국에서의 학벌처럼 확실한 건 없었다.

확인도 어렵고 또 공범처럼 서로를 믿어주는 분위기도 있어서인지 미국 이민자들의 학벌은 너무 좋았다. 학벌은 1 대 1 대화보다는 제삼자가 제삼자를 설명할 때 사용되었다. '서울대를 나왔대.' '연대를 나왔대.' '고대를 나왔대.' 그런 식이었다. 물론 사실이 아닌 경우가 훨씬 더 많았다.

김 사장 부부가 사무실을 나선 후 오 사장이 싱글거리며 말했다.

"김 사장님이 딸만 셋 있으셔. 나중에 사업을 이을 첫째 사윗감을 찾으시는데 제이가 맘에 들었나 보다. 잘하면 부잣집 데릴사위 되겠네?"

"글쎄요... 잘 모르겠는데요. 지금 제 처지에..."

"뭘 몰라. 초대를 해 주셨으니 무조건 가야지. 가서 보고, 마음에 안 들면 안 만나면 되는 거지. 안 그래? 뭐 애인이 있는 것도 아니고."

순간 미국에 온 후 애써 한 번도 떠 올리지 않았던 미진이 떠올랐다. 뜨거운 냄비 손잡이를 잡은 것 같았다. 화들짝 놀라 찬물에 손을 담그고 서둘러 그녀를 지웠다. 칠판을 급하게 지울수록 더 많은 백묵 가루가 날렸지만 빨리 지워야 했다. 가슴에 뽀얀 가루가 쌓여 답답해졌다. 자국이 남지 않게 마지막까지 빡빡 눌러 남김없이 지워야 했다. 조금만 더 그녀를 그렸다간 마음의 빗장이 확 풀려 쏟아진 외로움과 그리움에 파묻혀 죽을 것 같았다.

···

뉴저지에서도 부촌으로 알려진 잉글우드 클리프스(Englewood Cliffs)에 있는 커다란 집 앞에서 오 사장의 차가 멈췄다.

"재미있게 놀다 가고. 이따 김 사장님이 집까지 데려다주신다고 했으니 걱정하지 말고."

"네, 들어가세요. 감사합니다. 사장님."

주차장 드라이브웨이를 중간쯤 지날 때 현관문이 열렸다.

"어서 와요. 오느라고 고생했죠?"

"아닙니다. 초대 감사드립니다."

인사를 드리고 안으로 들었다. 현관 안쪽 공간이 세인트 니콜라스 아파트 공동 현관보다도 넓고 높았다. 한쪽으로는 2층으로 올라가는 계단이 보였고 가운데 뻥 뚫린 공간이 리빙룸인 것 같았다. 아일랜드가 있는 주방은 우리 집만 해 보였다. 주방 옆에 의자가 열두 개나 놓인 커다란 식탁이 있었다.

"여기 이 자리에 앉아요. 여보! 와인 가져와요. 우리 먼저 시작할 테니. 그리고 써니 내려오라고 하고."

와인 한 잔을 거의 다 비웠을 때, 여학생 같아 보이는 자매 세 명이 한꺼번에 이층에서 내려왔다. 첫째 이름은 써니, 둘째는 준, 셋째는 제니였다. 써니는 늦둥이였고 나보다 2살이 어렸다. 고등학교만 마치고 아버지 사업을 돕고 있었다. 준은 11학년, 제니는 9학년 학생이었다.

써니는 160cm 정도 키에 날씬했다. 오드리 헵번처럼 중성적인 매력이 있었다. 영화 로마의 휴일에서 그레고리 펙과 첫 데이트를 할 때 오드리 헵번이 입었던 옷과 비슷한 원피스를 입고 있었다. 연한 하늘색이었다. 다섯 살 때 미국으로 건너와서인지 한국말이 조금 서툴렀다.

써니 아버지가 조심스레 몇 가지 질문을 했다. 내가 얼마나 가난한지를 확인하는 질문은 없었다. 오히려 다른 장점이 될 수 있는 것들에 흡족해했다. 비슷한 말을 많이 했다.

"사람이 중요하지. 사람만 좋으면 돼. 돈이야 벌면 되지. 우리 부모님도 가난했었어."

오 사장 말대로 데릴사위를 찾는 것 같았다.

저녁 식사가 끝났다.

"그래, 써니야 이젠 오빠라고 부르고, 과일 깎아줄 테니 올라가서 오빠랑 이야기 좀 해 봐."

써니를 따라 이층 써니 방으로 들어섰다. 꽃향기가 났다. 혈관이 팽창하며 후끈한 바람이 가슴을 휘감았다. 어떻게 꽃향기를 맡을 수 있냐며 마음이 아우성쳤다. 나를 잃지 않으려 노력해야 했다. 그런데도 자꾸 마음이 삐져 나갔다.

밤이 깊어 워싱턴 하이츠로 돌아왔다. 아파트 계단을 오르는데 그녀의 향기가 코끝을 떠나질 않았다. 외나무 다리 가운데서 만나 뒤로 돌아가거나 비켜줄 수 없는 두 사람처럼 욕망이 현실의 칼을 빼들고 맨손 뿐인 첫사랑을 찔러댔다. 뾰족한 송곳에 찔리는 것처럼 가슴이 아팠다. 누군가 다리 밑으로 떨어지지 않으면 끝나지 않을 싸움 같았다.

집으로 들어섰다. 아버지와 어머니의 관심이 트램펄린 위에서 통통 튀었다.

"잘 다녀왔어? 어땠니?"

"재미있었고? 맛있는 것도 많이 먹고?"

오 사장은 황 사장에게, 황 사장은 아버지에게 김 사장 이야기를 했고 자연히 부모님은 이미 오늘 내가 초대된 이유도 알고 있었다.

"네, 잘 다녀왔어요. 맛있는 것도 많이 먹고. 써니가 첫째 딸 이름인데 괜찮았어요."

엄마가 기대와 희망이 담긴 손바닥으로 내 등을 두 번 두드렸다.

"그래, 재미있다니 다행이고, 잘 됐다."

그럴 일도 아니었지만, 살짝 미간이 찌푸려졌다.

"엄마... 아유~!"

말은 그랬지만 엄마의 간절한 마음이 느껴져 괜히 마음이 찡했다. 아버지는 다행이다 싶은 웃음을 지으셨다. "우리 아들, 이젠 토요일 밤마다 TV를 켜놓고 끙끙대지 않아도 되겠구나"라고 말해 주시는 것 같았다.

바로 씻고 누웠다. 써니 방에서 난 꽃향기가, 써니가 입고 있던 원피스가, 써니의 긴 생머리가 생각났다. 써니의 얇고 긴 손가락이 떠올랐다. 생각이 호수를 헤엄쳤다. 눈가로 뜨거운 빗물이 떨어졌다. 나를 바라보는 미진의 눈동자 속으로 빠져들었다. 빠지는 순간 얼마나 깊은 잠인지 알 수 있는 잠에 빠졌다.

···

월요일. 아침부터 마음에 힘이 빠지는 그런 날이다. 도매상 일이 익숙해지며 육체가 편해졌다. 대신 그만큼 마음의 힘은 빠져나갔다. 어느새 보람으로 채워졌던 마음에 바닥이 보이기 시작했다.

오 사장은 내게 가게 열쇠를 맡긴 이후 종종 연대와 고대는 끊을 수 없는 인연이 있고 영원한 맞수이자 동지라는 이야기를 했다. 각별한 사이란 걸 강조해서 자기 사람으로 만들기 위해 그러는 것 같았다.

오 사장의 제일 큰 장점은 어려운 일도 쉽게 풀리게 만드는 유머였다. 어떤 일도 마음의 여유가 생기면 해결이 가능하다고 생각하는 것 같았다. 하지만 섬세하거나 논리적인 부분이 부족해 보였다. 일 처리의 기준에 일관성이 없을 때가 종종 보였다. 실행력은 강했지만, 기획력은 약한 사람 같았다. 배포가 좋아 언제나 당당했지만 돈에는 그러지 못했다. 돈이 걸린 문제나 돈을 써야하는 상황에서는 인색한 자신의 모습을 숨기기 위해 허풍을 떨었다. 오사장의 말과 돈이 같은 배를 타는 경우는 극히 드물었다. 오사장은 돈에 인색했다.

주급 300불로 시작했고 이젠 매니저 같은 역할을 하고 있는데도 내 주급은 여전히 300불이었다. 오 사장에게 받은 인정은 흔한 속임수이거나 나만의 착각이란 생각이 조금씩 전진했다.

오후 3시쯤 배달을 갔던 제이크가 돌아왔다. 사무실로 들어갔다 나온 제이크의 얼굴이 붉으락푸르락했다. 배달 문제로 오 사장이 제이크에게 한 소리 한 것 같았다. 잔인한 미소를 지으며 지하실로 내려갔던 제이크가 어느새 올라와 배달 트럭을 몰고 사라졌다.

잠시 후 내려간 지하실 분위기가 썰렁했다. 박형이 눈짓으로 창고 안쪽에 있는 쓰레기통을 가리켰다. 노란색 소니 워크맨 3개가 보였다. 단단하고 투명한 플라스틱 케이스에 담겨있어 파편은 밖으로 튀지 않았지만, 조개처럼 뚜껑과 본체가 맞물려 있어야 할 워크맨들이 부서졌거나 금이 간 채로 온몸이 뒤틀려져 있었다. 누군가 방금 발로 밟아 망가트린 게 분명했다.

순간 박형이 중식당에서 제이크에 대해 하려다 만 이야기가 이런 것이란 걸 깨달았다. 이런 일은 그동안 여러 번 있었고 고양이의 목에 방울을 달 수 있는 사람이 없었을 뿐이란 것도 알게 됐다. 오 사장에게 이야기할까 생각했지만 안 하기로 했다. 이 일이 일으킬 수 있는 파장이 너무 컸고 어쩌면 그 피해는 고스란히 내가 당할지도 모른다는 생각이 들었다. 마음이 갑갑해졌다. 어쩌면 이 가게에서 버티지 못할 사람은 제이크가 아니라 나일지도 모른다는 생각이 들었다.

•••

길고 곧은 나무 살이 촘촘히 배열된 일식집 문을 열고 들어섰다. 스시바 오른쪽 테이블에 앉아 있는 그녀가 보였다. 목 중간까지 올라오는 흰 앙고라 스웨터로 드러나는 그녀의 몸매가 시선을 잡아챘다. 순간 욕망이 고개를 쳐들었다. 그녀를 포함해 아무도 눈치챌 수 없었지만, 갑자기 방문을 연 엄마 때문에 야한 잡지를 후다닥 숨기듯 급히 시선을 돌려 가게 안을 휘둘러 보았다.

문득 지난 4개월이 저장된 뇌리로 피가 몰렸다. 매일 잠깐의 부모님과 인주, 28번가 전자의 사람들, 박스와 제품들, 1층과 지하 창고, 181번가 전철역과 28번가 전철역, 박형과의 짜장면 한번, 동네 생선튀김과 맥도널드 빅맥, 작은 성취와 어려움, 배움들이 채운 시간. 날개가 완전히 꺾이지는 않았지만,

그 자리를 떠나지 못하고 뒤뚱거리는 한 마리 새처럼 고독했고, 지푸라기로 채워진 허수아비처럼 공허했던 시간이었다.

스시에 곁들여 마실 사케를 시키며 써니가 말했다.

"지난번 집에서 보니까 오빠 술 잘 마시던데, 오늘 43번가에 있는 우리 스튜디오 아파트에서 자면 되니까 우리 편하게 마셔요, 오빠."

[우리 스튜디오에서 자면 된다고? 같이?]

상상과 욕망이 한데 몰려 뒤엉켰다. 머릿속이 꽉 막혔다. 너무 곱게 간 커피 가루가 담긴 필터에 물을 부은 것 같았다. 답이 나오지 않는 회로가 과부하로 뜨거워졌다. 생각이 달콤한 커피 향으로 가득해졌지만 정작 커피는 너무 천천히 내려졌다.

작은 사케 잔이었지만 써니는 원샷 원킬로 한 번에 잔을 비웠다. 나도 지지 않았다. 한 병을 순식간에 비웠다.

"사케 하나 더 주세요. 같은 걸로요. 새우튀김도요."

추가 주문을 마친 써니가 묻지도 않았는데 자기 이야기를 시작했다.

"난 10학년 때 남자랑 처음 잤어요. 오빠도 왔던 그 방에서요. 좋아하는 한 학년 위 오빤데 같은 교회 다니는."

건조한 그녀의 표정과 말투 때문에 마음의 반응이 늦어졌다. 무슨 말을 해야 하는지 생각을 했지만, 떠오르는 말들이 하나같이 상투적인 것들이었다. 결국 아무 말도 하지 못했다.

"놀랐어요? 하하."

그녀가 뭘 그런 걸 가지고 놀라냐는 웃음을 지었다.

"그때 말고도 난 많이 자봤는데?"

나도 모르게 주변 테이블을 돌아봤다.

"오빠, 여기 지금 한국 사람 없어요. 그리고 있어도 우리 이야기, 이 정도 이야기 관심 없어 해요. 걱정 마요."

실제로 주변은 모두 자기들만의 이야기에 빠져 있었다.

"아, 그래... 그렇네."

집에서 본 써니와는 다른 써니였다. 훨씬 더 활발했고 적극적이었다.

"그리고, 나 대학 다녔었어요. 펜실베이니아 주립대학. 아마 술 많이 마시는 학교로 미국에서 탑 5안에 들어갈 거예요. 워낙 시골에 있기도 하지만 미식축구를 잘하고 응원 열기가 대단하죠. 히히."

"그래? 근데 왜 계속 안 다니고?"

"그냥 1년 마치고 휴학했어요. 제가 공부에 취미가 없어요. 잘하지도 못했고. 1학년 때 소로러티(sorority)에 들어가는 바람에... 너무 자세한 건 나중에 이야기하고! 아버지는 그냥 그런 이야기를 둘러내거나 좋게 거짓말하는 게 싫으셔서 내가 대학 간 걸 모르는 사람들에겐 그냥 안 간 걸로 이야기해요."

"그랬구나. 근데 소로러티? 그게 뭐야?"

"아, 오빤 모르겠구나. 남자는 프래터너티(fraternity), 여자는 소로러티라고... 뭐라고 설명해야 하나... 일종의 클럽이에요. 근데 공부하려고 모이는 클럽이라기보다는 다양한 경험을 하고 좀 놀려고 모인? 프래터너티나 소로러티의 정회원이 되기 위해서는 과제들을 해내야 해요."

"'통과 과제? 시험을 본다는 거야? 성별로 가입이 제한되나 봐?"

"네, 프래터너티는 남자만, 소로러티는 여자만 가입할 수 있어요. 통과 과제들은... 조금씩 다 다른데, 예를 들면 최소 10명 이상 파트너와 잠을 자야 하고, 잠자리 기술이랑 물건 크기와 모양을 잘 묘사한 리포트를 제출해야 정회원이 될 수 있어요. 리포트는 소로러티 회원들끼리 돌려보며 평가를 하죠.

172

더 많은 파트너와 잠자리를 가지면 더 인정받고요!"

그때 생각이 났는지 써니가 허탈하게 웃었다.

"정말? 그럼, 남자들만 하는 프래터니티도 마찬가지고?"

"프리터너티는 소로러티 보다 훨씬 더 많은 파트너랑 자야 할걸요?"

호기심이 사방을 두리번거렸다. 하나같이 욕망이 살기 좋은 곳들이었다.

"오빠 놀랐나 봐요? 하하."

활짝 웃는 써니에게 부끄러움이나 수치심은 보이지 않았다. 술을 먹어서 그런지 자연스러웠고 오히려 자랑스러운 눈치였다. 오히려 부끄러움을 느끼는 건 나였다.

"그런가? 그럼 써니가 했다는 소로러티도 그런 거야?"

"당연하죠. 더구나 펜스테잇(Penn State)인데! 하지만 제일 힘든 건 남자 파트너 숫자를 채우는 것보다 술 마시는 거였어요."

아궁이 앞에서 달아오른 얼굴이 뜨거워 차가운 사케를 들이부었다. 써니도 함께 술잔을 들고 털어 넣었다.

"커다란 통에 발목이 잠길 만큼 얼음을 채우고 그 안에 서서 술을 마시는 것도 있어요. 커다란 깔때기에 달린 긴 호스 끝을 입에 대면 그 깔때기로 사람들이 맥주를 붓죠. 주로 남자들이 맥주를 부어요. 그걸 마셔야 해요. 당연히 마시는 양보다 넘쳐흐르는 맥주가 더 많아져요. 맥주로 샤워하는 거죠. 그래서 아예 시작할 때 수영복이나 속옷만 입고해요. 가끔은 홀딱 벗는 친구들도 있었지만. 크크."

"진짜? 써니도 했어? 그런 걸 어디에서 해?"

"당연하죠, 오빠! 내가 깡이 제일 좋았어요. 신입생 중에서는 제가 제일 오래 버텼죠. 술집을 통째로 빌려서 파티처럼 해요."

"술을 남자들이 부으면 남자도 있다는 건데..."

"그럼요! 제가 하루는 얼음 챌린지를 하다 기절했었어요. 나중에 이야기를 들었는데 심하게 취해 정신이 거의 풀린 나를 어떤 남학생이 업고 갔다고 하더라고요. 어쨌거나 그날 내 침대에서 머리가 깨질 것 같고 살짝 정신이 들락말락 하는데 느낌이 이상하더라고요. 글쎄 어떤 남자가 내 침대 안에 있는 거예요. 홀딱 벗고요. 저도 그 남학생도요. 너무 취해서 정확한 기억은 안 나는데, 내가 깨서 가라고 했더니 간 적도 있었어요. 아! 오빠는 모를지도 모르겠다. 미국은 대학에 가면 1학년, 1년 동안은 학교 안에 있는 기숙사에서 살아야 해요. 동주 오빠, 충격받은 거예요?"

"글쎄, 나도 모르겠다. 하하. 자! 한잔 마시자~!"

이런 이야기를 하는 그녀의 의도가 궁금했다. 어쩌면 그녀의 기습적인 솔직함은 1학년 때 미팅에 나가 결혼할 사람을 찾는다는 말을 했던 내 모습일 수도 있었다. 자신과는 너무 다른 삶이 뻔한 한국에서 온 내게 제일 먼저 해야 할 일은 자신을 있는 그대로 보여주는 것이라 여기는지도 모른다 생각했다. 스스로 먼저 이야기를 꺼내지 않는 이상, 아무도 알 수 없는 이야기를 내게 해준 것만은 분명했다. 그렇게 솔직하고 담담할 수 있는 써니가 궁금해졌다. 사케 두 병을 깨끗이 비우고 일식집을 나섰다.

로비에 크리스마스트리와 장식이 반짝였다. 5층 스튜디오 아파트로 들어섰다. 호텔 방처럼 깔끔하게 꾸며져 있었고 세인트 니콜라스 아파트처럼 주물 라디에이터에서 수증기 새는 소리가 났다. 그녀가 먼저 화장실을 다녀온 후 나도 화장실을 다녀왔다. 냉장고에서 치즈를 꺼내던 그녀가 말했다.

"오빠, 오빠 집에 전화해요. 오늘 여기서 자고 간다고."

전화를 했다.

전화를 끊자, 그녀가 와인과 와인잔 두 개, 치즈가 놓여있는 작은 식탁으로 나를 불렀다. 오느 순간부터 어렴풋이 술이 술을 먹기 시작한다는 걸 알아챘다. 두 번째 와인을 땄다. 코르크 마개가 빠져나오며 '뽁' 소리를 냈다. 반병 정도를 마셨을 때 써니가 물었다.

"오빠, 여자 있었어요?"

"있었지."

"있었지? 그럼 헤어진 거네. 왜요? 왜 헤어졌어요?"

"그냥... 내가 부족해서...."

"부족이요? 뭐가요? 돈이 없어서요? 그런 게 남자랑 여자랑 좋아하는데 뭐가 문제가 돼요? 내가 알아맞혀 봐야지. 여자 집에서 반대했어요?"

"응. 반대했어. 어쩌면 당연할 수도 있는 일이지. 나도 내가 부족한 걸 알고 있으니까."

써니가 놀리듯 말했다.

"응? 그럼, 지금은 뭐야? 나한테는 안 부족하게 느껴져요? 너무한 거 아니에요?"

말을 마친 그녀가 삐진 척 찡그리다 웃었다.

"그러게, 미안."

그녀의 말은 정당하고 정확했다. 잠깐의 긴 침묵이 흐른 후 써니가 빤히 쳐다보며 말했다.

"오빠, 오늘 나랑 잘래요? 난 좋아요."

...

처음 사람이 올라탄 야생마처럼 심장이 앞발을 높이 들어 올리며 허공에 발길질을 해댔다. 욕망은 이미 오래전부터 불씨를 던질 기회를 기다렸던 것 같았다. 다만 겉으로 안 그런 척했을 뿐, 흰 앙고라 스웨터에서 써니의 여자를 느꼈을 때 자극받은 본능이 소로러티 경험담을 들으며 강렬한 상상으로 변해 갔고, 스튜디오에 들어선 후 어쩌면 오늘 가능할지도 모른다는 생각이 현실에서 휘발되기 시작했었다.

산불이었다. 오랜 가뭄으로 마른 산으로 번지고 있었다. 산불이 영혼을 태우는데도 심장은 생명을 수혈받은 것처럼 쿵쿵거렸다. 첫사랑과 약속에 대한 죄책감이나 미안함이 시커먼 연기에 뒤덮였다. 단 한 번이 가지는 가치를 위해 인내했던 순간들이 벌건 불길 속에서 타들어 갔다. 순식간이었다.

써니의 시선이 동공을 뚫고 들어와 망막까지 뒤지는 것 같았다. 손을 와인 잔 가는 다리로 가져가며 고개를 숙였다. 허락의 의미로 받아들인 그녀가 일어나 소파로 갔다. 핸드백을 열고 작은 핑크색 파우치를 꺼내 침대 머리맡 협탁 위에 올려놓았다. 써니의 뒷모습과 걸음걸이에 달라붙는 살색 상상에 마음이 곤혹스러웠다. 폐가 허리띠를 졸라매는지 숨이 불쑥 가빠졌다. 옹색해진 가슴 때문에 갈비뼈와 근막 사이가 벌어져 차가운 웃풍이 스며들었다.

그녀가 시간을 툭툭 끊어 먹으며 빠르게 다가왔다. 동그랗게 솟은 두 개의 작은 봉우리를 감싼 흰 앙고라 스웨터가 가까워지더니 두 눈이 묻혔다. 따뜻한 봄날 해를 쳐다보다 눈을 감으면 보라색 공간만 보이는 것처럼 황홀했다. 주술에 걸린 다리가 펴졌다. 목이 굽으며 그녀의 입술과 내 입술 사이 간격이 밭아졌다. 머리카락 사이로 손가락을 넣어 그녀의 머리를 받치고 소나기 같은 입맞춤을 했다.

그녀가 내 허리를 묶고 침대로 이끌었다. 입술이 닿다가 떨어지다 다시 붙으며 움직였다. 침대 모서리가 닿았다. 그녀가 흰 앙고라 스웨터를 돌돌 말듯이 벗고 바지도 내렸다. 앞서거니 뒤서거니 다투듯 서둘렀다. 촉수가 두 개 달린 몸 두 개가 하나로 포개졌다.

브래지어 앞쪽에 달린 호크를 풀었다. 우주 정거장에 도킹했던 우주선이 분리되듯 봉긋한 덮개 두 개가 양쪽으로 떨어져 나갔다. 태어난 생명이 처음 입에 물었던 돌기가 오뚝했다. 순서대로 진행되던 자동항법장치를 끄고 그녀의 손이 이미 단단해진 조종간을 잡았다. 완전한 장악이었다. 천년을 잠잠했던 백두산 천지 바로 아래까지 용암이 치솟듯 몸이 뜨겁게 달아올랐다.

순례길의 마지막 언덕을 오르듯 그녀의 마지막 속껍질을 벗기려 엉덩이 쪽으로 손을 넣었다. 갑자기 물로 가득 차 찰랑거리는 커다란 항아리 바닥이 보였다. 구멍이 나 있었다. 한 사람의 힘으로 아무리 빨리 물을 길어 부어도 구멍으로 새는 물보다 더 많은 물을 넣기엔 불가능한 큰 구멍이었다. 순간 손을 빼고 반쯤 내려진 팬티를 다시 올려 주었다.

"미안! 잠시만 이대로 있자."

천장이 보이게 돌아누웠다. 거울도 없는 천장에 내 모습이 비쳤다.

꿈이었던 시베리아 횡단 열차표를 주웠다. 환호성이 마음속 봉우리 사이에서 메아리가 되었다. 곧 떠나는 열차표라 아무런 준비 없이 올라야 했다. 무조건 오르고 싶었다. 누구라도 오르려 했을 거라 믿으며 플랫폼으로 달렸다. 촉각이 열렸는지 피부에서도 바람 소리가 들렸다. 탑승 문이 활짝 열린 열차 앞에 섰다. 목덜미를 물어 먹이의 숨통을 끊으려는 사자처럼 손잡이를 단단히 쥐고 탑승 계단에 뛰어 올랐다. 뒷발이 허공을 딛는 순간 가슴이 아파졌다.

장작을 패는 뒷머리가 넓고 모난 도끼가 가슴팍을 가르는 것 같았다.

그대로 얼어붙었다. 주머니 속 열차표를 꺼냈다. 지금 내 처지엔 다시는 불가능한 표가 확실했다. 가슴에서 시작한 뜨거움이 발끝으로 이어졌다. 터진 가슴에서 피가 솟구치는 것이리라 생각했다. 당연한 피였다.

…

잠깐만에 불빛도 차분해졌다. 팔베개하고 있는 그녀의 얼굴이 잘 보였다. 조금 놀란 표정이었고 직감이 휘감긴 얼굴이었다.

"오빠? 왜 그래?"

"미안... 너무 하고 싶은데, 못하겠다. 미안해."

"미안? 나 때문이야?"

"써니 때문 아니야. 나 때문이지."

"무슨 말이야? 오빠 때문? 혹시 오빠 아직 안 해본 거야?"

"응."

그녀가 살짝 웃다 말고 미안해했다. 토닥이듯 안아주며 안쓰러워했다.

"오빠 아기구나. 괜찮아. 안 해도 돼. 나중에 하고 싶은 이야기 다 해. 내가 들어줄게. 그리고 그때도 못 하겠으면 안 해도 되고. 걱정 마요."

그녀가 손으로 내 가슴팍을 어루만져 주었다. 동생을 어루만지는 누나의 손길 같았다. 하지만 너무 뜨거운 손이기도 했다. 그녀의 손을 잡아 감각이 제일 무딘 곳으로 인도했다.

"후우 우~!"

들어가는 걸 본 기억이 없는데 무거운 외투를 걸친 숨이 가슴 깊은 곳에서 뛰쳐나왔다. 후회가 될 게 너무 뻔했다.

"써니야. 나 사실 사랑하는 여자가 있어."

"응, 그럴 거 같았어."

"그걸 알면서도 자자고 한 거야? 아니 왜 자려고 했어?"

"글쎄. 뭐든지 아주 정확한 이유를 댈 수는 없지만, 오빠를 가지고 싶어서? 그렇게 이야기하면 오빠가 나를 어떻게 생각할지 모르겠네!"

남자를 가지고 싶었다는 그녀의 솔직함이 후련했다. 그녀가 흐렸던 날을 회상하는 사람처럼 말했다.

"근데 그 가진다는 거. 어쩌면 그걸 부정하고 싶었는지도 몰라."

언뜻 이해가 가지 않았다.

"사람들은 소로러티를 무슨 철없는 행동이나 퇴폐적인 문화를 조장하는 이상한 짓거리나 하는 집단으로 바라보지만 나는 그렇게 생각하지 않아. 소로러티는 내게 자유를 알려줬어."

"자유? 어떤 자유?"

"여자로부터의 자유."

진지했지만 무거워 보이지는 않았다.

"내가 내 방에서 처음 잤다고 했었지? 사실 내 의지가 없었어. 교회 오빠로 오래 알아 왔고 또 좋은 사람이라 생각해서 그냥 가만히 있었을 뿐이었지. 근데 그다음에 달라지는 나를 보고 마음에 상처가 깊게 났었어."

"써니가 달라졌다고?"

"아니, 나는 그대로였는데, 세상이 다 달라지는 것 같았어. 그 교회 오빠가 제일 많이 달라졌었지. 한동안 부모님이 예배를 드리는 성인부 예배 시간이면 내 방에서 나를 탐했어. 처음엔 나도 이런 게 사랑일 거로 생각했지만 얼마쯤 후에 다른 여자와 데이트하더라. 그때쯤 그 오빠가 나와 잔 걸 교회 친구들에게 자랑처럼 떠벌렸던 것도 알게 됐고. 나를 쳐다보는 교회 오빠들의 시선이 왠지 달랐었는데 나만 몰랐던 거지."

"그랬구나..."

"고등학교를 졸업할 때까지 위축이 되더라. 내가 무슨 죄를 지은 건가... 부모님께 너무 죄송하고.. 하지만 소로러티에 들어가 새로운 걸 알게 되었어. 남자들이 내가 자자고 하면 하나같이 고마워하고 내가 잠자리를 가지고 싶은 척만 해도 강아지처럼 꼬리를 흔들더라고. 어느 순간 내가 주인이고 주인공이 되어 있더라. 잠자리를 즐기고 안 즐기는 것도 내 기분이 제일 중요해지더라. 내가 사용되는 느낌이 없어지니까 나 자신이 달라지는 느낌이 들었어."

"아.. 알 것 같아."

"정말? 오빠는 그럴 수 있을 거 같았어. 지금까지 그런 남자를 만나 본 적이 없었는데 왜 오빠는 이제 나타난 걸까? 오빠는 왠지 그런 사람 같아. 사람의 마음을 소중히 여기는 사람. 무엇에 건 마음을 담으려고 하는 사람 말이야."

마음에서 써니를 인정해 주고 싶은 욕구가 생겼다.

"알아. 알고말고. 남자와 여자가 만약 사랑을 하고 육체의 다름과 그 경험에 죽음을 걸고 달려드는 불나방 같다면 그 근본적인 이유는 남자도 여자도 사람이란 거니까. 강아지나 고양이를 아무리 사랑한다 해도 그들과의 사랑과는 다르지. 남자도 여자도 사람이 먼저 돼야 하고 그러기 위해선 평등해야 하니까. 그래야 남자도 사람이 되고 여자도 사람이 되니까. 그래야 진실한 사랑이 가능하다고 생각해. 몸을 탐하지만, 마음이 살아있는 몸. 그런 면에서 써니는 참 훌륭한 사람이 되었네. 참 멋지고 자랑하고 싶은 여자 사람이다. 너는. 참!"

그녀의 아버지가 되면 자랑스러웠을 거란 생각이 들었다. 미소가 커졌다. 아마 빙그레 한 아빠 미소였을 것이다.

"써니, 그동안 많이 힘들었겠다. 그래도 너무 훌륭하고 멋지다!"

"정말? 내가 남자랑 많이 잔 거 아무렇지도 않아?"

"숫자가 무슨 의미가 있어. 식당에 가서 수저로 밥을 먹으며 이 수저가 얼마나 많은 사람의 입안을 들락날락했는지 언제 우리가 생각이나 하나? 우리가 확실하다고 믿는 의미 중에는 정말 의미 없는 것들이 많아. 결혼을 하고 한 남자랑 수천 번을 하면 처녀 다음으로 신성한 여자가 되고, 열 명의 남자와 한 번씩 열 번을 한 여자는 더러운 여자가 되는 건가? 그렇다면 그건 정신을 이야기하는 거잖아. 정신이란 마음의 틀이고. 근데 세상은 마음이나 사람은 쏙 빼고 육체만 남기잖아. 그것도 불공정하고 부정확하게 말이야. 만약 육체만 본다면 정말 육체만으로 보던가! 어떤 마음이고 어떤 사람인가가 남아야지. 왜 말도 안 되는 기준을 신의 명령처럼 받드는지 난 화가 나. 그리고 써니가 이야기하지 않으면 그걸 누가 알 수 있어! 숨겨서 고결해지는 사람들이 많은 세상이 과연 바람직한 세상일까? 지금 숨 쉬고 있는 써니가 중요하지. 어떤 생각을 가진 어떤 사람인가가 중요하지! 난 써니가 오히려 순결하게 느껴지는걸?"

"정말? 와. 오빠. 너무 멋지다. 그리고, 고마워 오빠."

"고맙긴, 고마운 건 나야. 그리고 써니는 순결해. 너의 마음이 순결하다면 영원히 순결한 거야. 순결은 그럴 때 쓰는 네가 너에게 사용할 수 있는 단어란 거, 잊지 마! 사실 써니를 만나지 두 번 만에 이렇게 같이 있는 게 믿어지지가 않아. 내 처지에 기적 같은 일이기도 하지만, 내가 지금까지 살아온 기준이 변해 버린 건 아닌가 싶어서 조금 힘들기도 해."

"오빠, 괜찮아. 무슨 클럽에서 약하고 그런 사람들처럼 그런 거 아니잖아, 우리. 근데 사랑하는 사람 있었는데 왜 안 잤어? 사랑이 소중하다면 사랑을 해야지. 왜 안 했을까? 몸일 뿐인데, 오빠 말대로. 궁금하다."

"내가 가진 게 너무 없어서 그랬어."

"응? 왜 또 거기에 가진 게 없는 게 나와? 그 교회 오빠네 집도 가난했었는데 자기 집이 가난한 거랑 자기랑 무슨 상관이 있냐고 오히려 큰소리치던데."

"가진 게 없다는 사실보다는 내가 줄 수 있는 게 너무 없어서 속상했어. 사랑하는 사람에게 줄 수 있는 게 없다는 느낌, 정말 마주하기 힘들지. 그래서 결혼하면 첫날밤을 선물로 주기로 마음먹었지."

써니가 놀란 듯, 실망한 듯 물었다.

"모야~! 그럼 여자도 처음 이어야 해?"

"아니, 아니, 그건 전혀 아니야. 그건 너무 불공평하지. 물론 그럴 수 있으면 좋지만 그건 조건이 될 수 없지. 그건 내 생각이고 내 마음일 뿐. 하지만 나는 그러고 싶었어. 가질 수 있는데 안 가지는 마음. 그런 마음이 수십 번 쌓여 만드는 그런 사랑을 하고 싶었어."

"우와! 그 여자 너무 좋았겠다. 그럼, 오빠가 오늘 나랑 안 자려는 것도 나를 사랑하지 않기 때문인 거네? 사랑 없이 그냥 가지기 싫다는 거네? 그렇네! 하하. 기분 좋다. 고마워요, 오빠."

그녀가 내 머리를 쓰다듬고 손끝으로 귀 뒤에서 턱까지 선을 그렸다. 그리고 속삭였다.

"오빠 생각 알았으니 나 오빠 안 가질게. 그 대신 품어주고 싶어. 가만히 있어요. 내가 입으로 해줄게."

생각이 막다른 길 생전 처음 보는 문 앞에 섰다. 어느새 욕망이 열어 놓은 문틈 사이로 문 안쪽을 들여다보는 내가 보였다. 딱 한 번 만이라도 생각을 해보았다면 안 열었을 거란 핑계를 댔다. 잠자리는 아니니까 괜찮을 거란 합리화가 욕망이 둘러멘 포대기 안에서 흐느꼈다. 배고픈 아이에게 젖을 물리는 엄마처럼 그녀가 말했다.

"오빠, 괜찮아."

그녀가 시야에서 사라졌다. 물이 끓은 적도 없는데 수증기가 되더니 눈부신 오렌지빛 용암이 어둠을 뚫었다. 화산이 터졌다. 화산재가 부유하며 해를 가렸다.

•••

월요일 아침. 오 사장이 전 직원을 불러 모았다.

"자자, 여러분! 이번 주가 얼마나 중요한 지 잘 아실 겁니다. 힘들겠지만 금토일 이렇게 3일 연휴도 기다리고 있으니 힘내주시고 24일에는 특별 상여금도 나갈 거란 거 잊지 마시고!"

간단한 스페인어로도 말했다.

"아미고스! 무초 뜨라바호 무초 디네로(Amigos mucho trabajo mucho dinero) 오케이?"

'친구들아 일 많이, 돈도 많이.' 열심히 해서 돈 많이 벌자'라는 뜻이었다. 웃으며 흥을 돋우려 하는 말이었지만 속마음은 '일은 죽어라 해라, 이놈들아. 너희들 불법 체류 스패니시들은 주급 받는 것만 해도 감지덕지지. 아무리 열심히 해도 돈은 똑같다, 이 미련한 놈들아!'인 경우도 있었다.

"파이팅!"

목소리를 높인 오 사장이 말이 끝나자 먼저 손뼉을 쳤다. 멕시코에서 온 호세를 포함한 스패니시 직원들까지 모두 따라서 박수를 쳤다. 일 년 넘게 일을 하고 있는 박형에게 물었다.

"지난주 보다 이번 주가 더 바빠요?"

"응, 아마 이번 주가 일 년 매출의 4분의 1 정도를 차지할 거야. 장난감 가게들은 일 년 매출의 절반을 이번 주에 올리지."

박형이 두꺼운 허리 보호대를 한 번 더 단단히 조였다.

"난 요즘 허리가 조금 안 좋은데, 이번 주 잘 버텨야 할 텐데..."

허리 한번 펼 틈이 없었다. 박스를 열고 물건을 꺼내 정리하고 1층 매장으로 올리기가 무섭게 쏟아져 들어오는 손님들이 뭉텅뭉텅 한 보따리씩 가져갔다. 불을 끄기 위해 양동이를 이어 건네는 것처럼 물건이 움직였다.

오 사장의 부인도 가게로 나와 일을 도왔다. 28번가 전자는 특별한 경우가 아니면 모두 현금 거래만 했다. 주로 잡화 소매점을 하는 손님들도 세금 문제가 있다면 현금 거래를 하고 싶어 했다. 현금으로 받은 매출을 누락하며 빠르게 부를 축적하는 것은 초창기 이민자들의 일반화된 관행이었다. 이태리 이민자들도 그랬고, 유태인 이민자들도 그랬고, 그들이 하던 노동 집약적 업종을 이어받은 한인 이민자도 똑같았다.

맨해튼의 야채가게와 세탁소는 한인 이민자들이 거의 장악하고 있었다. 이민자는 출신 국가별로 강물처럼 흘러갔다. 이태리 사람들이나 유태인들로 넘쳐나던 업종은 그들이 더 좋은 업종으로 빠져나가며 다른 국가 출신 이민자들이 차지했다. 한인들은 세탁소와 야채가게를 인도인과 아랍인들은 옐로우 택시를 장악하는 식이었다. 소규모 소매업을 하던 한인들은 세금 때문에 은행거래를 꺼렸다. 집에는 언제나 현금이 많을 수밖에 없었고 가끔은 그 현금 때문에 강도를 당해 목숨을 잃기도 했다.

오 사장 부인은 영수증 사본으로 싼 돈다발을 고무줄로 묶은 후 사무실 안에 있는 커다란 나무 상자에 던져 넣기에 바빴다. 돈 통에서 돈을 꺼낸 오 사장이 은행을 다녀오며 직원들의 점심으로 맥도널드 햄버거를 사 왔다. 햄버거를 욱여넣자마자 곧바로 일을 시작해야 했다.

점심시간에도 들어오는 손님들의 수가 전혀 줄지 않았다. 한 겨울인데도 28번가 전자 사람들은 모두 얼굴이 벌게졌다. 직원들은 얼굴만 벌겠지만 오 사장과 부인은 눈까지 벌게진 것 같았다. 하루 종일 쏟아져 들어오는 현금 다발에 문제가 생길까 온 신경을 곤두세워 그런지 핏발이 선 것 같았다.

땅거미로 28번가 깊숙이까지 검어지고 나서야 손님이 줄었다. 하지만 은행에서 현금 시재를 맞추지 않으면 일이 끝나지 않듯, 지하실은 급하게 열어 젖힌 박스 더미와 정리되지 않은 제품들이 널려있었다. 거의 텅 빈 1층 매장도 채워야 했다. 6시 셔터를 내리는 직전까지 직원들의 숨소리는 거칠어야만 하는 날들이 이어졌다. 28번가 전자에서 일을 시작했던 첫째 주처럼 집으로 들어와 샤워를 하고 저녁을 먹으면 기절하듯 잠에 빠졌다. 써니가 전화를 했었지만 일어나지 못했다.

24일 점심시간이 되자 거짓말처럼 손님들이 뚝 끊겼다. 박형이 다가와 같이 맥도널드에 가자고 했다. 함께 가게를 나섰다.
"이건 혼자만 알고 있어야 해! 혹시라도 무슨 문제가 일어나면 알고 있는 게 좋을 것 같아서 같이 가자 한 거야."
"아... 어쩐지. 조금 이상하다 싶었어요. 무슨 일이 있어요?"
"제이크 이야기야. 제이크가 배달을 가잖아."

"네, 이번 주에도 배달 정말 많이 나갔잖아요."

"응, 근데 제이크가 배달 나갈 때 물건을 챙겨 나가는 것 같아. 매번 슬쩍 슬쩍 눈치를 보면서 텔레비전이나 쉽게 돈이 될 물건들을 가지고 나가더라고. 한 번은 내가 하도 이상해서 제이크가 밖에서 물건을 실을 때 창고에 둔 오더 시트를 봤어. 분명 텔레비전은 없었거든."

"…"

"지난번에도 말했지만 제이크가 웬만하면 문제를 안 일으킬 거야. 근데 이건 좀 문제가 될 수도 있겠다 싶더라. 혹시라도 관련돼서 일이 생기면 너무 해결하려고 노력하지 말라고 이야기하는 거야. 알았지?"

4시 30분, 밖이 깜깜해졌다. 환하게 불이 켜진 가게 안은 물건이 사라져 휑하니 적막했다. 직원들은 밖에 나가 담배를 피우거나 지하 창고에 얼마 남지 않은 박스 위에 누워 휴식을 취하고 있었다. 오 사장이 직원들을 불러 모았다.

"정말 고생 많았습니다. 이번 크리스마스 대목은 여러분 덕분에 잘 지나갔습니다. 오늘은 여기까지! 오늘 주급 봉투 안에는 특별 상여금도 들어 있으니 일찍 들어가서 크리스마스 연휴 잘 보내시길 바랍니다."

특별 상여금을 유독 힘주어 말했다. 이미 인색한 사람이란 걸 알고 있었지만, 오 사장의 말투와 표정이 기대를 갖게 했다. 오 사장 부인이 하나하나 이름이 적힌 봉투를 나눠 주었다. 받자마자 뒤돌아 봉투를 열어 보았다. 백 불짜리 4장. 주급 3백 불을 제외하면 보너스는 겨우 1백 불이었다. 오 사장의 자신 있던 말투는 돈에 진심인 자린고비의 진심이었다.

...

"Hey, MAN!"

28번가 모퉁이를 도는데 나를 부르는 것 같은 소리가 들렸다. 대개는 무시하고 갈 길을 갔었는데 크리스마스 분위기 때문이었는지 나도 모르게 걸음을 멈추고 고개를 돌렸다. 자그마한 체구의 흑인 남자가 커다란 브라운 쇼핑백을 들고 다가와 속삭이듯 말했다. 주변을 둘러보며 눈치를 보는 것 같았다.

"여기 이거 JVC 비디오 카메란데. 내가 오늘 딜리버리 트럭에서 훔친 거야. 완전 새 거지. 여기 봐봐."

제이크가 떠 올랐다. 이 녀석도 제이크 같은 놈인가 싶었다. 더 바짝 다가서더니 쇼핑백을 열고 안을 보여줬다.

"여기 렌즈 커버 보이지?"

박스 한쪽으로 익숙한 캠코더 렌즈 커버가 살짝 보였다. 안쪽 물건 일부가 보이는 포장이었다. 28번가 전자에서 본 모델은 아니었지만 비슷한 모델을 본 적이 있었다.

"이리로 와봐. 경찰이 보면 수상하다고 다가올지도 몰라."

가로등 불빛이 닿지 않는 구석으로 가자며 옷을 잡아끌었다.

"이거 천 불짜리야. 근데 내가 돈이 너무 필요해서 그래. 3백 불만 내."

망설여졌다. 캠코더가 필요한 것도 아니었고 3백 불을 써서 전자제품을 살 여유가 없었다.

"Man! 이거 정말 좋은 거야. 나 빨리 집에 가야 해. 다른 사람한테 팔면 얼마든지 팔 수 있는데 빨리 집에 가고 싶어서 그러니. 좋아. 그럼 2백 불이야. 아니면 빨리 말해. 나 걸리면 감방에 가야 해. 너랑 오래 이러고 있을 수가 없어. 이거 들어봐."

187

쇼핑백을 건넸고 나도 모르게 받아 들었다. 묵직한 게 좋은 캠코더 같았다. 갑자기 8백 불을 버는 셈이 나오는 계산기를 두들겼다.

"좋아. 내가 살게."

2백 불을 건넸다.

"Yo! 넌 정말 운이 좋아. 축하해."

돈을 받은 흑인이 순식간에 뛰어 사라졌다. 조금의 의심도 없이 마음이 급했다. 어서 횡재를 확인하고 싶었다. 하지만 길거리에서 포장을 열어 볼 수는 없었다. 너무 위험했다. 근처 은행 ATM기가 있는 공간으로 들어갔다. 가장 위험한 행동을 방금 저지른 사람이 위험을 방지한다며 안전한 공간을 찾는 셈이었다.

양옆으로 날개처럼 나온 칸막이가 있는 ATM기 위에 쇼핑백을 올리고 혹시라도 밖에서 보이지 않게 박스를 꺼냈다. 밝은 불빛에 보니 박스가 조금 이상했다. 아까는 몰랐는데 너무 무거웠고 포장도 이상했다. 박스를 열었다. 정말 세상이 노랗게 변했다. 빨간 벽돌 한 장이 보였다.

벽돌이 분명했다. 실망이 제일 먼저 마음을 휩쓸었지만 오래 머물진 않았다. 이러진 허망이 마음을 채웠기 때문이다. 이상하게 웃음이 터져 나왔다. 어릴 적 길거리에서 보았던 미친 여자의 웃음이 떠올랐다. 박스와 벽돌을 한동안 뚫어져라 쳐다보았다.

그러다 알았다. 그 벽돌은 허술한 치밀함과 어리석은 똑똑함이었다. 바로 나였다. 불필요한 목적을 만들어야만 가능한 계산을 하는 사람. 일주일의 절반을 바친 시간과 노력을 욕심과 바꾼 사람. 어느새 마치 미국 생활에 익숙해진 사람이 된 듯 거만한 사람.

벽돌은 크리스마스 선물이었다. 덤으로 방황도 받았다. 끝도 없는 자책의 채찍질이 가슴을 갈겼다. 그런데도 자꾸 웃음이 터졌다.

···

써니 아버지의 두 번째 초대. 저녁을 먹고 '훌라' 게임을 했다. 12시가 가까워 게임이 끝났을 땐 나도 꽤 오랫동안 이 집의 식구로 지내온 것 같은 착각이 들었다. 써니 아버지가 가족이 줄 수 있는 행복은 이런 거라는 마음이 담긴 말투로 말했다.

"오늘 학자금 털린 사람은 다음에 복구해 보고. 벌써 12시네. 동주도 이젠 쉬어야지. 써니야 오빠 방 알려주고. 우리도 올라가자."

써니를 따라 다이닝 룸과 맞닿아 있는 리빙룸을 가로질렀다. 리빙룸 한쪽으로 살짝 들어간 복도 왼쪽에 손님방이 있었다. 호텔방처럼 잘 정돈된 방이었고 방안에 화장실도 딸려 있었다.

"오빠, 재미있어하더라. 아까. 훌라 치며. 오빠가 환하게 웃으니 나도 기분이 좋더라. 아주 많이."

"그러게, 내가 너무 재미있었나?"

그녀가 이쁘다는 생각이 처음 들었다. 써니가 안겼다.

"오빠, 나 이따 올까?"

"부모님도 계신데 그러지 마."

"흐음.. 그래?"

"응. 잘 자고. 어서 올라가."

씻기 위해 화장실로 들어섰다. 세인트 니콜라스 아파트 화장실에 달린 부라보콘 밑둥처럼 생긴 작은 샤워기 헤드와는 비교할 수없이 큰 보름달같이 동그란 샤워기 헤드가 보였다. 손잡이를 돌리자 물이 직선으로 뿜어져 나왔다. 샤워기 헤드를 떠나자마자 중력 때문에 힘없이 고개를 숙이고 자유낙하하는 가늘고 약한 세이트 니콜라스의 몇 가닥 물줄기와는 다른 힘찬 물줄기였다. 온몸에 편안하고 안락한 타격감을 선사한 물방울이 방울방울 피부를 타고 흘러내렸다.

커다란 조개 위에 한 여자가 구불구불한 긴 머리를 잡고 서있는 보티첼리의 '사랑의 여신' 그림이 떠올랐다. 바람의 신 제피로스가 거품으로 만들어졌다는 비너스를 향해 바람으로 다가서는 그림처럼 물방울 속에 서있는 내가 아름다워지는 느낌이 들었다. 단정하게 접혀 걸려있는 수건을 빼들었다. 얇고 가벼운 집 수건과는 달리 두껍고 묵직했다. 바닷바람 같은 향도 났다. 물기를 닦고 다시 걸어야 할지 망설여졌다. 열 번을 써도 새것 같을 것 같은 수건이었다. 왠지 써니네 집에서는 수건을 딱 한 번씩만 쓸 것 같았다.

침대도 맨해튼 스튜디오의 침대보다 훨씬 더 높고 부드럽게 단단했다. 면인데 실크처럼 보드라운 침대 보가 어색했다. 나무가 많은 주택가 공기가 밤이 되며 더 신선해지는 것 같았다. 내가 뒤척이는 소리와 숨소리를 빼면 아무소리도 들리지 않았다. 잠이 오지 않았다. 경주 여인숙에서처럼 문밖 소리에 귀가 민감했다.

써니가 오면 어떻게 해야 하나 생각을 했다. 어릴 적 놀이터 미끄럼틀을 양발을 벌리며 거꾸로 기어오르다 중간쯤 미끄러져 내려오듯, 생각이 자꾸 제자리로 돌아왔다. 일부러 미끄러운 신발을 신고 있는 건 아닐까 생각을 하다 선잠을 들락거렸다.

써니가 왜 안 오지? 안 오려나? 오면 어떻게 하지? 자자고 하면 어떻게 하지? 내가 원하는 게 뭘까? 여자란 뭘까? 나는... 뭘까... 살며시 잠이 잡아당겼다. 그대로 고꾸라졌다.

...

    크리스마스 다음 날인데도 워싱턴 하이츠는 북적거렸다. 집 근처 과일가게에서 망고를 사 왔다. 짧은 미국 생활 동안 노란색 망고만큼 가족을 행복하게 만든 건 없었다. 식탁에 둘러앉아 망고를 까먹었다. 자르는 방식에 따라 달랐지만, 아무리 조심해서 먹어도 과즙이 넘쳐 손을 타고 흘렀다. 가끔 유별나게 맛있는 망고가 있는데 오늘 사 온 망고가 그랬다.

    "근데 오늘 밖에 왜 이렇게 사람이 많아요? 오늘도 쇼핑을 해요? 쇼핑백 든 사람이 너무 많던데."

    망고의 뱃살을 넓적하게 저며 식구들에게 나누어 주던 어머니가 말했다.

    "크리스마스 때 받은 선물을 리턴하거나 바꾸려는 사람들이래. 구씨 아줌마가 그러셨어."

    "아, 그래서 그런 거구나."

    "써니네는 어땠니?"

    "너무 좋으신 분들이고 저를 너무 좋게 생각해 주시는 것 같아요."

    오랜 항해 끝에 갈매기를 발견한 선원처럼 모두의 얼굴이 환해졌다.

    "그래? 우리 동주 알아보시네!"

    "고마운 분들이시다."

    "누구나 자기 집에 오는 사람들은 반겨주잖아요. 근데 왜 작은아버지 댁과 써니 아버지 집에서 느껴지는 게 다르죠? 다 저를 반겨주셨는데 이상하게 많이 달라요. 써니네 집에서는 생각해 보면 저를 데릴사위로 삼으려는 목적이 있어서 제가 오히려 그런 목적을 느껴야 하잖아요. 근데 이상하게 전혀 그런 생각이 들지가 않았어요. 그분들과 함께 있으면 저도 모르게 제가 소중한 사람이 되는 것 같았어요. 그런데 작은아버지 댁에선 오히려 제가 사라지는 느낌이 들어요. 저라는 사람은 없고 그냥 조카만 남는 그런 느낌이요."

아버지가 빙그레 웃어 주셨다.

"동주야. 너무 마음 쓰지 말고. 작은아버지 좋은 분이야. 고마운 분이고."

작은어머니는 몰라도 최소한 작은아버지에게는 그런 마음을 갖지 말라는 당부처럼 들렸다. 왠지 죄송한 마음에 화제를 돌렸다.

"근데 집도 굉장히 크고 정말 돈을 많이 버신 분 같아요. 써니 아버지요."

아버지가 동생을 자랑하듯 말씀하셨다.

"나도 들었다. 근데 돈은 아마 작은아버지가 더 많으실걸?"

"그래요?"

"어이구, 옛날에는 정말 돈을 쓸어 담았었지! 컨테이너가 들어오는 날이면 작은아버지 회사가 문 열기도 전에 사람들이 줄을 서서 기다렸다고 하더라."

"문을 열기도 전에요? 왜요?"

"가발이 돈보다 더 돈 같은 시절도 있었지. 페들러(Peddler)라고 길가에서 물건을 늘어놓고 파는 사람들이 특히 많이 몰렸대. 가발 한 박스를 가지고 할렘처럼 흑인들이 많은 곳으로 가면 한 시간 안에 다 팔 수 있었다는 거야. 투자한 돈의 네다섯 배를 몇 시간 만에 벌 수 있었던 거지. 좌판도 필요 없었고 그냥 박스 열고 가발이 보이면 사람들이 몰려들어 금세 동이 났다는 거야."

"그래요? 작은아버지가 이야기해 주신 거예요?"

"응, 그래서 컨테이너가 통관을 마치고 회사로 입고되는 날에는 장사진을 쳤다는 거야. 사람들이 현금을 들고 새벽부터 줄을 서는데, 문이 열리기도 전에 이미 줄이 브로드웨이로 이어져 한 블록을 빙 둘러 감는 날도 있었다는구나."

"처음엔 아는 사람이 많지 않아서 아침에 한 박스를 받아다 팔고 오후에 한 박스를 더 받아 가는 사람도 있었는데 나중엔 소문이 나서 한 박스라도 사면 다행인 상황이 된 거지. 유학생도 꽤 많았다고 하더라."

"그럼, 물건을 사지 못하는 사람도 생겼겠네요."

"줄이 긴 날은 그런 사람이 많이 생겼겠지? 그래서 작은아버지에게 가발을 받을 수 있게 청탁을 하는 사람도 많았다고 하더라. 그때 번 돈으로 뉴욕에 있는 빌딩이랑 아파트도 사고 뉴저지 남쪽에 백만 평도 넘는 땅도 산 거지."

"아.. 그래서 지금은 작은아버지가 아무것도 안 하시는 거군요?"

"응, 작은아버지가 돈이 많다고 소문이 나서 한인회장도 시키려고 하고 대학 동문회에서도 그렇고... 그래서 작은아버지가 회사를 넘기고 활동 범위를 줄였지. 그게 벌써 5년은 됐을 거야. 이젠 아주 가까운 친구들을 빼고는 일절 어울리지도 않고 관여도 안 해. 사람들이 하도 투자를 하라고 하고 돈 빌려달라는 이야기만 하니까."

정말 돈나무가 있었다는 사실이 놀라웠다. 열매를 한 트럭 가지고 태어난 아버지와 나무 한 그루를 나중에 가진 작은아버지의 오늘이 또렷이 대비되어 마음에 그려졌다. 한편으론 가슴이 서늘해졌다. 물론 작은아버지와 어머니라고 해서 고민과 어려움이 없는 이민 생활을 했을 리가 없었다. 하지만 누구나 돈나무 아래에 서는 행운을 가질 수는 없었다. 가발 한 박스를 사기 위해 새벽부터 긴 줄에 만들던 수십 명 수백 명에게 작은아버지는 부러움이 오를 수 있는 제일 높은 산꼭대기에 살고 있는 사람이었을 것이다. 이야기를 듣고 나니 어떤 기대도 하지 않는 게 좋겠다는 생각이 들었다. 작은아버지는 아버지의 동생보다는 작은어머니의 남편이 더 옳았다. 가느다란 명주실 한 가닥도 실이라고 부여잡고 있던 어리석은 기대가 끊어졌다. 차라리 마음이 홀가분해졌다.

크리스마스가 지나자 28번가 전자는 신기를 잃어버린 무당집같이 썰렁해
졌다. 오 사장은 연말 장사가 기대 이상이었는지 싱글벙글하였지만 직원들은
오히려 조금은 위축이 된 느낌이었다. 가게가 한가해지며 혹시 오 사장이 직
원 수를 줄이고 그 불똥이 자신에게 튀는 건 아닌지 눈치를 봤다. 되도록 오
사장과 마주치지 않으려 했다. 가능하면 지하 창고에 있으려고 했고 일부러
물건을 이리저리 옮기기도 했다. 노동이 없이는 가치를 인정받을 수 없는 사
람들이 노동을 할 수 없을 때, 시간은 잔인할 정도로 천천히 흘렀다.

밖이 어두워진 5시쯤 오 사장이 한인 직원들을 사무실로 불렀다.

"우리 제이크에게 축하할 일이 생겼어요. 우리 제이크가 다음 주말에 결혼
을 합니다. 여러분들 모두 알다시피 제이크는 우리 28번가 전자의 기둥입니
다. 스패니시도 완벽하고 무엇보다 제이크 덕분에 배달 업무가 아주 잘 되고
있다는 것 여러분도 아실 겁니다. 자! 우리 모두 축하의 박수를 보냅시다. 자,
모두 박수~!"

오 사장이 상기된 얼굴로 박수를 쳤고 직원들도 따라 박수를 쳤다. 옆에
서 있던 제이크가 꾸벅 고개를 숙여 인사를 했고 오 사장이 한 손으로 제이크
의 등을 두드렸다.

"자! 우리 제이크 다음 주에 결혼하고 곧바로 신혼여행도 다녀올 거고. 아
참. 우리 제이크가 그동안 영주권이 없었는데 이번에 결혼하는 와이프가 영
주권자라서 곧 영주권도 신청하게 되었습니다. 정말 축하해야 할 일입니다."

오 사장이 손에 쥐고 있던 봉투를 추켜올리며 부채를 펴듯 흔들었다.

"이건 우리 가게 최고의 에이스 제이크의 결혼을 축하하기 위해 제가 마련
한 축의금입니다."

기합을 넣는 운동선수처럼 크게 소리쳤다.

"천 불을 넣었습니다."

크리스마스 보너스를 맛 본 직원들의 떨떠름한 마음이 표정에 배어있었지만 오 사장은 전혀 눈치 채지 못했다. 오 사장이 한 손으로 제이크와 악수를 하며 봉투를 건넸다. 모두가 제이크에게 축하한다는 말을 건네고 사무실을 나왔다. 제이크는 지하실로 내려갔고 나머지 직원들도 어기적거리며 흩어졌다. 작은 소리로 박형이 속삭였다.

"야, 정말. 세상은 불공평해. 지난번 크리스마스 보너스 1백 불 받았지?"

"어? 어떻게 아셨어요?"

"나도 백 불이더라고. 일 년을 넘게 다닌 내가 백 불이면...."

박형의 작은 탄식 소리가 들렸다.

"참! 오 사장이 사람은 좋은데 돈에는 정말 인색하지. 돈 욕심이 참 많아. 그런데 제이크에게 1천 불이나 축의금을 주다니! 오 사장 같은 사람이, 제이크가 아무리 일을 잘한다 해도 천 불은 너무 크지. 많아야 3백 불인데. 생각해 봐 우리들 중에 누가 결혼한다고 3백 불이라도 줄거 같아?"

"하긴 그렇네요. 그럼 도대체 왜 그런 걸까요?"

"내가 이곳에서는 이제 1년 조금 넘었지만 다른 도매상에서도 2년 정도 일을 해서 아는데, 오 사장이 무슨 약점을 잡힌 것 같아."

"약점이요?"

"내 생각엔 오 사장이 제이크가 물건을 해 먹는다는 걸 알고 제이크에게 경고하려다 오히려 당했을 수도 있어."

"아... 그럴 수도 있군요."

"현금으로 거래하며 택스를 떼어먹는다고 오히려 제이크가 오 사장을 다 그쳤는지도 몰라. 만약 자기에게 문제가 생기면 자기가 아니라도 다른 사람을 시켜서라도 세금 떼어먹는 거 국세청에 고발한다고. 그럼 오 사장은 꼼짝 못 하지. 만약 세무조사 당하면 이 가게 문을 닫는 게 문제가 아니라 그동안 오 사장이 했던 모든 사업이 다 세무조사를 당할 거고 잘 못 하면 전 재산을 날릴 수도 있으니까."

"아... 그럴 수도 있군요. 그래서 오 사장이 그렇게 우리 제이크, 우리 제이크 했는지도 모르겠네요."

"제이크는 오 사장이 보기에도 정말 그럴 수 있는 사람 같으니까 쫀 거 같아. 내가 그랬으면 오히려 길길이 뛰면서 욕을 했겠지. 어차피 내가 그러지 못할 사람이라고 판단하고 있을 테니까."

6시가 되자마자 주먹만 한 자물쇠 뭉치들을 셔터에 걸고 잠갔다. 처음 열쇠를 받고 대단한 인정을 받았다고 믿었던 착각과 품었던 희망이 부끄러웠다. 술이 고팠다. 공중전화부스로 들어갔다.

"써니 부탁합니다."

"전데요. 오빠? 어쩐 일이야? 아직 거기 안 끝났지?"

"아니 오늘 30분 일찍 끝났어. 혹시 오늘 만날 수 있니?"

"오늘? 당연하지! 지난번 일식집으로 가있어. 바로 갈게. 배고프면 먼저 뭐 좀 시켜서 먹고. 지금 바로 출발해도 삼사십 분은 더 걸릴 거야."

일식집까지는 걸어서 십오 분 거리였다. 시간을 맞추려 최대한 천천히 걸었다. 브로드웨이를 따라 걷다 32번가 메이시스 백화점에 잠시 들려 구경을 했다. 거리엔 관광객이 많았다. 일본 관광객이 유별나게 많았다. 유명한 건물을 일본 기업이 사들이고 있다는 뉴스가 생각이 났다.

청바지에 회색 코트를 입은 그녀가 가게 안으로 들어섰다. 사장 부인이 주문을 받으러 다가왔고 지난번과 똑같이 초밥과 사케를 시켰다.

"오늘 오빠 술이 조금 빠른데?"

"그런가? 살짝 취하고 싶기도 하고 좀 답답하고 그렇네, 오늘."

"뭐야! 내가 보고 싶어서 날 찾은 게 아니었어? 난 막 달려왔는데. 칫!"

그녀가 뾰로통한 표정을 지었다.

"그러게. 그런가? 근데 써니 밖에 없었는데. 전화할 사람이. 술 한잔하며 함께하고 싶은 사람이. 그리고 써니 보니까 반갑고 좋아. 그건 정말이야. 그리고 써니가 아니라면 나 이렇게 비싼 거 얻어먹고 싶지 않아."

"어유~! 정말. 그래. 알겠어. 근데 또! 내가 정말 오빠니까 참는다. 그건 오빠도 알아야 해. 알았지?"

미안했다. 그녀의 받아줌이 고마웠다. 28번가 전자에서 있었던 일들을 이야기했다. 부끄러운 마음을 그대로 내 보였다.

"그래서 오빠 마음이 힘들었구나? 너무 세상이 공정하지 않아서. 이해해. 그런데 여자들에게는 항상 일어나는 일이야. 우리 집은 여자 형제뿐이고 부모님이 좋은 분이라 그런 걸 잘 못 느꼈지만, 친구들을 봐도 그렇고 학교에서도 그렇고. 나도 세상이 공평하지 않아서 기분이 상할 때가 많았어."

"그랬구나."

"그리고 뭐가 부끄러워. 그런 희망을 품는 게 당연하지."

"그렇지? 그래. 맞아. 근데 희망을 품었던 게 부끄럽기보다는 희망이 없어지며 힘이 빠지는 게 더 부끄러워. 근데 많이 좋아졌다. 써니가 응원해 주니."

"그래. 걱정 마. 오빠는 잘될 거야. 분명히 잘될 거야. 그리고 남자들은 몰라. 여자들이 느끼는 감정들. 지금 오빠가 느끼는 불공정함 때문에 죽어 나가는 희망들. 어쩌면 남자들은 죽는 날까지도 모를지도 몰라. 근데, 오빠는 다른 것 같아. 왠지 오빠는 처음 볼 때부터 느낌이 있었어. 뭔가 품위가 있다고나 할까? 그건 알마니를 입고 아이비리그를 나와 벤틀리를 탄다고 생기는 게 아니거든. 암튼 오빠는 품위가 있어. 가난이 잘 안 느껴져, 그래서."

차분했고 진정이 담긴 목소리였다. 마음이 그려진 지도를 펼치고 바로 여기에 오빠의 보물이 숨겨져 있다고 손가락으로 가리키는 것 같았다. 황홀한 인정이었다. 파란 병 사케를 하나 더 시켰다.

"써니는 엄마를 닮았나 봐!"

"그래? 딸이니까 엄마를 닮았겠지. 근데 사람들은 나보고 아빠를 더 닮았다고 하던데?"

"정말?"

"응, 내가 굉장히 이성적이고 합리적이라고, 아빠를 닮았다고.. 주로 아버지 사업 때문에 만난 사람들이 그런 소리를 많이 해."

"그렇구나. 난 근데 써니가 엄마 많이 닮은 것 같은데. 어머니를 닮아 써니 마음이 따뜻한 것 같아."

"혹시 내가 오빠한테만 따뜻한가? 하하."

써니는 예쁜척하지 않았다. 표정들이 다 자연스러웠고 그런 자연스러움이 이쁜 여자였다.

"아무래도 28번가 전자는 그만 둬야겠다."

써니가 귀를 쫑긋 세웠다.

"타협하거나 내가 변한다 해도 여전히 내가 잘할 수 있는 구조가 아닌 것 같아. 사실 미국에 와서 첫 직장이고 부모님이 작은 가게를 하시려는 계획이 있어 배울 것도 많을 것 같아 기대도 있었고 정말 열심히 했는데, 나와는 맞지 않는 것 같아."

"응, 그래, 오빠가 그렇게 느꼈다면 그게 맞을 거야. 그리고 뭐가 걱정이야. 오빠는 뭘 해도 잘할 텐데!"

"그럴까? 고맙다. 써니야."

"고마우면, 나한테 좀 잘해. 내 마음도 좀 봐주고."

웃음과 사케 잔을 입술로 가져갔다. 두 번째 병에 딱 두 잔만큼만 사케가 남았다. 풀어 놓은 마음을 담아 집으로 갈 때가 다가왔다.

써니가 속삭이듯 말했다. 천둥처럼 큰 소리로 들렸다.

"오빠, 스튜디오에서 잘래?"

본능이 소리쳤다. 어디서 나타났는지 남자의 욕망이 생각을 칭칭 휘감았다. 눈을 질끈 감았다. 부끄러움에서 도망치는 유일한 방법이었다. 하지만 더 이상 도망칠 곳이 없는 막다른 골목이었다.

눈을 떴다.

"아니. 그냥 집으로 갈래."

"왜? 나 때문에? 내가 막 자자고 할까 봐?"

대답 없이 마지막 잔을 채웠다. 그녀가 조금 답답한 듯, 실망이 보일락 말락한 표정을 지었다.

"그래 그럼 오빠 마음 편한 대로 해. 나, 오빠랑 자려고 안달 난 여자 아냐. 오빠가 나를.... 칫. 너무해."

일식집 안이 갑자기 고요해지는 느낌이었다. 그녀의 빤한 시선이 느껴졌다. 마지막 술잔을 비웠다.

"나 때문이야. 오늘 스튜디오 가면 써니랑 잘 거 같아서. 자자고 할 것 같아. 아니 정말 자고 싶어. 그래서 가면 안 돼. 만약 그렇게 된다면 써니에게도 선물로 주고 싶어. 써니는 좋은 사람이야. 여자 이전에. 그래서 안돼."

···

"따르릉릉릉릉...."

쇠로 된 작은 그릇을 있는 힘껏 두들기는 소리가 났다. 키 낮은 짧은 주파수의 화재 경보음에 놀란 심장이 잠의 뺨을 후려쳤다. 매캐한 냄새가 났다. 멀리서 불자동차의 사이렌 소리도 다가왔다. 불을 켰지만, 화재경보기 소리가 너무 커서 정신이 혼미한 채 허둥댔다. 창밖을 보니 거리로 사람들이 뛰쳐나가고 있었다.

"불났나 봐요. 어서 나가요!"

되는대로 바지와 외투를 걸치고 문을 열었다. 복도와 계단에 연기가 자욱했지만, 빨간 불길은 보이지 않았다. 모두 손을 잡고 허리를 구부린 낮은 자세로 내달렸다. 연기가 가득 차잘 보이지가 않았다. 매운 연기 때문에 솟는 눈물이 매운 기도 씻어내지 못하며 시야만 더 흐리게 만들었다. 건물을 빠져나왔는데도 눈이 따가워 제대로 떠지지 않았다.

한 치의 틈도 없이 붙어있는 옆 건물 4층과5층이 불길에 휩쌓여 있었다. 산소통과 마스크를 쓴 소방대원들이 사다리차 리프트에 몸을 실었다. 삼장법사의 지팡이처럼 길고 두꺼운 쇠꼬챙이와 대형 망치, 곡괭이 같은 걸 손에 든 걸 보면 뭔가를 부수고 구멍을 내려는 사람들 같았다. 건물 옥상에 내린 소방관들이 시야에서 사라졌다.

인주가 발을 구르며 말했다.

"우리 집으로 불이 옮겨붙는 건 아니겠지? 책가방이라도 챙길걸..."

인주를 꼭 껴안고 있던 엄마가 말했다.

"그러게 여권이라도 챙겨 나올 걸 그랬네."

아버지가 담담한 말투로 말했다.

"근데 지금 연기가 너무 심해져서 올라가는 것도 어렵고, 너무 위험해. 그리고 우리 건물로는 번질 것 같아 보이진 않으니 너무 걱정 말자."

소방대원들이 올라가고 5분쯤 지났을 때 창문으로 꾸역꾸역 밀려 나오던 검은 연기가 잦아 지고 대신 건물 옥상 한 가운데서 하늘로 솟구쳤다. 대피했던 이웃 사람들의 이야기가 들렸다.

"소방관들이 지붕에 구멍을 뚫는다네. 그래서 연기와 불길을 그쪽으로 유도하고 물도 그 구멍으로 쏘나 봐."

"그러게. 천장에서 물을 쏘는 게 더 효과적인가?"

사다리차에서 물을 뿜으며 공기를 찾아 창문 근처를 얼씬대던 빨간 불길도 잦아들었다. 거리로 내려온 지 20분 정도 만에 불길이 완전히 잡혔다. 복도와 계단은 여전히 연기가 자욱했다. 집안에도 연기가 번져있었다. 창문을 열자 찬 바람과 탄 냄새가 밀려들어 왔다. 여전히 눈이 따가웠고 석탄가루에 얼굴을 묻고 숨을 쉬는 것처럼 매캐했다.

간신히 누웠지만 '만약에'라는 질문에 골몰하느라 거의 잠을 자지 못했다. 죽을 수도 있었다는 가정이 생각에 붙어있던 욕망의 위치와 크기를 알려주었다. 기절하듯 잠시 눈을 감은 것 같았는데 자명종 소리가 났다.

28번가 전자로 가는 마지막 출근 준비를 위해 일어나야 했다. 여전히 코는 매워했지만, 마음은 청정했다. 작은 고민은 어젯밤 불에 타버렸고 망설였던 선택은 길을 찾았다. 불이 준 선물이었다.

오 사장은 왜 갑자기 일을 그만두냐고, 그만둘 거면 며칠 전에 이야기를 해야 예의라며 얼굴이 벌게졌지만 크게 아쉬운 눈치는 아니었다. 박형은 아쉬워했지만 별다른 인연의 끈을 만들자는 제안은 하지 않았다. 호세가 친구와 헤어지는 것처럼 제일 많이 섭섭해했다. 나이가 서른두 살이나 된 호세는 멕시코에 자식이 여섯 명이 있는 불법 입국자였지만 나를 무척 따르고 좋아했다. 일하다 마주치면 엄지를 세우고 '인뗄리젠떼(inteligente)'를 연발하며 나를 추켜세웠다. 눈동자에 순수함이 담긴 호세와는 눈빛과 몸짓으로 만든 짧은 추억이 많았다.

점심시간까지만 일을 하겠다고 했다. 어차피 가게가 한산해서인지 오 사장도 그러라 했다. 가게 열쇠를 넘기고 주급이 들어있는 봉투를 받았다. 예상대로였다. 정확하게 일주일에서 하루 반일치 임금이 모자란 금액이 들어있었다. 1987년 12월 31일, 4개월 넘게 일했던 28번가 전자를 그만두었다.

32번가 코리아타운으로 가 신문을 샀다. 한국의 일간지 기사를 받아 인쇄한 신문의 맨 뒷면에는 각종 구인정보가 빼곡했다. 한국 식품점에 들러 어묵한 봉지와 떡국떡, 라면을 샀다. 그 동안 보이지 않던 맨해튼의 모습들이 눈에 들어왔다. 같은 곳이라 부를 수 없을 만큼 새롭고 다른 맨해튼이었고 사람들이었다. 주중 낮에 탄 지하철엔 사람이 적었다. 집으로 가는 지하철에서 처음으로 자리에 앉았다.

인주는 아직 학교에서 돌아오지 않았고 어머니와 아버지가 반겨 주셨다. 고등학교 졸업식을 마치고 밀가루와 계란이 뒤범벅된 교복 윗도리를 학교 교문을 나서자마자 근처 쓰레기통에 버렸을 때처럼 홀가분했다. 주급 봉투를 어머니께 드리고 식탁에 앉아 신문을 펼쳤다. 직종과 급여조건, 연락할 수 있는 전화번호가 적힌 작은 네모 상자가 빼곡했다. 괜찮아 보이는 일자리에 펜으로 동그라미를 쳤다.

불이 나고 삼일이 지나자 연기 냄새도 거의 사라졌다. 해가 지며 동네 여기저기에서 음악 소리가 들렸다. 새해를 맞이하는 파티가 시작되는 것 같았다. 아버지가 신문에 인쇄된 글자는 한 글자도 놓치고 싶지 않은 사람처럼 신문을 보시며 이야기했다.

"오늘은 꽤나 시끄러울 거야."

어머니도 거들었다.

"벌써 시작했나 보네. 스패니시들은 노는 걸 참 좋아해. 주말에 파티하며 놀려고 일주일 돈을 버는 경우도 많아. 특히 남자들이 더 그러지."

밤 12시가 가까워지자 메렝게(merengue) 소리와 사람들의 환호성 소리가 커졌다. 사과 모양 조형물이 다 내려오자 사과 모양을 만들고 있던 전구들이 꺼졌다. 키스를 하거나 고깔모자를 쓰고 말렸다 풀리며 소리를 내는 작은 피리 같은 걸 불며 덩실덩실 춤을 추는 사람들이 보였다. TV 속 사람들처럼 주변 아파트 사람들도 펄쩍펄쩍 뛰는 것 같았다. 건물 골조를 타고 진동이 느껴졌다. 환호성 소리도 들렸다.

1988년이 되자마자 전화벨이 울렸다. 써니의 새해 축하 전화였다. 간단히 통화를 끝내고 자리에 들었다. 어머니 방에 불이 꺼지고 거실 불도 꺼졌다. 잠이 오지 않았다. 부스럭대는 소리에 아버지가 물으셨다.

"왜, 잠이 안 오니?"

"아니에요. 아버지. 주무세요. 걱정 마세요."

"우리 동주, 생각이 많구나. 너무 생각하지 마라 동주야."

세심하게 마음을 들여다보고 계신 아버지가 고마웠다. 하지만 아무리 달래려해도 횟집 도마에서 껍질이 벗겨지며 죽어가는 물고기처럼 마음이 외롭고 쓰라렸다.

···

써니네 집은 밝고 따뜻한 기운이 돌았다. 햇살을 반기는 창문들이 많아서 그런 것 같았다. 넓고 키 큰 창문들은 두 겹으로 된 유리가 끼워져 있었고 섬세한 손을 가진 목수가 방금 만든 것처럼 창틀이 매끈했다. 창틀 아래쪽에 달린 손잡이를 돌리면 컴퍼스가 돌듯 호를 그리며 창문이 열렸다. 덕지덕지 칠해진 페인트가 향나무 껍질처럼 들고일어난 창틀에 달랑 얇은 유리 한 장이 끼워진 창문을 위아래로 누르거나 들어 올려야 열리는 세인트 니콜라스 아파트 창문과는 너무 달랐다. 햇살마저 부자로 만들어주는 부잣집 거울은 가난한 사람이 앞에 서면 가난을 비추는 거울 역할도 했다.

세 번째 초대. 정성이 깃든 음식이 차려졌다. 새해 첫날이라 특별히 더 좋은 와인이 나왔다. 써니표 납작한 만두는 맛도 있었지만 신기했다. 이태리 만두, 라볼리라고 했다. 겉은 바삭했고 달짝지근 한 치즈로 속이 채워진 튀김 만두였다. 점심을 먹고 윷놀이를 했다. 홀라를 쳤을 때처럼 써니 아버지가 가족들 모두에게 100불씩 나눠주셨다. 의지나 의도로 만들 수 없는 재미가 넘쳤다. 특히 그녀가 던진 윷이 백도가 나오며 도에서 있던 마지막 말이 한 번에 나버린 판에서 가족들 모두 자지러질 듯 웃어젖혔다.

써니 어머니가 쟁반에 담아주신 식혜와 곱게 깎아 자른 한국산 배를 들고 써니 방으로 올라갔다. 그녀의 침실에도 큰 창으로 들어오는 햇살이 많았다. 창가에 놓인 의자로 가 앉아 숨을 골랐다. 침대에 걸터 앉은 써니를 햇살이 포근히 감싸주었다.

"써니야, 써니가 처음 만나 해준 말들을 생각해 보았어."

살짝 긴장한 것 같은 써니가 눈을 말똥거렸다.

"어쩌면 나라도 똑같았을지 모른다는 생각이 들더라. 사람들은 대개 그런 용기가 없는데, 써니가 참 훌륭하단 생각을 했어. 사실 내가 사랑을 찾는 이유는 내가 너무 육체적인 남자라서 인지도 몰라. 여자의 몸이 너무 신기하고 끌리고 그런 여자와 내 남자가 함께 하는 게 너무 간절해서 언제든 나를 잃어버릴 정도였어. 그런 나를 보며 내가 살길은 사랑뿐이구나.... 인정한 거야. 언제부터였는지는 나도 몰라. 그런데 그렇게 되어 버렸어. 혹시 내 말 이해하겠니?"

써니가 '난 또 뭐라고~!'라는 표정을 지었다.

"다는 아니지만 이해할 수 있을 거 같아. 고마워 오빠. 진심이야. 내 이야기를 듣고 나를 훌륭하다고 생각하는 남자가 또 있을까? 좋게 봐준다고 해도 훌륭하다고는 생각하지 않을 거야. 내가 남자는 좀 알거든."

그녀가 자조가 깃든 미소를 흘렸다.

"나는 남자에게 기대 안 해. 물론 아빠를 빼고."

아빠 이야기를 하며 써니의 미소가 흡족해졌다.

"아빠가 엄마랑 28번가 전자에 다녀오신 날 오빠 이야기를 하시는데 아빠 얼굴이 너무 환한 거야. 그렇게 기분 좋아하시는 얼굴은 드물거든. 갑자기 호기심이 들더라. 도대체 어떤 남자인데 아빠를 이렇게 기분 좋게 만들었는지 궁금했어. 그래서 그런지 우리 집에 처음 오빠가 오는 날, 화장을 얼마나 해야 하는지 고민했었지. 크크. 지금 생각해도 웃긴다. 하하."

자신의 속마음을 떠올리며 귀여운 강아지를 만질 때처럼 그녀가 웃었다. 그러고 보니 그녀는 화장을 거의 하지 않았다.

"그랬구나? 난 써니가 가족 중에 제일 안 웃어서 조금 걸렸었는데."

"내가 그랬어? 하하. 왜 그랬지? 근데 오빠 첫인상이 너무 달랐어. 내가 만났던 교포나 미국 남자들과는 정말 다르더라. 그리고 그날 일식집에서 오빠에게 이야기를 다 하고 나니 내가 왜 이런 이야기를 다 해버린 건지 나도 모르겠더라고. 반만 할걸, 대강 할걸, 뭐 그런 생각도 들었었어. 근데 지금은 알아."

"왜 그랬는데?"

"오빠도 그냥 그런 남자란 걸 확인하고 싶었던 것 같아."

"그랬구나. 궁금하네 내가 어떤 남자인지!"

"아주아주 나쁜 남자더라. 사귀려고 만난 여자가 자신을 다 드러내게 만드는 남자가 어디 있어. 근데 정말 나쁜 게 그런 소리 다 듣고 자기는 섹스를 단한 번만 쓸 수 있는 보물이고 선물이라고 하더라. 더구나 침대에 누워서. 흐~. 정말 내가 얼마나 당황스러웠는지 몰라."

"미안... 그러고 보니 나 너무 나쁘다. 그렇지?"

그녀가 방긋 웃었다.

"걱정 마 오빠. 내가 그래서 복수해 줬으니까."

"복수?"

"응, 내가 오빠를 가질 수 있는 만큼 가졌지. 복수해 준거야."

그게 그녀의 복수였다는 말에 입이 벌어지며 웃음이 터져 나왔다. 그녀도 깔깔대며 웃었다. 어렸을 때 이유 없이 터진 웃음을 멈추지 못할 때처럼 한동안 웃었다. 허리가 아팠다. 웃을 기운이 떨어지고 나서도 간헐적으로 터지는 웃음 때문에 턱관절이 뻐근했다.

···

[Natural Vitamin Store. Floor Sales. 주 5일 근무. 근무시간 8시부터 5시까지. 월가 쌍둥이 빌딩 바로 옆. Fulton St. 영어 중급 이상.]

처음 가보는 곳이라 서둘러서인지 한 시간이나 일찍 도착했다. 월드 트레이드 센터 역의 흰 타일은 희기도 했지만 반짝거렸다고 역은 사람들로 활기찼다. 남자들은 척 봐도 고급스러움이 느껴지는 모직 코트를 입고 있었고 가슴팍으로 보이는 넥타이가 화려했다. 중역으로 보이는 여자나 젊은 여자들도 고급스러운 코트를 입었지만 옷에 어울리지 않는 운동화를 신고 있었다. 정장을 입은 사람들 중에는 동양 사람도 일부 보였지만 대개는 백인이었다.

전동차 문이 열리자 사람들이 쏜살같이 빠져나와 출구로 향했다. 하나같이 걸음이 빨랐고 달리는 사람도 있었다. 지각을 하거나 정해진 회의 시간을 맞추려는 사람인 것 같았다. 급류처럼 빠져나간 인파의 뒤통수를 보고 있으려니 가슴에 울렁였다. 뭔가 달랐다. 브로드웨이 도매상 육체노동자의 시간은 하루씩 흐르지만 월가 사람들의 시간은 분 단위로 흐르는 것 같았다. 생소한 충격이었다.

KB 헬스 푸드에 도착했다. 폭이 6미터 정도 돼 보이는 작은 가게였다. 가게로 들어서자 코끝에 걸리는 작은 돋보기로 신문을 읽던 남자가 돋보기를 내리고 고개를 들었다. 50대 초반의 아버지와 비슷한 체형을 가진 남자였다. 차분하고 지적인 느낌이었지만 특히 눈이 날카로운 총기로 반짝였다. 군장교처럼 단정하게 정돈된 머리에는 흰머리가 많았다. 가게로 들어며 활기찬 목소리로 인사를 했다.

"안녕하세요."

남자가 카운터 안쪽에 있는 의자를 가리키며 말했다. 카랑카랑하지만 배려가 밴 목소리였다.

"이쪽으로 와서 앉아요. 오래 걸리진 않았죠?"

"네, 집에서 1번 라인으로 45분 정도 걸렸습니다."

"어서 와요. 내 생각보다 훨씬 더 잘생겼네. 이력서 가져왔어요?"

굵은 끈이 돋보기 다리 양쪽에 있는 구멍에 목걸이처럼 끼워진 돋보기를 끌어올려 코끝에 다시 걸고 이력서를 읽기 시작했다.

"아유~! 연대 공대를 다녔었네? 졸업을 하고 서울에서도 얼마든지 좋은 직장 다닐 수 있을 텐데, 한국 지상사도 많고... 왜 이런 곳에서 일하려 해요?"

"아직 유학생 신분이라서요..."

"아, 그렇구나. 좀 아까운데... 여기서 일할 사람이 아닌데.... 보다시피 작은 가게이고 할 일도 그냥 가게 점원 일인데, 할 수 있겠어요?"

"네, 할 수 있습니다."

"그럼 내일부터 나와요. 나는 톰, 한국 이름은 신태식이에요. 그냥 아저씨라 불러요. 내일부터는 나도 미스터 김이라고 부를게요."

첫 출근이라 너무 일찍 나왔는지 지하철을 빠져나와 천천히 걸었는데도 20분이나 일찍 도착했다. 철로 된 셔터가 내려와 있는 가게 안을 기웃거렸다. 7시 50분 분쯤 톰 아저씨가 도착했다.

"미스터 킴, 일찍 왔네요."

톰 아저씨가 셔터 중간에 달린 쇠뭉치 자물쇠를 열고 셔터를 밀어 올렸다. '드르륵' 올라가던 셔터가 다 올라갔는지 '탁' 소리를 내며 사라졌다. 톰 아저씨가 가게로 들어가는 유리문을 열고 바닥에 있던 작은 나무 쐐기를 발로 톡톡 건드려 찬 후 바닥과 문 사이에 눌러 끼웠다.

"일단 옷은 안쪽에 창고가 있으니 거기에 걸면 되고, 따라와 봐요."

오랫동안 인구 밀도가 높아서인지 맨해튼은 공간 분할이 치밀했다. 빌딩 사이에도 공간이 없었지만 도로변 건물 1층에는 좁고 깊은 가게들이 촘촘했다. KB 헬스 푸드도 필통처럼 좁고 깊었다. 비타민이나 영양제로 보이는 병들이 양쪽 벽을 따라 빼곡하게 진열이 되어있었고 가운데에도 선반이 서로 등을 지고 서서 양쪽에 통로를 만들고 있었다. 양쪽 벽 진열장들은 바닥에서 두 번째 선반까지는 큰 병들이나 통이 놓일 수 있게 사오십 센티미터 높이였지만 그 위에는 높이가 한 뼘도 되지 않는 선반들은 차곡차곡 쌓여 있었다.

톰 아저씨를 따라 가게 맨 안쪽 끝에 있는 작은 공간으로 들어섰다. 방이라기보다는 창고에 더 가까운 느낌이었다. 오십 년은 되어 보이는 낡은 책상과 의자, 옷걸이, 물과 당근으로 채워진 깊이와 넓이가 1.2미터 돼 보이는 커다란 스테인리스 싱크대, 마대 걸레와 그 걸레를 빨고 짜는 바퀴 달린 노란 통이 있었다.

외투를 옷걸이에 건 톰 아저씨가 싱크대 앞에 서서 긴 나무 자루를 싱크대에 넣고 바닥을 긁듯이 밀었다. 단단한 당근들이 서로 부딪치며 '구르릉 구르릉' 발 구르는 소리가 났다. 길쭉하고 적당히 통통한 당근들이 물 위로 솟아올랐다가 다시 물속으로 잠겼다.

"이건 이따 보면 알겠지만 주스를 만드는 당근인데 어제 싱크대 물에 담가 놓은 거예요. 아침에 오면 이걸 이렇게 이 나무 막대로 뒤섞어 주면 당근끼리 서로 부딪치며 혹시 있을지도 모르는 흙을 마지막으로 한 번 더 제거하는 거예요. 하지만 당근 자체가 워낙 흙이 묻어있지 않아서 너무 신경 쓰지 않아도 돼요."

"제가 할까요?"

"아니에요. 오늘은 내가 할 거니까 미스터 킴은 가서 아침을 좀 사 와요. 미스터 김도 아침 안 먹었죠?"

막대질을 마친 톰 아저씨가 주머니에서 10불짜리 지폐 한 장을 꺼내 주었다. 처음엔 무슨 말인지 선뜻 이해를 하지 못했다.

[무슨 말이지? 아침을 사다 달라는 건가? 내 것도 사 오라는 말 같은데, 내가 제대로 이해한 건가?]

근무가 시작된 이후에 아침 식사를 함께 한다는 건 28번가 전자에서는 한 번도 경험해 보지 못한 호의였다.

톰 아저씨가 말했다.

"가게를 나가서 길을 건너 조금 가면 델리가 있어요. 거기가 근처에서 제일 잘하는 집이니 브렉퍼스트 스페셜 두 개만 사 와요. 브렉퍼스트는 소시지나 햄이 포함된 것과 안된 것이 있는데 나는 햄이나 소시지 없는 걸로. 빵은 화이트 브레드 토스티드 위드 버터. 계란은 오버이지(over easy)로 사다 줘요. 커피는 블랙으로. 미스터 김은 먹고 싶은 거 사 오고. 아참 빵은 구운 거, 안 구운 거, 흰 밀가루 빵, 호밀 빵, 버터 바르고 안 바르고 중에 원하는 옵션을 말해주면 돼요. 계란은 몇 가지 요리 방법이 있는데 내가 시킨 오버이지는 한쪽은 익히고 한쪽은 살짝 익히는 거고, 스크램블드(scrambled)는 계란을 버터와 함께 풀어서 볶는 거고, 바닥 쪽 한쪽만 익히고 위는 그대로 두는 걸 써니 사이드 업(sunny side up)이라고 해요. 한번 미스터 김이 가서 해봐요. 아, 그리고 거기에서 일하는 친구들이 멕시코 친구라서 영어 잘 못하고 주문 받는 것만 하니까 긴장할 필요 없어요."

마치 새로운 직장에 처음 출근한 직원에게 가장 핵심적인 업무를 설명해 주는 사람 같았다. 자신이 어떤 종류의 사람이고 어떤 퀄리티로 일을 해야 하는지 알려주기 위해 더 자세히 설명하는 사람처럼 보였다. 치밀하고 깐깐한 설명이었지만 자상했고 친밀했다. 마치 '너와 나는 다 같은 사람이야. 그러니 내가 너에게 돈을 주고 일을 시킨다는 사실이 그걸 바꾸거나 다르게 만들 수는 없어'라고 말하는 것 같았다.

처음 미국행 비행기에서 용기를 북돋아 준 제인이 떠올랐다. 톰 아저씨는 사람의 처지와 위치보다 같은 인격체로서의 공감과 평등을 더 소중히 생각하는 사람이 틀림없었다.

아침을 사 왔을 때 톰 아저씨는 카운터 입구 쪽에 있는 키가 높은 의자에 앉아 신문을 읽고 있었다. 톰 아저씨가 카운터 안쪽에 있는 등받이 없는 동그란 의자를 가리켰다.

"미스터 김도 거기 의자에 앉아서 먹어요. 미스터 김은 계란 뭐 시켰어요?"

"저는 스크램블드 시켰어요."

음식은 동그랗고 높이가 손가락 두 마디 정도 되는 은박지 접시에 담겨있었다. 은박지로 만들었지만 꽤 견고했다. 접시 위쪽 가장자리를 따라 접혀 있는 은박지를 펴고 종이 뚜껑을 벗겼다. 처음 맡는 고소하고 달달한 냄새가 모락모락 나는 김과 함께 솟아올랐다.

처음 먹어본 브렉퍼스트 스페셜은 놀랄 만큼 훌륭했다. 커다란 조리 철판 위 한쪽에 쌓여있던 감자를 길쭉한 철판요리기구로 떠 담아준 감자는 두께가 얇고 적당히 눌어붙은 갈색 가장자리 때문인지 바싹 구운 전기구이 통닭 껍질 맛이 났다. 대각선으로 잘라 두 개의 삼각형 모양이 된 식빵은 녹아 스며든 버터 때문인지 바삭하면서도 짭조름했다. 탱글탱글한 스크램블드 에그는 씹지 않고 넘겨도 좋을 만큼 부드러웠다. 정신을 잃지 않고 먹기엔 맛이 너무 강렬했다.

"먹으면서 들어요. 지금 미스터 김 오른쪽 선반에 있는 게 아까 본 당근으로 주스를 만드는 기계예요. 커다란 상업용도 있는데 우리는 일부러 제일 작은 걸 쓰고 있어요. 오늘은 내가 할 거지만 내일부터는 미스터 김이 맡아서 해야 하는 일이에요."

선반 밑 공간에는 아침을 사러 간 사이 톰 아저씨가 가져다 놓은 당근과 셀러리가 흰 통에 담겨 있었다.

"우리 집 손님은 주로 뉴욕증권거래소의 트레이더들이나 월가 금융기관 직원 혹은 관련된 사람들이고 단골이 많아요. 며칠 지나면 알게 될 거예요. 그리고 점심시간이 바쁘고 오후에는 사람이 계속 있을 거예요. 3시부터 4시까지가 이 동네 퇴근 시간이라 제일 바쁘고, 오전엔 대개 한가해요. 물건이 배달 오면 오전에 정리하면 되고 4시 30분 정도에 당근이 큰 백으로 하나씩 들어오니 그걸 싱크대 물에 담가 놓으면 돼요."

별거 아니라는 말투였다.

"미스터 김은 미국이 어떤 거 같아요? 지상 낙원 같아요?"

가게에서 하는 일에 대한 설명이 이어질 거라 생각했는데 전혀 예상하지 못한 질문이었다. 자다 깬 사람처럼 어안이 벙벙해졌다.

"네? 아직 잘 모르겠어요."

"여기에선 대개 허드렛일을 하며 사는데 왜 사람들이 미국을 그렇게 오고 싶어 하는지 생각해 본 적 없어요? 한국에서 대학교수였는데 미국에 와서는 세탁소 같은 노동을 하는 사람이 많아요. 미스터 김만 해도 그렇고..."

'딸랑' 가게 문 위에 달린 작은 쇠 종이 울렸다. 크기는 라면박스만 하지만 높이가 세배 정도되는 박스 두 개를 카트에 실은 배달원이 가게로 들어와 물건을 바닥에 내려 놓고 오더 시트를 톰 아저씨에게 건넸다.

"아까 하던 이야기는 다음에 이어서 하고. 우리 물건은 도매상에서 공급을 받아요. 대개는 월요일에 와요."

오더 시트를 들고 박스 앞으로 다가간 아저씨가 박스를 발로 차듯 밀어 움직였다.

"치익! 칫, 지익"

박스가 바닥을 미끄러지듯 긁는 소리가 났다.

"아 그리고 미스터 김, 혹시 앞으로 물건이 와서 옮길 땐 절대 손으로 들지 마요. 괜히 물건 들다 허리 다칠 수 있고 바닥이 타일이라 발로 밀면 되니까, 알았죠?"

함부로 박스를 다룬다 싶으면 오 사장의 불호령이 떨어졌었던 28번가에선 있을 수 없는 일이었다. 어쩌면 세상 어느 직장에서도 있을 수 없는 일이었다. 톰 아저씨가 박스를 열며 말했다.

"미스터 김은 그냥 있어요. 이건 내가 하는 일이니까. 연초라 슬로우 해서 물건도 많지 않으니까 쉬고 있어요!"

톰 아저씨의 단호함에 자리에 그냥 앉아 있을 수밖에 없었다. 가게를 살폈다. 시선이 머물 수 있는 곳이 너무 많았다. 아직은 첫날이라 먼 곳에서 나무로 덮인 산을 볼 때처럼 윤곽만 보였다.

주스 기계 맞은편 가게 입구 바로 옆 선반은 풀이나 꽃 그림과 생소한 학명 같은 영어 단어들이 적힌 흰 플라스틱병으로 가득했다. 허브(herb)나 차, 알로에베라 등 약초로 만든 제품과 근육을 키우는 제품, 천연 재료로 만든 화장품도 보였다. 비타민처럼 가격이 비싼 제품들은 모두 카운터 뒤쪽 벽 선반에 몰려 있었다.

20분도 안 돼 정리가 끝난 톰 아저씨가 창고방으로 들어갔다 책 한 권을 들고 자리로 돌아왔다.

"미스터 김, 이건 내가 쓴 책인데 심심할 때 한번 읽어봐요."

〈어느 이민자의 고국사랑〉.

제목 아래 맨해튼을 배경으로 웃고 있는 40대 후반 남자가 보였다. 젊은 톰 아저씨였다. 책을 펼쳤다. 안쪽으로 접혀들어간 표지 날개에 저자의 약력이 보였다.

- 서울대 철학과 졸업 / 전 동아일보 정치부 기자 / 도미

"아저씨.. 신문기자셨어요? 근데 왜 미국에 오셨어요?"

톰 아저씨가 빛나는 시선을 강하게 부딪치며 말했다.

"그건 이야기하면 너무 길고. 언제 시간 날 때 한번 읽어보고 소감을 이야기해 줘요. 미스터 김이 어떻게 생각하는지가 궁금해요."

톰 아저씨는 생각을 나눌 사람을 간절히 찾고 있는 것 같았다.

처음 맛본 월가의 아침이 끝나지 않았는데 당근 주스를 찾는 손님이 들어왔다. 톰 아저씨가 접시를 내려놓고 주서기로 갔다. 스위치를 켜고 카운터 아래 흰 통 위에 있는 위생 장갑을 끼고 우산처럼 꽂혀있는 당근을 집어 타원형 굴뚝처럼 올라와 있는 투입구에 꽂아 넣었다. 원판이 회전하는 것 같은 '위잉' 소리에 '서그럭치이익' 당근 갈리는 소리가 더해졌다.

수직으로 꼽혀 있던 당근의 키가 작아지며 주서기 주둥이에서 당근 주스가 콸콸 쏟아졌다. 당근의 제일 굵은 부분이 투입구 속으로 들어가 얼추 보이지 않게 되자 이번엔 담뱃갑 절반만 한 자주색 플라스틱 밀대를 투입구로 밀어 넣었다. 밀대의 도드라진 부분이 투입구에 걸리며 당근 갈리는 소리도 사라졌다. 그렇게 당근 두 개를 밀어 넣자 스티로폼으로 만든 32온스 컵이 당근

주스로 가득 찼다. 만족한 표정의 손님이 가게를 나섰다. 톰 아저씨가 스위치를 끈 주서기의 회전이 멈추기를 기다리며 말했다.

"이렇게 두 컵을 짜고 나면 안에 있는 당근 찌꺼기를 제거해야 해요. 내가 어떻게 하는지 한번 봐요. 안전이 제일 중요하니 뚜껑을 열기 전에 회전이 완전히 멈춘 걸 확인해야 해요."

회전이 멈추자 주서기 뚜껑 양쪽에 달려있는 엄지손톱보다 조금 더 큰 레버를 위로 제쳐 올렸고 엄마가 쓰던 스테인리스 김치통처럼 '찰칵' 소리가 나며 잠금장치 레버가 튀어 올랐다 내려갔다. 능숙한 손놀림으로 뚜껑을 열고 안에 있는 부품을 꺼내 당근 찌꺼기를 털어 냈다.

주서기는 전체가 스테인리스 스틸로 된 주서기의 핵심 부품은 모터와 회전하며 당근을 가는 회전판이었다. 바닥에는 강판처럼 작고 날카로운 톱니가 많았고 병원을 다녀온 강아지가 목에 두른 깔때기 모양의 벽이 바닥의 바깥쪽을 따라 빙 둘러싼 구조였다. 갈려진 당근은 원심력 때문에 회전판의 둥그런 벽면에 달라붙었고 회전판 벽면에 난 무수한 바늘구멍으로 주스만 빠져나와 아래 고랑으로 모여 주둥이로 흘러나왔다.

"어때요? 미스터 김, 할 수 있겠어요?"

"네, 바로 할 수 있을 것 같은데요? 제가 한번 해 볼까요?"

"그럼 한번 한잔 만들어서 미스터 김이 한번 먹어봐요. 어떤 맛인지 아는 것도 좋지."

당근 한 개로 주스를 만들어 마셨다.

"어렵지 않은데요! 이제 제가 하겠습니다."

별것도 아닌데 톰 아저씨가 대견한 표정을 지었다.

"그래? 그럼 한번 해봐요. 주스 맛은 어때요?"

"아주 단데요! 어떻게 이렇게 달죠? 신기해요."

"그럼 매일 한 잔씩 만들어 먹어요. 아 그리고 미스터 김, 영어 이름 있어요? 없으면 하나 만들어야 하는데."

"제이라고 한번 써 봤는데, 아직 정하진 않았고요."

"제이? 그거 괜찮네. 부르기 쉽고. 근데 혹시 케빈 어때요? 케빈 이름이 고상하고 따듯한 의미가 담겨있는 이름인데 미스터 김하고 잘 어울릴 것 같은데. 잘생기고 친절하고 점잖고 솔직하다는 뜻을 담고 있는 이름이에요."

...

드문드문 손님이 있었고 비타민과 허브를 찾는 금발과 은발이 반쯤 섞인 머리를 뒤로 동그랗게 묶은 백인 여자 손님이 나가자 톰 아저씨가 물었다.

"미스터 김, '돈 크라이 포미 아르헨티나' 알아요?"

"네. 노래 들어 봤어요."

"그 노래의 주인공이 에바 페론이란 여잔데, 그 여자가 태어난 곳이 팜파스(Pampas)에 있는 작은 마을이었어요. 팜파스는 지구상에서 가장 기름지고 풍요로운 땅 중의 하나인데 정말 넓은 초원지대이고 기후가 좋아서 농작물을 키워도 잘 되지만 특히 목축을 하기에는 정말 좋은 곳이에요. 그냥 방목해서 풀어놓으면 소나 양이 먹을 풀이 무한정 제공되는 땅이에요. 미스터 김은 그 팜파스에 길이 있을 것 같아요?"

"길이요? 글쎄요, 있겠죠?"

"그래요. 있겠죠. 근데 미스터 김은 어떤 걸 길이라고 해요? 자동차나 사람들이 다니는 곳을 길이라고 해요?"

"네."

"그럼 길은 왜 필요하죠? 차가 다니는 건 목적이 아니잖아요."

"필요하거나 부족한 걸 얻으려 만든 게 길이겠죠?"

"그래요? 그렇다면 모든 게 풍성하게 잘 자라는 팜파스에 있는 길은 소나 양 같은 가축을 옮기는 것 이외에는 별로 소용이 없을 거 같아요."

"아... 그렇겠네요."

"근데 한두 마리도 아니고 수만 마리를 차로 실어 나르는 것보다 그냥 몰고 가는 게 더 좋을 것 같지 않아요?"

"그러게요. 말씀 듣고 보니 길이 별로 필요하지 않겠네요. 삶에 중요한 의미를 줄 것 같지도 않고요."

"길이 사람들의 삶을 좌우하는 경우도 있지만 너무 풍요로운 곳에서는 말 그대로 길이 길을 잃기도 해요. 미스터 김, 그럼 차마고도[茶馬古道]라고 들어 봤어요?"

"차마고도요? 처음 듣는데요?"

"차마고도는 히말라야 고산지대에 있는 길이가 5천 킬로 미터나 되는 길이에요. 차와 말을 바꾸기 위해 만들어진 길이라 차마고도라고 부르게 되었다고 해요. 깎아지른 절벽 중간에 사람 한 명이 겨우 지나는 길을 통과하고 깊은 계곡 여러 개를 건너야 하고, 한번 다녀오려면 3개월이나 걸리는 길이지만 소금 외에는 별다른 농작물이나 생필품을 얻기 어려운 티베트 고산지대 사람들은 생명을 걸고 다닐 수밖에 없었어요. 너무 위험해서 말도 사람도 많이 떨어져 죽기가 쉬웠다고 해요. 그래서 차마고도를 다녀야 살 수 있는 사람들이 사는 곳에서는 형제 여러 명이 한 여자와 결혼생활을 해요. 아이도 누가 친 아버진 줄 몰라요. 그래야 형제 중에 죽는 사람이 생겨도 남은 형제가 아내와 아이들을 자기 가족처럼 돌볼 수 있으니까요. 미스터 김은 왜 그렇게 된 것 같아요."

"아... 환경이군요. 결국!"

"맞아요. 차마고도 때문에 생긴 거고 결국 길이 삶의 의미를 규정한 경우죠. 팜파스에 그런 특수한 풍습이 생겨 날 수 있었을까요?"

"불가능하겠네요. 무슨 의미를 이야기하시는지 알 것 같아요."

이야기 내내 눈이 더 반짝이던 톰 아저씨가 시계를 들여다보곤 깜짝 놀라 말했다.

"어이쿠, 벌써 11시가 넘었네. 자 미스터 김, 이야기는 또 내일 아침에 하고 점심 장사 준비해야겠어요."

오전 내내 거의 없던 손님들이 11시 30분이 되자 갑자기 많아졌다. 작은 가게안이 사람들이 가득찼고 1시 조금 넘어서까지 이어졌다. 스무 잔 정도의 당근 주스를 만들었다.

미국 이름을 정했지만 톰 아저씨는 미스터 김으로 부르는 걸 더 낫다고 생각했다. 28번가 오 사장은 물론 대개의 한국 가게 주인들은 '미스터'라는 호칭을 사용했지만 톰 아저씨가 쓰는 '미스터'는 많이 달랐다. 목소리가 점점 커지다 마지막에 붙는 성이 강조되는, 아랫사람을 낮춰 부르는 투가 아니었다. 마치 미국 대통령을 미스터 프레지던트라고 부르는 것처럼 소리가 크지도 않았고 음의 고저차가 유난스럽지도 않았다. 음절 소리의 간격도 일정했고 마지막에 붙는 성까지 소리를 내고 나면 조심스럽게 호흡을 마무리했다. 존중이 담긴 '미스터'였다.

당근 주스를 마시는 사람들은 거의 대부분이 단골인 듯 보였다. 톰 아저씨와 간단한 인사를 나누었고 일일이 나를 소개해 주었다.

"이제부터 너의 당근 주스는 여기 케빈이 담당할 거야. 아주 스마트한 사람이고 한국에서 아이비리그 대학을 다닌 친구야."

톰 아저씨의 이야기를 들은 주스 단골들은 모두 시선을 마주치며 반갑게 인사를 했다. 하나같이 자신들의 이름을 알려주며 밝은 미소나 환한 웃음도 보여주었다. 마치 이제 우린 친구가 된 거야라고 말하는 표정들이었다. 몇몇 사람에게서 더 진한 호감이 느껴졌다.

뉴욕증권거래소(NYSE, New York Stock Exchange)는 오후 4시까지 열렸다. 4시부터 4시 30분까지가 마지막 피크시간이었다. 4시 30분이 지나며 가게가 다시 한산해졌다.

당근 주스 마감은 4시 30분이었다. 5시에 퇴근을 하기 위해서였다. 퇴근 전에 해야 할 일은 주서기를 세척하고 배달된 당근을 물에 담가 놓는 일, 두 가지였다. 분해해 흰 통에 담은 주서기 부품들을 흐르는 물로 닦고 다시 흰 통에 담아 카운터로 가져와 물기를 닦은 후 조립을 하는 데까지 채 십 분도 걸리지 않았다. 비닐 포대에 담긴 당근은 절반쯤 물이 차있는 싱크대에 쏟아붓고 나무 막대로 몇 번 노를 젓듯 저었다. 줄기가 붙어있는 당근을 골라내 칼로 잘라내고 모든 당근이 충분히 물에 잠기게 수도꼭지를 틀고 싱크대에 물을 더 채웠다.

5시 5분 전쯤 톰 아저씨가 캐시 레지스터에서 현금을 꺼내며 말했다.

"미스터 김, 이제 퇴근해요. 오늘 첫날인데 고생했어요. 내일 봐요. 난 조금 더 정리하고 갈 테니 어서 집에 가봐요."

"네? 저랑 같이 문 닫으시죠."

"여긴 안전하니까 아무 걱정 말고 어서 가요. 나도 곧 나갈 거예요."

"네, 그럼 내일 뵙겠습니다."

집에 오는 내내 톰 아저씨의 마음과 이야기들을 떠올렸다. 동아일보 기자였던 사람이 미국으로 와 작은 소매점을 하고 있다면 틀림없이 군사정권의 탄압을 피해 도망쳐 왔을 거란 짐작이 들었다.

씻고 누웠다. 눈을 감고 차마고도와 팜파스로 들어갔다. 팜파스, 그림 같은 드넓은 초원에서 풍요로운 삶이 당연한 사람들이 소떼를 몰고 있었다. 하지만 사람들 얼굴은 그려지지 않았다. 어쩌면 상상이지만 너무 아름답고 풍족한 자연에 영혼을 빼앗긴 시선이 사람의 표정을 찾을 능력을 상실했는지도 몰랐다.

　멀리 흰 눈이 쌓인 히말라야 봉우리들 한참 아래 차마고도가 보였다. 깎아지른 절벽 중간에 홈처럼 난 길을 열 명도 안 되는 사람들이 이십여 마리 말들과 섞여 일렬로 걷고 있었다. 남루한 옷에 모자를 쓰고 있는 사람들과 짐을 잔뜩 짊어진 당나귀를 닮은 작은 체구의 말들이 해발 4,000미터라 희박한 공기를 깊게 빨아들이고 있었다. 장엄한 풍경이었지만 시선은 오히려 사람들에게 꽂혔다. 하나같이 햇살에 그을려 얼굴색이 까맣고 지방이 얇아 피부가 뼈와 맞닿은 것 같아 누가 누구인지 구분이 잘되지 않았다. 자세히 보면 다른 얼굴이었지만 죽음이 가까운 힘든 길 위에 있는 사람들인데도 웃음이 헤펐고 똑같았다. 천국의 문 앞에서 짓는 미소였다. 그들의 마음을 그리며 잠에 들었다.
　잠에서 깨자 마음의 모양이 또렷해졌다. 데릴사위를 찾고 있음을 분명하게 보여주신 써니 아버지에게 정중한 거절과 고마움을 전하기로 결정했다. 써니에게도 이야기를 하기로 마음먹었다.

　일요일. 버스를 타고 뉴저지로 들어갔다. 조지 워싱턴 브리지를 건너 포트 리(Fort Lee) 정류장에서 멀지 않은 맥도널드에서 써니 아버지를 만났다. 블랙커피 두 잔을 시켰다.
　"저를 좋게 생각해 주신다는 거 너무 잘 알고 있습니다. 써니와 결혼해서 사업을 이어가라는 말씀도 진지하게 말씀해 주신 거 알고요. 근데 제가 뭐 자존심 같은 건 아니고요. 너무 가진 것도 없지만 나름대로 가진 걸 포기하고 미국으로 왔는데 지금 이대로는 좀 아닌 것 같습니다. 올해 안에 영주권도 받을 거고 제 힘으로 한번 노력을 해보고 싶습니다."

써니 아버지는 담담했다.

"그렇게 생각한다면 그것도 좋아. 뭐 지금 내가 바로 은퇴를 하려는 것도 아니고. 자네가 가진 자신감도 자네가 마음에 든 이유 중에 하나니까. 걱정하지 말고 하고 싶은 대로 한번 해봐. 내가 보기엔 어디에서도 잘 할거 같으니까. 써니랑도 마음이 가지 않으면 부담 가지지 말고."

"네. 언제라도 제가 상의드릴 일이 있으면 연락드리겠습니다. 그리고 써니는 멋진 여자니까 얼마든지 좋은 남자 만날 것 같습니다."

"써니는 내가 보기에도 괜찮은 여자야. 무 자르듯 자르지 말고 인연은 이어가게. 그러다 아니면 아닌 거지! 부부의 연이 없으면 나중에 좋은 오빠 동생으로 지낼 수도 있지. 써니도 연연하지는 않을 거니 걱정 말고."

받아들이는 것 외에는 방법이 없는 계약서에 마지막 사인을 하듯 써니 아버지가 다 식어 차가워진 커피잔을 들어 한 모금 마셨다.

삼십분쯤 뒤. 써니와 마주 앉았다.

"써니야. 내 말 오해 말고 들어. 넌 오해하지 않을 거라 믿지만 그래도..."

"안 그래도 오빠가 28번가 전자 도매상을 그만두고 아빠 가게로 오지 않아서 나도 조금 생각을 해 봤었어."

"난 써니, 너의 솔직함과 생각들이 참 멋지고 좋아. 그리고 점점 더 여자로서 아름다움도 느껴지고. 근데 지금대로 흘러가면 정말로 내 욕망이 일을 저지를 것 같아. 사랑과 비슷하지만 다른 욕망에 자꾸 끌리는 걸 순간순간 간신히 막아내는 상황이랄까? 내 마음에 이미 사랑이 있는데 다른 사랑을 시작하는 건 불가능해. 이용하는 건 더 싫고."

"오빠. 동주 오빠. 내가 그걸 몰랐을 거 같아? 알았고 알고 있어, 오빠 마음. 이해해! 오빠 하고 싶은 대로 해. 그걸 누가 말려! 말려서 되는 것도 아니고. 근데 동주 오빠. 나도 내가 하고 싶은 대로 할 거야. 뭐 그러다 말거나 지치거나 하겠지, 나도."

"써니야. 미안. 써니는 멋져. 좋은 여자고."

"그런 말은 안 해도 돼. 그리고 오빠가 필요하면 날 이용해도 돼. 오빠라면 이용 좀 당해도 좋을 거 같아. 물론 오빠가 그러지 않을 거 같아서 자존심이 벌써 많이 상하지만 말이야."

1988년 1월 10일 일요일 나는 다시 차마고도로 들어섰다.

···

풀턴 스트리트는 월가 사람들을 위한 상점들이 많았다. 처치 스트리트(Church Street)가 트리니티 교회(Trinity Church)등 역사적이고 상징적인 건물들이 많았다면 풀턴 스트리트는 점심시간 혹은 퇴근길에 들러 필요한 것들을 사는 쇼핑의 중심거리였다.

중절모를 쓴 50대 백인 남자가 물었다.

"염증에 좋은 허브(herb)나 약이 있나요? 좀 알려주세요."

톰 아저씨가 카운터 밑에서 도톰한 문고판 책을 꺼내 뒤적이다 책을 펴서 손님에게 내밀었다.

"여기 보면 뭐가 좋은지 알 수 있을 거예요."

잠시 내용을 살피던 손님이 말했다.

"아, 골든씰(Goldenseal)이 좋은 거군요. 한 병 주세요."

골든씰이라는 이야기가 끝나자마자 입구 바로 옆에 있는 선반으로 가서 골든씰을 가져다 손님에게 건넸다. 흡족한 표정의 손님이 말했다.

"아메리칸 인디언들이 사용했던 최고의 약초라고 책에 쓰여있네요. 거의 만능 약초네요. 기대됩니다."

11시 30분부터 1시까지, 3시부터 4시 30분까지의 시간을 제외한 대부분의 시간은 톰아저씨가 툭 던지는 질문과 나의 대답으로 채워졌다.

"미스터 김, 아까 골든씰 거기 있는지 어떻게 알았어요?"

"시간 날 때마다 병에 인쇄되어 있는 이름들을 외웠어요. 허브마다 효과도 알아가려고요."

톰 아저씨의 흡족한 미소에 기분이 좋았다.

"근데 손님들이 효과를 묻거나 효능에 관해 물어보면 가능하면 직접 이야기하지 말고 내가 한 것처럼 책을 보여주는 게 좋아요. 왜냐하면, 나나 미스터 김은 법적으로 그런 권한이 없고 또 건강식품이란 게 보조 식품이지 의약품이 아니기 때문이에요. 그럴 일은 없겠지만 혹시라도 손님들이 효과가 없다고 위생국에 불만을 접수할 수도 있어요."

"아... 그래서 책을 보여주신 거군요."

톰 아저씨는 어떤 일에도 깊은 생각으로 다듬어진 기준을 가지고 있었다. 가게 청소도 그랬다. 적절한 수익을 얻고 그에 어울리는 정도의 서비스 면 된다고 생각했다. 잘 모르는 일은 아는 척하지도 않았지만, 욕심으로 무리하게 다가서지도 않았다. 돈을 벌기 위한 행위를 소중하게 생각했지만, 꼭 필요한 만큼만 삶을 내주고 싶어 했다. 하지만 생각을 이야기할 때는 달랐다. 작은 틈새에 낀 먼지 하나도 찾아내려 했다. 틈만 나면 생각을 청소했다. 가끔은 톰 아저씨도 '왜'라는 질문에 분명한 답을 미루었다. 한 사람의 삶을 이야기할 때 종종 그랬다. 많은 것을 알고 느끼고 있었지만 다른 생각들처럼 쉽게 단정 짓지 못했다.

"미스터 김이 한창 여자가 그리울 나이 인데, 대학 때 여자친구 있었어요?"

"네, 있었는데 헤어졌어요."

"미국 오느라?"

"네, 근데 그보다는 제가 너무 가진 게 없어서요."

"미스터 김이 가진 게 없다? 미스터 김 나이에 가진 게 있다 없다 그렇게 말을 할 수가 있나? 부모님이 가진 걸 이야기 하나? 같이 와서 둘이 힘을 합치면 못 할 게 없을 텐데. 미스터 김 능력이면."

"여자 아버지가 워낙 반대해서 어차피 불가능했을 거 같아요."

"그랬구나... 그럼 미국에서 이제 다시 사귀면 좋은데, 직장이 이러니 만날 수도 없겠고.... 교회에 가보지 그래요. 미국에선 이민 온 사람들이 교회를 통해 여러 가지 도움을 받는데."

"여자 친구는... 그 친구와 약속을 했어요. 미국에서 돈벌고 다시 만나기로요. 교회는 미국 생활을 배우기에 좋을 거 같아서, 안 그래도 한번 생각해 보았었는데...."

손님이 왔고 대화는 자연스레 잘렸다. 늦은 오후의 바쁨이 끊은 대화는 무기한 연기되었다. 다음 날 아침에 이어지기도 했지만 새로운 이야깃거리가 넘쳐 가끔은 이어지지 못한 채 잊히기도 했다.

●●●

당근 주스 한 잔을 만들기 위해서는 2분 정도가 걸렸다. 두 잔마다 주서기를 분해하고 당근 찌꺼기를 걷어 내야 하기 때문에 두세 명이 기다리는 경우도 종종 생겼다. 주서기 앞에서 기다리는 사람들은 이런저런 대화를 하며 기다림을 즐겼다. 당근 주스를 찾는 사람들은 매일 같은 시간대에 가게로 왔고 각자 나름대로의 취향이 분명했다. 오전 9시 30분쯤에 오는 40대 초반 백인 줄리아(Julia)는 생마늘 두세 쪽을 들고 와 주스에 넣어 달라고 했다. 여자들은 당근에 셀러리나 비트(beetroot)를 추가해 마시는 경우가 많았고 남자들은 당근으로만 만든 주스를 선호했다. 당근 주스 손님들은 대개 마른 체형이었고 자기관리에 투철한 사람들처럼 보였다. 세련됐지만 겉으로의 화려함보다는 내적인 소양에 더 관심을 가진 것 같았다. 대개는 친절했고 소박한 인간미가 풍겼다. 그중에서도 마크와 제리, 올리비아는 남달랐다. 인종이나 하는 일, 옷차림으로 사람을 차별하지 않는 마음이 고스란히 드러났다.

40대 중반의 독신, 스쿨 오브 비주얼아트(School of VisualArts)의 미술 교수 마크(Marc)는 세 명 중에 제일 먼저 구체적인 친절로 다가온 사람이었다. 미술을 좋아한다는 내 이야기를 들고 난 후 명함을 주며 자신의 미술 수업에 나를 초대했다. 언제든지 참여하고 싶으면 강의실로 그냥 오기만 하면 된다며 자신의 수업 시간표를 건네주었다.

30대 초반의 훤칠한 제리(Jerry)는 월가의 증권 중개인이었다. 머리카락과 입술은 흑인이 비쳤고 눈과 얼굴 골격은 백인의 특징이 보였다. 하지만 흑인이나 백인, 어느쪽에도 속하지 않는 전혀 다른 인종처럼 보였다. 다양한 인종의 조상을 가져서인지 표정이 풍부했다. 불교와 동양 철학이 던지는 화두를 궁금해했고 바둑도 좋아했다. 바둑을 두며 친해졌고 나이 차이도 크지 않아서인지 격의 없는 친구가 되었다.

올리비아(Olivia)는 40대 중반의 키가 큰 금발 미녀였다. 다이앤 레인을 닮아 미모가 빼어났고 공공기관 로비나 지하철역에서 사진전을 열기도 하는 실력 있는 상업사진작가였다. 아름다운 외모 때문에 이야기가 더 하고 싶었고 그녀가 가게에 들어서면 괜한 설렘이 찾아왔다. 질문에 담긴 감성을 찾아내는 사람 같았고 사진작가라 그런지 작은 것도 놓치지 않았다. 어느 날 이후 나를 '잘생긴 손'이라 불렀다. 당근 주스를 짜는 내 손을 보며 정말 손이 잘 생겼다고 했다. 모델로 쓰면 좋을 손이라고 했다.

세 친구들과 특별히 가까워진 데는 웃음이 큰 몫을 했다. 톰 아저씨와 이야기를 하며 비슷한 질문들을 던졌다.

"케빈은 어떻게 그렇게 매일 밝고 싱그럽게 웃어요? 어떻게 그럴 수 있죠? 신기해요! 케빈처럼 매일 저렇게 웃는 사람을 본 적이 없어요."

웃음이 없었다면 불가능했을 인연이었다. 어쩌면 미국은 밝은 웃음과 표정을 좋아하는 사람들이 사는 곳의 이름인지도 몰랐다. 금요일이라 오후 내내 손님이 많았다. 금요일만 돼면 톰 아저씨와의 대화가 가난해 졌다.

...

서울보다 위도가 높았지만, 뉴욕의 봄은 더 빠르게 다가왔다. 멕시코 만에서 올 라오는 난류 때문이라고 했다. 3월이 되자 사람들의 옷차림이 한결 가벼워졌다. 아내가 될 수도 있었던 그러나 이젠 친한 동생, 써니와는 토요일이나 일요일 중 하루는 만났다. 브루클린에 있는 코니아일랜드에서 한겨울에 바닷물에 뛰어드는 러시아 사람들도 보고, 브롱스에 있는 써니 아버지 가게도 가보았다. 써니 아버지 가게는 생각보다 훨씬 번화하고 큰 사거리에 있어 장사가 잘될 수밖에 없을 것 같았다. 써니와는 점점 더 편안해졌다. 팔짱을 끼워도 욕망에 불이 붙지는 않았다.

언제나처럼 아침을 먹고 톰 아저씨와 대화를 시작했다.

"미스터 김, 내가 퀴즈 하나 낼까요?"

"네."

"뉴욕시에서 어떤 유태인이 운전을 하고 가다 신호등이 노란 불인데 사거리에 들어섰고 빨간불이 되고 나서 사거리를 빠져나갔어요. 그런데 경찰한테 바로 잡힌 거예요. 그럼 그 유태인은 어떻게 했을까요?"

"글쎄요. 질문을 하신 포인트가 유태인인 것 같은데... 경찰에게 호소를 했을까요? 자기 아이가 아프다던가... 뭐 그런 핑계를 대면서요?"

"한국 사람들 같으면 그랬겠죠. 그런데 유태인은 그러지 않았어요. 아주 순순히 티켓을 받았어요."

"그래요? 그렇다면... 저는 잘 모르겠는데요."

"티켓을 받은 유태인은 바로 공중전화로 가서 전화한다고 해요. 친구에게 상황을 설명하면 그 다음은 유태인 공동체가 힘을 쓴다고 해요. 전화를 받은 친구는 자기 친구들에게 지금 어느 사거리에 있는 신호등이 고장이 났다며 시청 교통과에 전화하라고 전화를 하고, 또 그런 전화를 받은 친구들은 바로 시청에 고장 신고를 해준다고 해요. 어때요? 미스터 김, 이제 그림이 좀 그려져요?"

"시청에서 나와 점검을 하면 전혀 고장이 나 있지 않을 테고 그럼 아무 소용도 없는 일을 왜 할까요? 이해가 안 되는데요?"

"유태인들은 어디건 시스템을 파악한다고 해요. 뉴욕의 교통 신호등 관리를 시에서 직접 하는 게 아니고 외부 업체와 계약을 해서 한다는 걸 알고 있는 거죠. 신고를 받은 시청 직원은 외부 관리 업체에 고장이 났다는 신고를 전달하고 외부 관리 업체는 현장을 방문하게 되는데, 미스터 김 생각은 어때요? 만약 미스터 김이 외부 관리 업체 사장이라면 이미 시청에 고장 신고가 된 신호등이 멀쩡하다고 그냥 그대로 시청에 보고를 하겠어요? 아니면 어차피 고장이 난 걸로 신고가 되어 있으니 고장 수리를 했다고 해서 돈을 받아내겠어요?"

"고장이 난 걸 수리했다고 보고할 거 같은데요?"

"물론 안 그럴 수도 있다고 생각할 수 있지만, 시청이나 정부의 외주 계약 업체들 중에는 그렇게 양심적인 곳이 많지 않아요. 미국이나 한국이나 실력 으로만 계약을 따내는 건 아니니까요. 그런 업체들은 대부분 수단과 방법을 가리지 않고 시나 정부, 지자체의 돈을 더 타내려고 애를 쓰죠. 유태인들은 그 걸 아는 거예요."

"아... 그러니까 시스템은 물론 사람들의 심리가 어떻게 작동하는지 꿰뚫 고 있는 거군요."

"티켓을 받은 유태인은 법원에서 시청의 수리 기록을 제출하고 티켓은 자 연스럽게 무효 처리가 되는 거예요. 유태인들이 살아가는 방법을 보여주는 대표적인 예로 내가 유태인에게 직접 들은 이야기예요."

...

7월 한여름 풀턴 스트리트의 아침은 쾌적했다. 시원한 바닷바람과 아침부 터 뜨거울 여름 햇살을 막아주는 높은 빌딩들 덕분이었다.

"아저씨, 저 영주권 인터뷰 날짜 잡혔어요."

"오오~! 미스터 김, 축하해요. 서울에 들어가서 받죠? 인터뷰."

"감사합니다. 네. 서울에서요."

"날짜는 언제예요?"

"인터뷰 날짜는 8월 15일이에요. 그래서 8월 13일, 토요일 들어갔다 8월 20일 토요일에 돌아오려고요. 그리고 인터뷰 전에 신체검사를 받아야 하는데 8월 2일이나 3일 중 하루 오전 근무만 하고 병원에 다녀와야 할 것 같아요.

일주일은 제가 없이 계셔야 하겠네요."

"이왕 한국에 들어간 김에 조금 더 있다 오지, 왜 일찍 오려고 해요?"

"친구들이 이제 4학년이라 대학원이나 카이스트 준비로 한창 바쁠 거고 친인척 인사드리는 거 빼고는 할 일도 없어서요. 가게도 그렇고요."

"가게는 아줌마 나오시면 되니까, 긴 시간도 아니니 문제 될 건 없는데. 그래요, 그렇게 해요. 아~ 그리고 병원 가는 날은 가게 나오지 말고 일 처리해요. 신경 쓰지 말고."

"네. 그럼 그렇게 하겠습니다."

"자, 미스터 김, 우리 아침이나 사 와요. 오늘은 특별히 햄 포함 스페셜로 먹어야겠다."

풀턴 스트리트는 시원한 바닷바람이 불지 않는 날이 적었다. 해를 가려주는 높은 빌딩들로 둘러싸여 있어서인지 한 여름에 접어든 7월인데도 쾌적했다. 하늘이 파랬다. 불법 취업의 불편함과 두려움이 내딛는 걸음마다 사라져 갔다. 상쾌한 아침 공기를 마실 때마다 녹아내렸다. 발걸음이 점점 더 가볍고 리드믹해졌다.

어젯밤부터 내린 비가 아침이 되며 바람까지 더해졌다. 고약한 날씨 때문인지 아침부터 손님이 적었다.

"어떻게 한국 나갈 준비 잘했어요?"

"네, 근데 특별히 준비할 게 없어서요."

"근데, 미스터 김, 이제 영주권도 따면 좋은 취직자리도 많은데 우리 가게는 곧 그만두겠네?"

"저도 그 생각을 해 보았는데, 일단 금세 그만두지는 않을 거고요. 만약 제가 그만두면 저희 큰형이 저랑 이번에 같이 영주권을 받고 들어오는데 저보다 훨씬 머리도 좋고 잘할 거예요. 큰형 소개해 드리려고 생각했어요."

"아유, 그렇게 세심하게... 고마워요. 내가 요 며칠 아줌마랑 상의도 하고 고민도 했는데, 한번 들어봐요."

유리창 밖으로 우산을 부여잡고 걷는 사람들을 내다보는 톰 아저씨가 잠깐의 상념을 털어내고 말을 이었다.

"우리 이 가게 어떻게 생각해요?"

"네? 이 가게요? 작지만 알찬 거 같은데요."

"알찬 지는 미스터 김이 어떻게 알아요? 장부를 본 것도 아닌데."

"그럴 거 같아요. 그리고 주 5일 근무고 또 바쁜 시간대와 요일이 정해져 있는 게 장점인 것 같아요."

"미스터 김이 이 가게 주인이라면 만족할 거 같아요?"

톰 아저씨의 정확한 의도가 파악되지 않았다.

"좋겠죠. 이런 가게를 가진다는 게 결코 쉬운 일은 아니니까요. 특히 지금 저라면요."

"미스터 김, 그럼 이 가게 나한테 살래요?"

"제가 이 가게를 산다고요? 하하. 제가 무슨 돈이 있어서 사요."

농담과 진담을 가르는 줄 위에서 중심을 잡으려 마음의 팔이 마구 휘젓고 있었다.

"미스터 김이면 내가 한 푼도 안 받고 팔 수 있어요."

진담 쪽으로 크게 휘청거렸다.

"미스터 김이 만약 마음이 있다면, 가게를 인수하고 가게 값은 매달 벌어서 내는 방식이 있어요. 이 가게가 돈이 있다고 아무나 할 수가 없어요. 한국 사람들 중에 이 가게를 제대로 운영할 수 있는 사람이 많지 않아요. 근데 똑똑

한 사람들은 또 이 가게가 너무 작고, 대부분의 가게들이 그렇지만 주인은 얽매이게 되는데 이 정도 규모 가게는 더 얽매일 수밖에 없어요. 차라리 대형이면 직원들에게 맡겨야 운영이 가능하니 주인들이 숨 쉴 수 있는 여유가 있는데, 규모가 작으면 그게 어려워요."

"아, 그런 방법으로요... 이해했어요. 말씀 주신 제안은 일단 너무 귀한 제안이네요. 감사합니다, 아저씨."

"미스터 김이면 이 가게를 나보다 훨씬 더 잘 운영해 나갈 거 같아요. 그래서 이야기하는 거예요. 한번 생각해 봐요. 어떨지. 자, 그럼 이 이야기는 미스터 김이 생각을 한번 해보고 다시 하기로 해요."

며칠 후, 아침. 톰 아저씨의 눈이 반짝였다.

"어떻게 생각 좀 해 봤어요?"

"네. 아직 생각을 좀 더 해보려고요."

"그래요. 여러 가지 많이 생각해 봐요. 그럼 내가 생각할 거리를 하나 더 줄게요. 만약 내가 미스터 김이라면 어떻게 할 거 같아요?"

내 생각을 물어본 질문이 아니었다. 아저씨가 이어 답을 말했다.

"내가 미스터 김이라면 난 제안을 거절하겠어요."

어이없는 생각도 들었지만 톰 아저씨다운 이야기였다.

"미국 생활에서 안정적인 생활을 해나가는 데는 이 가게 보다 좋은 곳이 없을지도 몰라요. 더구나 한 푼도 없이 내 가게로 만들 수 있는 방법이 있다면 말이에요. 하지만 지금 미스터 김 나이가 이제 스물두 살인데 이 가게에서 10년을 보낸다? 인생의 황금기인데, 시간이 아깝지 않겠어요?"

톰 아저씨의 이야기를 가만히 듣기만 했다. 생각이 혼잡했다.

"그리고 이건 그냥 내 생각인데, 내가 제안을 하고 이런 말을 하니 좀 우습긴 한데, 삶의 황금기에 이제 막 들어선 미스터 김이 이런 작은 가게에서 썩지 않았으면 좋겠어요. 어디에서 어떻게 살 건 미스터 김은 잘 살 거 같아. 영어도 그 정도면 어딜 가도 문제 될 게 없고, 인물 좋지, 붙임성도 좋지, 능력은 말할 필요가 없고... 나야 미스터 김처럼 안심되는 사람에게 가게 인계해 주고 남은 여생, 글이나 쓰면서 살면 참 좋겠지만."

내게 이야기를 하면서도 톰 아저씨는 자기 자신과 이야기를 나누듯 여러 표정이 나타났다 사라졌다. 두 개의 반대 방향으로 향하는 이야기가 약간의 고통을 가져오는 것 같았다.

"아무튼, 미스터 김이 잘 생각해 보고 언제든 마음에 결정이 나면 내게 알려줘요. 미스터 김이 좋다면 난 언제라도 좋으니까."

...

대사관 정문 앞은 초조한 표정에 기가 죽은 등뼈를 가진 사람들이 만든 어정쩡한 줄이 길었다. TV에서 보았던 베트남 전쟁 말기 미국 대사관 입구 같은 느낌이 살짝 들었다. 업무가 시작되었는지 '미국 시민권자만'이라는 표지가 붙은 입구로 들어선 사람들이 마파람에 게눈 감추듯 건물 안으로 사라졌다. 나머지 줄 선 사람들이 사용하는 입구에 꼬리처럼 달라붙은 사람들은 일분에 눈금 하나씩, 딱 한 번 움직이는 벽시계 바늘처럼 고요라고 천천히 입장 허락을 받았다.

3층 대기실로 올라가 엉거주춤 빈 의자에 앉았다. 소리를 보려는지 벽에 걸린 스피커를 쳐다보는 사람들이 많았다. 대기 시간이 길어지자 긴장감이 솟았다. 어깨도 딱딱해지는 것 같았다. 땀이 난 손이 마르고 또 땀이 나고 나서야 벽에 걸린 스피커가 이름을 불렀다.

"김동주님. 3번 창구로 오세요."

예약한 시간대가 있었지만 정작 예약된 건 기약 없는 기다림뿐이었다. 바탕이 없는 논리에 마음이 불편했다. 하지만 제일 마음에 걸렸던 건 못 사는 나라에서 잘 사는 나라로 이민을 하려는 사람들만이 느낄 수 있는, 절차 자체에서는 드러나지 않는 무시나 천대 혹은 적대였다. 미국인은 무난했지만, 대사관에서 일하는 한국인들은 오히려 불친절하고 고압적이었다. 마치 이제 이민자로 미국으로 들어가면 이런 대접이 기다리고 있다는 걸 미리 알려주려고 부탁하지도 않은 과도한 친절을 베푸는 사람들 같았다. 미국 대사관에서의 영주권 인터뷰는 심플했고 후련했지만 억울했고 분했다. 하지만 결국 무사한 끝남에 안도했다.

한국은 올림픽 준비로 부산해 보였다. 친구들은 예상대로 카이스트와 대학원 시험 준비에 여념이 없었다. 성일과도 전화 통화만 했다. 여자친구가 생겼다고 했다. 미진이 집에 전화를 넣어 볼까 생각했지만 그러지 않았다. 미국으로 돌아가는 비행기도 노스웨스트를 선택했다. 여전히 가장 저렴했다. 큰형은 한 달 정도 더 있다 가족을 데리고 입국을 하기로 했고 작은 형은 군대에서 이민 통보를 받고 나와 큰형 보다 조금 더 늦게 미국으로 오겠다고 했다.

8월 20일 이민 비자가 붙어있는 여권으로 다시 미국에 입국했다. 톰 아저씨에게 월요일 하루 더 쉰다고 전화를 했다. 워싱턴 하이츠에 있는 사회보장국 사무실로 가 소셜 시큐리티 카드를 신청했다. 수속하는 사무실이 지저분했다. 교도소에서 죄인을 면접하러 접수를 하는 느낌이 들었다. 저소득층이 모여 사는 동네의 관공서라 그럴 거라 확신이 들었다. 사람을 존중하는 느낌은 철저히 배제된 곳이었다. 미국에서도 가난은 자본주의의 찌꺼기 취급을 받아야 하는 사람들이 차는 호패였다. 그래도 좋았고 다행이었다. 떳떳한 영주권자로 맞이할 풀턴 스트리트가 설렜다.

톰 아저씨의 제안은 문이 열린 채로 놔두기로 했다. 일단 큰형이 올 때까지 한 달 동안 생각을 해보기로 했고 톰 아저씨에게도 알렸다. 8월 말이 되자 휴가에서 돌아오는 사람들이 늘었다. 풀턴 스트리트도 조금씩 원래 인구 밀도를 회복하고 있었다.

•••

8월을 떠나 보낸 며칠 후, 올리비아가 가게로 들어섰다. 당근 주스를 받아 든 그녀가 좋은 제안이 있다며 이야기를 꺼냈다.

"MCI라고 알지? 전화 통신회사. 미국 내 아시안 시장을 대상으로 대대적인 광고 캠페인을 시작하는데 거기에 필요한 사진을 내가 찍게 되었어. 전화기를 들거나 만지고 있는 동양 남자의 손이 필요해. 모델 에이전시 손들을 봤는데 네 손보다 좋은 손이 없더라!"

이틀 후 사진촬영을 위해 광고 회사를 찾아갔다. 2층에 있는 회사 리셉션에서 용건을 말하고 잠시 앉아 있으니 올리비아가 반가운 얼굴로 다가왔다.

"케빈! 잘 찾은 거지?"

"그럼."

"좋아. 안쪽에 스튜디오가 있으니 거기로 가자."

복도를 따라 왼편에는 작은 회의실 두 개와 커다란 회의실이 있었고 임원실로 보이는 방들이 이어져 있었다. 오른쪽은 툭 터진 넓은 공간이었는데 책상 사이가 넓었고 디자이너가 설계한 고급 사무용 소파들이 보였다. 회의실에는 사람들이 많이 보였지만 책상에 앉아 일하는 사람은 별로 없었다. 복도끝이 스튜디오였다.

촬영 스튜디오에 들어서자 커다랗고 모양도 다른 조명들과 육중한 네모 박스 여러 개가 보였다. 일반 실내에 비해 두 배는 더 높은 천장이었고 촬영 배경으로 쓰이는 천이 감긴 롤러들이 한쪽에 걸려있었다. 한가운데 전화기가 놓인 책상이 보였다. 오늘 촬영을 진행하는 세트 같았다.

"자, 케빈, 우선 여기 앉아 있어. 아직 준비가 조금 덜 되었으니, 다 되면 내가 알려줄게. 저기에 보면 신문들이 있는데 한국 신문도 있어. 한번 봐봐. 오늘 찍는 사진은 장거리 국제전화 광고에 사용될 거야."

기다리는 동안 테이블에 쌓여있는 MCI 광고가 실려있는 잡지와 신문을 살폈다. 한국과 중국, 일본어로 된 신문의 수가 많았고 거의 모든 신문의 후면 은 AT&T와 MCI 두 군데 전화 회사가 차지하고 있었다. 장거리/국제전화 관 련 광고가 대부분이었고 광고의 위치와 빈도, 대부분의 광고가 컬러라는 점 을 감안하면 다른 광고 전체를 합친 것보다 두 회사가 쓰는 광고비가 훨씬 더 클 것 같았다. 문득 고요한 수면에 물방울 하나가 '똑' 떨어졌다. 파문이 일었 다. 놀라웠다. 굵은 빗방울이 마구 쏟아지다 순간 멈췄다. 다시 거울이 된 수 면에 기회가 선명하게 비쳤다. 가슴이 두근거렸다. 기회가 분명했다.

촬영이 시작됐다. 전화 수화기를 잡거나, 수화기를 잡으려고 손을 뻗치거 나, 잡기 직전의 사진을 주로 찍었다.

"오케이! 케빈 수고 많았어. 모델 체질이더라."

"그래? 고마워. 올리비아 덕분에 좋은 경험을 했네. 근데 너 여기 사람들 하고 잘 아니?"

"여기 사람들? 당연하지. 너무 잘 알아. 왜?"

"한 일이십 분만 나랑 이야기해도 될까? 시간 되니?"

"그럼 되지. 난 어차피 오늘 여기에 저녁때까지 있을 거야. 여기 카페테리 아가 있어, 거기로 가자."

카페테리아에서 커피 두 잔을 시키고 앉았다.

"미안, 여기는 당근 주스가 없어."

미국 사람답게 올리비아가 바쁜 와중에도 농담을 잊지 않았다.

"하하, 다행이다. 난 또 내가 당근 주스를 짜야 하나 걱정했는데 말이야. 본론으로 들어갈게. 너는 잘 모를지도 모르지만, 지금 미국에 있는 한국 사람들이 한국으로 국제 전화를 정말 많이 하거든. 근데 대개는 ATT나 MCI를 잘 안 써. 왜냐면 전화료가 제일 비싸서. 우리 어머니도 그래서 롱디스턴스 전화 카드를 사서 그 번호로 전화를 걸지. 물론 통화 품질이 좀 덜 좋아."

"그래? 그렇구나. 나는 자세히 생각해 본 적이 없어서 몰랐어."

"그래서 MCI에 제안을 하나 하고 싶은데, 내가 제안서를 하나 만들 테니까 그걸 MCI 쪽 사람들에게 전달을 해줄 수 있을까? 올리비아가 이야기를 해주면 충분히 가능할 거 같은데."

"어떤 제안인데?"

"MCI 회선을 직접 사용하는 전화카드를 만들어서 미국 내 한국, 중국, 일본, 기타 아시아 시장에 뿌리는 거지. 통화 품질도 좋고, 가격대 때문에 MCI에서는 절대 잡지 못하는 시장을 잡는 거지. 어떻게 뿌릴지는 제안서에 담을 거야. 물론 매출 목표도 새로 설립할 회사에 대한 부분도 다 넣을 거고."

"오~! 그거 정말 좋은 생각 같아. 내가 여기 사장도 알고 부사장과는 아주 친해. 내가 한번 이야기해 볼게. 제안서는 언제 만들 거니?"

"일주일만 줘. 아니, 다음 주 수요일까지 만들 수 있어."

"그래 좋아. 내가 그렇게 이야기해 볼게. 내가 보기에 아주 좋은 제안일 것 같아. 요즘 미국 내 아시아 사람들의 국제통화를 잡기 위한 홍보에 막대한 돈을 쓰기 시작했으니 그만큼 시장을 장악하려는 의지가 크다는 거지. 내가 알아볼게."

리셉션 데스크 여자가 내민 서류에 소셜 시큐리티 번호와 이름을 적고 사인을 했다. 잠시 후 6백 불짜리 체크가 들어있는 봉투를 받았다. 들어간 시간과 노력에 비하면 어마어마한 돈이었다. 사람의 가치가 인정되는 곳에서 사는 사람들의 삶을 처음으로 맛보았다. 신선하고 달콤했다. 하지만 건물을 빠져나오는데 뭔가 찜찜했다. 제안서에 들어갈 자료가 하나도 없었다. 자료를 모을 방법을 생각하다 11학년 때 뉴욕 공립 도서관에서 인턴십(internship)을 했었다는 써니의 말이 떠올랐다. 세상에 있는 모든 신문이 도서관에 있다는 말이 생각났다. 방향을 바꿔 같은 5번 애비뉴(FifthAvenue) 선상에 있는 도서관으로 향했다. 달렸다. 기회는 시간과의 싸움인데 시간이 부족했다.

도도하게 턱을 들고 자부심으로 부풀어 오른 가슴을 내민 커다란 돌사자 두 마리가 도서관 건물 입구 계단 양쪽 끝에 앉아 있었다. 인류의 지식을 보호하고 있으니 조심해서 행동하라는 경고를 하는 것 같았다. 건물의 외부 못지않게 실내도 압도적이었다. 베르사유 궁전이나 버킹검 궁의 내부가 이렇지 않을까라는 상상이 들 정도로 웅장했다.

장거리/국제전화와 관련된 기사를 찾기 위해 신문을 뒤졌다. 롱-디스턴스(Long-distance)라는 단어가 들어간 기사 제목을 찾았다. 업계 2위인 MCI는 1984년 AT&T가 독점하던 미국 전화 사업이 지역별로 분리가 되며 자체적인 망을 구축해 경쟁에 뛰어든 회사 중 하나였다.

올 한 해 장거리/국제전화 부문의 매출이 회사 전체 자산 가치인 50억 불을 넘길 것이 확실했고 내년도 사업 전망도 매우 좋았다. 한 경제지는 MCI 장거리/국제전화 부문의 내년 예상 매출이 100억 불에 이를 것이라고 진단했다. 대형 기업들뿐만 아니라 소규모 업체들도 돈이 되는 장거리/국제전화에 뛰어들어 재미를 보고 있으나 통화가 끊어지거나 잡음이 심한 통화 품질이 문제라는 최근 보도 내용도 눈에 띄었다.

집에 도착해 조사한 자료를 연노란색 노트 패드로 옮겼다. 가끔 너무 흘려 쓴 글씨 때문에 기억을 뒤져야 했다. 뼈대를 만들고 필요한 내용으로 채워나 갔다. 방금 밭에서 캔 뿌리채소에 묻은 흙을 털어내듯 몇 번을 손질해야 했다. 자정을 넘겨 초안을 완성했다. 새벽이 되서야 잠에 들었다.

...

출근길 181번가 지하철역에 들어섰다. 여전한 지린내가 역겨웠다. 하지만 이상하게 오늘은 견딜만했다. 집을 나서며 느꼈던 신선한 바람 한 줄기가 지하까지 따라왔다. 희망이 만든 바람이었다.

톰 아저씨에게 아침을 대접하며 사업계획서를 보여드렸다. 톰 아저씨가 입을 크게 벌리며 환호했다.

"오! 이야~! 이거 아주 좋은데! 그러니까 미국에 사는 아시아 출신 사람들에게 특화된 장거리 전화카드 사업을 한다는 거네? MCI 회선을 사용해서."

"네. MCI에서 가지고 있는 회선망을 도매가격으로 사서 소매를 하는 개념의 사업이에요. 저희 어머니도 한국으로 전화를 할 때 전화카드를 쓰시는데 통화 품질도 안 좋지만, 요금제가 너무 복잡해서 전화비가 얼마가 나가는지 도저히 알 수가 없게 되어있더라고요. 제가 보기엔 결국 엄청나게 비싼 거죠. 물론 AT&T나 MCI로 거는 거보다는 싸지만요."

"맞아. 전화카드! 아줌마도 한국으로 전화할 때 전화카드를 쓰는데 밤 10시에만 서울로 전화를 걸거든!"

톰 아저씨는 기분이 좋으면 문장 끝에 달린 '요'가 떨어져 나갔다. 자식을 대하듯 편하게 떨어지는 말에서 아저씨의 기쁨과 기대가 느껴졌다.

"네, 밤 10시가 넘으면 싼데 주말 밤 10시 이후가 제일 싸고요. 1분 단위로 통화요금이 빠져나가는데 1분 1초는 2분으로 쳐요. 1분 단위마다 가격이 다르기도 하고요."

톰 아저씨가 고개를 갸우뚱거리며 물었다.

"1분마다?"

"그러니까 처음 1분과 11분째 1분의 가격이 다르다는 거죠."

"후! 정말? 그렇게 장사를 하는구나... 그쪽은... 이야~! 근데, 미스터 김 이야기를 들으니 이거 정말 좋아 보인다. 제안서도 간단하고 말야. 근데 돈은 어디서 구하지?"

"네, 자본은 써니 아버지와 한번 상의를 해보려고요."

"그럼 나는 신문사 기자들과 통화 해서 시장 상황이 어떤지 물어볼게요."

제리가 왔다. 제안서를 읽는 제리의 눈썹이 위아래로 움찔거렸다. 제리와 바둑을 두며 알게 된 버릇이었고 집중을 하고 있다는 뜻이었다.

"이거 아주 흥미로운데!"

제리는 강조할수록 돌려서 말을 했고 은유적인 표현을 썼다. 주식 거래를 하며 생긴 버릇 같았다. 자칫 자신이 있다거나 확신을 내 비쳤다가 주가라도 떨어지면 투자자들에게 신뢰를 잃을까 봐 그러는 것 같았다.

"내가 다음 주 월요일에 숫자까지 들어간 제안서를 만들 거니까, 제리가 한번 봐줘."

"좋아. 나도 MCI를 잘 알아. 물론 주식 시황을 알지. 거기 사람을 아는 건 아니고. 나도 한번 알아볼게. 월요일에 제안서 내 카피도 하나 만들어 줘. 그럼 자세히 보고 내 생각 알려줄게."

가게를 나서던 제리가 당근 주스를 잡은 오른손 검지를 펴 나를 가리키며 윙크를 했다. 입술 사이로 유별나게 흰 이가 다 드러났다.

월요일 아침부터 초가을 햇살이 따가웠다. 밝은 햇살에 희망도 환해졌다. 하지만 희망이 눈부셔질수록 뒤편으로 드리워진 그림자도 진해졌다. 어두운 밤 갑자기 마주친 검은 고양이의 눈처럼 마음 한구석에서 실패의 두려움이 강렬하게 깜박였다. 약한 뱃멀미를 하는 것 같았다. 긴장의 파고가 높았다.

"어떻게 주말에 써니 아버지란 분과는 이야기 잘 됐어요?"

"네, 이야기 잘 드렸어요. 투자와 동업 제안도 받았고요."

"오! 정말 잘 됐다. 우리 미스터 김, 정말 시작되는구나! 동업은 어떤 조건으로 했어요?"

"써니 아버지가 출발 자본금으로 40만 불을 대고 저와 지분을 50프로씩 가지기로 했어요. 만약 추가 자금이 필요하면 회사로 빌려주신다고 했고요."

"캐시 40만 불이면 적은 돈이 아닌데, 사업성을 정말 높이 사셨나 보다."

"네. 제안서 내용이 완성되었는데 아저씨도 한번 봐주세요."

매출 목표와 예상 수익률 부분을 읽으며 톰 아저씨도 놀라워했다.

"아니, 이렇게 최소한으로 잡아도 수익률이 이만큼이나 난다고? 야~! 장거리/국제전화 시장이 어마어마하구나! 안 그래도 주말에 여기 신문사 편집장들이랑 통화했는데 다들 지금 시장도 크지만, 성장세가 어마어마할 거라 그러더라고. 아무튼, 축하해요, 미스터 김."

톰 아저씨의 환한 미소가 한껏 끌어 올려진 마음이 차분해지며, 머리가 멍하고 나른해졌다. 머리카락이 잔뜩 낀 세면대에 고여있는 물을 쳐다보는 것 같았다. 씻어낸 생각의 찌꺼기들이 마음 위에 둥둥 뜬 채 맴돌기만 했다. 당근 주스를 짜면서도 손과 눈만 사용할 뿐 머릿속은 안개로 자욱했다. 커지는 기대를 떨쳐 버릴 힘이 점점 빠지는 것 같았다.

점심시간이 끝나갈 무렵, 제리가 헐레벌떡 가게로 들어왔다. 바로 맥박이 빨라지며 온몸이 제리로 향했다. 인사도 생략한 채 제리가 빠르게 말했다.

"케빈, 내가 좀 알아봤는데 아주 핫하네! MCI가 대서양에 광섬유 케이블을 깔고 있는데 올해 말에 완료된다네. 지금 전화 회사들이 롱디스턴스랑 국제 전화 사업에 아주 엄청난 투자를 하고 있어. 네 제안서 내용은 정말 훌륭해! MCI에서 제안을 받아들이지 않고는 못 배길 거 같아. 이 사업은 정말 굉장한 사업이 분명해! 물론 제안서부터 내야 하지만!"

자신의 말이 점점 더 빨라진 걸 알아챈 제리가 고개를 털듯이 흔들고 멋쩍게 웃었다.

"아~! 내가 너무 말이 빠른가? 하하. 내가 원래 흥분을 잘 안 하는데 말이야. 하하하."

낚싯대에 물려 올라오는 물고기의 파닥임이 손으로 전해지듯 제리의 말이 생기로 팔딱댔다.

"한 가지 제안이 있는데, 회계 경영 책임자로 제리를 넣으면 좋겠는데. 어때? 만약 제안이 받아들여지면 제리 같은 인재는 어차피 필요할 테니까."

"오! 그런 거라면 문제없지. 그래, 내 프로필이 회사에 들어가면 조금 도움이 될 수도 있겠다. 물론 나중에 나도 참여할 수 있으면 너무 좋고! 그럼 내가 오늘 밤 집에 가서 맥으로 작업하고, 내일 회사에 출근해서 프린트하면 되니까. 내일 점심시간에 가져올 수 있을 거야."

제리가 평소보다 이 서너 개가 더 보이는 웃음을 지은 후 가게를 나섰다. 바로 올리비아에게 전화를 했다. 앤서링 머신에 약속대로 모레, 수요일 가게로 오면 제안서를 줄 수 있다는 메시지를 남겼다.

올리비아가 왔다. 제리가 만든 깔끔한 파워포인트 제안서에 눈이 휘둥그레졌다. 제안서를 가지고 가게를 나서며 검지와 중지를 교차시킨 오른손을 치켜들었다.

"킵 유어 핑거스 크로스드(keep your fingers crossed)."

올리비아가 다녀가고 조금 지나서부터 맥이 풀리는 것 같더니 창자가 살짝 뒤틀렸다. 지난 겨울 배가 아프면서 시작된 감기가 떠올랐다. 미국 감기는 신기하게 배부터 아프기 시작했었다. 아랫배에 힘을 주고 두 주먹으로 세게 배를 두드렸다. 톰 아저씨가 나를 물끄러미 쳐다보며 말했다.

"미스터 김, 긴장돼요? 어디 몸이 안 좋은 건 아니죠?"

"네, 괜찮아요, 아저씨. 맥이 좀 풀렸나 봐요. 힘내야죠."

"미스터 김, 어제 캘리포니아에서 베트남 갱단이 인질극을 벌였는데 그들이 요구한 내용이 참 특이했어요."

톰 아저씨가 일부러 화제를 돌리려는 것 같았다.

"방탄조끼랑 헬리콥터, 돈 그리고 천년 된 생강 40뿌리를 인질 석방 조건으로 걸었다고 해요."

"천년 된 생강이요? 생강이 천년을 살 수가 있나요? 천년을 산다고 해도 그걸 어떻게 찾죠?"

"그러니까 말이에요. 나도 하도 신기해서 그런 요구를 한 사람 머릿속을 아무리 들여다봐도 이유를 찾을 수가 없었는데, 미스터 김은 찾을 수 있으려나?"

"일부러 엉뚱한 제안을 해서 당황하게 만들려고 했을까요? 아니면 혹시, 그게 진저가 아니라 산삼 아니었을까요? 진생을 진저로 착각한."

"아하, 그럴 수 있겠다. 그럴지도 모르겠네! 산삼도 천년을 사는 게 힘든데 하물며 생강이 천년을 산다? 아직 미국 사람들은 진생을 잘 모르는 사람도 많으니 그럴 가능성이 있겠다. 역시 미스터 김, 머리가 비상해!"

톰 아저씨와의 대화는 마술 지팡이였다. 시간을 기린으로 만들어 성큼성큼 걷게 만들었다. 제리가 왔다. 이제 편지를 다리에 묶은 비둘기가 날았으니 기다려 보자고 했다. 주먹을 마주치며 행운을 빌어 주었다. 어느새 퇴근 시간이 가까웠다. 기린으로 변했던 시간이 굼벵이가 될 차례다.

수요일이 잠을 헤집어 놓지는 않았다. 제안서가 전달되는 날이었지만 내일이 될 수도 있다고 생각했다. 그렇다면 제안서에 대한 회답은 빨라야 다음 주나 돼야 받을 수 있을 것이다. 시간이 더 천천히 흘러갔으면 좋겠다고 소망했다. 가끔은 거짓말로 자신도 속여야 삶이 지켜지는 때가 있다. 지금이 그런 것 같았다.

브렉퍼스트 스페셜 감자에 짙은 갈색 딱지가 많이 눌어붙어있었다. 갈색 딱지는 감자가 조리 철판 위에 오래 있었다는 뜻이라 사람들은 대개 갈색 딱지가 붙어있지 않은 감자를 선호했다. 하지만 나는 바삭하고 고소한 맛이 강하게 느껴지는 갈색 딱지가 붙은 감자가 더 좋았다.

"미스터 김이 우리 가게 온 게 올해 1월 초였죠?"

"네."

"9개월째인데, 3년은 된 거 같아요. 여기 오는 손님들이 대부분 굉장히 까다로운 건 미스터 김도 느낄 수 있죠? 배운 것도 많고, 돈도 잘 벌고, 또 자존감도 높잖아요."

"네, 그런 것 같아요."

"그런데 미스터 김은 강의에 초대도 받고, 집에 가서 바둑도 두고, 손 모델도 하고. 이젠 그런 사람들과 연계해서 사업 제안까지 한단 말이야. 그것도 아주 쉽게. 어떻게 그럴 수 있는지,... 내 눈으로 직접 보고도 믿어지지 않아요."

"그런가요? 저는 그냥 생각이 들면 그걸 따라갔을 뿐인데, 아저씨 이야기를 듣고 보니 저도 신기하네요. 제가 영어를 한다고 해봐야 미국 사람들이 보기엔 이민자의 얕은 영어실력이고..."

"나도 궁금해요. 뭔가 다른 걸 가졌는데 한마디로 말하기는 힘든 뭔가가 있는 건 확실해요."

"아저씨 말씀 들으니 저도 궁금하네요. 제가 가진 게 뭘까요?"

···

목요일. 굵은 비가 왔다. 우산 때문에 가게가 번잡했고 바닥 물기를 틈틈이 치워야 해서 바빴다. 하지만 손님은 평소보다 적었다. 가게 창밖으로 오가는 사람들의 발걸음이 비 때문에 더 빨랐다. 지나치는 차들이 낮부터 헤드라이트를 켜고 다녔다. 아침부터 종일 형광등이 켜진 가게 안이 바깥 풀턴 스트리트 보다 훨씬 더 환했다.

···

금요일도 흐렸다. 아침을 먹으며 톰 아저씨가 말했다.

"미스터 김, 이번 주말에는 뭐 할 거예요?"

오늘도 올리비아가 안 오면 어떻게 보낼 거냐는 질문처럼 들렸다.

"이번 주말에는 메트로폴리탄 뮤지엄에 가보려고요."

"거기 아직 안 가봤죠? 정말 가볼 만한 곳이에요."

"네. 아직이요. 하루에 다 못 본다고 해서 아침 일찍 가보렬고요. 걱정 마세요, 아저씨. 오늘 올리비아가 오지 않을거라 예상하고 있어요. 저는 다음 주 수요일 정도에 답이 오지 않을까 싶어요."

"그래요. 밥이 잘 되려면 뜸이 드는 시간이 필요해요."

맨해튼 거리엔 구겨진 누런 종이봉투 같은 게 굴러다니기는 했지만 바람이 많은 바닷가라 먼지는 적었다. 대개는 공기가 깨끗했지만 오늘처럼 비가 오고 난 다음 날 공기는 정말 투명했다. 퇴근 준비를 하러 창고 방으로 들어가 당근 포대를 칼로 가르고 있었다.

톰 아저씨의 목소리가 들렸다. 성대에 너무 힘을 주고 소리를 쳤는지 쇳소리가 났다.

"미스터 김~!!! 올리비아 왔어요."

한꺼번에 뛰어올랐다 떨어져 내린 뇌세포들이 비틀거렸다. 뇌에 난 지진을 느낀 가슴이 두려움에 떨었다. 다리만 제정신이었는지 창고 방을 이미 나서고 있었다. 올리비아가 활짝 웃고 서 있었다. 본능이 알아챘다. 됐다는 미소였다.

올리비아가 주고 간 봉투를 열었다. MCI 레터헤드가 들어있었다. 훌륭한 제안서라는 칭찬과 좋은 사업 파트너가 되고 싶다는 내용이었다. 새로운 건 보증금이 1백만 불로 높아졌다는 것뿐이었다. 계약은 9월 20일 오후 2시라는 메모가 붙어 있었다.

나른했다. 손끝이 차가워지는 것 같았다. 퇴근 준비를 마치고 집으로 향했다. 뇌가 텅 빈 것 같았다. 제일 앞에서 걸음을 만들어 가는 신발코를 쳐다보며 걸었다. 몇 걸음 걸은 것 같지도 않은데 어느새 지하철역 입구에 도착했다.

　도쿄 시로카네다이(しろかねだい)에 있는 미야코 호텔(都ホテル)에 롤스로이스가 줄지어 들어섰다. 호텔을 끼고 있는 도로에는 호텔로 진입하려던 검은 벤츠 여러 대가 비상등을 켜고 롤스로이스 행렬이 끝나길 기다리고 있었다. 황족과 정치인, 사업가들이 많이 살았고 집 하나가 호텔이나 대형 공공시설로 전환될 정도로 큰 저택이 많은 지역이라 평소에도 롤스로이스가 한두 대는 보였지만 오늘은 황족이나 정치인, 혹은 야쿠자의 결혼식이 있는 것처럼 보였다.

　연미복과 최고급 기모노를 입은 신랑과 신부의 가족, 귀빈들이 차례대로 내려 호텔로 들어섰다. 네 번째 흰색 롤스로이스 팬텀가 멈췄다. 차문이 열리고 웨딩드레스를 입은 신부가 나타났다. 시선이 몰렸다. 키가 큰데 힐까지 신은 신부는 멀리에서 봐도 서양 여자의 몸매처럼 볼륨감이 있었다. 가슴을 위로 올려 조이는 브래지어 때문인지 깊게 파인 웨딩드레스 때문이지 가슴이 유난히 커 보였다. 일본 여자에게선 찾기 힘든 풍만한 가슴이었다.

　'시로카네제(シロガネ-ぜ)'라는 말이 있다. 이태리 밀라노 사람을 뜻하는 밀라네제를 차용한 것으로 시로카네다이(しろかねだい)에 사는 여자를 부르는 말이었다. 원래는 패션 감각이 뛰어난 여자를 상징하는 말이었지만 '청담동 며느리'처럼 부자 동네에 사는 여자들이 풍기는 고급스러움을 표현하는 말로 사용되었다. 신부는 '시로가네제' 같았다.

　흰색 연미복을 입은 신랑은 가뜩이나 큰 키에 위로 솟구친 헤어스타일 이 더해져 주변 중년 남자들보다 머리 하나 더 커 보였다. 신랑 측 리셉션 데스크 앞에서 M자형 대머리가 깊이 파였지만 어깨가 떡 벌어지고 체격이 건장한 신랑 아버지가 하객들을 맞이했다. 신랑 아버지가 쓴 사각형 까르띠에 금테 안경이 여기저기에서 터지는 카메라 플래시를 받아 번쩍였다.

"고바야시(小林) 상, 축하합니다. 이렇게 성대한 결혼식은 오랜만이에요!"

고바야시가 화통한 웃음을 터트렸다.

"감사합니다. 하나뿐인 아들인데 이 정도는 해야 하지 않겠습니까!"

"하긴요. 동경 맨션왕이신데 이 정도야~! 하하"

고바야시 노부는 지인들 사이에서는 맨션왕으로 불렸다. 동경의 부동산이 오르기 전부터 맨션을 사 모았던 고바야시는 동경의 부동산이 폭등하며 상상할 수 없는 거부가 되었다. 고바야시가 가진 맨션이 동경에만 1천 채는 될 거라는 소문이 돌았다. 고바야시 옆에는 은색 기모노를 입은 고바야시의 부인이 허리와 머리를 조아리며 하객들을 맞았다. 웬만해선 허리를 깊이 굽히지 않던 고바야시 노부(小林信)가 허리를 크게 굽혔다.

"사토(佐藤) 상! 이렇게 와주셔서 감사합니다."

"노부, 축하하네. 날씨마저 사람을 알아보고 축하하나 보네."

"오늘 최고의 축복은 사토상이시지요. 와주셔서 정말 감사합니다."

백발의 사토는 76살이었지만 건강을 타고난 사람 같았다. 걸음걸이와 서 있는 자세 모두 큰 뼈와 관절 어디에도 휘어짐이나 뻑뻑함이 없었다. 여전히 공사 현장을 다니며 시공 상황을 챙길 정도로 정열적이었다. 일본 부동산, 특히 동경의 부동산 불패 신화는 다소 거칠었던 사토의 성격도 바꾸어 놓았다.

어떤 문제가 생겨도 돈으로 해결하면 그뿐이었다. 문제로 일어나는 손해는 치솟는 부동산으로 인한 추가 이익에 비할 수 없이 작아졌기 때문이었다. 사토는 마치 웃고 만나 웃고 헤어지는 것이 목적인 외교관처럼 부드럽고 여유로웠다. 사토의 일행으로 보이는 남자 다섯이 차례로 고바야시와 인사를 나누었다. 주택, 특히 맨션 건축으로는 일본 전체에서 세 손가락에 든다는 사토 종합건설 사람들이었다. 고바야시는 3년 전 처음 동경에 맨션을 지을 때 시공사로 알게 된 사토 종합건설과 이제는 프로젝트를 함께 진행하는 파트너가 되어 있었다. 고바야시가 땅을 사고 사토 종합건설이 공사와 분양을 맡고 수입을 나누는 방식이었다.

고바야시가 사토를 안내해 신부 측으로 가 신부 아버지를 소개했다.

"사토상, 우리 사업 파트너 모리 다이치(森 大地), 임상입니다."

키가 크진 않았지만 다부진 체격의 신부의 아버지가 허리를 크게 숙여 사토의 양손을 잡고 말했다.

"말씀 많이 들었습니다. 잘 부탁드립니다. 모리 다이치, 한국 이름은 임명진입니다."

"아! 축하합니다. 이제야 뵙네요. 말씀은 많이 들었습니다. 제가 인사가 좀 늦었습니다. 사토 종합건설 사토입니다. 다이치(大地), 커다란 땅이라! 이름이 가지고 계신 포부나 사업 계획과 아주 잘 맞아떨어집니다. 하하. 그런데 임상이면 일본성에도 이미 하야시(林) 성이 있는데 어찌 모리(森)로?"

허리를 깊게 굽힌 임명진이 사토의 시선을 황송한 듯 받아내며 말했다.

"부끄럽습니다. 이왕이면 나무가 두 개 있는 거 보나는 세 개가 있는 게 사내의 야망에 더 어울릴 것 같아 그랬습니다. 부끄럽습니다. 나중에 제가 따로 꼭 모시겠습니다."

"하하. 그렇군요. 임상의 포부에 어울리는 좋은 이름 같습니다. 그러시죠. 그나저나 신부가 프랑스에서 유학을 한 재원이라지요? 또 아름답기가 한 겨울에 핀 매화꽃이 고개를 숙일 정도로 미인이라고 하던데요!"

시선을 임명진에서 거둔 사토가 고바야시 쪽으로 고개를 돌렸다.

"노부! 아름다운 며느리도 얻고. 든든한 사업 파트너를 사돈으로 모시게 되었으니 오늘은 경사가 넘쳐 흐르는군!"

세 사람 모두 큰 소리로 웃었다. 신랑과 신부의 엄마들도 입에 손을 가져다 대고 웃으며 즐거움을 만끽했다. 결혼식이 진행되는 연회장은 단청을 입히지 않아 나뭇결과 색이 그대로 드러나는 일본 신사처럼 채도가 높지 않게 꾸며져 있었지만, 돈을 퍼부은 흔적이 사방 가득했다. 꽃 장식도 최고의 플로랄 디자이너가 맡은 것 같았다. 수수하지만 고급스러웠다. 신부의 아름다움이 빛나는 목적 하나를 위해 비워지고 채워진 것 같았다.

신부 아버지의 손에 오른손을 살포시 올린 신부가 워킹을 시작했다. 사람들의 시선이 신부의 얼굴과 드레스 때문에 더 과장되게 풍만해 보이는 가슴과 잘록한 허리에 꽂혔다. 사방에서 작은 웅성임이 일었다. 아름답다는 소리가 탄식처럼 흘러나왔다.

고개를 숙이고 있던 신부가 중간쯤부터 고개를 들었다. 눈가가 잠시 반짝였지만, 눈물이었는지 가늠이 어려웠다. 눈물이라 생각한 사람들은 아버지와 어머니를 생각했을 거라 여기며 함께 애달파했다. 신부가 살짝 미소를 띤 것 같기도 했다. 어떤 사람은 신랑을 보고 지은 미소라 생각했고 또 어떤 이는 슬픈 기억을 지우는 마음 아린 미소라 여겼다. 조급해 보이던 신랑이 자리에서 기다리지 못하고 다섯 걸음이나 앞으로 나가 신부를 맞았다.

피로연은 일본식 정원 한가운데 있는 연회장에서 열렸다. 사람들은 두세 가지 주제를 받고 토론장에 들어선 사람들 같았다. 첫째는 신부가 이쁘다는 주제였고 둘째는 신랑과 신부 아버지가 사업 파트너라는 주제였다. 신랑이 바람기가 있을 것 같다는 세 번째 주제는 주로 중년 여성들이 맡았다.

"신랑 코 큰 거 봤지? 신랑 거기가 대부에 나오는 큰아들 같은 거 아냐?"

"어머~! 호호호. 그러게 말이야. 코도 크지만 키도 훤칠한 게 꼭 젊은 그레고리 펙 같더라!"

"뭐? 네가 그레고리 펙을 만나는 봤어? 크크큭."

"어머 얘! 신부가 이쁘긴 하지만 앞길이 훤하다 얘! 마음고생 좀 하겠어. 코도 크고 키도 크니 바람기가 잘 날이 있겠어, 어디? 여자들이 어디 그냥 놔둘 리가 없어! 더구나 동경 맨션왕의 아들인데 말이야."

"말도 마. 아버지는 맨션왕이지만 아들은 바람 왕으로 소문이 파다 해!"

"정말? 어머~!"

입구로 신랑과 신부가 들어섰다. 여기저기서 부러움이 섞인 목소리가 흘러나왔다.

"어머! 저 노란 원피스 좀 봐. 너무 이쁘다."

"세상에나 어떻게 노란 원피스가 저렇게 잘 어울리지?"

"황실 여자 같아. 지나 롤로 브리지다 같은걸!"

...

1988년 결혼식 몇 달 전. 고바야시(小林)가 집을 나서 상아색 롤스로이스에 올랐다. 매너와 교양이 몸에 배어있는 운전기사가 모자를 살짝 들어 올린 후 허리를 굽혀 그를 맞이했다. 작년, 27대 총리였던 기시 노부스케(岸 信介)가 죽기 전까지 그의 차를 몰았던 마사요시(正義)였다. 들어 올린 모자 아래 흰머리가 성성했지만, 각이 살아있는 몸매와 자세를 가지고 있었다.

마사요시를 보면 고바야시는 기분이 좋아졌다. 롤스로이스에 어울리는 품격 있는 운전기사도 좋았지만 전 총리의 기사였다는 게 더 좋았다. 고바야시는 돈으로 살 수 없지만 결국 돈으로 살 수 있는 격조 높은 것들에 점점 더 빠져들고 있었다. 길거리 사람들이 보였다. 어릴 적 길거리에서 고관대작이 타던 차를 보며 저런 차 안에는 어떤 사람이 탈 수 있는지 궁금했던 자신이 떠올랐다. 헛기침을 한 고바야시가 아들과의 대화를 떠올렸다.

"아버지! 임 사장님 딸이요. 저랑 자리 좀 만들어 주세요."

"아니 타쿠미(巧), 너 좋다는 여자들이 요코하마까지 줄을 서 있는데, 왜? 임 사장 딸이 네가 싫대?"

"아니요, 싫다고는 안 했는데, 제가 만나자 해도 만나주질 않아요."

"허! 자식! 그럼 싫다는 거네. 안 싫은데 왜 안 만나!"

"아무튼, 오늘 임 사장님 만나면 이야기 좀 해보세요."

고바야시는 외아들의 여자 편력을 잘 알고 있었다. 타쿠미에게는 따르는 여자가 많았고 그중에 얼굴이 반반하거나 몸매가 좋은 여자라면 재일 동포와 일본 여자를 가리지 않고 잠자리를 가지는 능력이 있었다. 자신의 맨션으로 여자를 불러들여 일주일 내내 섹스에 빠진 적도 있었지만, 대개는 한두 번의 잠자리면 끝을 내는 게 타쿠미였다. 그런 타쿠미가 처음으로 여자에 안달이 난 것 같았다. 여자와 잘 되게 도와달라는 게 의외였다.

"조금만 수소문해도 네가 어떤 놈인지 다 알 텐데, 어떤 딸 가진 아버지가 널 반기겠냐? 그리고 무슨 명목으로 임 사장한테 부탁을 하나? 하나 뿐인 딸내미를 너랑 한번 자게 자빠 트려 달라는 부탁을 어떻게 해 인마! 말이 되는 소릴 해야지!"

"그럼. 결혼할 거라고 하면 되잖아요."

"뭐? 진짜? 네가 결혼을 해?"

"하면 되죠. 어차피 누군가와는 할 건데."

"어라! 이 자식이.... 아주 빠졌구먼. 지 좋다는 여자들은 놔두고 싫다고 하니 아주 오기가 났네! 났어~! 몰라 인마."

자신이 보기에도 임 사장의 딸은 이쁘기도 하고 참해 보였다. 하지만 타쿠미를 거절할 정도는 아니었다고 생각했는데, 은근히 부아가 났다. 한편 생각해 보면 임 사장과 사돈을 맺는 것도 좋아 보였다. 임 사장은 자신과 별다른 바 없는 장사치였지만 임 사장의 아내에게선 품위가 느껴졌다. 더구나 임 사장의 장인이 한국의 전직 국방장관이라는 게 마음에 들었다. 돈은 많지만, 여전히 조선 놈 취급을 당하는 일본에서는 국방장관의 외손녀를 며느리로 들이는 건 어불성설이었다.

약속 장소에 먼저 도착해 있는 임사장을 본 고바야시가 '그럼 그렇지, 네가 먼저 와 있어야지!'라는 마음이 드러나는 입꼬리를 만들었다.

"임 사장님. 우리 타쿠미가 요즘 부쩍 사업에 관심을 보이는데 저도 이제 슬슬 후계를 준비해야 하나 봅니다."

고바야시는 미끼를 던졌고 임명진은 잽싸게 물었다.

"아드님이 아버지를 닮아 키도 훤칠하고 참 잘생겼지요!"

"그렇죠? 녀석이 나를 아주 많이 닮았어요. 키도 크지만, 여자를 너무 밝히는 게 꼭 지 아비를 닮아서.... 하하."

"남자가 여자에게 끌리는 건 당연한 거죠. 영웅이 여자를 밝히는 건 역사에도 나와 있으니 오히려 타쿠미 군이 아버지 사업을 더 크게 확장할 그릇이라는 이야기가 될 수도 있지 않습니까!"

임명진은 고바야시의 기대를 저버리지 않았고 헛웃음을 켜며 굽신거렸다. 고바야시는 왠지 과장된 임명진의 몸짓과 웃음소리에 혹시 저놈이 자신의 마음을 알고 저러는 건 아닌가 싶었지만 뭐 그것도 나쁘지 않았다. 돈에 완전히 무릎을 꿇는 게 상대도 오히려 편할 거라 생각했다.

"그건 그래요. 근데 이 녀석도 이젠 슬슬 집안을 꾸리고 지 아비 사업에도 좀 참여하고 그래야 하는데... 근데 그 녀석이 웬만하면 여자 이야기를 내게 잘 안 하는데 임 사장님 따님 이야기를 하더군요."

타쿠미 이야기가 나오자 임명진의 속마음이 바람에 가발이 날려간 민머리처럼 훌러덩 까졌다. 입을 헤벌린 임명진이 자신도 모르는 사이 고바야시 쪽으로 엉덩이가 들릴 정도로 몸을 기울였다. 고바야시에게 자신의 운명을 걸려는 참에 사돈이 될 수 있다면 더이상 바람이 없을 것 같았다. 금상첨화였다. 그런 임명진의 모습을 본 고바야시가 배에 손을 대고 머리를 뒤로 한껏 젖히며 잘난 체를 했다. 어떤 딜에서 건 약점이 될 만한 걸 먼저 끄집어내서 상대의 반응을 보는 게 고바야시의 습관이었다. 조금의 손해도 보기 싫기도 했지만 그래야 칼자루를 속 시원히 휘두를 수 있다는 걸 경험으로 터득한 터였다.

"아! 저희 딸이 타쿠미 이야기는 한 적이 없어서 저는 잘 몰랐습니다."

"그래요? 저는 임 사장님과 사돈이라도 맺고 싶었는데 그럼 안 되겠네요! 젊은 애들이 뭐 그런 이야기를 부모에게 하는 것도 이상하죠. 안 그렇습니까?"

임명진이 자신의 경솔함을 탓하는 표정을 과장된 웃음으로 다시 덮었다. 사돈이란 말이 고바야시 입에서 나왔으니 승리는 자신의 것이라 생각했다.

"제가 저희 딸을 타쿠미 군과 잘 만날 수 있게 만들겠습니다. 아무 걱정 마십시오. 저도 고바야시 사장님과 사돈이 된다면 가문의 영광이지요."

임명진이 동경에 정착하게 된 이유는 고바야시 때문이었다. 한국에서 중견 건설사로 회사를 키우고 싶었지만 전문성이 부족했다. 대형 아파트 건설은 1차 하도급 업체로 부터 다시 하도급을 받아야 했고 지역을 기반으로 성장하는 지방 건설사도 아니었다.

5년 전 동경 재일 동포 민단계열 라이온스 클럽 모임에서 주최하는 골프 대회에서 처음 만났을 때만 해도 고바야시는 적당히 성공한 재일 동포 중의 한 명이었다. 하지만 3년 전부터 고바야시의 재산은 눈덩이처럼 커졌다. 동경의 집 장사가 한국의 아파트 건설보다 훨씬 더 매력적이었다. 그걸 본 임명진의 욕심이 제자리 뛰기만 할 수는 없었다.

1987년 여름 임명진이 50억 원을 들고 동경으로 들어왔다. 화곡동 연립주택 단지 건설로 생긴 수익금에 연희동 집을 팔아 20억을 만들고, 주거래 은행 지점장을 구워삶아 30억을 대출받아 만든 돈이었다. 87년 대기업 초봉 월급이 30만 원 정도였으니 대단한 금액이었다. 1988년 초여름, 1년 만에 임명진의 자산 가치는 100억을 넘겼다. 자산이 두 배로 부는 데는 고바야시의 도움이 컸다. 그런 고바야시가 일본 최고의 고급 맨션 건설사 중의 하나인 사토 종합건설과 프로젝트를 진행한다는 소식을 듣고 난 후 임명진은 고바야시에게 전 재산을 투자하기로 마음먹었다.

"여보, 오늘 고바야시 사장을 만났는데, 그 집 아들 타쿠미 알지? 그 녀석이 미진이에게 관심이 있는 것 같아. 전혀 예상을 못 했는데... 녀석이 몸이 달았나 봐. 고바야시 사장 입에서 사돈 이야기가 나온 걸 보면 말이야. 우리 미진이가 남자 보는 눈이 없는 줄 알았더니... 언제 타쿠미를 홀린 거야? 하하하."

임명진이 턱관절이 빠질 듯 입을 크게 벌리고 호탕하게 웃었다.

"이상하네요. 미진이는 그 타쿠미란 사람 별로라 그러던데요. 너무 가볍고 멍청해 보인다고... 여자도 너무 밝히는 것 같고요."

"무슨 말이야! 아버지 재산이 얼만데. 그리고 그렇게 키 크고 잘생겼는데 여자가 따르지. 여자가 좋다는데 싫어할 남자가 세상에 어디 있나! 쯧!"

임명진이 아내의 어리석음을 경멸하듯 혀를 찼다.

"작년에 프랑스에 여행을 왔다고 미진이한테 파리 관광 안내해 달라고 해서 하루 안내해 줬는데, 미진이가 그때 보고 아주 별로라고 그랬었어요."

"그건 알았고. 미진이 동경에 언제 들어오지?"

"7월 20일 날 들어와요."

"미진이는 달거리가 언젠가?"

"네? 그건 왜요?"

"왜요는 왜야! 미진이 오면 좋은 온천에 가려고 그러지. 그리고 아버지가 딸 날짜 아는 게 뭐가 그리 대수야?"

"글쎄요. 그건 미진이 들어오면 물어볼게요."

"그러지 말고 전화 통화할 때 미진이에게 물어봐요. 꼭!"

임명진은 아내를 교양 있는 여자라 여겼지만 동시에 그냥 화초 같다고 생각했다. 자신이 아니었으면 벌써 메말라 죽었거나 뿌리가 썩어 시들었을 것이 분명했다. 남편인 자신 덕분에 다른 여자들이 겪는 세상 풍파는 하나도 겪지 않았지만, 자신에 대해 고마움과 존경이 없는 아내가 괘씸했다. 하지만 엎드려 절 받는 건 더 죽을 맛이었다.

...

1988년 초여름. 베란다로 나온 임명진이 마일드세븐 담배 한 개비를 물고 불을 붙였다. 한여름 초저녁이라 아직 밝았지만, 퇴근 준비를 마친 해의 얼굴빛이 불그레했다. 오늘도 어김없이 숯불구이 냄새가 빌딩 벽을 넝쿨처럼 타고 기어올라 그가 기댄 5층 베란다 난간을 휘감았다. 기름기가 간장 양념과 함께 타는 냄새를 매일 맡았지만 질리기는커녕 오히려 식욕이 돋았다. 임명진이 살고 있는 맨션에서 동신주쿠역 방향으로 세 번째 건물 일 층에 있는 야키니쿠 집은 그의 단골 식당이었다.

열린 베란다 창 안쪽으로 그가 큰 소리로 말했다.

"여보, 오늘 저녁은 야키니쿠랑 나마비루!"

"또요?"

포기한 듯 임명진의 아내, 신애가 대답했다.

"알았어요."

중간까지 타들어 간 담배를 깊게 빨며 속으로 되뇌었다. [미진의 생리가 매달 5일쯤이라고 했으니, 2주 전이면 이번 주말이 최적이고! 그래 딸을 위해서라면 내가 못 할 이유가 없지. 아빠의 도리야.] 오랜 시간 미로를 헤매다 결국 빠져나가는 길을 찾아낸 사람처럼 그가 소리쳤다.

"요시(よし)!"

고바야시의 하코네 별장은 하코네 유오하나(箱根湯の花) 골프장의 파 5, 13번홀 그린을 지나자마자 오른쪽으로 휘어지는 도로를 따라 조성된 고급 별장 지구에 있었다. 하코네 관광의 중심지인 아시노 호수까지는 차로 10분 거리였다. 지붕과 외형이 일본식과 양식이 적절히 혼합된 2층 집이었고, 집 앞 마당의 절반은 주차장, 나머지 절반은 작고 동그란 자갈이 깔려있었다. 해발 8백 미터가 넘는 산등성이 밑동에 자리했지만, 전망은 주변 숲의 나무들과 멀리 지네 등처럼 구불구불 연달아 길게 솟아오른 최소 9백 미터 이상의 산봉우리뿐인 고즈넉한 산장이었다. 높은 산 속이라 그런지 동경 시내보다 4~5 도는 시원한 것 같았다.

미진과 신애가 작은 옷 가방을 하나씩 들고 집으로 들어섰다. 별장 1층에는 생활공간이, 2층에는 다다미방 침실이 2개, 침대 방이 1개 있었다. 장작을 땔 수 있는 무쇠 난로와 히노키 나무로 만든 동그란 탕이 있는 노천온천 설비를 빼면 동경에 있는 저택과 비슷한 구조였다.

울창한 숲으로 둘러싸여 그런지 노천탕 주변은 유독 어두웠다. 5시쯤 신애와 미진이 노천온천탕으로 들어가고 난 후 2십 분 정도가 지났을 때 노천탕의 전등불이 나갔다. 타월로 머리를 싸고 유카타를 단단히 조여맨 신애가 1층 거실에 있던 임명진에게 다가왔다.

"여보, 아까 온천 할 때 전등이 나가더니 집에 전기가 안 들어와요. 드라이기도 안 되고..."

"그렇지? 안 그래도 아까 전기가 나가서 바로 고바야시에게 전화했어. 조치를 취해 준다고 했으니, 머리는 수건으로 잘 말리고 일단 나가서 저녁 사 먹고 오면 전기가 들어와 있거나 하겠지. 천천히 준비하고 아시노 호수 특산물 빙어 튀김집으로 갑시다. 6시 예약이니까 십 분 전쯤 나가면 될 거야."

7시 40분쯤 저녁식사를 마친 임명진의 차가 별장으로 들어섰다.

"아빠. 전기가 들어오나 봐요. 집에 불이 켜져 있네. 근데 저 차는 뭐지?"

"글쎄, 누구 차지? 기술자가 왔나? 근데 BMW를 타고 왔네?"

임명진이 눈을 송아지 눈으로 만들며 모른 척 시치미를 뗐다. 차를 세우고 내리는데 타쿠미가 집에서 뛰쳐나와 허리를 굽혔다.

"안녕하세요!"

임명진이 타쿠미와 아내를 번갈아 쳐다보며 놀란 듯 말했다.

"아이? 자네 타쿠미? 아니 자네가! 그럼 자네가 전기를 고친 건가?"

"퓨즈가 나갔더라고요. 가끔 습도가 높으면 이런 일이 종종 있습니다."

"아이고! 이런 이런 고마울 데가. 고바야시 사장님이 알아서 처리해 주신다고 해서 난 그냥 기술자를 섭외해 주시는 줄 알았는데... 어서 들어가세. 아참 그럼 자네 저녁은 먹었나?"

"아.. 아니요 아직. 급하게 오느라고 못 먹었는데 괜찮습니다. 전 이만 가보겠습니다."

"무슨 소리야! 여기까지 왔는데! 오밤중에 돌아가긴 어딜 가. 고바야시 사장님에게도 큰 실례지만 타쿠미 자네의 배려에 내가 그러면 안 되지! 여보! 아까 오면서 사 온 그 까만 유황온천 계란이랑, 술안주로 사 온 가마보코랑 다른 것들 좀 준비해요. 우리 타쿠미 군 시장하겠다. 아 참 미진아, 타쿠미 군과는 파리에서 하루 같이 시간을 보냈었다며?"

짧은 핑크색 면바지에 흰 반소매 면 티를 입은 미진이 인사를 건넸다.

"안녕하세요. 오랜만입니다. 멀리서 이렇게 직접 와서 문제를 해결해 주셔서 감사드려요."

타쿠미가 2시간 가까운 거리에 있는 이곳까지 와서 문제를 해결해 준 사실에 미진도 조금 놀란 것 같았다. 파리에서 보았던 졸부 외아들의 오만함과는 달리 성숙한 베풂과 겸손함을 보이는 타쿠미가 의외였다. 자신이 너무 성급하게 혐오의 도장을 찍었던 건 아닌지 생각했다.

"안녕하세요, 미진 씨. 정말 반갑습니다. 이렇게 또 뵙네요."

타쿠미가 상기된 얼굴로 미진을 바라보았다. 온천을 마치고 화장기도 없는 미진의 피부가 갓 태어난 아기처럼 보드랍고 향기롭게 느껴졌다. 침을 크게 삼키는지 타쿠미의 긴 목 한가운데 박힌 사과씨가 턱 밑으로 숨바꼭질 놀이를 하고 내려왔다.

미진이 엄마를 도와 상을 차렸다. 담배를 피우려는지 임명진과 타쿠미가 마당으로 나갔다.

"이보게 타쿠미, 오늘은 내가 말한 대로만 하면 되네."

"네, 안 그래도 어제 전화를 받고 말씀하신 대로 달려와서 두꺼비집 퓨즈를 올리긴 했는데요."

"그래그래, 잘했네. 그건 내가 일부러 내린 거야. 자네를 자연스럽게 오게 만들려고 그런 거고! 오늘 다 함께 술자리를 할 건데 끝나고 방에 올라가면 잠들지 말고 내가 노크를 할 때까지 기다리게."

"아?... 네!"

"여자는 남자를 잘 만나야 해. 자네도 잘 알겠지만, 세상에 나쁜 놈들이 얼마나 많은가? 능력도 없으면서 여자에게 사랑을 고백하는 건 정말 비겁한 짓이지. 그런 놈들이 나쁜 놈들이지! 남자가 여자를 밝히는 건 태어나길 그렇게 태어난 것이고 오히려 삶에 충실한 거지. 여자들이 그걸 몰라~! 여자의 일생을 책임지고 그 여자와 낳는 아이까지 제대로 책임질 줄 아는 남자를 찾아야 하는데 말이야! 보는 눈이 없지. 특히 어려선 더 그래. 자네라면 우리 미진이를 책임질 수 있다고 난 생각하네."

"감사합니다. 물론입니다. 아버님."

"하하. 좋아! 오늘 우린 미진이를 위해 이러는 거네. 우리 미진이 삶은 온전히 자네 손에 달려있어. 잊지 말게!"

"네 아버님. 제가 미진 씨를 책임지겠습니다. 자신 있습니다."

처음 미진 아버지에게서 이번 주말 미진과 자리를 마련해 주겠다는 이야기를 들었을 때 타쿠미는 많이 놀랐었다. 누구네 숟가락이 몇 개 있는지는 몰라도 대략적인 평판이 꼬리표가 되어있는 도쿄 동포 사회에서 딸을 가진 아버지들은 호색한인 자신을 좋아하지 않았다. 아버지가 맨션왕으로 불리며 자신을 사위로 삼으려는 사람들이 많아졌지만, 아버지의 돈이 목적이란 게 뻔하게 보였다. 하지만 미진 아버지는 달랐다. 친아버지인 고바야시보다 더 자신을 인정해 주는 것 같았다.

산속의 밤이 여름 해 때문에 늦어졌지만 금세 깊어졌다. 1층 거실에서 임명진과 타쿠미는 조니워커 블루를 마셨고 신애와 미진도 임명진이 특별히 준비한 무알콜 샴페인을 한 잔씩 마셨다. 평상시에도 술을 먹으면 얼굴이 발개지는 미진과 신애의 얼굴이 발개지는 것 같더니 온천을 해서 그런지 졸음이 온다며 모녀는 9시도 안돼 2층으로 올라갔다. 임명진이 타쿠미를 뚫어지게 쳐다보았다.

"타쿠미! 약속은 꼭 지켜야 하네. 나와의 약속도 약속이지만 이건 남자인 자네가 자네와 하는 약속일세!"

"네, 걱정 마십시오, 저도 이젠 결혼도 하고 제 일가를 이루어야죠!"

"그래 그럼 자네도 자네 방으로 올라가 있게. 이따 내가 부름세."

담배 두 대를 연거푸 피우고 난 임명진이 2층 안방으로 들어가 아내를 흔들며 불렀다.

"여보! 자나?"

대답 대신 아내가 얕은 신음 소리를 냈다. 잠에 든 것 같았지만 몸을 심하게 뒤척였다. 몸을 살짝 흔들었지만, 눈을 뜨지는 못했다.

천천히 방을 나서 미진의 방으로 들어섰다. 창가에 놓인 가구가 적어서인지 창으로 달려드는 달빛이 강했다. 퀸 사이즈 침대에 대각선으로 누워있는 미진이 명암이 강조된 흑백사진처럼 보였다. 짧은 반바지는 그대로였지만 몸에 열이 나서였는지 답답해서였는지 브라도 끌러진 채 흰색 면 티와 함께 목 아래까지 추켜올려져 있었다. 순간 23년 전 신애를 보는 착각이 들었다. 신애를 가지기 위해 오렌지 주스에 독한 술을 타서 먹였던 자신도 보이는 것 같았다. 한참 동안 미진을 쳐다보았다. 아무것도 모르는 미진이 색색 숨소리를 내며 잠들어 있었다.

"미진아!"

미진을 흔들어보았지만, 반응이 없었다.

임명진이 타쿠미의 방으로 가 노크를 했다. 방문이 열리고 타쿠미가 나왔다. 임명진이 타쿠미의 팔뚝을 강하게 잡았다 놓았다.

"약속 잊지 말게! 들어가 보게."

임명진이 방으로 돌아와 담배를 물었다. 두 번째 담배를 거의 다 태울 즈음 옆방에서 여자 신음 소리가 어렴풋이 들렸다. 다다미 바닥에 깔린 요에 누워있는 신애는 깊은 잠에 빠져 있는 것 같았다. 창문을 열었다. 풀벌레 소리가 들렸다. 곧 다가올 가을의 결실이 보이는 것 같았다.

···

플턴 스트리트에서 톰 아저씨와 함께 하는 마지막 아침, 칼칼한 톰 아저씨의 목소리가 촉촉했다.

"내일이 계약이죠? 써니 아버지와는 보증금 잘 해결됐지요?"

"네. 별문제가 아니라고 여기시더라고요. 용도가 담보고 계약 상대가 MCI 같은 대기업이라 은행에서 론을 받는 데도 전혀 문제 될 게 없다고 하셨어요. 오히려 사업이 그만큼 확실한 방증이라고 더 좋아하시더라고요."

"역시 사업에 통찰력이 있으신 분이시네. 그럼 정말 오늘이 우리 미스터 김과 오피셜리 마지막이네. 최소한 이곳에선 말야."

톰 아저씨가 수줍은 미소를 지었다. 감정 표현에 서툰 톰 아저씨가 마음이 보드라워질 때 나타나는 미소였다.

"네. 그럴 거 같아요. 제가 나이도 어린데 이런 말씀드리면 좀 그렇지만, 돌이켜 보면 일이 참 많았어요. 그런데 오늘 또 아저씨와 이 자리에 이렇게 있네요. 아마 나중에 지금 이 순간을 기억하는 시간이 있을 거 같아요. 분명히요."

톰 아저씨가 맞은편 창밖 허공을 바라보았다.

"미스터 김이 처음 가게에 들어왔을 때 생각이 나요. 빨간 잠바를 입고 가게를 들어서는 모습이! 생김새나 상황은 달랐지만 마치 젊었을 때 내 모습을 보는 기분이랄까? 나도 가슴에 신선한 바람이 불어오는 것 같았어요. 그런데 또 한편으론 화가 났었어요. 왜 이런 사람이 이런 곳으로 와서 주스를 짜는 일을 해야만 할까! 참 가슴이 아프기도 했는데, 그것도 어찌 보면 미국에 도망치듯이 왔던 내 모습을 떠올렸기 때문인 것 같아요. 아무튼 이렇게 짧은 기간 동안에 미스터 김이 좁은 이 가게를 떠나는 게 난 너무 기분이 좋아요."

말을 마치며 톰 아저씨의 표정이 다시 밝아졌다.

"저도 꽤 여러 사람을 겪어 보았는데 정말 아저씨 같은 분은 처음이에요. 어쩜 다시는 없을 수도 있을 것 같고요. 칼칼하면서도 바삭한데 쉽게 부서지지 않는 끈질김도 느껴지고 무엇보다 아저씨와의 대화에서 정말 많은 걸 새롭게 생각해 보고 정리도 해본 것 같아요."

"그래요. 지금 이렇게 아침을 먹으며 미스터 김과 대화를 하는 게 나도 참 소중했는데... 이제 이게 마지막이 되었네."

포대를 갈라 싱크대에 당근을 쏟아부었다. 톰 아저씨와 마지막 인사를 나누고 가게를 나섰다.

...

2차 세계대전 이전에 지어진 건물들을 프리-워(Pre-War) 빌딩이라고 불렀다. 프리-워 빌딩의 특징은 화려한 돌조각이나 장식으로 꾸며진 외관과 고가의 자재를 사용한 인테리어, 3미터를 넘기는 천장 높이였다. 가성비와 효율을 생각하는 현대 건축과는 달리 건물의 내구성에 집중했고 건축 비용을 아끼지 않은 결과였다.

9월 21일 오전 11시, 마지막 확인(final walk through)을 위해 사무실에 도착했다. 엘리베이터를 타고 3층에서 내리자 유리 패널로 만든 벽과 문이 정면에 보였다. 부동산 에이전트가 천장을 가리키며 말했다.

"이 건물이 1925년에 지어져서 천장이 높습니다. 같은 공간이라도 천장이 높으면 훨씬 더 넓고 여유 있어 보이지요!"

유리문을 열고 안쪽으로 들어섰다. 맨 앞에 리셉션 데스크가 있었고 그 뒤로 사무공간이 넓었다. 오른쪽으로 커다란 회의실과 독립된 방이 한 개, 사무공간 건너 맞은편에도 2개의 독립된 방이 보였다. 모든 공간은 유리 패널로 구분되어 있었고 블라인드로 필요한 프라이버시를 확보하는 구조였다. 12명이 앉을 수 있는 커다란 회의실이 특히 마음에 들었다. 사무실은 처음 보았을 때 보다 더 훌륭했다.

10월 1일 공식적으로 킴&킴이 출범했다. 11시쯤 화초 하나를 든 톰 아저씨 부부가 사무실로 들어섰다. 톰 아저씨는 벌어진 입을 다물지 못했다.

2시쯤 제리가 사무실로 들어섰다.

"야~! 케빈. 정말 축하해. 사무실이 너무 근사하다."

"제리~! 어서 와. 안 그래도 네가 보기에 어떨지 정말 궁금했는데!"

"너무 멋진데! 월가 사무실 보다 규모는 작지만 아주 훌륭하다!"

"이쪽 회의실로 들어가자."

잠시 후 써니가 회의실로 들어왔다.

"하이 제리! 처음 봬요. 제리 이야기를 케빈에게 너무 많이 들어서 궁금했는데, 아주 멋쟁이네요? 전 써니예요."

"안녕하세요. 저도 이야기 많이 들었어요. 아주 미인이시네요."

웬만해선 얼굴이 상기되지 않은 써니가 살짝 발개졌다. 제리와 영어로 대화를 주고받는 써니의 모습이 달라 보였다. 왠지 훨씬 더 자유롭고 편안해 보였다. 언어 때문인지 문화 때문인지 구분이 어려웠지만 금세 답을 찾았다. 문화의 다른 말이 언어일 수 있다는 걸 깨달았다. 둘이 잘 어울린다는 생각이 들었다.

제리는 1962년 생, 미국 나이로 스물일곱이었다. 코넬 대학을 마그나 쿰 라디(Magna Cum Laude: 준 최우등 졸업)로 졸업했다. 커뮤니케이션을 주전공으로 비즈니스 부전공으로 한 학기 빠른 조기졸업을 했고, 1985년 입학 당시 전미 MBA 순위 탑 5였던 코넬 존슨 대학원을 졸업한 수재였다.

'Do you play GO?'라는 제리의 질문을 이해하지 못해 그게 뭐냐고 물었고 제리가 흰 돌 검은 돌을 격자 줄 위에 놓는다는 설명을 듣고 그게 바둑의 영어 이름이란 걸 알아챘었다. 제리는 코넬 대학원에서 친구로 지내던 한국 유학생을 통해 바둑을 처음 접했다. 불교에 관심이 많았던 제리는 바둑에 심오한 동양철학이 담겨있다고 생각했다. 한국 사람이나 일본 사람이라고 생각되면 바둑을 두는지 묻곤 했었다.

18급 정도의 실력이었지만 제리는 한 수도 그냥 두지 않았다. 숙고에 숙고를 더해 두었다. 끈질김과 집요함이 숨소리에도 새겨져 있었다. 제리는 수재형이었지만 인내와 집중 또한 오늘의 그를 만든 것 같았다. 그런 제리와 결정적으로 가까워지게 된 계기는 일본 영화 '감각의 제국(Realm of Senses)' 이었다.

"케빈, 오늘은 영화 한 편 보자. 이 영화가 나는 너무 충격적이었는데 너는 어떻게 생각하는지 정말 궁금해. 너랑 보려고 블록버스터에서 빌려 놓았어."

"너는 이미 본 거야? 또 보려고?"

"괜찮아. 난 한 번이 아니라 벌써 세 번이나 봤어."

"좋아. 궁금하다. 어떤 영화길래 네가 그러는지."

제리가 비디오테이프를 넣고 VCR를 틀었다. 추레한 노인이 유곽으로 보이는 어느 전통 일본 술집 대문 근처에서 잔돈 몇 푼을 주고 기생으로 보이는 어떤 젊은 여자에게 늙고 가난한데 추위까지 더해져 쪼그라든 자신의 성기를 꺼내 보이며 성관계를 읍소하는 초반 장면부터 마지막까지, 보면서도 믿기지 않는 장면들이 이어졌다.

중학교 때 처음 본 플레이보이 잡지와는 차원이 다른 충격이었다. 어떻게 저럴 수 있는지, 남자란 무엇이고 여자란 무엇인지, 사람이란 또 어떤 것인지, 영화를 보는 내내 한 번도 느껴보지 못한 감정과 생각들이 쓰나미처럼 나를 덮쳤다. 영화가 끝났는데도 심장이 벌렁거렸다. 그리고 왠지 가슴이 아팠다.

"어때 케빈? 어떻게 보았니? 충격적이지?"

"후우~! 글쎄, 다른 건 몰라도 정말 대단하다. 어떻게 이런 영화를 만들 수 있었는지가 정말 궁금해. 1976년에 이런 영화를 만들고 상영을 했다니! 내가 살아온 한국에서는 교복을 입고 빵집에 남녀가 마주 앉아 있는 것만으로 모질게 매를 맞았는데, 난 내용보다 그 시절에 이런 영화가 만들어졌다는 사실, 그게 더 충격이다."

"뭐라고? 제과점에서 마주 앉아 있는 걸 가지고 그랬다고? 설마!"

"그건 내가 고등학교 때 직접 겪은 일이야."

"그럼 한국이 다른 건가? 일본은 안 그렇다던데! 그리고 그거 알아 케빈? 이 영화를 보고 퀸시 존스가 노래를 만들었는데, 아마 너도 분명히 들어 봤을 거야.'아이 노 코리다'라고."

"아이 노 코리다? 잘 알지. 내가 중학교 때 길거리에서 매일 들리던 노래였는데! 그게 이 영화를 보고 만든 거였어?"

"응, 이 영화의 일본 제목이 아이 노 코리다(愛の コリダ)야."

영화를 본 후에는 열정적인 토론을 했다. 제리는 본능과 환경이 삶을 만드는 영화를 좋아했다. 북극 이누이트족이 귀한 손님에게 아내와의 잠자리를 제안하다 일어나는 사고를 그린 앤서니 퀸이 주연한 야생의 순수(The Savage Innocents)가 제리와 나의 두 번째 토론을 채워주었다. 자신의 삶을 만들기 위해 필요한 생각을 찾고 쌓아가는 제리가 놀라웠다. 더 놀라운 건 미국에는 제리처럼 각자 자신의 가치를 만들고 그 가치에 따라 살아가고 있는 사람들이 많다는 것이었다.

MCI에 보냈던 제안서에 제리의 역할이 어느 정도였는지는 알 수 없었지만, 미국에서 성공하기 위해서는 제리 같은 사람의 역할이 필요할 거라 확신했다. 30분 정도 제안서에 관련된 뒷이야기를 나누었다. 이젠 유쾌한 추억이 된 짜릿했던 기다림을 이야기하며 많이 웃었다. 4시에 스쿼시 약속이 있다며 제리가 일어섰다.

엘리베이터를 기다리던 제리가 물었다.

"케빈, 써니 남자 친구 있니? 없으면 내가 사귀고 싶은데 어떨까?"

아주 잠깐 망설였지만 제리의 어깨를 툭 쳤다.

"좋지! 써니, 아주 괜찮은 여자야."

"그래? 그래 그럼 내일도 사무실 열지? 써니도 나오나?"

"나오지. 한동안 주말은 반납이야."

"그래, 그럼 내가 내일 와서 데이트 신청해야겠다."

"내가 써니에게 슬쩍 이야기를 비출게."

"고마워, 네가 최고야!"

...

창가에 섰다. 밖이 한산했다. 12월 23일이 되자 뉴욕이 조용하고 차분하게 흥분했다. 써니 아버지가 곁으로 다가왔다.

"지금부터 내년 초까지 이럴 거야. 큰 회사에 다니는 사람들 대부분은 크리스마스부터 새해 초반까지 연차를 쓰거든. 대개의 회사들이 그래서 정상적인 업무가 불가능하지."

"그렇군요. 저는 26일 월요일까지만 이럴 줄 알았어요."

"미국에서 살다 보면 진짜 미국이 부자 나라구나라는 생각이 많이 들지. 한국과는 정말 많은 부분이 달라. 너무 차이가 나지. 맨해튼 길거리에 쌓인 커다란 쓰레기봉투를 수거하는 쓰레기차 많이 보았지?"

"네."

"뉴욕시 쓰레기 수거 회사는 다 마피아가 장악하고 있다고 해. 근데 힘들고 냄새나는 쓰레기 수거 사업을 왜 마피아가 할까?"

"그러게요. 왜 그렇죠?"

"돈이 된다는 거지. 돈이 되는지도 잘 모르고 또 웬만한 사람들은 거칠다고 생각하는 사업이 마피아에겐 황금알을 낳는 사업이 되는 경우가 많아. 쓰레기 수거는 뉴욕시에서 직접 하기도 하지만 점점 외부업체와 용역계약이 많아지고 있는데 그걸 마피아가 거의 독점적으로 계약을 따내는 거지. 그건 그렇고 김대표, 그 쓰레기차 뒤에 매달려가는 사람들 초봉이 얼만지 아나? 4만 불이 넘는다네."

"4만 불이요? 그렇게 많이 받나요? 4만 불이면 주급이 8백 불인데요?"

"응, 게다가 쓰레기 수거는 거의 새벽에 이루어지고, 새벽 동트기 전에 끝이 나니까 시간 활용도 좋고! 그래서 쓰레기 치우는 일자리는 경쟁이 어마어마하다고 하더라고."

"한 번도 구체적으로 생각해 보지 않았는데, 정말 놀라운데요!"

"그렇지? 미국에서는 힘든 일을 하면 그만큼 보상이 크지. 선진국이란 건, 부자 나라란 건 그런 보상이 충분한 곳을 말하는 것 같아. 내가 미국에 살면서 한국을 보면, 그래서 참 마음이 안 좋아. 한국은 언제 미국처럼 사람의 가치가 소중해질 수 있는 부자 나라가 될는지...."

입구 쪽에 사람들이 들어오는 소리가 들렸다.

"써니가 왔나 보다. 김대표, 이제 회의실로 가자구."

써니 아버지와 써니, 제리와 회사 설립에 도움을 주었던 부동산 에이전트나 변호사, 회계사가 모여 조촐한 연말 파티를 가졌다. 써니 아버지는 브롱스 잡화점을 팔고 회사에 전념하기로 했고 제리도 내년부터 회사에 합류하기로 했다. 수직으로 상승하는 매출을 감당하기 위해 직원을 대거 뽑아야 했고 건물 4층과 5층도 임대 계약을 맺었다.

파티를 마치고 건물을 나섰다. 함박눈이 내리고 있었다.

•••

신주쿠 거리 가로등이 켜졌다. 어둠 밑에서 네온사인과 가로등, 자동차 헤드라이트 불빛들이 엉겨 붙었다. 한 남자가 집을 나와 10분 정도를 걸어 날씬한 맨션 건물로 들어섰다. 골목 안쪽에 있는 작은 땅을 개발해 지은 건물이라 그런지 주로 혼자 사는 사람들이 살기에 적합한 스튜디오 아파트만 있는 건물이었다. 3층까지 걸어 올라간 남자가 302호로 들어갔다. 임명진이었다.

침대 위에 천장을 보고 누운 임명진이 벌거벗은 채로 담뱃불을 붙였다. 하늘로 연기를 날리는 임명진을 바라보며 옆으로 누운 하루미가 왼손 검지로 임명진의 왼쪽 젖꼭지 주변으로 동그라미를 그렸다. 담배 연기를 서너 번 빨아들이고 내뱉던 임명진이 말했다.

"하루미, 어젠 왜 그랬어? 깜짝 놀랐잖아."

"호호, 우리 오빠 놀래는 표정이라니! 오빠 와이프가 궁금해서 갔었지. 신부랑 신랑도 궁금하고. 근데 오빠 딸 너무 성숙하더라. 웨딩드레스를 입어서 그런지 나보다 9살이나 어린데도 내 언니 같던데?"

딸보다 어려 보이는 여자를 갖고 있다는 생각에 임명진의 입이 커다랗게 찢어지며 즐거움을 만끽했다.

"우리 하루미가 좀 어려 보이기는 하지. 그래도 언니는 좀 너무했다."

"그래? 근데 왜 그렇게 좋아해? 내가 진짜 딸 같아서 좋아? 아빠~!"

하루미는 1958년생으로 임명진과는 16살 차이가 났다. 하지만 흰 피부와 동안 때문에 나이보다 5살은 어리게 보였다. 20살도 넘게 차이 나는 외모 덕에 임명진과 하루미는 부녀나 돈과 젊음을 거래하는 스폰서와 애인 관계로 보였다. 어느 날 쇼핑을 하다 하루미가 아빠라는 호칭을 처음 썼고 그때 임명진의 헤벌어진 웃음을 본 하루미는 종종 임명진을 아빠로 불러 주었다. 물론 그때마다 임명진의 입에 기쁨이 물려졌다.

임명진이 오른손을 뻗어 재떨이에 담배를 짓이기자 담배의 모가지가 부러지며 잔불이 남은 담배 머리가 떨어져 나갔다. 헛기침을 한번 한 임명진이 여자를 향해 돌아누웠다.

"아무튼, 너 다음에는 오빠 놀라게 하면 혼날 줄 알아!"

"이젠 뭐 그럴 일이 있을까? 그나저나 딸이 엄마를 많이 닮았던데? 나도 나 닮은 딸 하나 낳고 싶다."

임명진이 침대에서 일어나 화장실로 들어서며 중얼거렸다.

"'이왕 낳으려면 사내를 낳아야지 왜 계집아이야."

벌거벗은 임명진의 뒷모습을 바라보던 하루미도 속으로 뇌까렸다.

[대꾸가 없네? 그럼 정말 하나 낳아서 한몫 달라고 할까? 정말?]

샤워를 하고 옷을 챙겨 입은 임명진이 방을 빠져나와 근처 생맥주 집으로 들어섰다. 비누 냄새를 없애는 데는 생맥주 집의 자욱한 담배 연기가 최고였다. 하루미와의 섹스를 마치고 나와 마시는 생맥주는 전쟁에서 승리한 군인의 자부심처럼 임명진의 자존감을 높여 주었다.

임명진이 하루미를 알게 된 건 3년 전이었다. 일본에 올 때 종종 들리던 긴자의 클럽에서 하루미가 첫 출근을 하던 날 임명진의 테이블에 앉은 인연으로 임명진의 지명 아가씨가 되었다. 오키나와에서 태어난 하루미는 고등학교를 졸업하고 동경으로 올라온 평범한 회사의 OL(Office Lady) 이었다. 어느 날 긴자로 직장 동료들과 놀러 갔다가 클럽 마담에게 스카우트된 케이스였다. 162cm로 크진 않았지만, 서구적인 외모 덕분이었다.

87년 여름 임명진이 동경에 자리를 잡으며 임명진은 하루미의 후원자가 되었다. 화류계에 처음 입봉한 여자라서 마음이 끌렸지만, 하루미가 일본인이라는 점도 좋았다. 하루미는 여전히 긴자의 클럽에 나갔지만, 일주일에 두 번은 가게를 쉬었다. 임명진이 구해준 맨션에서 그를 맞이하기 위해서였다.

생맥주를 마시다 하루미가 했던 말이 떠올랐다. 피임약을 먹고 있으니 걱정 말라던 하루미를 믿었었는데 문득 하루미를 너무 어리고 순진하게만 본 건 아닌지 후회가 되었다. 하지만 한편으로는 아들이 있었으면 좋겠다는 생각도 들었다. 만에 하나 태어나는 자식이 아들이면 데려다 키우면 될 것이고 딸이면 하루미에게 작은 가게라도 차려주면 그만이라고 생각했다. 그 정도는 자신이 소유한 부동산이 지난 한 달 동안 상승한 가치의 절반으로도 충분한 돈이었다.

갑자기 어릴 적 생각이 떠올랐다. 아버지가 누군지도 모르고 자랐던 어린 시절 오사카가 생각났다. 하루미도 엄마도 첩이었다. 쓴 웃음이 났다. 혼잣말로 중얼거렸다. "쳇, 첩의 자식이 첩의 자식을 만들었다고? 하지만 난 달라. 이젠 동경의 부동산 부자야. 어떤 놈도 나를 무시하지 못한다고!" 괜한 상상으로 좋던 기분이 망쳐질까 두려웠다. 아버지 집으로 들어간 후 첩의 아들로 받았던 차별과 천대의 기억이 스멀스멀 기어 나올 것 같았다. 생맥주 한 잔을 더 주문해 한 번에 들이켜고 가게를 나섰다.

집에 들어섰다. 웃옷을 받아든 아내가 사업상 만나야 했던 사람과는 좋은 시간을 보냈는지 물었다. 뭐 사업이란 게 한 번에 좋은 관계가 만들어지지 않는다며, 복잡한 사업은 자신이 알아서 할 테니 신경 쓰지 말고 배가 불러오는 미진이나 잘 챙기라고 타이르듯 말했다.

...

세계 두 번째 부자 나라에 크리스마스가 다가왔다. 긴자(銀座)에 흐르는 돈을 은화로 바꾼다면 긴자는 은화에 덮여 높은 건물 꼭대기만 남고 사라질 게 틀림없어 보였다. 두툼한 돈다발도 긴자에선 별 힘이 없었다. 하루미에게 명품 가방을 선물하기 위해 긴자 미쓰코시 백화점에 갔다. 크리스마스를 맞은 백화점이 사람들로 가득했다. 명품 브랜드 매장은 발 디딜 틈이 없었고 줄을 서서 기다려야 입장이 가능했다. 일본 경제의 호황은 수출용 컨테이너가 쌓인 항구보다 고급 백화점에서 더 쉽게 드러나는 것 같았다. 현금이 낫겠다 싶어서 백화점을 나섰다.

클럽에 가기에는 조금 이른 시간이라 파친코에서 구슬을 굴렸다. 승부욕이 남다른 임명진이었지만 파친코에는 이상하게 승부욕이 달려들지 않았다. 마음먹고 해보려 해도 한 시간 이상을 하지 못했다. 저녁 8시가 넘어 하루미가 있는 클럽으로 향했다. 호스티스들은 후원자가 생겨 아예 살림을 차리지 않는 한, 클럽에서의 역할에 충실해야 했다. 그들이 클럽 마담에게 잘 보이는 방법은 단골손님들이 자주 클럽을 찾게 해 클럽의 매출을 올리는 것이었다. 오늘은 하루미를 앉히고 매출을 올려 주기 위해 가게를 찾는 날이었다.

"어서 오세요. 요즘은 예전보다는 너무 가끔 오시는 것 같아요, 사장님."

마담이 반겨주었지만 뼈가 보이는 말을 했다.

"요즘 사업도 그렇고 한국에 좀 자주 다니느라 그래. 내가 한잔하려면 여기를 오지 어딜 가겠어? 하하."

너털웃음으로 에두른 변명을 하고 자리에 앉았다. 웨이터가 모리 다이치라는 이름표가 목걸이처럼 걸려있는 보관 술병을 가져왔다. 잠시 후 은색 반짝이 원피스를 입은 하루미가 앉았다.

"오빠, 왜 이제 와. 많이 기다렸는데."

"응? 난 너무 이를까 봐 일부러 파친코로 시간 때우고 왔는데?"

"더 일찍 와도 됐는데... 그래요. 그냥 연말이라 그런지 술이 당기네. 오빠랑 한잔하고 싶다."

임명진이 피식 웃었다.

"하루미, 맨날 마시는 술인데 무슨 말이야. 무슨 일 있니?"

"아니. 아냐, 그냥 한잔해요. 오빠."

얼음도 섞지 않고 스트레이트로 하루미가 양주를 들이켰다. 쳐다보던 임명진이 소몰이 소리를 냈다.

"워워~! 천천히 마셔!"

연말 선물을 기대했는데 빈손으로 와서 그런 건가 싶었다. 온더락(on the rocks)으로 입을 축인 임명진이 은행에서 찾은 두툼한 현금 봉투를 양복 안주머니에서 꺼내 하루미에게 건넸다.

"오빠가 백화점을 갔었는데 너무 사람이 많아서 못 샀어. 대신 여기 현금. 우리 하루미 현금이 더 좋지?"

봉투를 손에 쥔 하루미가 고개를 떨구고 한숨을 내쉬었다. 전혀 예상하지 못한 행동에 임명진이 당황해했다.

"무슨 일이 있구나?"

"..."

아무런 대꾸가 없자 살짝 걱정이 됐다.

"무슨 일이야? 말을 해야 오빠가 알지."

이런 표정의 하루미를 한 번도 본 적이 없었다. 이상했다. 하루미가 한동안 다물고 있던 입을 뗐다.

"오빠! 나 임신했어."

올 게 왔다는 생각에 잠시 흔들리는 것 같았지만 이미 예상한 사태를 맞이한 사람처럼 말을 했다.

"그랬구나! 뭐가 문제야. 낳으면 되지. 오빠가 아들을 얼마나 가지고 싶어 하는지 너도 알잖아."

딸이면 네 책임이니 낙태를 하고 싶으면 하고 아들이면 내가 데려가 키울 테니 잘 낳기나 하라고 말을 하고 싶었지만 지금 아들과 딸을 구분할 수도 없으니 하나 마나 한 말이었다. 손해 없는 50%. 훌륭한 장사였다.

하루미가 놀란 토끼처럼 임명진의 품으로 깊숙이 파고들었다. 돈 봉투를 든 손과 빈손으로 임명진의 허리를 둘러 안은 하루미가 물었다.

"정말? 정말이야? 오빠 와이프는 어떻게 하고?"

"그래. 정말이지. 오빠가 한 번도 생각 안 해본 거 같아? 오빠는 책임지는 사람이야. 내가 그냥 너 건드리고 데리고 놀다 버리는 그런 남자 같아? 와이프는 아무 걱정 안 해도 돼. 옛날 같았으면 아들 못나서 벌써 소박맞았을 텐데 아직도 내가 데리고 사는데 뭐가 문제야. 아들이나 낳아! 그럼 돼."

하루미가 고개를 쳐들고 임명진의 눈을 쳐다보며 물었다.

"근데, 만약 딸이면? 그럼 어떻게 할 건데?"

"딸? 딸이면 오빠가 너 먹고살게 해주면 되지. 딸이면 네가 잘 키우면 돼!"

이왕 이렇게 된 거라면 차라리 잘된 일이었다. 올 한 해만도 50억을 넘게 벌었고 또 앞으로 벌 돈도 그보다 많았지 많았지 결코 적지 않을 터였다. 아들

하나 생기는 게 대수도 아니었고 또 한편 생각하며 이제 나이도 곧 50인데 아들을 얻기 위해서는 어쩌면 이번이 마지막 기회일 수도 있다고 느껴졌다.

사위가 생기기는 했지만, 이제부터 더 불어날 그 큰돈을 결국엔 사위 놈에게 흘러갈 텐데, 억울했다. 무엇보다 아무리 돈이 많아도 아들은 살 수 없었다. 생각하면 생각할수록 괜찮은 일이었다. 역시 일본으로 오기로 한 건 잘해도 보통 잘한 결정이 아니었다.

"하루미! 내가 널 처음 보는 날 이상하게 네게 끌렸던 이유가 있었어! 이런 복덩이! 내 생각엔 분명 아들이야, 아들! 하하하. 오늘 기분이다. 돔 페리온 하나 가져오라고 해!"

자정이 돼서야 집으로 들어섰다. 비틀거렸지만 중심을 잃을 정도는 아니었다. 임명진이 아내를 껴안았다.

"아~! 신애야! 오늘 내가 기분이 좋다. 하하하."

남편은 술에 취해서도 이름을 부르는 적이 드물었다. 너무 꽉 껴안아 숨이 막혀 남편을 밀쳐내며 물었다.

"무슨 좋은 일이 있었나 봐요?"

"응. 있고말고! 아주 좋은 일이 있었어."

"연말이라고 너무 술 많이 들지 마세요. 혈압도 높은데."

"혈압? 걱정 마라! 나 임명진이. 모리 다이치! 하야시(林)가 아니라 모리(森)라고! 나는 나무 몇 그루 있는 숲이 아니라 숲이 끝도 없이 펼쳐지는 삼림이 될 거야! 그런데 내가 혈압? 이불에 똥칠할 때까지 살 거니까 너무 오래 산다 불평이나 하지 마. 하하."

...

    1989년 4월 16일. 제리와 써니의 결혼식이 끝났다. 선상 파티를 위해 배에 올랐고 자유의 여신상 앞바다까지 나갔던 배가 커다란 반원을 그리며 맨해튼 쪽으로 방향을 틀었다. 해가 바다에 닿으며 오렌지색 물감이 풀려나왔다. 브루클린 브리지(Brooklyn bridge) 아래 허드슨 강물까지 길어진 해그림자가 붉어지기 시작했다.

    술도 마셨지만, 사람들의 축하에 자극을 받아서인지 써니 아버지의 혈색이 유난히 좋아 보였다.

    "오늘 이 자리가 어쩌면 우리 김대표의 자리였을 수도 있었는데 말이야."

    여유 있는 웃음을 지으며 써니 아버지가 말했다.

    "내가 무슨 복이 있어서 김대표를 만났는지 모르겠네."

    진심이 두텁게 코팅된 목소리였다.

    "아버님이 28번가 전자에서 저를 눈여겨 봐주셔서 그런 거니 아버님 덕분이죠! 제가 감사드려요!"

    "그래, 아주 조금은 내 눈썰미도 작용을 한 건 사실이지. 하지만 자네가 없었으면 오늘 이 자리가 없었다는 건 자네도 인정해야 해! 그리고 난 자네의 솔직한 용기를 정말 훌륭하다고 생각해. 내 사업을 물려받기 위해 써니와 결혼을 서둘렀다면 나도 망설였을지도 몰라. 물론 자네가 그런 사람이 아니란 건 알고 있었지만 말이야. 그래서 자네가 더 소중해. 돈만 보고 달려드는 게 오히려 칭찬받는 세상인데....!"

    "저를 어떻게 생각해 주시는지는 잘 알고 있습니다. 그리고 저는 아버님을 통해 정말 많은 걸 배웠고요."

    "내가? 따로 가르쳐 준 게 없는데?"

"사람을 대하는 자세를 배웠어요. 돈이나 지위, 상황과 상관없이 사람을 존중하는 모습을 보여주셨어요. 사람을 사람으로 먼저 보는 사람. 먼저 따뜻한 마음으로 의심 없이 바라보는 마음. 돈이 필요하다면 그렇게 살기 위해 필요할 뿐이라는 자신감. 저도 그렇게 살고 싶어요. 언젠가 저도 아버님 같은 사람이 돼서 저 같은 사람을 만나겠죠? 부끄럽지 않고 싶어요. 그때가 오면요."

"아이고! 김대표! 나 오늘 너무 좋은 이야기 많이 들었으니, 이젠 그만, 그만. 그나저나 자네도 좋은 사람을 만나면 좋은데... 아니지, 이젠 너나 할 거 없이 김대표 좋다고 줄을 설 텐데 내가 무슨 괜한 걱정을!"

써니 아버지가 손사래를 치며 흐뭇해했다.

갑자기 주변 사람들의 시선이 뱃머리 쪽으로 쏠렸다. 깔끔한 검은색 턱시도에 노란 나비넥타이를 맨 제리와 무릎 바로 위까지 내려오는 흰색 웨딩드레스를 입은 써니가 사진사를 위해 포즈를 취하고 있었다. 가뜩이나 이가 보이게 웃는 제리였는데 써니를 안고 있는 제리의 입이 커다란 고구마를 통째로 삼킬 수 있을 만큼 크게 벌어져 기쁨을 하늘로 날렸다. 써니가 쉴 새 없이 뱉어내는 까르르한 웃음소리도 첨벙첨벙 강으로 뛰어들어 세상으로 헤엄쳐 갔다. 배에 오르기 전 제리가 어깨에 손을 얹고 했던 말이 떠올랐다.

"케빈, 고맙다. 전에 써니에게 이야기 들었어. 써니가 너를 좋아했고 결혼도 하고 싶었지만 그러지 못했다고. 결국, 너 덕분에 내가 오늘 써니 옆에 설 수 있었네. 써니를 아껴줘서 고마웠고 앞으로는 네 빅브라더의 아내니까 잘 부탁한다. 그나저나 너 한국에 첫사랑이 있다며? 왜 그 이야기는 한 번도 안 했어? 대강 사정은 들었지만 한 번 연락해 봐. 너도 이제 성공했으니까! 예전의 네가 아니니까. 아무튼 케빈, 고맙다!"

음악 소리가 커지며 커다란 앰프가 뿜어내는 파동이 배를 진동시켰다. 닭살이 오른 배가 진절머리를 쳤다. 검은 양복을 입은 제리와 흰 원피스를 입은 써니가 배 한가운데 제일 넓은 공간에서 음악에 맞춰 트위스트 댄스를 추었다. 잠시 후 둥그렇게 둘러싸고 있던 사람들도 춤을 추기 시작했다. 배 가장자리 고급 진 나무 난간에 기대서 있던 하객들이 손뼉을 치며 환호성을 질렀다.

맨해튼 빌딩들이 내뿜는 빛은 먹물같은 물 위에서 이글거렸고 가까운 하늘을 밝혔다. 덕분에 하늘은 낮보다 훨씬 더 진하게 파랬다. 노란 원피스가 더 돋보일 밤이었다. 음악 소리와 사람들의 환호성이 커졌다. 물속에서 커다란 고래가 솟아올라 한입에 나를 삼키고 '풍덩' 바다로 빠졌다. 고래가 빛이 닿지 않는 깊은 외로움으로 헤엄쳐 내려갔다. 아득한 외로움으로 잠기며 숨이 가빠 왔다.

4월 중순 뉴욕의 날씨는 무궁화 꽃 같았다. 해가 뜨면 초여름으로 활짝 피었고 해가 지면 쌀쌀한 초봄으로 오므라들었다. 제리와 써니의 선상 결혼식이 시작될 때 18도까지 올랐던 기온이 밤이 되며 급강하했다.

너무 얇게 입었는지 춤을 추며 난 땀 때문이었는지 배에서 내리며 몸살기가 느껴졌다. 집에 돌아와 욕조 뜨거운 물에 몸을 담갔다. 비 프로폴리스(Bee Propolis) 캡슐 두 개와 골든 씰(Golden Seal) 캡슐 하나를 생강차와 함께 먹고 잠자리에 들었다.

처음엔 써니 아버지의 스튜디오에서 매일 출퇴근을 했지만 그 시간도 아까웠다. 올해 초부터는 5층에 작은 숙직실을 만들고 주중에는 아예 회사에서 지냈다. 그만큼 일도 많았지만 회사에 있을 때 외로움이 덜 했다. 쏟아져 나오는 새로운 컴퓨터 프로그램을 익히기에도 회사가 편했다.

월요일은 새롭게 일을 시작할 수 있는 날이라 언제나 더 기분이 좋았다. 하지만 오늘은 몸이 너무 무거웠다. 열도 나는 것 같았다. 타이레놀을 챙겨 먹고 일주일 치 갈아입을 옷을 챙겨 스튜디오를 나섰다.

회사 근처 델리에서 커피와 계란과 바싹 구운 베이컨을 사이에 넣은 카이저 롤(Kaiser Roll)을 사들고 회사로 들어섰다. 3층 내방으로 가려는데 엊그제 아기를 난 데보라(Deborah)의 방에 불이 켜져 있는 것이 보였다.

제리의 소개로 회사에 합류한 데보라는 중국계였지만 부모님도 미국에서 태어난, 생김새만 중국 사람인 미국인이었다. 한국과 일본을 제외한 중국과 기타 아시아 국가 채널을 총괄했다. 가까이 가니 방안에 데보라가 있었다.

"아니, 데보라 어떻게 된 거예요? 오늘 왜 나왔어요? 괜찮아요?"

아직 부기가 빠지지 않은 데보라가 별일 아니라는 듯이 말했다.

"AT&T 제안 관련해서 제가 맡는 부분 자료 정리하려고 나왔어요."

"아니 그게 아니라, 좀 더 쉬어야 하는 거 아니에요?"

"네 괜찮아요. 대신 오늘만 일하고 내일부턴 이삼일 쉬려고요."

아무리 20대라지만 이해가 가지 않았다. 엊그제 아이를 낳았지만 '근데요? 움직일 수 있어서 나온 거고, 난 젊고 건강해요. 뭐 그게 대수인가요?'라며 오히려 반문을 하는 것 같았다. 일 중독 같았다. 하루가 급할 이유는 없었다. 문득 내 모습도 보였다.

"아, 그래요. 그럼 오늘 일 마무리하고 내일부터 잘 쉬어요."

점심시간이 지나며 열이 많이 올랐다. 숙직실에 누웠다. 오한이 심해졌다. 독감인 것 같았다. 써니에게만 이야기를 하고 집으로 갔다. 기절하듯 잠에 들었지만 몽둥이로 두들겨 맞은 것 같은 통증 때문에 자다 깨다를 반복했다. 아픈데 미진의 얼굴이 떠올랐다. 더 아퍼질 수록 더 떠올랐다.

···

임명진과 고바야시가 전반을 마치고 클럽 하우스로 들어섰다.

"사돈! 이거 너무하시네요. 전반에만 벌써 버디를 두 개나 하셨어요. 드라이버 거리 하나로 버텼는데 오늘은 저보다도 드라이버 더 나가시고! 새 애인이라도 생기신 건가요? 어디서 이런 힘이 나시는지... 정말 대단하십니다."

꼬리를 흔들 때는 정력과 과장을 함께 흔드는 게 최고였다. 고바야시가 기고만장한 걸음걸이를 더 늦추며 말했다.

"하아 참! 3번 홀 버디를 놓친 게 아쉽네! 1.5미터도 안 되는데 그걸 놓쳤어요. 오늘 컨디션이 조금만 더 좋았어도..."

티샷이 두 번이나 나무를 맞고 페어웨이 쪽으로 들어왔는데 그건 당연하고 퍼트 딱 하나 놓친 걸 아쉬워하는 고바야시의 욕심에 임명진이 기가 찬 듯 고개를 숙이며 표정을 숨겼다. 권투 선수가 마우스피스를 물듯 이를 살짝 깨물었다. 배알이 꼴렸지만 참고 비위를 맞추는 게 최선이었다.

"그러게나 말입니다. 3번 홀 버디 펏까지 들어갔으면 전반 이븐파였는데 아깝습니다. 시원한 생맥주 한잔하시고 후반에는 언더파 가시죠!"

동경 한인 로열 비즈니스 포럼은 동경에서도 소문난 명문인 코미카도 컨트리클럽(小御門 カンツリクラブ)에서 매달 두 번씩 골프 모임을 가졌다. 부동산과 주식처럼 돈이 벌리는 것도 아니었는데 골프는 각별한 대접을 받았다. 동경 부자 동네에서는 벤츠가 너무 흔해 도요타의 소형 차인 코롤라 대접을 받았지만, 누구나 롤스로이스를 탈 수는 없었고 돈 자랑을 하기에는 골프를 즐기는 라이프 스타일만 한 것이 없었다.

골프는 부동산 못지않게 불패 신화의 신드롬을 일으키고 있었다. 골프장 회원권이 비싼 곳일수록 사람들이 몰렸고 그런 곳의 회원권을 가지고 있는 싱글 핸디캡 골퍼는 부러움의 대상이었다. 싱글골퍼가 되기 위해서는 좋은 회원권과 연습 못지않게 라운드를 많이 할 수 있는 시간이 필수였기 때문이었다. 돈이 많아도 바쁘게 일을 해야 하는 사람에게는 10년을 쳐도 허락되지 않는 게 로우 핸디캡, 싱글 실력이었다. 동경 로열 비지니스 포럼의 회장으로 3년째 모임을 이끌고 있는 고바야시는 그래서 맨션왕이라는 호칭보다는 절정 고수라는 호칭을 훨씬 더 좋아했다.

임명진의 골프도 나쁘진 않았지만 유독 고바야시 앞에서는 한없이 초라해지는 골프였다. 골프장에서 고바야시를 이길 수만 있다면 10억 원을 써도 아깝지 않을 것 같았지만 불가능한 꿈이었다. 하지만 고바야시 덕분에 명예 회원이 돼서 포럼에 참석할 수 있었고, 그 점은 고바야시가 고마웠다.

로열이란 이름처럼 포럼에는 일정 수준 이상의 재력을 가진 사람만 참여할 수 있었고 대학교수나 증권이나 금융/자산관리 전문가를 초청해서 강의도 듣고 질문도 하는 자리를 한 달에 한 번씩 가졌다.

"그나저나, 지난번 포럼에 왔던 노무라 증권 수석 연구원 말이에요. 앞으로 은행 이자가 오를 가능성이 크다고 하는데 신경이 좀 쓰입니다. 괜찮을까요?"

"작년 세계 50대 기업 안에 일본 기업이 몇 개였어요? 33개였습니다. 시가총액 세계 1위가 어디였지요? 일본전신 전화주식회사 NTT였어요. NTT의 시가총액이 한국 GDP의 70%에요. 한국 전체와 거의 맞먹는다는 거죠. 우리 일본이 그런 나라예요. 한번 1위가 되면 그걸 잃어버리는 것도 참 쉽지 않지요. 도쿄 황궁 땅값이 캘리포니아 전체 땅값이랑 비슷하다고 하는 이야기가 그냥 나온 게 아니에요. 은행에서 금리를 올려봤자 얼마를 올리겠어요? 지금 일본은 곧 미국을 따라잡는다고 하지만 이미 일본 기업은 미국 기업을 훨씬 능가하고 있어요. 걱정 마세요."

"그렇죠? 하긴 금리가 올라 봤자 부동산이 오르는 거에 비하면..."

집 앞 복도에서 나는 발소리에 귀를 쫑긋 세우고 고개를 곧 쳐들었다가 발자국 소리가 사라지자 다시 눈을 감고 포갠 앞발 위에 고개를 기대는 강아지처럼 임명진의 심기가 다시 편안해졌다.

"임 사장님 지금 일본에 투자하시고 나서 수익률이 얼마예요? 그 수익률이 10%가 준다고 뭐가 달라질 수 있어요. 매년 두 배씩 늘어나고 있는데 말이에요."

고바야시가 맛있는 소시지를 까서 강아지에게 던졌다.

"네, 그러게요. 안 그래도 작년 결혼식 이후에 추가 융자를 최대한 받을 수 있는 만큼 받아서 사돈어른 드린 거 아시지 않습니까!"

임명진이 팔랑팔랑 정신없이 꼬리를 흔들렸다.

"잘한 결정이요. 자산 담보의 200%를 빌려준다는 건 세상 다시없는 기회예요. 나도 꽉 채워서 쓰고 있는데 이런 게 자본주의 꽃이죠. 하하하. 안 그래요? 사돈?"

고바야시는 임명진을 사돈보다는 사업 파트너로 대하는 게 좋았다. 사돈은 아무래도 동급 느낌이 났지만 가지고 있는 부동산과 자산규모에서 임명진은 자신과 비교될 수 없는 하바리였기 때문이었다. 하지만 아주 기분이 좋을 때는 자신도 모르게 사돈이란 소리가 나왔다.

"네, 맞습니다. 이렇게 좋은 게 자본주의인데 게으른 사람들은 그걸 모르고 한탄만 하고! 하하."

고바야시의 설명을 들으니 괜한 걱정을 한 것 같았다. 화제를 돌리기엔 손주 이야기가 좋을 것 같았다.

"그나저나 다음 주나 다다음 주쯤에는 우리 둘 다 할아버지가 될 텐데, 이거 참 벌써 할아버지가 되다니 실감이 나지 않습니다."

고바야시가 쩝 입맛을 다시며 말했다.

"그러게 말이에요. 내가 아는 일본 놈 중의 하나는 나이 70에 아들을 낳았는데...."

임명진이 놀란 것 같은 표정을 지었다.

"70에요? 허허, 그 양반 힘도 좋네요. 근데 여자가 몇 살인데요?"

"여자는 30대 초반이라 들었어요."

"40살 차이면 여자가 딸보다 훨씬 어린 여자네요."

"임 사장. 돈 있고 힘 있는데 딸 같은 여자가 대수겠어요? 손녀뻘이 더 마땅하지요!"

껄껄거리며 웃고난 고바야시가 생맥주 한 잔을 더 시켰다. 고바야시가 이룬 부를 생각하면 존경심이 절로 들었다. 하지만 고바야시의 어마어마한 욕심을 마주하면 기분이 상했다. 마치 자신을 무시하기 위해 더 커진 욕심이고 자랑처럼 들렸다. 임명진이 유리창 밖 코스를 쳐다보는 척 고개를 돌렸다.

[이런 날강도 심보가 있나. 강도가 도둑놈을 보고 욕을 하는 꼴이네. 허! 참 욕심도 많지, 손녀뻘? 에라이~! 근데 참 돈이 좋기는 좋다. 하지만 돈이 너무 많으면 저렇게 개 쌍놈이 되니까 역시 적당히 있는 게 좋아. 그럼, 그렇지, 그래! 나는 욕심부리지 말자. 딱 3년만 더 벌어서 오백억 원만 만들면 그만 벌고 하루미랑 하루미가 낳은 아들이랑 골프나 치며 살자!]

문득 자신의 손녀뻘이면 나이가 몇인가 계산을 하던 임명진이 곧 태어날 미진과 하루미의 아이가 동갑이라는 사실을 마주하자 황망히 비웃음을 거두어들였다. 하지만 괜히 쑥스러워질 필요는 없었다. 하루미와는 겨우 16살 차이였다. 미진과도 9살이나 차이가 나는 하루미의 나이가 참 적당하단 생각이 들었다. 역시 자신은 고바야시나 그 70대 노인과는 달리 양심과 양식이 있는 사람이란 생각이 들며 얼굴에 미소가 번졌다.

생맥주를 마시던 고바야시가 얼굴을 빤히 쳐다보며 물었다.

"임 사장님. 무슨 좋은 생각을 하시길래 그리 흐뭇해하십니까?"

"아, 제가요? 오늘 사돈어른 언더파 치실 것 같아서 그럼 축하 파티는 어디로 가야 하나 생각했습니다."

"축하는 무슨 하하. 후반 끝나고 예약하면 되죠. 하하."

여유 있는 웃음을 띠며 고바야시가 속으로 말했다.

"오늘은 다 죽었어! 이놈들아!"

후반 첫 홀 티샷이 OB가 났다. 전반에 도움을 주던 나무들의 태도가 달라졌다. 얼굴이 시뻘게진 고바야시가 두 번째 홀에서 버디 퍼트를 놓치고 쓰리 퍼트를 하며 보기로 홀을 마쳤다. 결국 OB를 한방을 더 낸 후 고바야시의 골프가 무너졌다. 그동안 고바야시와 수십 번을 쳤지만 단 한 번도 보지 못했던 일이었다.

...

4월 19일 새벽 1시 미진이 딸을 낳았다. 이름은 외할머니의 이름을 따서 아이(愛)로 하기로 했다. 첫 진통을 느껴 전날 오후에 병원을 찾았을 때 이미 자궁 경부가 열려있어 바로 입원을 했고 그날 저녁 아이를 낳았다. 산통은 심한 편은 아니었다. 가습기가 수증기를 뿜어내는 특실 침대 한켠에 타쿠미가 앉아 미진의 손을 잡고 있었고 안개꽃이 사이사이에 박혀 있는 프리지어 향기가 병원 냄새 사이로 숨바꼭질 놀이를 하고 있었다.

하코네 별장 사건 이후 타쿠미는 매일 프리지어 꽃을 미진에게 보냈었다. 열정적인 구혼 편지도 함께 보냈다. 받자마자 쓰레기통으로 향하던 프리지어와 편지가 어느 날 그대로 탁자 위에 놓였다. 생리가 없어 병원을 찾고 아이의 임신을 알게 된 다음 날이었다. 병원을 다녀온 뒤 이틀째 프리지어 꽃이 꽃병에 꽂혔다. 편지도 휴지통 대신 한편에 쌓여갔다.

아버지가 이야기했는지 꽃병이 꼽힌 다음날부터는 타쿠미가 직접 꽃을 가지고 오기 시작했다. 직접 꽃을 가져온 지 열흘 째 되는 날 무릎 꿇은 타쿠미를 다시 마주했다. 미안하다고 했다. 사랑한다고 했다. 사내가 무슨 무릎을 꿇냐며 아버지가 일으켜 세웠다. 프리지어를 든 타쿠미가 한동안 더 찾아왔고 아버지의 성화가 더해지며 결국 미진의 운명이 딱딱해졌다.

그렇게 8월이 갔고 9월 11일 일요일, 흰 드레스가 입혀졌다.

미진의 출산 소식을 들은 고바야시 부부가 따로따로 병원으로 향했다. 임명진 내외는 이제 막 병원 입구를 들어서고 있었다. 신애가 남편을 조금 앞서 걸었다. 고맙고 대견한 딸을 어서 가서 안아주고 싶어 발걸음이 빨랐다.

임명진은 딸이라는 소식에 조금 실망을 했지만, 대세에 차질을 줄 일은 아니라고 여겼다. 병원에 들어서니 오히려 하루미 생각이 났다. 임신 18주에 들어서 아랫배가 살짝 볼록해진 하루미 뱃속의 아이가 사내라고 내심 믿고 있었지만, 혹시 딸은 아닐까 처음으로 마음이 쓰였다. 임명진은 하코네에서 딸이었던 미진을 떠나보냈고 타쿠미에게 미진의 손을 건넸던 결혼식장에서 자식이었던 미진과 이별했다. 미진은 다른 남자의 여자였다. 물론 얼마전까지는 자식이었지만!

이제 유일한 자식은 하루미 뱃속에 있는 아이뿐이었다. 그 아이가 사내라면 가진 걸 모두 주고 싶은 새로운 소망이 마음을 가득 채웠다. 미진이와 타쿠미의 딸도 보고 싶었지만 어서 빨리 하루미에게 가고 싶었다.

···

한여름 골프가 끝났다. 8월 말 더위에 웃웃이 젖어 착 달라붙을 만큼 땀을 흘렸다. 클럽 하우스로 들어서자마자 전화를 했다. 자동 응답기에서 병원으로 간다는 하루미의 목소리가 들렸다. 동반자들에게 양해를 구한 임명진이 급하게 샤워를 마치고 차에 올랐다. 영국적인 품위와 귀족적인 아름다움이 배어있는 흰색 재규어 XJ-S 카브리올레 소프트톱 컨버터블 스포츠카였다. 다이애나 왕세자비가 버버리 레인코트를 입고 재규어 컨버터블을 몰다 파파라치에게 찍힌 사진을 본 후 임명진의 마음이 재규어에 꽂혔다. 일본에 온 후 제일 먼저 한 것 중의 하나가 재규어 딜러로 가 주문 예약을 한 것이었다. 재규어는 임명진의 사업처럼 부드럽고 힘찼다. 도쿄에서 멀리 떨어진 골프장이 오히려 더 반가웠다. 재규어를 몰고 고속도로를 달릴 수 있어서 였다.

병원은 차로 한 시간 반 거리였다. 뚜껑이 없어도 양쪽 창문을 올리면 이마 위쪽에서만 바람이 느껴졌다. 정수리 머리카락들이 회오리바람에 하늘을 향해 솟아올라 이리저리 쓸려 다녔다. 담배를 입에 물고 한 모금 깊게 빨아들일 때 라디오에서 직장인들에게 100년 동안 할부로 집값을 갚을 수 있는 주택 융자 상품이 출시되었다는 뉴스가 흘러나왔다. 뉴스 때문에 사레가 든 임명진이 연거푸 잔기침을 쏟았다. 가소로운 표정으로 중얼거렸다.

"100년 할부라니, 아니 죽고 나서도 갚으란 소리야? 미친놈들 아냐?"

그런 상품을 만드는 은행을 보면 집값은 정말 끝도 없이 오를 게 분명해 보였지만 그걸 사려는 가난한 월급쟁이들에게 화가 났다. 한 번 더 혼잣소리를 내뱉었다.

"어리석은 것들. 되지도 않는 꿈을 꾸다니. 아무튼, 가난한 인간들은 다 이유가 있다니까."

한 손으로 담배를 피우며 뉴스를 듣는 표정이 더 거만해졌다. 임명진이 일본으로 온 1987년 여름 닛케이 지수가 2만 5천이었는데 2년이 지난 오늘 3만 5천을 찍었고 임명진이 산 도쿄의 맨션들과 고바야시를 통해 투자한 사토 종합건설과의 프로젝트도 기대 가치가 세배 가까이 늘었으니 그도 그럴만해 보였다. 멀리 도쿄 빌딩 숲이 나타났다. 저 많은 빌딩들 중에 자신의 것이 아직 없음이 억울하고 분했다. 3년만 일찍 일본으로 들어왔으면 아마 지금쯤 두세 개는 가지고 있었을지 몰랐다.

시내로 들어서며 하루미 생각을 했다. 클럽의 다른 여자들과 달리 순수함이 느껴지는 하루미. 오키나와 나하시 국제시장 맨 끄트머리에서 작은 튀김집을 했다면 나름 이재에 밝은 부모였을 텐데 계산에 어두워 보이는 하루미. 호스티스 생활을 시작한 날 만나서 그랬겠지만 때가 덜 묻은 하루미. 하루미의 여러 모습이 떠올랐다. 임명진의 가슴이 자존감으로 부풀어 올랐다.

하루미는 평소 임명진이 스스로 자부하던 부분을 용케 집어내는 묘한 능력이 있었다. 젊었을 적 신애보다 미모와 몸매는 떨어졌지만, 하루미는 임명진이 존중과 존경을 받고 있다는 착각을 심어 주며 단번에 임명진의 영혼을 빼앗아 버렸다. 하루미의 천성이 정말 그랬는지 임명진이 혼자 그렇게 느끼는지는 명확히 구분되지 않은 채 임명진과 하루미는 후원자와 호스티스 사이를 넘어선 관계로 들어섰다.

임명진이 침대 머리맡에 앉아 하루미의 머리카락을 쓸어 넘겼다.

"하루미, 고생했다. 그리고 너무 고마워. 우리 하루미 덕분에 나도 아들이 생겼네!"

하루미가 눈물을 글썽였다.

"다 오빠 덕분이야. 오빠! 나도 고마워! 시골에서 올라온 촌년인 나를 너무 잘 대해줘서 한편 버림받을까 봐 걱정했는데 오빠가 내 곁을 이렇게 지켜주니 내가 참 복이 많다."

임명진이 하루미를 더 좋게 생각한 이유는 하나 더 있었다. 이혼이란 단어를 한 번도 꺼내지 않는 하루미가 기특했다. 딱 한 번 이혼에 대한 이야기를 간접적으로 비쳤지만 그것뿐이었다. 어떤 일이 있어도 이혼은 할 수 없다는 이야기를 한 적도 없는데, 마치 여러 번 내 마음을 들여다본 사람처럼 단 한 번도 이혼을 요구하지 않았다. 그런 하루미가 나 때문에 복을 받았다며 눈물을 보였다. 진심이 담긴 하루미의 눈물을 본 임명진이 감동했다.

"하루미, 오빠가 미안해. 사실 그동안 집도 좁은 곳에서 지내게 하고, 다른 사람처럼 한 달에 천만 엔씩 용돈을 준 것도 아니고...."

"괜찮아 오빠. 걱정 마. 오빠가 있고 이젠 우리 아들도 있는걸!"

"이번에 퇴원하면 오빠가 너 가게 하나 내줄게. 1억 엔 정도에서 가게 자리 하나 알아봐."

하루미가 양팔을 뻗어 임명진의 얼굴을 감쌌다.

"진짜? 고마워 오빠. 오빠는 정말 착한 사람이야! 능력도 있고."

자부심이 횃불처럼 훨훨 타올라 마음을 밝히는 것 같았다. 뺨을 감싼 하루미의 손을 내려 두 손으로 꼭 쥐었다.

"하루미, 너야말로 내겐 행운이야. 아~! 그리고 우리 아들 이름은 내가 지었어. 타이요우(太陽). 태양이란 뜻이야."

10월이 가기 전에 요코하마에 새로 산 맨션으로 하루미와 타이요우가 들어갔다. 동경의 땅값이 너무 비싸 외곽으로 퍼진 신규 개발 프로젝트로 요코하마에는 새로 지은 대규모 맨션 단지가 많이 생겼다. 하루미는 욕심을 부리지 않았다. 대신 좋은 가게를 구하고 싶어 했다. 11월에는 시부야에 있는 클럽을 인수했다. 긴자의 클럽이 비싸기도 했지만, 하루미가 긴자 클럽의 마담을 하기엔 여러모로 무리가 있어 보였다. 하루미와 타이요우를 위해 2억 엔이 조금 넘게 썼지만, 연말이 되자 조금 더 좋은 아파트를 구해주지 못한 게 한편 아쉬웠다. 사실 2억 엔은 큰돈이 아니었다. 긴자의 최고급 클럽에서 가장 유명한 호스티스와 하룻밤을 보내는데 1억 엔을 썼다는 이야기가 돌기도 했다. 그만큼 도쿄는 주체 못한 돈이 거리를 뒹굴었다.

1989년을 마치며 닛케이 지수가 4만을 아쉽게 뚫지 못했다. 부동산 시장도 마찬가지로 기록적인 수치들을 만들고 있었다. 도쿄를 팔면 미국을 살 수 있다는 이야기가 공중파 방송에서 흘러나왔다.

•••

하루미가 창밖을 보며 상념에 잠겼다. 임명진 덕분에 긴자 클럽에서 나름 자리를 잡을 수 있었지만, 호스티스 사이의 능력과 그로 인한 빈부격차는 세상 어디보다 심했다. 긴자에 있는 클럽의 호스티스라고 누구나 천만 엔짜리 선물을 받을 수 있는 건 아니었다. 처음 자리를 함께한 후 일주일도 안 돼 임명진은 가장 소중한 손님이 되었다. 손님들 중에 임명진이 가장 적극적으로 다가섰다. 호스티스의 궁극적인 목표는 후원자였다. 임명진을 잡기로 했다. 임명진은 단순했다. 오키나와 나하 상업고등학교 동창 다케루 같았다. 2학년 때 학교 맞은편 예전 오키나와 류큐 왕국에 중국 사신들이 오면 머물던 후쿠슈엔(福州園) 안에 있는 정자 옆 숲속에서 다케루라는 설익은 남자애를 놀렸던 생각이 났다.

"다케루, 정말 크고 대단한걸! 정말 너무 커서 기절할 뻔했어."

바지를 추켜올리던 다케루가 크고 대단하단 말에 압도되어 넋을 잃었다.

"정말? 내가?"

"그럼. 내가 본 것 중에 정말 최고야."

"너 오늘이 처음 아니었어?"

"당연히 처음이지! 근데 잡지에서 다른 사람들 건 좀 봤지. 근데 너 같이 잘생긴 건 없던데?"

당연히 그날이 처음은 아니었다. 동경에 사는 먼 친척 대학생 오빠가 오키나와 호텔에 수습생으로 2달 동안 지내는 동안 이미 수십 번 섹스를 했었다. 오키나와를 떠나기 전 마지막으로 관계를 가지고 난 후 오빠가 내 등허리에 재떨이를 올려놓고 담배를 피우다 싱글싱글 웃기 시작했다.

"내가 네게 줄 선물이 있어. 남자의 영혼을 사로잡는 법이지."

"정말? 그런 게 있어? 잠자리 아니었어? 수단과 방법을 가리지 않고 영혼을 바쳐서라도 갖고 싶고 하고 싶은 게 잠자리 말고 또 있나?"

친척 오빠가 낄낄 웃었다.

"그건 맞지. 잠자리에 미치지. 하지만 그건 잠시 미치는 거지 영혼이 털리는 건 아냐. 미친 건 제정신이 돌아오지만 영혼이 털리면 영원히 벗어날 수 없는 굴레를 쓰는 거 거든. 그래서 얼마 정도 잠자리를 가지고 나면 여자들에 대한 대우와 생각이 달라지지. 결혼도 마찬가지 이유로 시들기 시작하는 거고. 아무튼 내가 보기엔 여자들이 좀 너무 순진해. 가장 소중한 걸 주면서도 남자의 욕망이 채워지는 것에 대한 대가와 대우에 만족하고... 많은 남자들이 어떻게든 싸게 아니면 아예 공짜로 여자를 갖기를 바라지."

"그럼 오빠도 똑같은 거야? 지금 나랑도 그런 거야?"

"당연하지. 내가 널 언제 사랑한다고 말한 적 있어? 나도 똑같은 남자야.

하지만 난 그래도 솔직하지. 널 이용해 먹지는 않아. 너뿐만 아니라 누구도. 그리고 내가 줄 수 있는 걸 주고 싶지."

"그렇구나. 근데 선물이란 게 대체 뭐야?"

오빠가 머리를 쓰다듬었다. 측은하고 귀엽다는 표정이었다.

"남자는 칭찬에 약해. 특히 그거에 대한 칭찬을 해주면 사족을 못 쓰지. 너는 서구적으로 생겨서 남자들에게 인기가 있겠지만 내가 보기엔 뭐라 할까, 살짝 나무토막 같은 느낌? 네 몸이 아니라 네 성격을 말하는 거야. 외모가 떨어져도 남자를 휘어잡는 이상한 힘이 있는 여자가 있는데 넌 그런 게 없어. 이놈이 꼭 필요하다 싶을 땐 칭찬해 주고 인정해 줘. 그럼 그놈은 네 손안에서 못 벗어나. 너를 세상에서 제일 소중한 사람으로 모실 거야. 알았지?"

친척 오빠의 선물을 받고 난 후 처음 써먹은 게 다케루였다. 다케루는 그날 이후 나를 위해 할 수 있는 모든 것을 다 했다. 학교생활도 편해졌고 함께 동경으로 올라와 취직을 한 이후에도 내게 헌신했다. 하지만 다케루가 줄 수 있는 건 별로 많지 않았다. 젊음으로 버티던 잠자리도 시큰둥 해졌을 때, 바로 다케루와의 관계를 정리했었다. 벌써 8년 전이었다.

그런 다케루를 신주쿠 거리에서 다시 만났다. 임명진이 마련해 준 신주쿠 맨션에 지내기 시작한 지 한 달쯤 지났을 때였다. 몰라보게 성숙해진 다케루는 제약회사의 영업사원이었고 도쿄 물을 먹어서인지 투박함이 사라져있었다. 익어가며 이제 막 빨개지기 시작했지만 여전히 싱그런 푸른 사과 같았다.

여전히 다케루는 내 손안에 있었다. 위험을 감수할 필요도 없었다. 신주쿠 근처에는 러브호텔이 수도 없이 많았다. 다케루와 임명진이 겹치면 그냥 샤워를 두 번 하면 되는 일이었다. 임신이 되자 다케루도 궁금해했지만 아이는 잊으라 했다. 얼마짜리 아이인지 설명을 했다. 다케루도 당장 어떻게 해야 할 이유가 없었다. 사실 누구의 아이인지 알 수도 없었다.

···

1989년 10월 1일 일요일, 킴&킴의 설립 1주년 기념 골프 대회가 끝났다. 필레 미뇽 스테이크가 담긴 접시를 양손에 받쳐 든 서비스 크루들이 빠른 걸음으로 테이블 사이를 누볐다.

같은 카트를 타고 함께 플레이 한 톰 아저씨와 나란히 앉았다. 지나치던 사람들이 꿈을 이루어 좋겠다며 축하의 인사를 건넸다. 톰 아저씨 얼굴에 흐뭇한 미소가 피었다.

"미스터 김이 정말 성공하긴 했나 보다. 사람들이 무척 부러워하네. 꿈을 이룬 사람이 되었네. 어느새."

"그러고 보니 아저씨 꿈이 뭔지 이야기를 들은 적이 없네요. 아저씨 꿈은 뭐였어요? 글 쓰는 걸 좋아하시는 건 알지만요."

"글쎄, 젊어서는 옳은 게 옳은 대접을 받는 세상을 만들고 싶었는데 그 꿈은 한국을 떠나올 때 이미 포기했고, 미국에 와서는 돈 버는 거였어요. 한국에서 했던 공부와 직업은 미국에서 돈 버는 거에는 정말 아무짝에도 쓸모없는 것들이라 우선은 먹고사는 게 중요했으니까요. 풀턴 스트리트 가게를 사며 나도 아메리칸드림을 이룰 수 있다는 희망에 부풀었고 참 열심히 일했어요. 그런데 언젠가부터는 가게를 팔고 벗어나고 싶어졌어요. 다시 글을 쓰고 싶어졌어요. 세상과 소통하고 싶고, 횃불을 들고 다시 세상으로 나서고 싶었어요. 물론 가게를 하면서도 조금씩은 쓸 수 있었지만 다시 꿈을 꾸게 된 것 같아요. 그러고 보면 꿈은 가질 수 없을 때 가지게 되는 건지도 모르겠어요."

"그럼 아저씨는 꿈을 두 번 이루신 거네요? 한 번은 가게를 사며 한 번은 그 가게를 팔면서요."

톰 아저씨가 빙그레 웃으며 물었다.

"미스터 김의 꿈이 돈을 버는 거였다면 지금 나이에 이 정도 매출을 올리는 회사를 이룬 건 그 꿈을 이루기엔 부족함이 없어 보이는데, 어때요? 미스터 김도 꿈이 이루어진 것 같아요?"

"글쎄요. 저는 사실 돈보다는 사랑을 꿈꾸었었는데. 그 꿈에는 조금도 다가서지 못하고 있네요."

"미스터 김. 서울에 첫사랑이 있다고 했죠? 어서 찾아가 봐요. 무조건 우선 찾아가서 만나봐요. 첫사랑이 진짜 꿈이었는지 확인해 봐요. 진짜 꿈이라면 다시 도전해 봐요."

행사 진행자가 써니 아버지와 나를 소개했다. 뜨거운 박수와 환호가 터졌다. 써니 아버지에게서 마이크를 건네받고 짧은 인사말을 했다. 많은 사람들 앞에 나서는 건 언제나 심장이 저렸다. 다른 사람의 마음에 찍히는 내 모습을 상상하는 건 즐거운 호기심이었다. 하지만 한 번에 1백 명도 넘는 사람의 마음에 나를 비춰 주는 건 즐거움을 넘어서는 아찔함이었다. 짧은 시간일수록 그 아찔함은 더 강렬해졌고 가끔은 그 순간 바로 직전 숨이 막혀 현기증이 났다. 자리에 다시 앉았는데도 등에 칼을 서너 개 꽂힌 투우처럼 흥분이 가라앉지 않았다. 미진이가 내 어깨를 툭 치고 나를 내려보던 때처럼 가슴이 두근거렸다. 순간 내가 누군지를 잊어버린 사람처럼 암담했다.

목이 말랐다. 우물이 보였다. 두레박을 던졌다. 두레박이 물에 떨어지며 나는 첨벙 소리가 들리지 않았다. 마르지 않을 거라 믿는 우물이었다. 작은 돌멩이를 집어 우물로 떨어트렸다. 한참을 기다렸다. 첨벙이는 물소리도 메마른 바닥을 때리는 소리도 들리지 않았다. 3년 동안 나 몰래 외로움이 파 내려간 우물의 깊이가 가늠할 수 없이 깊어져 있었다.

깊은 우물 속에 홀로 들어가 있는 것 같은 고요함을 행사장 소리가 먹어 치웠다. 사회자가 중간중간 농담을 섞어가며 식사 시간 동안 참석자에게 나누어준 복권 번호를 부르며 선물을 나누어 주었다. 여흥과 어울림을 위한 아웃팅이 아쉬움을 달래는 음악과 함께 끝났다.

사람들이 모두 떠난 골프장은 무섭게 고즈넉했다. 텅 빈 주차장 차 안에서 한동안 밤하늘을 쳐다보았다. 하늘이 별로 가득했다. 딱 하나의 별에 초점을 맞추는 건 불가능했다. 하늘에 별들이 너무 많기도 했지만 너무 오래 내 별이 반짝이는 곳을 쳐다보지 않았기 때문이었다.

...

10월 2일, 휴가를 내고 JFK 공항으로 가는 콜택시에 올랐다. 비즈니스 클래스를 타도 됐지만 이코노미를 탔다. 반나절 조금 넘는 시간을 위해 지불해야 하는 비용으로는 합리적으로 느껴지지 않았다. 대한항공보다 값이 싼 노스웨스트를 탔다. 일본 나리타에 내려 4시간을 대기한 후, 저녁 7시 김포행 비행기로 갈아타는 여정이었다.

공항에서 우동을 먹고 일본 상품과 잡지, 사람 구경을 했다. 옷을 허름하게 입고 들어가면 동양인이라 무시당하는 느낌이 들었던 미국과는 달리, 말만 안 하면 일본인이 되는 게 좋았다. 대부분의 일본 사람들은 친절했고 왠지 친숙한 느낌이 들어 편안했다. 3시간이 훌쩍 지나갔다. 게이트 앞 대기 공간으로 가 앉아 있는데 영어와 일본어로 안내 방송이 나왔다.

"오늘 노스웨스트 서울발 오후 6시 30분 비행기가 오버부킹으로 자리를 양보해 주실 7분의 자원자를 찾고 있습니다. 자원을 해 주실 분은 지금 카운터로 와 주십시오. 2백 불 바우처와 호텔과 식사를 제공합니다. 감사합니다."

10분 사이에 2번의 안내 방송이 더 나왔지만 승객 대부분이 한국 사람이라 그런지 지원자는 딱 한 명뿐이었다. 4번째 방송이 나왔다. 지급되는 바우처 금액이 2백 불에서 4백 불로 커졌다.

마음의 절반은 조금이라도 더 빨리 미진이를 만나고 싶었지만 눈앞에 닥친 만남 직전 뒷걸음 치고 싶은 나머지 절반의 마음에 이끌려 카운터로 갔다. 혼자 하루를 보내며 마음을 정돈하는 것도 나쁘지 않을 것 같았다. 이십 대 후반으로 보이는 머리가 짧은 젊은 백인이 두 번째, 내가 세 번째 자원자였다.

어깨 바로 위까지 내려오는 단발머리를 한 노스웨스트 항공사 여직원이 나머지 4명의 지원자를 찾기 위해 다시 방송을 하려 했다. 미국 항공사에 근무해서인지 일본인임에도 영어가 유창했고 20대 후반으로 보였다. 왼쪽 가슴에 달린 명찰에 영어로 쓴 직책과 이름이 보였다. 플로어 매니저, 이시하라 메이코(石原 愛衣子). 그녀를 도와주고 싶기도 했고 핵심을 짚어 내지 못하고 있는 상황을 그대로 지켜만 볼 수는 없었다.

"지금 승객들 중에는 한국 사람이 많으니 내가 한국말로 안내 방송을 해주면 효과가 좋을 것 같은데, 어때요?"

"아! 그래요! 그럼 부탁드립니다. 감사합니다."

그녀가 건넨 전화 수화기를 들고 안내 방송을 했다.

"안녕하세요 여러분! 안내드립니다. 오늘 비행기가 초과예약이 돼서 4명의 지원자를 모집하고 있습니다. 급하지 않으신 분들은 이번 기회에 일본 호텔에서 하루 묵으시고 4백 불짜리 바우처도 받으실 수 있는 좋은 기회입니다. 물론 식사도 제공되고 내일 같은 편 비행기로 김포로 들어가시면 됩니다. 드물고 좋은 기회입니다. 선착순이니 어서 탑승 게이트 앞 카운터로 오십시오."

한국말 안내 방송이 나가자 사람들이 줄을 섰다. 6명이 줄을 섰지만 먼저 온 네 사람까지만 등록을 받았다.

메이코의 안내로 자원자 7명이 48시간 임시 체류비자를 받고 노스웨스트 항공이 제공하는 버스로 향했다. 메이코는 항공사 제복을 입어서 그런지 늘씬했고, 일본 여자들 중에서는 미인에 속했다. 맨 앞에서 따라가는 내게 메이코가 말했다.

"전 이혼했어요?"

너무 거리낌이 없어 당황할 틈이 없었다. 메이코란 사람을 찾아보려 그녀와 시선을 맞췄다.

"아...."

"결혼했어요?"

"아니요."

호감의 표시인 것 같았다. 데이트 신청일 수도 있었다. 하지만 이상하고 신기했다. 처음 겪는 대화의 흐름이었다. 그냥 싱긋 웃어넘겼다. 안 그러면 그녀가 너무 민망해할 것 같았다. 순간 예전 신입생 때 미팅에 나가 결혼할 사람을 찾고 있던 내 모습이 떠올랐다. 만약 그때 내 마음 같은 거라면 메이코는 새로운 사랑을 찾고 있을지 모른다는 생각이 들었다. 오히려 간절해서 가장 나중에 해야 할 이야기를 제일 먼저 한 것 같았다. 메이코의 마음을 볼 수 있는 남자를 찾았으면 좋겠다는 생각이 스쳤다. 그녀가 건넨 명함을 받고 버스에 올랐다.

호텔은 정갈했다. 저녁을 먹고 방으로 돌아와 캔 맥주를 마시며 창밖으로 뜨고 내리는 비행기에 넋을 실었다. 아직은 어떻게 해야 하는지, 어떤 상황을 맞이하게 될지 그려지지 않았다. 답답했다. 예전 중학교 1학년 때 혼자 시작했던 낚시가 생각났다.

낚싯대가 든 길쭉한 낚시 가방을 메고 청량리역 근처에서 시외버스에 올랐었다. 어디로 가는 버스인지도 몰랐지만 낚시 가방을 멘 아저씨들이 많이 타는 버스라서 탄 버스였다. 버스가 남한강을 따라 덕소와 팔당, 능내 정류장을 지났다. 양수리에서 한 무리의 아저씨들을 따라 내렸다. 양수대교 근처로 사람들이 흩어져 낚싯대를 펼쳤다. 나도 헌병 검문소 뒤쪽 수초가 많은 물가에 낚싯대를 드리우고 첫 낚시를 시작했었다. 낚싯대를 사며 낚시 용품 가게 주인이 알려준 바늘을 묶는 법과 구더기와 지렁이 미끼를 끼우는 법 외에는 하나도 아는 게 없이 떠났던 중학교 1학년 초여름 같았다. 설레었지만 어디에서 어떤 경험을 하게 될지 막막했던 그때 같았다.

다음날 일찌감치 공항에 들어섰다. 3시쯤이었다. 메이코가 보였다. 카운터로 다가서는 나를 본 메이코가 반갑게 인사를 했다.

"하우 아 유 미스터 킴! 어제 좋은 하루 보내셨어요?"

"아. 저를 기억하시네요. 네, 덕분에요. 오늘은 문제없나요?"

"그럼요 당연히 기억하고 말고요. 어젠 정말 고마웠어요. 어제 너무 많은 자리가 오버부킹이 돼서 오늘도 1명을 모집해야 해요. 하지만 미스터 킴은 어제 이미 자원해 주셨으니 걱정 안 하셔도 됩니다."

메이코를 도와주고 싶었다.

"그래요? 그럼 오늘도 제가 자원할게요."

"정말요?"

메이코가 이삼 초 뭔가를 생각하는 것 같았다. 그녀의 눈썹이 위쪽으로 살짝 올라갔다 내려왔다.

"그럼 오늘은 제가 6백 불짜리 바우처를 드릴게요. 게이트 문 닫을 때까지만 기다려 주세요."

게이트가 닫혔다. 메이코가 키보드를 두들긴 후 전화를 걸었다. 통화 내용이 만스러웠는지 얼굴이 환해졌다.

"미스터 킴, 오늘도 정말 감사했어요. 내일 같은 비행기로 들어가실 수 있지만 제가 너무 고마워서 다른 항공사에 좀 알아봤어요. 마침 2시간 후에 유나이티드 항공사 편으로 김포로 들어가실 수 있는 자리가 있네요. 항공사끼리는 꼭 필요하면 서로 도움을 주거든요. 물론 아까 약속드린 6백 불 바우처는 그대로 드릴 거고요. 그리고 오늘 김포까지는 퍼스트 클래스입니다."

카운터 밖으로 나온 메이코가 밝게 웃으며 티켓과 바우처가 담긴 봉투를 내밀었다. 유나이티드 항공 게이트까지 안내를 자청한 메이코가 악수를 청했다. 서로 더 고맙다며 웃었다. 게이트로 들어섰다. 헤어졌는데도 설렜다. 따뜻한 사람의 마음이 느껴질 때 생기는 설렘이었다.

비행기 입구에서 티켓을 본 스튜어디스의 자세가 확연히 정중해졌다. 747 점보제트기 맨 앞 새의 두개골처럼 살짝 튀어나와 있는 부분으로 나선형 계단을 올랐다. 조정석 바로 뒤로 넓은 가죽 의자 8개가 보였다. 1등석 캐빈이었다. 기장과 부기장이 일어나 인사를 하며 환영의 인사를 한 뒤 조정실로 초대를 했다. 기장과 부기장, 1등실 전담 스튜어디스의 웃음과 환대가 거의 진심 근처에 있었다. 돈이 주는 최고의 환대를 경험했다. 1등석 손님은 나 하나뿐이었다. 스튜어디스가 집사처럼 내 외투와 가방을 받아 건 후 샴페인을 권했다. 고급 도자기 쟁반에 최고급 요리와 와인이 나왔다. 짧은 비행이었지만 비행 내내 스튜어디스의 서비스가 끊임없이 이어졌다.

선회하며 하강하는 비행기 창밖으로 김포 공항이 보였다. 가져온 고급 양복이 생각났다. 하지만 미진이 집에 갈 때는 그냥 평상복을 입기로 했다. 그것만 정했다. '찍' '찌익' 타이어가 활주로를 만나는 소리가 나며 나는 다시 서울이 되었다.

···

화교학교 근처 연희동은 조금도 변한 게 없었다. 살거나 드나드는 사람의 변화도 적을 것 같은 분위기도 그대로였다. 공원 벤치에 앉아 그때를 떠 올렸다. 금방이라도 노란 원피스를 입은 미진이 눈앞에 나타날 것 같았다. 햇살이 좋았다. 나무들은 단풍이든 잎들을 간간이 떨구었고 땅에 떨어져 이젠 말라 가벼워진 잎새들은 뒹굴어 담벼락 아래에 모여있었다.

심장이 일어섰다. 천천히 빨라지는 심장을 따라 미진의 집으로 향했다. 생각은 차분했지만 또렷하진 않았다. 설렘 때문에 단단해진 어깨를 들썩이며 풀었다. 크게 숨을 쉰 후 대문으로 다가섰다 유령을 본 듯 한 발짝 뒤로 물러나 문패를 쳐다보았다.

[오상구? 이름이... 아. 이사를 간 건가? 이사를 갔구나....]

선명했던 지도가 뿌옇게 흐려지며. 빼곡했던 길과 이름들이 방향을 잃고 뒤엉켰다. 미진의 친구들 얼굴이 스쳐 지나갔지만 전화번호를 아는 친구는 없었다. 빨간색 인터폰 버튼을 눌렀다.

"안녕하세요. 제가 여기 예전에 살던 친구를 찾아왔는데요. 이사를 간 거 같아서요."

"아.. 그래요 우리가 살기 시작한 게 벌써 2년인데... 이전 집주인이 어디로 갔는지는 우리는 몰라요."

"네, 그럼 혹시 거래한 부동산을 알려 주실 수 있을까요?"

중년 아주머니가 잠시 생각을 하는 것 같았다. 그러다 의심을 풀었는지 말을 이었다.

"화교학교 길 건너에 보면 한성 부동산이라고 있어요. 거기에 가서 한번 물어보세요."

어릴 적 다니던 초등학교 앞 육교 위에는 신문지가 깔린 누런 박스에 담긴 병아리를 파는 사람과 불량식품과 조잡한 장난감을 펼쳐 놓고 아이들의 호주머니를 털던 야바위꾼들이 있었다. 야바위꾼들의 속임수는 다양했다. 동그랗고 얕은 양철 물통 안에 있는 물방개가 찾아가는 번호를 맞추는 속임수도 있었고 길이가 다른 실 두 가닥을 손에 쥐고 그중에 긴 걸 뽑으면 상품을 주는 속임수도 있었다. 몇 번 동전을 내고 실을 잡아당겼고, 언제나 짧은 실이 뽑혔다. 나중에야 알았다. 야바위꾼은 짧은 끈의 양쪽 끝만 밖으로 나오게 주먹을 쥐었고 긴 실을 뽑는 건 처음부터 불가능한 일이었다.

야바위꾼이 쥐고 있는 실 중에 하나를 뽑았을 때처럼 좌절했다. 반환점까지 달려갔었던 생각들이 모두 원점에서 다시 달리기를 시작해야 했다. 문제는 어디에서 출발을 해야 하는지조차 불분명하다는 점이었다.

한 가닥 희망의 끈을 따라 부동산 문을 열고 들어섰다. 투박하고 못생기게 만들려고 무진히도 노력해서 만든 것 같은 낡은 소파 양쪽에 50대로 보이는 남자 둘이 앉아 가운데 유리가 덮인 테이블 위에 놓인 장기판을 뚫어져라 쳐다보고 있었다. 금테 안경을 쓰고 회색 카디건을 걸친 남자가 고개를 돌려 나를 대강 훑어보더니 그대로 앉은 채 말했다.

"연대생인가? 방 찾아요?"

"아, 아닙니다. 뭐 좀 여쭤보려고요. 혹시 19-20 번지 집 파신 분 어디로 가셨는지 알 수 있을까 해서요. 2년 전쯤이라고 하던데요."

별 재미나 흥미를 느끼지 못했는지 나를 보던 시선을 다시 장기판으로 옮기며 말했다.

"19-20번지? 2년 전? 아! 그 집! 기억나지. 건설회사 사장님 댁. 그때 그 양반이 하도 빨리 팔아달라고 해서 시세 보다 조금 싸게 팔았었지. 근데 그 집이 어디로 이사 갔는지는 왜 알려고 하나?"

"그 집 딸 친구인데요. 미국에서 와보니 이사를 갔더라고요. 그래서요."

"아, 그 집 딸내미... 남자 친구였나 보지?"

갑자기 군침이 돈 사람처럼 남자가 웃었다. 미진이를 대상으로 호기심을 보이는 것 같아 마음이 불편해졌다. 맑지 않은 기운에 기분이 상했다. 억지웃음을 꾸며내며 말했다.

"하하. 네. 부탁드립니다."

"그 집 일본으로 간다고 했는데. 한국 재산 싹 정리해서 일본으로 아예 살러 간다는 소리가 있었지. 동경으로 간다는 것 같았는데. 아마 그게 맞을 거야. 어쩌나! 여자친구 못 찾아서~!"

부동산을 나왔다. 다음 방법이 딱히 떠오르지 않았다. 호텔로 돌아가려는데 아이디어가 스쳤다. 공중전화로 달려가 전화번호부를 뒤졌다.

"네, 불문과입니다."

"안녕하세요. 혹시 조교님이신가요?"

"네 그런데요?"

"혹시 85학번이세요?"

"무슨 일이시죠?"

"제가 85학번 임미진을 찾고 있는데요. 일본으로 이사를 갔다는 소식을 들어서요. 혹시 친구가 있으면 소식을 알 수 있지 않을까 싶어서요."

"혹시 연대 다니던 미진이 친구분 맞으세요? 이름이... 동주 씨 맞으세요? 윤동주 시인이랑 똑같아서 기억나요. 저는 향미예요. 윤향미. 아마 제 이름은 기억 못 하실 거고. 안경 끼고..."

안경을 끼고 학교에서 멀지 않은 묵동에 살던 친구였다.

"기억납니다. 안녕하셨어요."

"네, 안녕하세요. 미진이 일본에 간 건 어떻게 아세요?"

"미진이 집 근처 부동산에서 들었어요."

"미국으로 들어가신다고 하더니 들어가셨군요."

"네, 미진이는 잘 지내나요?"

"잘 지낸다고 들었어요. 근데 저도 친구에게서 들었을 뿐 저도 미진이 연락처도 모르고 자세한 소식은 몰라요. 제가 한번 친구들에게 연락해 볼게요. 전화번호 주시면 제가 전화드릴게요."

전화를 끊은 향미가 과 사무실을 나와 1층 공중전화 앞에 섰다.

"미진아, 난데 향미. 동주 씨가 과 사무실로 전화를 했어. 너 소식 알 수 있냐고. 어떻게 할까?"

수화기에서 잠시 아무 소리도 들리지 않다가, 아기가 칭얼대는 소리와 함께 미진의 숨소리가 다시 들렸다.

"향미야. 미안한데, 잘 모르겠다고 해줄래?"

호텔로 돌아 오자 프런트에서 메모를 전달해 주었다. 메모는 간단했다.

'죄송합니다. 미진이 연락처를 아는 사람이 아무도 없네요. 향미.'

수제비 반죽을 떼어 내는 것처럼 뭉텅뭉텅 마음이 뜯겨 늘어지다 결국 찢겨 나갔다. 커튼을 끝까지 다 열어젖혔다. 창밖 세상은 노을로 붉어질 뿐 굳건한 모습 그대로였다. 안구가 조여지는 느낌이 들 정도로 눈꺼풀을 깊고 길게 눌러 감았다. 숨소리가 아득한 어둠과 적막을 가르고 귓전에 내려앉아 쌕쌕댔다. 한참 후 전화기를 들었다.

"여행사죠? 일본으로 가는 비행기표를 알아보려고 하는데요."

...

    일본 비자를 기다리는 동안 서점에서 재일 동포에 대한 책이나 관광 안내서를 찾아보았다. 안국동에 있는 일본 문화원에도 찾아갔지만 신주쿠 근처 오쿠보와 신오쿠보가 2차 세계 대전 이후 재일 동포가 많이 살던 곳이라는 정도만 알 수 있었다. 탑승 게이트 앞 대기 공간에서 재일 동포처럼 보이는 두세 명에게 물었고 비행기 안에서 한국인 승무원에게도 물었지만 별다른 정보를 얻지 못했다. 이제 남은 카드는 메이코뿐이었다.

    착륙 준비가 시작될 때 메이코의 명함을 꺼냈다. 비행기를 내려 게이트 근처에 있는 노스웨스트 항공사 직원에게 명함을 보이며 연락을 부탁했다. 무전기로 통신을 하고 기다리던 직원이 무전을 받고 밝게 웃었다.

    "방금 무전을 받았습니다. 소중한 분이라고 메이코양이 많이 반가워하시네요. 잠시 기다리시면 메이코양이 오신다고 했습니다."

    다행이었다. 구체적인 방법이 있을 리 없었지만 그래도 누군가의 도움이 절실했다. 금세 온다던 메이코가 20분 정도 지나서야 도착했다.

    "미스터 킴, 미안해요. 바로 오려고 했는데 급히 처리해야 할 일이 하나 생겨서 늦었어요. 미안해요. 벌써 일을 다 본 거예요? 굉장히 바쁜 스케줄인가 봐요. 벌써 뉴욕으로 다시 돌아가시는 건가요?"

    "아니요. 사정이 좀 생겨서 도쿄에 일주일 정도 머무르게 되었어요."

    "네? 아, 뉴욕 트랜스퍼가 아니라 도쿄에 머무는 스케줄이군요!"

    "네. 조금 급하게 결정을 해서 호텔도 예약을 못했어요. 직접 예약을 해도 되지만 메이코씨에게 물어보면 더 좋을 것 같아서요. 따로 도쿄에 아는 사람도 없고 해서요. 저는 비즈니스 미팅이 있는 것도 아니고 관광을 하려는 것도 아니에요. 아, 그리고 저는 케빈으로 부르시면 됩니다."

"아, 그럼요. 제가 호텔 예약을 해 드릴게요. 어떤 호텔을 원하시는데요? 지하철역에서 가까운 곳? 아니면 시내 중심가?"

"전 좀 조용한 곳이 좋겠어요. 시내지만 복잡하지 않으면서 또 너무 외지지 않았으면 좋겠어요."

"그럼 아주 딱 좋은 곳이 있어요. 조용하면서 일본식 정원도 있어서 전통적인 일본 분위기를 느낄 수 있는 곳이에요. 주변이 고급 주택가이고 갤러리 같은데도 많아서 산책하기에도 좋아요. JR 야마노테선[山手線] 역에서도 멀지 않구요. 가격은 조금 있는 편인데 괜찮으세요?"

"네, 가격은 큰 문제 없습니다. 그럼 거기로 잡아 주세요. 오늘이 6일이니까 13일까지... 아니 그냥 14일까지 잡아주세요. 그리고 혹시 내일 호텔로 오셔서 저를 좀 도와주실 수 있으실까요? 상의드리고 도움받을 일이 있어요."

"네, 제가 어떤 도움을 드릴 수 있을지 몰라도 일단 통역은 잘할 수 있으니 내일 호텔로 아침 일찍 찾아갈게요. 출국장을 나가면 호텔 안내 데스크가 있어요. 도쿄 지도도 주고 자세한 안내를 받으실 거예요. 도쿄로 가는 버스는..."

"버스는 지난번에 타봐서 알아요."

"지난번에요?"

"네, 지난번 하루 잘 때 새벽에 일어나 도쿄 구경하고 왔거든요."

"아아... 그랬군요. 호텔은 JR 야마노테선[山手線] 메구로 역에서 내리면 돼요. 그럼 내일 아침 호텔로 제가 찾아갈게요. 마침 내일 오전은 스케줄이 비어있어요."

다음날 아침 미야코 호텔 커피숍에서 메이코를 만났다.

"메이코 어서 와요. 여기 호텔이 참 좋네요. 도쿄는 아파트도 작고 호텔도 작다고 들었는데 이 호텔은 미국 호텔 보다 더 큰 거 같아요."

"이 호텔만 그래요. 이 동네가 도쿄답지 않게 다 큼직큼직해요."

"일본식 정원 가 봤어요?"

"아니 아직."

"한번 가보면 놀랄 거예요. 꽤 규모가 커요. 정원 안에 연회장도 근사해서 결혼식도 많이 하죠. 그나저나, 도쿄에는 왜 갑자기 오신 거예요?"

"사람을 찾으러 왔어요."

"사람이요?"

"네, 메이코씨도 초면에 제게 이혼했다고 이야기해 주셨으니 저도 그냥 편하게 이야기할게요. 첫사랑을 찾으러 왔어요."

메이코가 입으로 터져 나오는 웃음을 손으로 막으려 애를 썼다.

"미안해요. 첫사랑 찾으러 왔다고 해서 웃은 거 아니에요. 미안요."

웃던 메이코의 얼굴 표정이 시무룩해지며 딱해하는 눈길을 보였다.

"케빈이 갑자기 이렇게 찾으러 와서 내게 연락을 한 거 보면, 도쿄에 아는 사람도 없고 또 어떻게 찾아야 할지 막막하다는 건데...."

메이코의 차분한 목소리만으로도 위안이 됐다. 메이코는 공감 능력치가 높은 사람같았다.

"네, 정말 아무런 단서도 없고 도쿄에는 아는 사람이 아무도 없어요. 일본 말도 못 하지만요. 그래서 제가 생각해 보았는데 우선은 재일 동포들이 많이 사는 동네에 가서 슈퍼마켓이나 카페처럼 사람들이 많이 다니는 곳을 찾아가 보려고요. 길거리에서 사람들을 붙잡고 물을 수는 없으니까요."

"으음.... 그것도 방법이긴 한데."

무지하고 암담한 계획에 메이코가 오히려 더 답답해하는 것 같았다.

"첫사랑 여자 아버지가 부자예요?"

"네."

"그럼 슈퍼마켓보다는 고급 백화점 지하 식품부를 가봐요. 저녁 시간 전에 가는 게 좋겠어요. 그리고 고급 백화점 명품 브랜드 매장을 돌아보는 것도 좋을 것 같아요. 첫사랑 이름이랑 나이랑 언제 일본에 왔는지 알려주세요. 제가 항공사에 다니는 친구들이 좀 있는데 그 친구들에게 한번 주변에 알아봐 달라고 해 볼게요. 누가 알아요. 혹시 알지. 어쩌면 케빈이 백화점이나 카페를 다니는 것보다 훨씬 더 효과적일지도 몰라요."

"이름은 임미진, 나이는 23. 키는 167cm. 늘씬하고 가슴이 좀 커요."

메이코가 메모를 하다 고개를 들고 배시시 웃었다.

"키도 크고 날씬한데 가슴도 커요? 케빈이 여자 외모를 많이 보나 봐요? 근데 그렇게 외모가 뛰어나면 남자들이 가만두지 않을 텐데. 어쩜 사귀는 남자가 있을 수도 있겠네요...."

"그런가요? 근데 제가 먼저 다가선 게 아닌데...."

메이코가 말을 멈추고 미안한 표정을 지었다.

"아... 케빈 미안해요. 제가 실수를... 제가 가끔 너무 앞서가요. 미안해요."

"아니에요. 저도 그럴 수 있다고 생각해요. 그리고 그래도 괜찮아요. 약속을 지키고 싶어서 지 꼭 첫사랑을 내 여자로 만들려는 건 아니에요. 행복하다면 저도 행복할 수 있어요. 걱정 말아요."

"고마워요. 그렇게 생각한다니 다행이에요. 어쨌거나 행운을 빌어요. 월요일 오전도 스케줄이 없으니 또 올게요. 또 와도 되죠?"

"그럼요. 고마워요. 그럼 월요일 봬요. 전 이제 나가 보려고요."

"네, 저도 슬슬 나리타로 가면 될 것 같아요."

...

주말 내내 걸어서인지 종아리가 퉁퉁 부었다. 발바닥도 아팠지만 오른쪽 새끼 발가락에 물집이 생겼다. 일요일 오후에 편한 반창고와 운동화 한 켤레를 샀다. 허망하고 무식한 짓이었지만 그래서인지 더 집요하게 매달렸다. 일요일, 물집이 터졌다. 물이 빠져 납작해진 물집 주머니가 쭈글쭈글했다.

월요일 아침 메이코와 호텔 커피숍에 다시 마주 앉았다.

"주말은 어땠어요? 케빈 얼굴에 아무것도 건진 게 없다고 쓰여있지만요."

"아니요. 그래도 좋았어요. 찾을 수 있어서 이러는 건 아니니까요."

"아마 불가능할 거예요. 케빈이 왜 찾고 싶은지도 왜 찾고 있는지도 알아요. 저도 그런 적이 있었으니까요. 젊음의 간절함 아닐까 싶어요. 이해해요, 케빈 마음. 아무것도 하지 않고서는 도저히 그냥 그러려니 지나칠 수 없는...."

이야기 끝을 맺지 못한 메이코가 커피잔을 만지작거렸다.

"메이코, 근데 이혼했다는 이야기는 왜 한 거예요? 엉뚱하게."

메이코가 화창하게 웃었다.

"케빈도 그걸 그대로 믿었어요? 사실 나 이혼한 적 없어요. 결혼은 할 뻔했고 동거는 했었지만."

"근데 왜 그런 이야기를 했어요, 그럼?"

"내가 여행객들 속에서 살잖아요. 남자들이 참 많이 접근을 해요. 심지어는 나이가 지긋한 아버지뻘 남자들도...."

예전 경험이 떠올랐는지 메이코가 깔깔대고 웃었지만 흐린 날 파도처럼 씁쓸한 거품을 남기는 웃음이었다.

"사람들이 여행을 하는 동안은 영혼이 자유로워지는 것 같아요. 평상시와는 다른 자신을 발견하고 싶은 건지... 처음에는 잘 구분이 안 가더라고요. 이 사람이 창문을 열고 창가에 기대 아름다운 봄꽃에 잠시 취한 건지, 꽁꽁 언 한 겨우내 성에가 잔뜩 낀 창을 보며 봄을 그리는 사람인지..."

메이코의 표현이 마음에 들었다. 자신의 경험을 통해 생각을 헤집고 찾아내는 사람이 분명했다. 새삼 메이코가 겪어온 시간들이 궁금해졌다.

"어느 날부터 내게 접근하는 남자들에게 이혼을 했다고 이야기하기 시작했어요. 그럼 어떤 일이 일어날 거 같아요?"

"글쎄요. 이상한 여자라고 오해를 하거나 다가서기 좋은 기회라고 생각할 것 같아요. 대부분 둘 중에 하나일 것 같은데..."

"맞아요. 어느 쪽이건 이혼 이야기를 하지 않을 때 보다 확실하게 보이죠. 어느 쪽이 더 많을 거 같아요?"

"여행처럼 스치는 연애를 원했던 사람이 더 많았을 거 같아요."

"대부분의 남자들은 내가 이혼을 했다고 하면 남자와의 잠자리가 무척 쉬워진 여자로 생각하나 봐요. 표정부터 달라지고 날 더 편하게 대하죠. 어떤 남자는 바로 오늘 자기랑 잠자리를 하자고 이야기하는 사람도 있어요. 물론 호감을 보이다 이혼녀라는 이야기를 듣고 뒷걸음치는 남자도 있지만요."

"그럼, 메이코에게 이혼 이야기는 리트머스종이 같은 거네요. 빨간색인지 파란색인지, 얼마나 진한지를 바로 확인할 수 있는."

"맞아요."

"메이코가 찾고 싶은 색은 어떤 색이었어요?"

"가끔은 아주 진한 빨간색이나 진한 파란색을 보이는 남자 중에도 끌리는 사람이 있었어요. 하지만 원 나이트 스탠드로 이어지는 삶은, 글쎄요 잠시는 뭔가를 주는 것 같기도 하지만 점점 더 가난해지는 것 같아요."

"근데, 내겐 왜 그런 이야기를 한 거예요? 난 메이코에게 남자로 접근하지 않았는데..."

메이코가 없던 보조개가 생길 만큼 깊은 미소를 만들었다.

"그건... 내가 케빈에게 관심이 가서..."

나도 모르게 웃음이 터졌다.

"근데 무슨 관심을 그런 식으로 보여요? 하하."

"몰라요. 많은 사람들을 겪으며... 아니 이건 사귀었다는 말이 아니라... 일을 하면서 겪었다는 뜻이에요."

메이코가 당황해했다.

"알아요, 메이코. 걱정 마요."

"사람들을 많이 만나다 보니 무섭거나 그런 건 아닌데 나도 모르게 관계에 대한 두려움이 생겼나 봐요. 나도 그날 왜 그런 말을 대화도 없이 그냥 툭 뱉었는지, 속으로 얼마나 후회를 했는지 몰라요. 나 자신도 그렇지만 케빈에게도 미안하고. 얼마나 나를 이상하게 생각했을지. 근데 다음날 케빈이 나를 쳐다보는 눈빛이 맑아서 좋았어요. 사람을 이해 하는 사람? 사람을 자세히 쳐다볼 수 있는 사람? 그런 사람을 만나서 기뻤어요."

"그랬군요! 근데 내게 왜 호감이 간 거예요?"

"케빈의 일 처리가 너무 좋았어요. 상황을 단번에 파악하고 가장 효과적인 방법을 찾아내고 또 그걸 너무 부드럽고 쉽게 해결했잖아요. 사실 제가 맡은 일이 그런 거예요. 사람들이 처한 상황을 전체적으로 파악하고 또 동시에 개별적인 요구와 문제가 부드럽게 해결되는 최적의 방안을 빨리 찾아내고 쉽게 만드는 그런! 제가 일은 케빈 보다 못해도 사람을 보는 눈은 좀 있어요."

메이코라는 사람이 보였다. 써니와는 또 다른 여자사람이었다.

"이제 나가봐야겠어요. 미진이를 찾아야죠."

"그래요. 오늘도 행복한 하루 보내요, 케빈"

．．．

공항으로 출근하는 버스 안에서 케빈과의 대화를 곱씹었다. 현명하고 뇌색남이라고 생각했던 케빈이 그런 순정을 가지고 있다는 게 쉽게 매치가 되지 않았다. 하지만 그의 마음이 이해가 안 되는 것도 아니었다. 2시쯤 여유가 생겼다. 김포-동경 노선 승무원이었던 사유리에게 제일 먼저 전화를 했다.

"사유리(小百合) 오랜만이다. 나야 메이코."

"메이코~! 오랜만이다. 벌써 3년이네, 우리 메이코가 지상 근무로 전화한 게. 어떻게 잘 지내고 있니?"

"응, 난 지상 근무가 더 맞는 것 같아. 넌 여전하지?"

"나야 뭐 항상 그렇지 뭐. 요즘은 파리 노선을 주로 다니는데 안 그래도 너 예전에 만나던 프랑스 파일럿, 이름이 뭐였더라? 아, 맞다. 파스칼 그 사람 생각나더라. 이젠 완전히 끝난 거지?"

"파리 노선 타는구나. 재미있겠다. 파스칼? 그게 누구야? 하하."

"어머 계집애. 그래 네 마음 알 것 같아. 그나저나 무슨 일이 있는 건 아니지? 오랜만에 전화를 다 주고."

"응, 부탁할 일이 있어."

"나한테? 네가 부탁할 일이 있어? 오~! 뭔지 궁금한데?"

"내가 아는 사람이 도쿄에 사는 사람을 찾는데 한국 여자야."

"뭐야 첫사랑이라도 찾는 거야?"

"응, 맞아. 첫사랑을 찾는 거야."

사유리가 '꺅' 소리를 질렀다.

"와~! 로맨티시스트(romanticist)네. 근데 왜 네가 도와줘야 하지?"

사실 그대로 말하기엔 이야기가 너무 길어질 것 같아 에둘러 말했다.

"친구의 친구야. 그런데 사정이 딱해. 이름과 나이, 도쿄로 온 시기 외에는 아무런 단서도 없는데, 무작정 와서 벌써 재일 한국인들이 많이 사는 동네를 하루 종일 뒤지고 있어서..."

"집념이 대단한데 좀 무식하기도 하네. 아, 너 친구의 친구라고 했지? 무식은 취소."

"아냐, 맞는 말이야. 근데 네가 김포 라인을 타면서 재일 한국인 친구들이 좀 많았잖아. 네 친구들에게 한번 물어봐 주면 어떨까 싶다."

"그래, 내가 재일 한국인 친구들이 좀 있지. 내가 물어봐 줄게. 혹시 모르지. 잠시만... 이제 메모할 준비되었으니 이름이랑 알려줘."

"이름은 임미진, 나이는 23살, 키는 167cm, 가슴 크고 프랑스에서 유학도 했고 서울에서는 불문학을 전공했데. 그리고 아버지가 부자래."

"그게 다야?"

"응. 꼭 부탁해. 그 사람이 너무 안 됐어."

"오케이, 내가 전화 좀 돌려 보고 전화 줄게."

•••

카우보이가 쓰는 모자챙처럼 아치형으로 휘어지는 한스 웨그너 의자에 앉은 타쿠미가 곁을 스쳐 지나가는 사유리의 허벅지 사이로 손을 넣어 무릎 위로 끌어당겼다. 몸을 더듬던 손을 뿌리친 사유리가 여전히 안긴 채로 애교 섞인 투정을 했다.

"흥~! 지난주엔 한 번도 안 오더니 왜 안달이야!"

"지나 주엔 네 비행 때문이었지. 내가 안 온 게 아니라."

표정은 뾰로통했지만 손은 타쿠미의 셔츠 단추를 풀고 있었다.

"내가 매일 비행했나? 수요일엔 집에 있었는데 오빠가 안 오고선!"

"아유, 그래 미안하다. 잘못했다. 아니 하필 그날 애가 아파서 병원을 갔는데 내가 꼭 같이 가야 한다고 해서 못 왔지. 미안."

"아 참, 오빠 와이프가 서울서 왔다고 했지? 2년인가 3년 전에."

"장인은 3년 전에 왔고, 와이프는 프랑스에 있다가 일본으로 온 지는 이제 2년째지. 근데 왜?"

사유리가 놀란 토끼 귀처럼 상체를 곧추세웠다.

"와이프가 프랑스에 있었어? 진짜?"

"응, 왜 프랑스 가는 비행기에서 네가 봤을까 봐? 와이프는 서울에서 비행기 탔으니 전혀 그럴 일은 없지."

"아니 그게 아니라. 오늘 메이코라고 예전엔 같이 비행했었는제 지금은 외국 항공사로 옮겨서 그라운드 근무하는 친구가 전화를 했어. 어떤 한국 여자를 찾는다는 거야. 어떤 남자가 도쿄로 그 여자를 찾으러 왔다는데. 어쩌면 오빠 와이프일 수도 있겠다."

타쿠미가 어이가 없다는 듯 피식 웃었다.

"누가 누굴 찾으러 도쿄를 와? 드라마 찍냐?"

"오빠 와이프 이름이 뭐야? 키가 크고 가슴이 커?"

"키 크고 가슴 크지. 그런 여자가 한둘이냐? 근데 왜 찾는 건데?"

"남자의 첫사랑인데 서울에서 갑자기 일본으로 이사를 가서 헤어졌나 봐. 그래서 찾으러 왔대."

순간 타쿠미 손에 의심의 지팡이가 쥐여졌다. 타쿠미가 애써 무심한 척 크고 호탕하게 웃었다.

"하하하. 아무것도 모르고 이 넓은 도쿄에서 첫사랑을 찾는다고? 정말 무식한 놈이네. 완전 꼴통 아냐?"

"임이었던 것 같은데.. 성이."

"뭐? 임?"

타쿠미가 눈살을 찌푸렸다.

"혹시 임미진이야?"

"아, 맞다. 임미진. 설마 진짜 오빠 와이프? 우와 무슨 이런 일이... 진짜 신기하다. 근데 오빠 와이프 생각보다 대단한 여잔데?"

사유리(小百合)가 무슨 소리를 중얼거리는지 잘 들리지가 않았다. 갑자기 눈앞에 미진과 어떤 놈이 침대 위에서 버둥거리는 영화만 보였다. 타쿠미가 오른손 중지와 엄지 끝을 스위치를 껐다 켜듯 빠르게 마주치다 주먹을 꽉 쥐었다. 별것도 아닌데 충격을 받은 것 같은 타쿠미가 얄미운 생각이 들었다.

"나 다음 달 비행 스케줄 나왔어. 11월 10일부터 13일까지 비행기 안 타는데 10일부터 주말 끼고 우리 따뜻한 규슈나 오키나와로 여행 갈까?"

타쿠미는 아프리카 벌판에서 보초를 서는 미어캣 머리처럼 눈동자를 굴렸지만 앉아 있던 자세 그대로 아무런 미동도 하지 않았다. 커진 숨 사이로 뭔가를 작은 소리로 중얼거렸는데 욕인 것 같았다. 사유리가 타쿠미의 행동에 실망을 한 듯 큰소리로 말했다.

"오빠! 사랑해서 한 결혼도 아닌데 왜 그러는 거야? 나 사랑한다며! 그럼 오히려 오빠에겐 잘 된 거 아냐? 괜한 죄의식도 이젠 가질 필요 없고!"

사유리의 말을 들었는지 못 들었는지 순간 얼굴이 일그러진 타쿠미가 벌떡 일어나 현관으로 갔다. 발을 다 넣치도 않고 발뒤꿈치를 눌러 뒤꿈치 쪽이 찌그러진 구두를 끌며 문밖으로 사라지는 타쿠미를 보며 사유리가 소리쳤다.

"어딜 가는 거야? 오빠! 타쿠미 오빠!"

...

미진이 모유 수유를 마치고 트림을 시키려 아이(愛)의 등을 토닥였다. 세상에서 제일 귀여운 노래 같은 트림을 한 아이(愛)를 요람에 누이고 방을 나서는데 타쿠미가 집으로 들어섰다. 계단을 뛰어 올라온 사람처럼 숨이 거칠고 뜨거웠지만 말소리는 차가웠다.

"아이(愛)는 자나?"

"네, 자요."

소파로 가는 타쿠니와 주방으로 가는 미진의 동선이 거실 중간에서 잠시 스쳤다. 타쿠니에게서 유행하는 플로럴 향수 냄새가 났다. 가끔 났지만 오늘은 유독 진했다. 타쿠미에게 여자가 있다는 건 임신 6개월째부터 알고 있었다. 그때부터 똑같은 향수 냄새가 났다.

타쿠미가 소파 쿠션 스프링 소리가 들릴 정도로 털썩 앉았다. 갑자기 날카로운 바늘이 촘촘한 목소리가 들렸다.

"임미진, 너 나랑 결혼하기 전에 남자 있었냐?"

순간 향수 냄새가 더 강하게 느껴졌다. 기가 막혔다.

[남자? 무슨 남자? 여자면 네가 여자가 있겠지.]

"첫 남자란 걸 확인했다고 좋아한 거 당신 아닌 다른 남자였어?"

"그거야 무슨 수술을 했는지 내가 어떻게 알아?"

"그게 무슨 말이야. 갑자기 그런 말은 왜 하는 건데?"

"있었지? 솔직히 말해. 이해할 수 있어. 그냥 솔직히 말만 해."

"없었어. 당신이 첫 남자였어. 됐어?"

타쿠미와 자주 다툼이 있었지만 최소한의 인격적인 존중이 사라진 지 이미 오래였다. 도가 넘었지만, 오늘도 그냥 그렇게 넘어가고 싶었다.

"저녁 집에서 먹을 거예요? 그럼 저녁 준비할게요."

냉장고를 열고 양배추를 꺼냈다. 타쿠미는 가늘게 채 썬 양배추에 땅콩 간 장소스를 뿌려 먹는 걸 좋아했다. 조용한 집안을 '착 착 착' 양배추 써는 소리가 채웠다. 그렇게 지나가나 싶었을 때 타쿠미가 버럭 소리를 질렀다.

"야! 이 화냥년아! 숫처녀인 척 고귀한 척 누굴 아주 천한 놈 취급을 하더니, 화냥년 같으니라고."

미진이 고개를 돌려 타쿠미를 쳐다보았다. 확장된 콧구멍으로 발정 난 숫소처럼 거칠게 숨을 몰아쉬고 있었다.

"너 같은 걸 내가 숫처녀라고! 어쩐지 하코네에서 네년이 날 받아내는 게 이골이 난 것 같더라니. 그걸 내가 순진하게... 내가 멍청해서!"

당최 무슨 말을 하는지 머릿속이 여름 더위에 눌어붙은 엿가락들처럼 뒤엉켜 아무런 생각이 나지 않았다. 미진도 소리쳤다.

"도대체 무슨 말이야? 미친 거야 정말로?"

타쿠미가 소파 옆에 던져둔 재킷을 집어 들고 집을 나서려 했다. 미진이 현관 쪽으로 달려가 그의 팔을 잡았다. 이건 해도 너무 한다 싶었다.

"무슨 일인지 자초지종을 이야기해야지! 그냥 가면 어떻게 해?"

"놔! 안 놔? 이런 화냥년이!"

순간 번개가 치는 것 같더니 눈앞이 캄캄해지고 아무것도 보이지 않았다. 뺨이 얼얼했고 어느새 바닥에 쓰러져 눈에서는 눈물이 뚝뚝 떨어지다 냇물처럼 이어져 흐르고 있었다. 문이 닫히는 소리가 들렸다.

현관 앞에 가지런히 놓여있던 신발들이 타무미가 휩쓸고 간 태풍에 어지럽게 흩어졌다. 흐느껴 울던 미진이 갑자기 고개를 들고 울음을 멈췄다. 갑자기 우는소리가 들렸다. 아이(愛)가 울고 있었다.

•••

수요일, 새벽부터 비가 내렸다. 바람에 밀려 창문에 달라붙은 빗방울들이 눈물처럼 흘렀다. 구름에 막힌 햇살이 많아 아침이 어두웠다. 잔불처럼 남아 있던 도시 불빛들이 꺼지며 창밖 아침이 스산해졌다. 호텔에서 빌린 우산을 쓰고 나섰다. 우산으로 얼굴을 숨긴 사람들의 걸음이 부지런했다. 어릴 적 갑자기 내린 소나기를 피해 달리던 생각이 났다. 가방으로 머리를 가리고 뛰고 있었다.

"동주야. 뛰는 것과 걷는 것 중에 어느 게 비를 덜 맞을까?"

"글쎄, 뛰는 건가? 아니 똑같은가?"

비가 오면 가끔 그때를 떠올리며 미소를 지었었다. 그런데 오늘은 달랐다. 확률을 생각하면, 나서지 않는 게 옳은 날이었다. 비 때문에 미진이 외출할 확률이 적었고 설사 집을 나선다 해도 그 시간은 짧을 것이다. 더구나 밖에선 우산 때문에 바로 앞을 지나쳐도 알아볼 수 없을 게 확실했다.

어느새 다섯 번 때 아침 전철이었다. 오늘도 이곳저곳을 기웃댔다. 한 곳에 너무 오래 있으면 눈치가 보였다. 그렇다고 계속 돌아다니기에는 터진 물집이 쓰라렸다. 가끔 혹시 미진이는 아닌가 싶은 여자를 보면 가슴이 뛰었다. 착각과 기대가 만든 설렘은 점점 시들어갔다.

목요일이 시작됐다. 비는 내리지 않았지만 바람이 불었다. 똑같은 하루였다. 아침이면 호텔을 나섰고 해가 지면 메구로 역 앞 지하 이자카야에 들려 생맥주와 안줏거리로 저녁을 때웠다. 샤워를 하고 일본 TV를 조금 보다 10시 전에는 잠에 빠졌다. 종일 걷거나 서있어서 피곤했지만 잠은 쉽고 깊었다. 미국에 도착해서 보냈던 첫 일주일 같았다.

금요일이 끝났다. 아쉬움 대신 기쁨과 슬픔이 바닥을 다졌다. 마지막 민들레 씨를 바람이 채갔다. 홀가분했다. 의미를 상실하느라 수고한 나 자신에게 고마움과 경의를 표했다.

9시 30분쯤 연한 회색 투피스 정장을 입고 로비로 헐레벌떡 들어오는 그녀가 보였다. 근무를 마치고 바로 온 것 같았다. 고맙고 미안한 마음도 들었지만 왠지 애틋한 느낌이 들었다. 스물일곱 메이코는 글을 쓰면 생각이 정리돼서 기분이 좋아진다고 했다. 그래서인지 사람의 마음에 관심이 많았고 꽤 깊은 곳에 숨어 있는 마음의 뿌리도 단번에 찾아냈다. 메이코와 남녀 사이의 긴장이 없는 건 아니었지만 편했다. 남자와 여자의 만남이 육체라는 신호등에 따라 진행하는 사거리가 아닌 상대와 나를 동일한 객체로 인지하며 멈출지 진행할지를 결정하는 회전교차로 같았다.

10월, 밤이 한결 시원해졌다. 호텔에 딸린 일본식 정원을 걸었다.

"케빈 걷는 거 괜찮아요? 오늘도 하루 종일 걸었을 텐데."

"물집 표피도 잘라냈고 살이 굳기 시작했어요. 이젠 괜찮아요."

1층 로비 안쪽 바&라운지 옆으로 난 문을 나서면 긴 직사각형 모양의 인공 연못이 나왔다. 맑은 물 위에 작은 수련과 파피루스 같은 물풀들을 쳐다보며 메이코가 말했다.

"케빈, 혹시 첫사랑을 언제까지 찾고 싶은지 물어봐도 될까요? 아무리 깊은 바다로 다이빙할 수 있는 고래라도 물속에 영원히 머무를 수는 없잖아요. 언젠가는 숨을 쉬러 올라와야 하잖아요."

숲이 우거졌지만 바닥에 떨어진 잎새를 찾기 어려울 정도로 정원은 정갈했다. 가로등 불빛을 받은 정원이 마음을 차분하게 만들었다.

"케빈 마음이 어떨지 내가 이해한다면 못 믿을지도 몰라요. 하지만 이해해요. 네모났던 숫돌의 허리가 닳아 곡선으로 파일 때까지 칼을 갈아서 정말 날카로운 칼날이 돼야 끊어 낼 수 있다는 걸 저도 알고 있어요. 그래서 멈추거나 포기하라고 이야기를 하지 못했어요. 설사 내 눈에는 그게 더 나아 보여도 말이에요."

"메이코도 지금의 나 같은 시간이 있었나 봐요?"

메이코가 의미가 깊게 담긴 미소를 지었다.

"그래요. 맞아요. 아주 오래전에, 한 백 년쯤 전에요."

"그럼 메이코가 말해줘요. 내가 충분히 찾았는지, 정말 최선을 다했는지 알려줘요."

천천히 스무 걸음을 걷고 심장이 여든 번쯤 뛰고 난 후 메이코가 말했다.

"한 가지만 물어볼게요. 정말 왜 찾는 거예요? 첫사랑."

한동안 하늘을 쳐다보지 않고는 대답할 수 없었다.

"후회하기 싫어서요."

"그럴 거 같았어요. 그럼 됐어요. 그만 찾아도 돼요. 포기하는 게 아니라 이제 멈춰도 돼요. 어쩌면 첫사랑은 젊음이 건너야 할, 첫 번째 넓고 깊은 강인지도 몰라요. 연두부 알죠? 탱글탱글하지만 숟가락을 대기만 해도 잘려나가는 연두부. 강을 건너고 나면 마음이 연두부처럼 잘려 나간 걸 알게 되죠. 조금씩 닳아 전체적으로 작아지면 좋으련만 왜 그렇게 뭉텅뭉텅 덩어리로 잘려나가는지 모르겠어요. 하지만 우린 받아들일 수밖에 없어요. 안 그럼 살 수 없으니까요. 결국 죽음을 향해 가는 우리의 내성을 길러주기 위해서 그러는 걸까요?"

호흡이 긴 이야기 때문인지 자연스레 걸음도 더 느려졌다.

"아직도 사랑하니까, 영원히 사랑하고 싶으니까, 못 잊어서, 그런 말들은 강을 건너기 전이나 한참 강을 건너고 있을 때 할 수 있는 말인 것 같아요. 케빈은 이미 강을 건넜지만 아직 강기슭을 떠나지 못했을 뿐이에요. 강은 또 나와요. 그때는 아마 이렇게 다 건넌 강가에서 길을 헤매지는 않을 거고요."

"그럴까요? 그래서 한 발자국만 내디디면 건널 수 있는 선을 앞에 두고 어떻게든 안 넘어가려고 애를 쓰고 있는 걸까요?"

"케빈, 그럼 오늘 그 선을 넘어요. 젊음을 잃어봐요."

걸음을 멈추고 그녀가 정면으로 나를 막아섰다.

"우리 오늘 디스코텍 가요."

그녀가 내 손을 잡아끌었다. 정원을 뚫고 호텔 입구에서 택시를 탔다. 금요일이라 차가 많았지만 15분도 걸리지 않아 디스코 홀에 도착했다. 사람이 많았다. 디스코 홀의 규모는 서울의 코파카바나나 월드팝과는 비교할 수없이 컸고 거의 대부분의 남자들이 양복에 넥타이를 매고 있는 직장인 같아 놀랐다. 홀 한편에 높이 올려진 스테이지에는 초미니 스커트를 입은 여자들이 깃털로 만든 것 같은 작은 부채를 흔들며 춤을 추었고 바로 아래에서는 그런 여자들의 아랫도리를 즐기는 남자들의 시선이 춤을 추었다. 대형 스피커에서 출발한 파동이 몸을 통과하며 오장 육부가 진동했다.

입술에 술잔이 닿으면 바닥이 하늘로 향할 때까지 입을 떼지 않았다. 1시간이 안 돼 녹은 빙산이 허물어지듯 어색함이 붕괴됐다. 춤을 췄다. 땀이 났다. 메이코는 술이 셌다. 같은 양을 마셨지만 더 생생했다. 땀이 나고 식고 한 번 더 더 많은 땀을 흘린 후 디스코 홀을 나왔다. 24시간 영업을 하는 이자카야를 찾았다. 시장했다. 가게 안이 담배 연기가 자욱했다. 잔기침이 나왔다.

"메이코, 고마워요."

"아니요. 나도 고마워요. 케빈 덕분에 나도 오늘 또 작은 강을 하나 건넌 것 같아요. 강을 건널수록 나이가 든다는 뜻이기도 하지만요. 하하. 누군가 마음이 보이는 사람을 만난다는 건, 그리고 그 마음이 사람다운 마음이면, 나도 모르게 큰 선물을 받는 느낌이에요. 케빈은 나이도 나보다 어린데 어떻게 그렇게 어른스러워요? 근데 또 한편으론 어린아이 같은 마음도 보이고."

"고마워요, 메이코. 그러게요. 한국에서였다면 누난데! 살면서 누나라고 불러 볼 기회가 한 번도 없었네요."

"케빈, 난 올드 시스터 싫어요!"

그녀가 애교를 듬뿍 찍은 붓으로 찡그린 얼굴을 그렸다. 가끔 가장 아름답지 않은 모습에서도 가슴 떨리는 아름다움을 느끼는 경우가 있었다. 지금 허름한 선술집 담배 연기 사이로 보이는 그녀 모습이 그랬다.

"메이코, 걱정 마요. 난 누나보다는 어린 여자가 좋아요. 미안해요. 메이코는 좀 귀여운 동생 같아요. 하하."

메이코가 쪼그리고 앉아 한 손을 앞뒤로 흔드는 고양이처럼 반갑게 손을 들었다. 얌전한 하이 파이브를 했다.

"동경에서 미진을 찾으며 보낸 시간을 만약 나 혼자 보냈다면 견디지 못했을거에요. 몸이 힘든 건 괜찮은데 마음이 외로운 게 저는 정말 견디기 힘들어요. 메이코 덕분에 견딜 수 있어요. 정말 고마워요. 메이코는 여자지만 사람이에요. 고마운 사람. 일단 강기슭을 떠나보려고요. 포기한 건 없지만 이제 시간이 된 것 같아요."

"그래요 케빈, 진실한 마음조차 방황해야 하는 시간도 마주하며 사는 게 삶인 것 같아요. 오히려 케빈 같은 사람은 오히려 덜 진실해질 수 있는 방법을 찾아야 해요. 안 그럼 몸이 아파지거나 마음이 다칠 수 있을 것 같아요."

새벽 2시가 다 돼서 선술집을 나섰다. 사케 2병을 마셨지만 술에 취하기엔 너무 말을 많이 했던 것 같았다. 메이코가 팔짱을 끼며 말했다.

"호텔까지 데려다줄게요. 걸으면 20쯤 걸릴 거예요."

조용한 밤거리를 걸으며 알았다. 의미의 육중한 무게를 벗어던지고 홀가

322

분해져야만 한다는 걸 깨달았다. 용기를 냈다.

"메이코, 내일 나랑 같이 공항 갈래요?"

메이코가 잠시 생각을 하다 대답 대신 시선에 질문을 담았다. 나도 시선으로 답을 했다. 메이코가 쓸쓸한 표정을 짓다 따뜻한 미소를 지으며 말했다.

"후회 안 할 거죠?"

방으로 들어섰다. 샤워를 했다. 불을 껐다. 그녀도 침대로 들어왔다. 작은 아이가 사이에 누워도 될 만큼 떨어진 채 컴컴한 방 천장을 바라보며 누웠다. 생명체의 숨소리가 들렸다. 선물이라는 단어는 나오지 않았다. 부스럭거리는 소리가 나며 그녀의 손이 나를 만졌다. 피가 단단해졌다. 위로 올라탄 메이코가 출렁였다. 일본 여자만이 낼 수 있는 소리가 났다. 글을 쓰듯 성실하게 남자를 탄생시킨 메이코가 내려왔다. 꼬옥 안았다. 코가 찡하더니 눈물이 글썽해졌다. 넘쳤다. 약속을 어겨 거짓으로 만들었지만 여전히 살아 있었다.

"메이코. 고마워요."

메이코가 말없이 눈가의 눈물을 훔쳐주었다.

나리타 공항에 도착했다. 김포공항의 슬픔도 JFK의 괜한 두려움도 없었다.

"메이코, 고마워요. 뉴욕으로도 꼭 놀러 와요."

"케빈, 건강해야 해요! 나도 고마웠어요. 네. 뉴욕에 꼭 갈 거예요. 그땐 어쩜 나도 누굴 찾으러 갈지도 몰라요. 도와줄 거죠?"

메이코가 방긋 웃었다.

"그럼요."

그녀를 안아주고 탑승구로 들어섰다. 1989년 10월 14일 토요일 오후 4시, 도쿄발 뉴욕행 비행기가 미친 듯이 솟구쳐 올랐다.

···

90년 봄, 뉴저지 잉글우드 클리프스에 집을 샀다. 써니 아버지 집처럼 크지는 않았지만 막혀있는 도로 끝에 위치한 쿨데삭(cul-de-sac)이라 조용했고, 60년 대에 지어진 미드 센추리(Mid-Century) 풍 집이었다.

어머니는 그간 단절했던 서울 동창 친구들과 전화를 하기도 했다. 상처난 자존심에 새살이 돋는 것 같았다. 뉴욕에 도착한 이후 하루도 빼지 않고 전화 통화를 하던 구씨 아주머니와는 더 막역해졌다.

써니 아버지 소유 골프장의 회원이 된 아버지는 거의 매일 골프를 쳤다. 골프장 멤버의 절반은 일본 지상사의 지사장이거나 중역들이었다. 당시 상상할 수 없는 호황을 누리던 일본 회사들은 직원들에게 무제한 리무진 서비스를 제공했다. 뉴욕으로 출장 온 사람들은 당연히 리무진을 이용했고 뉴저지에 주로 살았던 일본 지상사원들 조차 리무진을 타고 맨해튼으로 출퇴근을 했다. 골프를 치며 이런 사실을 파악한 아버지가 일본 회사를 상대로 한 리무진 사업을 시작했다. 고풍스러운 일본어 표현과 한자에 능통했던 아버지는 본사 회장이나 사장에게 보내는 연말연시나 생일, 혹은 축하나 조의를 표하는 손 편지를 대필해 주며 일본 지사들과의 리무진 외주 계약을 따냈다.

큰형은 톰 아저씨의 가게에 성실했고 막내 인주도 공부를 썩 잘하진 못했지만 엄마의 사랑이 담기는 바구니가 되어주며 엄마를 기쁘게 해 주었다. 작은 형은 잡지사 기자를 하다 그리운 후배들을 찾아 서울로 떠났다.

회사는 무섭게 성장했다. 그에 걸맞은 인재가 보강되며 써니 아버지와 내가 맡은 일들의 무게가 한결 작아졌다. 9월 중순인데 산에 있는 골프장이라 그런지 진하게 단풍이 든 나무가 많았다. 톰 아저씨가 작년에 티샷을 두 번이

나 연속해서 빠뜨렸던 11번 홀에 들어섰다. 티잉 에러리어 근처 노란 은행나무가 빨간 단풍나무 옆이라 더 도드라져 보였다. 당근 주스와 풀턴 스트리트가 벌써 만으로 2년을 넘겨 3년이 되어 가는 게 실감이 나지 않았다. 써니 아버지가 회사매각에 대한 내 의견을 물었다.

"김대표 생각은 어때?"

"저보다는 아버님 생각이 더 중요할 것 같습니다."

"그래? 난 김대표 의중이 더 중요하다고 봤는데. 나야 김대표 말대로 지금 정도 딜이면 캐시아웃(cash out)을 해도 전혀 나쁠 게 없어. 골프장도 인수했고 또 몇 개 더 인수해도 되니까. 근데 김대표는 나와는 서있는 시간이 다르니까. 아직 젊으니까. 김대표 생각을 좀 정확히 알고 싶은데!"

1990년, 장거리 전화 시장은 절대강자인 AT&T와 MCI에 Sprint와 더해진 3강 체제로 변화되었다. 전화카드 시장은 여전히 호황이었지만 3개 통신사는 새로운 전화 요금 플랜을 통해 실질적인 요금 할인 경쟁에 들어갔다. 전화카드와 집에 있는 전화기로 직접 거는 통신사 요금 간의 차이가 점차 줄어들었다. 물론 여전히 황금알을 낳는 거위였지만 요금 차이를 유지하기 위해서는 전화 카드 판매가와 수익률을 낮출 수밖에 없었고 그 추세는 점차 더 심해질 게 확실했다.

작년 여름부터 이야기가 있던 회사 인수합병 제안이 새해가 시작되면 급물살을 탔다. 91년 3월 킴&킴은 샌프란시스코에 있는 중국계 통신회사에 매각 합병되었다. 매각 금액은 4천만 불이었고 제리가 스탁옵션을 받으며 대표이사를 맡고 써니도 비슷한 조건으로 회사에 남았다. 세금을 제외하고도 써니 아버지와 나는 1천만 불에 가까운 현금을 손에 쥐었다. 2년 만에 뉴욕주 로또를 두 번 맞춘 것과 비슷한 대박이었다.

···

회사를 매각한 후 플로리다 골프 여행을 떠났다. 뉴욕에 올라오니 푸른 5월이 뉴욕에 도착해 머물고 있었다. 써니 아버지가 접대 골프를 부탁했다.

"김대표, 내 고등학교 후배가 서울에서 온 손님 접대를 해야 하는데 나 대신 우리 김대표가 한번 가서 쳐 줄래? 나는 그날 선약이 있거든. 후배가 골프를 좀 치는 사람을 원해서 말이야."

이젠 접대 골프에 필요한 실력을 갖춘 골퍼로 인정을 받는 것 같아 기분이 좋았다. 흔쾌히 가기로 했다. 접대 골프니 너무 집중해서 치지만 않으면 된다는 써니 아버지의 코치대로 설렁설렁 쳤다. 이상하게 샷이 잘 됐고 점수도 좋았다. 서울에서 왔다는 고 사장은 배가 임산부처럼 볼록 튀어나온 50대 중후반 남자였다. 세련되지는 않았지만 돈은 확실히 가진 사람 같았다.

라운드를 끝낸 명 사장이 고 사장의 짧은 체류가 아쉽다며 콜택시를 불렀다. 오늘은 자신이 풀코스로 쏠 것이니 마음껏 즐기자며 호탕하게 말했다. 엠파이어 스테이트 빌딩 바로 맞은편 33번가에 있는 한국 식당에서 저녁을 먹고 맨해튼에서 제일 크고 좋다는 토프리스 바(topless bar)로 향했다.

처음 가본 토프리스 바는 현란했다. 음악이나 공간의 크기가 디스코텍 같았다. 두세 명 흑인이나 라틴 계열도 보였지만 잡지에서 보았던 늘씬하고 어린아이의 피부처럼 정말 하얀 피부의 백인 여자들 십여 명이 끈으로 된 팬티 한 장만 걸친 채 스테이지에서 온갖 요염한 자세를 취하고 있었다. 스테이지 주변을 둘러싼 의자에 앉은 남자들은 가슴 사이나 팬티 끈에 길게 접은 일 불짜리를 꼽으며 끈적한 미소를 날렸다.

시선이 닿는 모든 곳이 신기했고 한편 그때마다 호르몬이 솟아 흘렀다. 야한 마음보다는 아버지 서랍에서 백 원짜리 동전을 훔쳤을 때처럼 심장이 쿵쾅거렸다. 욕망이 고개를 쳐들었어야 마땅했지만 마음은 오히려 쪼그라들었다. 1불짜리 수백 장을 바꾼 명 사장이 고 사장과 나란히 앉아 남자들 사육엔 이골이 난 벌거벗은 여자들에게 돈을 바쳤다. 명 사장이 준 1불짜리 한 다발을 쥐고 나도 앉았다. 여자들이 번갈아가며 다가왔다. 옷을 벗은 건 여자들이었는데 그녀들은 당당했고 옷을 입은 나는 오히려 창피해 그녀들의 시선을 피했다. 대 놓고 벗은 육체 앞에서 헐떡대는 발정 난 수컷이 되는 게 너무 비참했다. 시선을 자신들의 가슴과 성기에 꽂아 넣지 못하는 나를 훈육하려는지 한 여자가 다가와 가슴을 얼굴 가까이 가져다 댔다. 어두웠지만 가까이 다가온 커다란 가슴에 난 수없이 많은 땀구멍을 보았다. 호기심으로 버티던 욕망이 수챗구멍으로 휩쓸려 내려갔다. 바깥공기를 마시려 자리에서 일어났다.

홀을 가로지르는데 낮은 칸막이로 분리된 공간 안쪽에 명 사장과 고 사장이 나란히 의자에 앉아 있는 게 보였다. 무대 위에서 보았던 여자가 마주 보며 말을 타듯 그들의 허벅지 위에 올라앉아 있었다. 다리를 있는 대로 벌려 도드라지게 드러낸 가랑이 사이 살로 남자를 찾아 짓누르듯 누르며 골반을 돌려 댔고 그런 여자들의 출렁이는 가슴에 고 사장과 명 사장이 얼굴을 파묻고 있었다. 야하기는커녕 오히려 주눅이 들어 고자가 될 것 같아 보였지만 고 사장과 명 사장은 당당해 보였다. 농담을 하는지 낄낄대며 웃기도 했다. 육체는 물론 나이와 인종도 돈으로 살 수 있다는 사실에 환호하는 사람들 같았다. 거짓과 진실 따위는 돈 앞에선 얼마든지 자리를 바꿀 수 있다고 믿는 것 같았다.

집으로 돌아와 누웠지만 제대로 잠들지 못했다. 영혼이 밤새도록 구역질을 했다. 눈앞에서 출렁거리는 거대한 유방에 꼴깍거리며 넘겼던 침을 제일 먼저 게워냈다. 여자의 살짝 불거진 아랫도리가 고깃덩어리로 변하며 결국 모든 걸 게웠다. 돈은 어떤 역겨운 것도 아름답게 감쌀 수 있지만 동시에 어떤 아름다움도 역겹게 만들 수 있음을 절감했다.

···

    89년 겨울 고바야시가 재일 한국인들의 중심지로 부각한 신오쿠보에 있는 작은 호텔을 인수했고 호텔 맨 꼭대기 층으로 사무실도 옮겼다. 임명진의 집과는 걸어서 15분 거리였다. 90년 봄, 골프 부킹과 겹쳐 비가 오는 날이 많았다. 창밖을 바라보며 고바야시가 날씨를 탓했다.

    "예보보다 훨씬 더 많이 오네요. 벌써 3일째 비가 와서 공을 못 치니 몸이 아주 뻑뻑한 게... 오늘 밤에는 그쳐야 내일 필드가 질퍽이지 않을 텐데...."

    소파에 앉아 신문을 살펴보던 임명진이 맞장구를 쳤다.

    "그러게나 말입니다. 이거 원 몸이 근질거려서... 그나저나 올해 증시는 왜 그런지 모르겠습니다? 3개월 만에 5천 포인트가 빠졌어요."

    고바야시가 가소로운 듯 웃었다. 창밖을 바라보던 시선도 돌리지 않은 채 임명진을 꾸짖듯이 말했다.

    "5천 포인트요? 하하. 지난 87년 10월에는 한 달 동안 4천 포인트나 빠졌어요. 그런데 결국 어떻게 되었습니까? 아마 올해 안에 작년 말에 못 뚫은 4만 포인트를 뚫을 겁니다. 원래 증시는 그렇게 올랐다 내렸다 하는 거예요. 우리가 그래서 부동산이 좋다는 거 아닙니까! 절대 떨어지질 않아요. 올해 부동산 가치 상승하는 거 보세요. 지난 3개월간 상승률이 오히려 더 가팔라졌지 않습니까!"

    임명진이 괜한 소리를 한 척, 쑥스러운 표정을 지었지만 속마음은 달랐다.

    [내 목숨 줄을 쥐고 있는 놈에게 그 정도도 확인도 못하나? 내 전 재산이야! 알아?]

    "그러게요. 증권과 비교하면 더 확실히 알 수 있네요. 역시 도쿄 부동산은 절대 떨어질 수 없다는 게 증명되는 것 같습니다."

고바야시는 최근 들어 부쩍 증시나 수출 둔화 같은 뉴스에 민감하게 반응하는 임명진의 어리석은 소심함이 못마땅했다.

"돌다리를 두들기는 건 정말 바보 같은 짓이에요. 기회는 조심해서 얻어지는 게 아니란걸..."

자신도 모르게 튀어나오는 속마음을 감추려 고바야시가 말끝을 흐렸다. 그래도 사돈이고 투자자였다.

...

타쿠미의 의처증이 태풍에 무너진 마구간을 탈출한 망아지처럼 예고 없이 어미를 찾아와 발광하고 다시 숲속으로 사라지기를 반복했다. 처음 손바닥 모양의 말발굽 자국이 우연과 오해라 여겼지만, 시간이 흐르며 오히려 자국은 더 선명해지기만 했다. 그나마 집에 들어오지 않는 날이 많아진 게 다행이었다.

아이의 돌잔치가 끝나고 5월에 들어 선 도쿄의 나무들이 생생한 잎들로 가득해졌다. 먼지 하나 쌓이지 않은 잎들이 햇살을 받아 반짝거렸다. 짧은 스커트와 가슴이 패인 옷들을 모두 버렸다. 속옷도 펑퍼짐한 것들로 모두 바꿨다. 할 수 있는 모든 것을 다 생각했고 바꿀 수 있는 것은 모두 다 바꿨다. 하지만 타쿠미의 의심은 그럴수록 오히려 더 활활 타올랐다. 자신을 더 완벽하게 속이려는 짓으로 여기는 것 같았다.

아이(愛)에게 젖을 물리고 아이의 웃음소리와 함께 낮이 가고 저녁을 맞이했다. 하지만 해가 지는 시간이 가까워지면 마음이 불안해졌다. 빨리 밤이 깊어지길 소망했다. 대문은 대개 9시쯤 열렸고 밤 10시를 넘기면 그제서야 안심했다.

타쿠미가 들어오면 그의 작은 소리나 움직임에도 가슴이 떨렸다. 눈치가 눈치를 먹으며 점점 더 거대해졌다. 매를 맞는 것도 힘들었지만 언제 어떤 트집을 잡고 손찌검을 할지 모르는 게 더 두려웠다.

아이(愛)가 아니었다면 견딜 수 없는 시간이었다. 하지만 아침 햇살을 받으며 웃는 아이(愛)가 있었다. 억울해지고 두려워질수록 아이(愛)는 소중해졌다. 어느새 아이(愛)가 미진의 전부가 되었다. 아침잠에서 깬 미진이 텅 빈 얼굴로 아이(愛)를 쳐다보았다. 아이(愛)의 맑은 눈망울을 쳐다보며 미진이 혼잣말을 했다.

"내 사랑, 우리 아이(愛), 빈손인 줄 알았는데 밤톨만 한 이 손으로 엄마의 생명줄을 꼭 쥐고 태어났구나? 엄마가 그걸 몰랐네. 그래 알았어. 널 위해 엄마가 힘낼게. 네가 놔줄 때까지 기다릴게. 사랑해, 우리 아이(愛), 사랑해."

···

파리 비행을 마치고 집으로 돌아온 사유리가 방으로 들어갔다 나오더니 거실 소파에 앉은 타쿠미에게 쪼르르 달려갔다.

"자기! 나 파리에 가 있을 때도 여기에 있었던 거야?"

"응, 왜? 싫어?"

"싫긴, 너무 좋지."

사유리가 기쁜 표정으로 타쿠미 옆에 달라붙어 앉았다. 지난번 메이코에게서 아내의 첫사랑이 아내를 찾아왔다는 이야기를 듣고 난 후 타쿠미는 사유리 집에서 더 많이 지냈다. 오히려 미진과 딸이 사는 집을 드물게 들렀다. 이번 기회에 타쿠미를 이혼시키면 좋겠다는 생각을 했다.

"근데, 그냥 우리 같이 살면 안 될까?"

"지금 같이 사는데? 뭘 또 살아?"

사유리의 몸은 여전히 달콤했지만 이미 줄무늬가 희미해지기 시작한 얼룩 말처럼 호기심이 사라지고 있었다. 유효기간이 얼마 남지 않은 여자였다.

"내가 너랑 지내는 거랑 미진이를 버리는 거랑은 전혀 다른 문제야. 물론 그년이 나를 속인 화냥년이 분명하지만 그래도 내 딸을 낳은 여자야."

"그 딸이 오빠 딸인지는 확인했어? 그것도 모르는 거 아니야?"

"미쳤어? 그건 확인 안 해도 알아. 미진이가 임신하자마자 결혼을 했고, 아무튼 아이가 내 아이란 건 의심할 여지가 없는 사실이야."

말을 마친 타쿠미가 벌떡 일어나 현관으로 가 신발을 신었다.

"어? 어디 가?"

"너, 엉뚱한 소리 해서 한잔하려고 나간다, 왜?"

오늘 밤은 사유리와 지내려던 계획이 시큰둥해졌다. 지난주 클럽에서 사냥한 먹잇감에 안 그래도 군침이 돌던 차에 사유리가 핑계를 마련해 주었다. 화가 난 척 문을 쾅 닫고 집을 나섰다.

어이가 없는 건 사유리였다. 못할 말도 아니었고 저렇게 뛰쳐나갈 이유도 찾을 수 없었다. 괜한 소리를 해서 타쿠미의 화를 돋은 건 아닌지 후회가 됐다. 하지만 정숙하지 않은 건 똑같은데 미진은 본처였고 자신은 첩이라는 사실에 사유리는 열불이 났다. 정신병자가 허공을 보며 중얼거리듯 현관을 쳐다보며 분을 풀었다.

"내가 미진 이년보다 못한 게 뭔데? 그년 아버지가 돈이 많은 거 빼고 내가 뭐가 모자라! 대체 왜! 왜 날 이렇게 비참하게 만드는 거야! 이 나쁜 놈아."

1990년 연말이 되자 기준금리가 6%가 되었고 주가지수는 1만 5천 포인트가 빠졌다. 여전히 상승하며 버블의 꼭짓점을 향해 가던 부동산도 1991년 4월을 기점으로 붕괴돼 갔다. 1991년 4월 부동산 총량규제정책이 발표와 동시에 모든 신규 대출이 중단되었다. 설상가상으로 감정가 대비 보증률이 70%로 줄며 기존 대출에 대한 회수가 시작되었다. 은행 돈으로 부동산 사업을 하는 사람들은 직격탄을 피할 방법이 없었다.

임명진의 마음도 새까맣게 타들어 갔다. 좋아하던 골프도 끊고 두문불출하던 고바야시를 찾았다.

"고바야시 상, 사돈, 무슨 말씀입니까? 제가 투자한 원금을 달라는데 왜 안된다는 겁니까?"

"임 사장, 조금만 기다려 봅니다."

"여름부터 기다렸는데 뭘 어떻게 더 기다리라는 겁니까?"

"이 양반아. 지금 집이 일절 팔리질 않는데 어디서 돈을 마련한단 말이오. 정말 답답하네."

"뭐요? 이 양반? 아니 사돈이라고 이제껏 그렇게 극진히 대접했는데 당신 정말 이럴 겁니까?"

"임 사장. 말조심하시오. 지금 누구는 죽고 누구는 사는 그런 상황이 아니란 건 당신도 알 거 아니오. 그리고 이런 식으로 가면 나도 졸지에 알거지가 될 판이오. 불필요한 아귀다툼은 그만둡시다. 내가 연락하겠소."

그날이 마지막이었다. 어느 날 이후 자취를 감춘 고바야시는 모든 것을 잃고 홈리스가 되었다는 이야기가 들렸다. 은행 돈을 있는 대로 끌어들였던 임명진은 은행 이자도 내지 못하게 되자 찾아봐야 소용도 없는 고바야시를 잡겠다고 매일 집을 나섰다. 그러던 어느 날 일사병에 걸린 사람처럼 길가에 그대로 주저앉았다. 응급실로 실려 간 임명진은 뇌졸중 진단을 받았다. 오른쪽 절반이 마비되고 언어능력도 어눌해져 퇴원을 했다. 생명은 건졌지만, 입원으로 그나마 가지고 있던 현금마저 깡그리 다 사라져버렸다.

그나마 신애가 가지고 있던 패물을 팔아 작은 월세방을 구할 수 있었다. 임명진이 오사카에 있는 생모에게 도움을 청했지만, 부동산업을 하던 생모도 임명진과 별다른 처지가 아니었다. 서울 어머니와 배다른 형제들에게 적은 돈이라도 도움을 요청했지만 한 푼은커녕 이젠 인연을 끊자는 매몰찬 말만 한 바가지를 뒤집어썼다. 아버지가 살아계셨으면 달랐을지 몰랐다는 한탄 외에는 건질 게 없었다.

신애도 친정에 도움을 청했지만 치매 끼가 있는 아버지의 간병인으로 집에 들인 여자가 아버지와의 혼인신고를 마치고 모든 것을 결정하고 있었다. 사정하는 신애를 늙고 병든 아버지의 돈을 뜯어내려는 파렴치한 자식으로 만든 전화가 마지막이었다. 미진과 아이가 살던 집도 고바야시 명의의 집이었고 91년 5월 쫓겨났다. 미진의 남편 역할을 거부하던 타쿠미는 이제 아이의 아버지 역할도 포기한 듯 연락이 되지 않았다. 미진과 아이, 신애와 임명진이 한 칸짜리 방에서 함께 지내야만 했다.

승무원 제복을 입은 사유리가 나리타에서 도쿄로 들어오는 리무진버스에 올랐다. 어느덧 타쿠미가 사라진 지 한 달이 되었다. 약쟁이 홈리스가 되었다는 소리도 있었고 자살을 했다는 소문도 들렸다. 지내던 맨션도 타쿠미가 사라지자마자 은행 차압이 들어와 나와야 했다. 타쿠미가 사라지기 전날 했던 이야기가 떠올랐다.

"사유리, 너 예전에 내게 이야기했던 미진을 찾는다는 그 남자. 그 남자에 대해서 좀 알아봐. 그놈이 만약 돈푼깨나 있으면 그놈에게 미진이 데려가라고 하고 대신 돈을 좀 받아내야겠어."

사유리가 전화 수화기를 들었다.

"메이코, 나야 사유리. 2년 전 가을에 내게 물어봤던 첫사랑 찾던 거 기억나지? 그 여자를 찾은 거 같아."

...

비행기가 하강하며 처음으로 양탄자처럼 깔린 도쿄의 야경을 보았다. 뉴욕보다 높이와 집중력은 덜 했지만, 미국 턱밑까지 따라붙은 일본의 경제력이 담긴 불빛들이 넓고 고르게 깔려있었다.

"케빈, 어서 와요. 오랜만이에요."

"메이코! 잘 지냈어요? 뉴욕에 온다고 하더니 한 번도 안 오고! 날 가진 유일한 사람인데 너무 한 거 아니에요?"

"케빈. 여전하네요. 전화 한 통에 바로 달려오는 걸 보니 역시 케빈은 내가 상상했던 그런 사람이에요."

메이코가 팔짱을 끼며 싱긋 웃었다.

"내 아파트에서 지내도 되지만 혹시 미진 씨가 오해할까 봐 호텔 잡았어요. 대신 집에서 걸어서 10분도 안 걸리니 심심하진 않을 거예요."

"이야기해야죠. 메이코가 내 첫 여자란 걸."

"에에?"

"언젠가 그럴 수 있게 되면요!"

메이코가 배시시 웃었다.

체크인을 하고 방에 들어섰다. 메이코가 사유리에게 전화를 했다.

"사유리, 내가 말한 그 남자분이 도쿄에 도착했어. 이제 미진 씨 연락처 알려 줄 수 있지?"

메이코가 인상을 찌푸리며 통화를 끊었다.

"아, 이런! 케빈 어떻게 해요. 미진 씨 소재를 알 수가 없다네요. 전화도 안 되고 사는 곳을 찾아갔었는데 이미 이사를 갔다고... 이런 실수가... 미안해요 케빈. 그 친구가 거짓말할 이유도 없고 아주 확정적으로 이야기를 해서 별다른 생각을 안 했는데..."

메이코가 미안하고 난감한 표정을 지었다.

"아... 그렇군요. 근데 다행이에요. 미진이가 도쿄에 있었네요. 전화번호도 예전 번호지만 알게 되었으니 무슨 방법이 있겠죠."

팔로 이마를 괴고 뭔가를 생각하던 메이코가 고개를 들며 말했다.

"방법이 있을 거 같아요. 제가 취재를 하며 알게 된 경시청 중간 간부가 있어요. 그 사람에게 찾아봐 달라고 부탁을 하면 될 거 같아요."

"아! 안 그래도 저는 사립탐정이라도 써야 하나 했는데 경찰 간부면 훨씬 더 좋겠네요."

"그래요. 그럼 제가 내일 경시청으로 찾아가서 만나 볼게요. 너무 미안해요, 케빈."

"근데 메이코! 취재요? 무슨 취재를..."

메이코가 깜박해 미안한 듯 미소를 지었다.

"아, 케빈 저 이제 글 쓰는 작가예요. 책도 냈어요."

"진짜요? 아니 책이 나왔으면 내게도 보내주었어야죠! 언제 나온 거예요? 그럼 회사는 그만둔 거예요?"

"네, 케빈이 뉴욕으로 돌아가고 난 다음 달에요. 내가 회사를 그만두는데 케빈 영향이 컸다는 거 알아요?"

"나 때문에요?"

"케빈이 첫사랑을 찾아 말도 안 통하는 일본까지 와서 불가능할 게 뻔한데 하루도 빠짐없이 도쿄 거리를 헤매는 모습을 보면서 이상하게 내 가슴도 뜨거워졌었어요. 사춘기 시절 환희를 느끼게 해주었던 시 한 편을 읽고 난 느낌 같았어요. 글을 틈틈이 쓰고는 있었지만, 준비를 더 해야 한다는 생각만 골몰하고 정작 시작할 생각은 하지 못하는 내 모습을 케빈에게 비추며 깨달았어요. 나는 아직 젊고 나도 케빈처럼 용감하게 살고 싶다는 걸 알았어요. 케빈이 뉴욕으로 돌아간 며칠 뒤에 회사에 사표를 냈어요."

"아... 그랬군요. 책도 냈다고 하지만 메이코 얼굴을 보면 확실히 더 젊어지고 예뻐진 거 같아요!"

메이코가 수줍음이 배었지만 빛나는 미소를 지었다.

"그렇죠? 내가 봐도 요즘 내가 참 이뻐요. 하하. 그나저나 미진 씨를 만나는 게 조금 더 시간이 걸리겠어요. 미안해요."

"메이코, 무슨 소리예요. 메이코가 왜 미안해요. 전혀 그렇지 않아요. 왠지 시간이 해결해 줄 거 같아요. 여기까지도 메이코가 없었으면 불가능했을 거예요. 일단 미진이 이야기는 이제 그만해요, 그리고 내일 서점에 가요. 메이코가 쓴 책 보고 싶어요. 근데 어떤 책이에요?"

"그래요, 경시청에 가고 서점에도 같이 가요. 책은 소설이에요. 사실 내가 케빈에게 고마운 게 하나 더 있어요."

"내게 고마운 게 또 있다고요?"

"네, 소설에 케빈 이야기가 나와요. 물론 내 상상 속 인물이지만 케빈과 내가 보낸 도쿄에서의 일주일이.... 그리고 첫 경험이 들어가 있어요. 물론 일본어니까 케빈은 알지 못하겠지만요. 케빈의 마음을 소재로 써보기로 하면서 탄생한 소설이니 케빈의 작품이기도 하네요."

"우와! 내가 소설의 주인공이 되었다니, 정말 기분이 묘하게 흥분돼요. 우리 생맥주 마시러 가요. 축하해야죠!"

"그래요, 나도 내가 모르는 케빈이 궁금해요. 각오해요 이젠! 내가 케빈을 아주 세밀하게 취재할 거니까. 하하."

...

히카루(光) 경부는 깍듯했다. 메이코와는 충분한 유대와 신뢰를 가진 관계처럼 보였다. 버블 붕괴 이후 행불자가 되거나 자살하는 사람이 너무 많아 사람을 찾는 일이 예년보다 더 오래 걸리지만, 최선을 다해 알아봐 주겠다고 했다. 개인적으로 알아봐 주는 거니 시간이 조금 더 걸릴 수도 있다며 양해를 구했다.

"또 기다리는 시간이네요. 하지만 이번엔 그냥 시간만 지나가면 되니 오히려 당황스러워요. 뭘 하며 기다려야 하는지 모르겠어요."

"케빈, 미진이를 찾으면 어떻게 할 건지 아마 케빈도 잘 모를 거 같아요. 미진이가 어떤 삶을 살았을지 전혀 모르잖아요. 상황도 모르지만. 한번 그걸 생각해 봐요. 소설을 쓰듯 경우마다 어떻게 하면 케빈의 마음이 제일 케빈답게 흐를지를 한번 생각해 봐요. 문제의 답이 안 나오면 풀려고 너무 애쓰지 말고 시간을 보내봐요. 어떤 답은 시간이 지나야 찾아지지 고민으로 찾아지지 않더라고요. 시간이 늦게 갈 거란 걱정도 마요. 미진 씨 찾기 전까지는 최소한 낮 시간 동안은 내가 케빈을 가질 거니까! 어때요? 너무너무 싫어요?"

"너무너무요? 하하."

"그래요, 너무너무너무! 그럼 내가 혼자 둘게요."

"아니요. 싫지 않아요."

경시청을 나와 서점으로 갔다. 메이코가 로맨스 베스트셀러 신간들이 전시된 곳으로 가 말했다.

"케빈, 한자를 읽을 수 있으니까, 한번 찾아봐요."

숫자가 붙어있는 책의 정면이 보이게 진열된 책장에는 1번부터 20번까지 숫자가 붙어있었다. 책장의 왼쪽 맨 위에 있는 랭킹 1위 책에서 오른쪽으로 시선을 옮기다 금세 메이코의 책을 찾아냈다. 랭킹 4위였다. 소설 표지 앞면은 고요하고 하얀 우유에 떨어진 오렌지 염료 물방울이 퍼진 가는 순간을 표현한 추상화였다.

〈一週間後の最初の女性〉

글: 이시하라 메이코(石原 愛衣子)

표지 그림: 이시하라 신바(石原 心羽)

"표지 그림을 그린 사람이 혹시?"

"네, 맞아요. 제 동생이에요. 요코하마에 살아요. 나랑 3살 차이니까, 케빈보다 1살 많네요. 저보다 훨씬 차분하고, 뭐랄까, 추상화를 그려서 그런지 생각이 좀 깊고 순수해요. 케빈과 비슷한 면이 있어요. 물론 케빈과는 비교할 수 없지만요. 원래 무겁고 깊으면 심층 해수처럼 정말 큰 에너지로 흐르지만, 활력은 부족해 보이기 쉬워요. 그런데 케빈은 깊은데 가벼움이 느껴지는 내가 본 유일한 사람이에요."

메이코의 소설 두 권을 집어 들었다.

"왜 두 권을 집어요?"

"한 권은 우리 아버지 드리려고요. 아버지가 일본어를 잘 하시거든요."

메이코가 아버지에게 선물하려는 책을 달라고 했다. 가방에서 펜을 꺼내 표지 안쪽 면에 글을 남겼다.

'안녕하세요 아버님. 저는 이 책을 쓴 메이코입니다. 어떤 훌륭한 사람의 첫 여자랍니다. 어떤 분의 아들이 너무 훌륭해서 어떤 칭찬을 하면 좋을까 생각하다 제 작은 명예를 걸고 적은 글이니 다른 오해는 하지 마시고요. 한 남자의 첫 여자라는 게 그 여자의 자랑이 되는 아들을 가진 아버님, 건강하시고 언젠가 뵙기를 고대합니다. 1991년 6월 10일. 메이코.'

...

바닷물이 빠져나가자 찐득함 때문에 더 진해 보이는 회색 갯벌이 드러났다. 누군가 보이지 않는 못으로 진흙을 찔러대기 시작하는 것 같더니 순식간에 수십 개 수백 개의 작은 구멍이 갯벌에 숭숭 생겼다. 갯벌 아래 어딘가에 살지만 모습은 보이지 않는 생물들이 만드는 숨구멍이었다. 언뜻 보면 단단해 보이는 뻘 위로 손가락 한 마디 보다 작은 게들이 옆걸음질을 치며 얕고 작은 발자국을 남겼다. 색으로는 갯벌과 구분이 되지 않는 작은 게들이 떠먹은 갯벌을 거품과 함께 뱉어낸 작은 뻘 구슬들이 발자국을 따라 태어났다.

커피숍에 들어온 히카루 경부가 메이코 맞은편 자리에 앉았다.

"생각보다 좀 오래 걸렸어요. 공식적인 라인으로는 나오지 않아서 클럽 쪽을 좀 알아보았어요. 긴자나 가부키초에 있었으면 빨리 찾았을 텐데 시부야에 있는 바람에..."

히카루 경부가 담배를 꺼내 입에 무느라 말을 다 마치지 못했다. 의미를 알아챈 메이코가 물었다.

"그랬군요. 혹시 그곳에 있는 이유도 알아내셨는지요?"

"근데, 소설 소재 때문인 건 맞아요? 지난번에 같이 온 한국 남자가 찾는 여자인 것 같은데..."

"네, 맞아요. 사실 제가 쓴 〈일주일 후 첫 여자〉의 주인공이 그 한국 남자를 모티브로 한 거예요."

"제 예측이 맞았군요. 안 그래도 그럴까 봐 제가 더 자세히 알아보았습니다."

메이코가 작은 수첩을 꺼내 적을 준비를 했다.

"일단 한국 이름은 임미진, 클럽에서는 히나(陽菜)라는 가명을 쓰고 있고요. 89년 결혼해서 낳은 딸이 있어요. 이름이 아이(愛)에요. 남편은 타쿠미. 재일 한국인이었고요. 타쿠미 아버지는 고바야시. 맨션왕이라고 불리는 부동산 졸부였는데 주거래 은행이 파산하며 사업이 한 방에 터졌고... 타쿠미와 고바야시 모두 얼마 후부터 행방불명이에요. 임미진의 아버지는 임명진, 일본 이름은 모리 다이치(森 大地). 사돈인 고바야시에게 투자를 했다가 완전히 알거지가 되었고 중풍으로 오른쪽 불구. 약간의 언어 장애. 재활 치료를 받아야 하지만 돈이 없어 재활 치료는 못 받고 항혈전제, 순환 개선제, 신경안정제 같은 약물을 먹고 있다고 합니다."

"그럼 타쿠미와는 이혼을 한 건가요?"

"아니요. 타쿠미가 갑작스레 실종돼서 이혼이 된 것 같지 않아요. 그보다는 혼인신고 자체가 안 된 것 같은데, 결혼식도 미야코 호텔에서 성대하게 치렀는데 왜 혼인 신고를 안 했는지 모르겠어요. 필요하다면 그건 내가 확인해 볼게요."

"근데 왜 시부야에 있는 클럽이죠?"

"임미진의 아버지, 임명진이 버블이 한창일 때 하루미라는 정부에게 아파트 한 채와 시부야에 있는 지금 그 클럽을 사주었더군요. 긴자에 있는 클럽은 너무 비싸니 시부야 쪽에 있는 걸 사준 거 같습니다. 버블이 터지고 몸까지 망

가진 임명진이 하루미에게 도움을 청하려 딸을 보냈나 봐요. 뻔하죠. 하루미가 그냥 도움을 줄 리는 없을 거고. 아마 임미진이라는 여자가 클럽에서 일하는 조건으로 도움을 제안했겠죠. 사정이 급한 임미진은 도리 없이 클럽으로 나가게 된 거겠죠. 아, 중요한 걸 빼먹었네요. 임미진에게는 딸이 하나 있어요. 그리고 이건 뭐 크게 연관성은 없을 것 같은데 하루미도 임명진의 아들을 낳았더군요."

"그렇군요... 혹시 그 클럽이 어떤 곳인지 알 수 있을까요?"

"어느 정도 수위인가를 묻는 건가요?"

"네."

"그곳은 주로 직장인을 상대로 1 대 1 서비스를 하는 곳인데 연인이 데이트하듯 작은 테이블을 가운데 두고 서로 마주 보며 이야기를 하며 술을 마시는 그런 곳이에요. 하지만 비공식적으로는 성매매도 일어나는 곳인 것 같아요. 어쩌면 그 임미진이란 여자도... 그리고 딸아이가 심장이 안 좋다고 했어요. 클럽에 나가면 아무리 고고한 여자도 오래는 못 버티죠. 천천히 허물어지기 마련이에요."

히카루 경부가 갈색 서류 봉투를 남기고 자리에서 일어섰다. 메이코가 봉투를 들고 내 테이블로 와서 앉았다. 봉투 안에는 미진의 주소와 전화번호, 업소의 이름과 주소, 전화번호가 적혀 있는 종이가 들어 있었다. 메이코가 하루키 경부에게서 들은 이야기를 전했다. 태풍이 휩쓸고 간 거리를 쳐다보는 느낌이 들었다. 그 거리 한편에 가지는 절반도 넘게 부러졌고 달린 잎도 얼마 남아 있지 않은 나무가 보였다. 미진을 두껍게 덮고 있는 현실에 가슴이 답답해졌다. 채점이 불가능한 답안지였다.

메이코와 술을 마셨다. 취하고 싶어서가 아니라 그냥 시간을 보낼 방법이 따로 없어서였다. 적당히 마시며 아직은 슬퍼하지 않았다. 안개 때문에 안 보이지만 저 멀리 끔찍하게 크고 무거운 산이 있었기 때문이다. 그 산을 옮기기 전엔 슬퍼할 여유가 없었다. 도쿄 타워 맨 꼭대기에서 빨간 불빛이 껌벅이듯 영혼이 꺼졌다 켜졌다를 반복했다.

"빨리 미진이를 구해야겠어요. 혹시 메이코가 미진을 만나서 내가 찾고 있다는 이야기를 전해 주면 어때요? 내일."

"그래요, 그게 좋겠어요. 내가 내일 낮에 미진 씨를 만나 볼게요."

"다른 이야기는 하지 말고, 내가 도쿄에 왔다는 이야기도 하지 말고, 그냥 내가 찾고 있다고만 이야기했으면 좋겠어요. 왠지 그게 좋을 것 같아요. 그리고 만약 나를 만나고 싶어 하지 않는다면 내가 성공했다는 이야기를 해주세요. 혹시 내가 도와줄 수 있는지."

메이코와 헤어져 호텔로 돌아왔다. 한참 동안 생각과 시간을 교환했다. 새벽이 깊어지며 피곤이 덮쳐왔다. 일단 잠을 자야 할 것 같았다. 있는 힘껏 잠을 붙들고 매달렸다. 하지만 잠은 다가서면 사라지는 신기루 같았다. 두세 시간 마다 눈을 떴다. 새벽 6시쯤 청한 마지막 쪽잠을 깼다. 아침 해가 훤한 9시였다. 메이코에게 전화를 했다. 미진이 아침 일찍 일어나지 않을 수도 있으니 아침 11시쯤 통화를 해보겠다고 했다. 메이코의 전화가 왔다. 미진과 통화가 됐고 오후 1시에 미진의 집 가까운 곳에서 만난다고 했다.

메이코와 미진이 만나는 시간부터 혹시 몰라 외출할 준비를 마치고 기다렸다. 오후 3시가 넘었는데도 전화벨은 울리지 않았다. 잠시 후 초인종 소리가 들렸다. 방으로 들어서는 메이코의 표정에서 이미 미진의 답이 보이는 것 같았다.

"케빈, 미진 씨가 마음을 많이 다친 것 같아요. 그리고 무서워하는 것 같아요. 마주하는 게. 서울에서 케빈이 미진 씨 과 동기 친구에게 전화했을 때도 미진 씨가 연락처를 알려주지 말라고 했었다고. 이제 예전에 알던 미진이는 죽었다고. 미안하지만 더 이상 사랑하거나 그리워하지 않는다고 전해 달라고 했어요. 그리고 도움은 필요 없다고. 마음만 받겠다고. 그리고 다시는 자신을 찾지 말라고. 근데 조금 히스테리 기운도 느껴졌어요. 조금 걱정이 돼요. 자칫 간신히 버티고 있는 미진 씨가...."

...

7시쯤 눈을 떴지만 일어나지 못했다. 이승과 저승 사이를 떠도는 혼처럼 이성과 감성 사이 공간에서 미진의 마음을 더듬었다. 가슴이 시려 일어나야만 했다. 따뜻한 물로 샤워를 해도 심장 근처에 낀 성에는 여전히 희고 거친 채 녹아내리지 않았다.

호텔 식당으로 가서 창가 자리에 앉았다. 삶은 소시지 두 개와 계란 오믈렛 하나, 약간의 샐러드를 가져와 창밖으로 시작되는 동경의 하루를 구경하며 먹었다. 커피를 먹으며 사람들의 표정과 걸음걸이에 담긴 의미를 구름 한점 없는 하늘에서 바람을 찾아 내려는 사람처럼 넋 놓고 쳐다보았다.

방으로 돌아와 그간 한 번도 입지 않았던 양복과 풀 먹여 다려놓은 와이셔츠를 꺼내 입었다. 노란색 바탕에 파란 아메바 무의가 프린트된 넥타이를 윈저 방식으로 매고 방을 나섰다.

미진이 사는 동네로 갔다. 미진의 연희동 집에서 가까웠지만 안전하다고 느꼈던 놀이터처럼 미진의 집이 보이지 않지만 몇 발자국만 나서면 보이는 곳에서 눈을 감았다. 미진을 만났다. 여전히 노란 원피스를 입고 아이처럼 환하게 웃는 미진의 미소가 아름다웠다. 심장을 뒤덮은 성에 한 귀퉁이가 햇살에 녹아 툭 떨어져 내렸다. 한참을 떠나지 못했다. 마지막 일분을 보내고 시부야로 향했다. 슬픈 미진을 만나고 싶었다.

5시. 메이코를 만났다.

"케빈! 정장을 입었네요? 처음 보네요. 뉴욕에서 케빈을 만났다면 이런 모습이었던 거예요?"

"그렇네요. 메이코는 처음 보는 거네요. 오늘 미진을 만나고 왔어요. 왠지 양복을 차려입고 만나고 싶었거든요."

"네? 미진 씨를요?"

놀란 메이코의 동공이 확장됐다.

"네. 미진이 집 근처에서, 시부야에서도 만났어요. 너무 놀라지는 마요. 내가 미진이를 만난 걸 미진이는 모르니까요."

"멀리서 미진이 씨를 본 거예요? 근데 시부야는...."

"아니요. 그냥 나 혼자 눈 감고 만났어요. 이야기 많이 했어요. 미진이는 여전히 눈부시게 아름다웠어요. 시부야에서 만난 미진은 어둡고 슬프고 무서워했지만 그래도 용기를 잃지 않고 있더라고요. 가슴이 아팠어요. 헤어지며 미진이 말했어요. 우선 나부터 용기를 내 달라고."

메이코가 한동안 말없이 눈만 깜박였다.

"그랬군요. 잘했어요. 나도 미진 씨 마음을 한번 헤아려 봤어요. 나도 여자니까. 그리고 미진 씨를 만나면서 느낀 게 있었으니까요. 미진 씨는 이젠 엄마가 된 거 같아요. 한 여자, 첫사랑을 했던 한 여자보다는 한 아이의 엄마. 더구나 아파서 더 사랑을 주고 싶은 딸아이의 엄마요."

미진이 아이를 안고 있는 모습을 그렸다. 아름다운 모습이었지만 가슴이 아려왔다. 미진이 한 아이의 엄마라는 사실에 마음이 꺾이는 소리가 들렸다.

안타깝지만 어쩔 수 없다는 표정으로 메이코가 말을 이었다.

"미진 씨는 많은 걸 땅속 깊이 묻었을 것 같아요. 그건 케빈이기도 하지만 자기 자신이고 결국 진심일 거예요. 자기 자신을 속이는 걸 겨우 받아들였는데... 단 한 방울의 진실만 떨어져도 거짓은 단번에 무너져 내릴 거예요. 아마 본능적으로 알 거예요. 자신이 스스로를 용서하고 새로운 약속을 할 수 있을 때까지는 어떤 진실이나 진심도 받아들일 수 없다는걸. 미진 씨를 구해 줄 사람이 케빈은 아닌 것 같아요. 최소한 지금은요."

"맞아요. 이제 겨우 출혈이 멈추고 딱지가 앉았는데 그 딱지를 한 번에 다 뜯어낼 수는 없을 것 같아요. 온몸 전체가 딱지로 덮인 사람인데 말이에요. 그래서 메이코의 도움이 필요해요."

"그래요. 말해요. 내가 도울게요."

"1층은 상가고 위로 아파트가 있는 작은 주상복합 건물을 사고 싶어요."

"건물? 설마 미진 씨 때문에 사려는 거예요?"

"네. 구체적인 방법은 우리 소설가가 좋은 시나리오를 만들어 주시고요."

"잠시만요. 좀 적어야겠어요."

메이코가 작은 노트를 꺼내 메모를 했다. 노트에 적힌 자신의 글씨를 바라보던 메이코가 고개를 들었다.

"흐음. 케빈이 외국인이니 건물 구매는 부동산 신탁회사를 통하면 될 것 같고. 위치는 지금 미진 씨가 살고 있는 신오쿠보가 제일 좋아 보이네요. 근데 아무리 작고 버블이 터지기는 했지만 건물을 사려면 상당한 돈이 필요한데..."

"네. 맞아요. 6백만 불 정도면 가능하겠죠?"

"정말요? 우와. 케빈 생각보다 엄청난 부자군요."

"글쎄요. 제가 정말 부잔가요? 그렇네요. 불과 몇 년 전만 해도 꿈도 꾸지 못했을 돈이기는 해요."

"그래요. 알았어요. 건물 구매는 부동산 신탁회사를 가면 자세히 알 수 있을 거고, 문제는 미진씬데. 제가 만나본 미진 씨는 케빈의 도움을 더구나 이런 식으로는 받지 않을 것 같아요."

"안 그래도 그게 저도 고민이에요. 누군가 저 대신 미진이를 도와줄 수 있는 사람이 있으면 좋겠는데. 메이코는 이미 나와 연관이 있다는 걸 미진이도 알아버렸으니..."

메이코는 생각이 깊어지면 펜을 세워 톡톡 노트를 두드리는 버릇이 있었다. 한동안 이어지던 '톡 톡 톡' 소리가 멈췄다. 메이코의 눈이 반짝였다. 평소보다 훨씬 빠른 템포로 메이코가 이야기를 쏟아 냈다.

"아~! 있어요. 제 동생 신바! 신바라면 할 수 있을 거예요. 그리고 어떻게 미진 씨를 구해낼지도 생각이 났어요. 신바는 제 동생이라서가 아니라. 마음도 따듯하고 진실한 사람이에요."

"아... 메이코의 동생이라면 신뢰가 가요. 근데 동생이 도와줄까요?"

"도와줄 거예요. 제가 쓴 소설을 읽고 많이 감동을 받았거든요. 신바는 아름다움을 느낄 수 있는 사람이에요."

"그럼 메이코만 믿어요. 무슨 수를 쓰건 미진이가 지금 같은 상황에서 빨리 벗어났으면 좋겠어요. 하루라도 더 빨리요. 그러려면 신바가 꼭 필요해요."

"알아요. 케빈 마음. 나도 그러면 좋겠어요. 근데 신기해요. 케빈은 다른 사람과 참 많이 달라요. 힘들고 어려운 결정은 쉽게 하고 쉬운 결정은 오히려 어렵게 하는 것 같아요. 어떻게 그럴 수 있는지 정말 궁금해요."

다음날 메이코와 함께 부동산 투자신탁 회사를 찾았다. 가격은 5백만 불 선에서 찾기로 했다. 구매 시기는 일본 부동산 거품이 급속히 꺼지고 있는 상황을 감안해 1992년 봄 이후로 정했다. 물론 그전에라도 부도가 나는 은행 매물의 경매나 초급매로 좋은 값의 건물이 나오면 구매하기로 했다. 모든 결정의 법적 대리인으로 메이코를 지정했다.

"고마워요, 메이코. 이젠 안심이 돼요. 건물을 사면 1층에 비디오 렌털점을 하나 차리면 좋을 것 같아요. 도쿄에도 한국 사람들이 많으니 한국 드라마나 영화를 많이 빌려 볼 것 같아요. 뉴욕에서는 비디오 렌털점이 정말 잘 돼요. 그걸 미진이가 맡아서 경영하면 좋을 것 같아요. 자세한 건 우리 소설가계시니 알아서 좋은 시나리오를 만들어 주시고요."

"그래요. 한국의 자본가가 일본에 돈세탁하려고 투자를 하고 그걸 운영해줄 사람을 찾는데 그걸 미진 씨가 맡는 식으로 하면 될 것 같아요. 위층 아파트 중 한 채도 비디오 렌털점을 위탁 경영해 주는 사람에게 아주 싸게 제공한다고 하면 될 것 같고요."

"미리 생각한 거예요? 소설가는 조심해야 할 사람들 같아요."

"왜요?"

"너무 금세 뚝딱 만드는데 너무 잘 만들어서요."

가벼운 웃음을 그치고 메이코가 말했다.

"케빈, 오늘 신바가 미진 씨 일하는 가게로 갈 거예요. 케빈과 미진 씨에 대한 이야기를 듣더니 정말 멋지다고. 자기도 그런 사랑을 해보고 싶다며 부러워했어요. 흔쾌히 도와주겠다고 했으니 안심해도 돼요."

"그러게요, 메이코 부모님이 참 좋은 분이었나 봐요. 메이코도 그렇고 신바도 그렇고 사람의 마음을 보는 눈을 가진 걸 보면요."

"고마워요, 케빈. 우리 부모님 좋아하시겠다. 그리고 이따 자기 전에 동생이 전화하기로 했으니 통화되면 바로 전화할게요."

···

"안녕하세요. 저는 히나(陽菜)라고 합니다. 처음 오신 분 같은데 아까 마담의 이야기를 들으니 저를 찾아오셨다고 들었습니다."

히나가 양손을 앞으로 모으고 허리를 굽혀 인사를 했다.

"아네. 히나 씨. 제 친구 중에 한 명이 히나 씨를 소개했습니다. 마음이 맑은 분이라고 이야기 들었습니다. 앞으로 잘 부탁드립니다. 저는 이시하라 신바(石原 心羽)라고 합니다."

자리에서 일어난 신바가 머리를 숙여 정중히 인사를 했다. 히나도 앉으라며 의자를 손으로 가리켰다. 자신을 소개한 친구가 누구인지 힌트를 찾으려는 듯 히나가 남자를 훑어보았다. 남자는 20대 후반으로 보였다. 비슷한 나이대 손님이 떠오르지 않았다. 복장이나 헤어스타일로 보면 샐러리맨은 아닌 것 같았고 몸에 밴 매너도 너무 고급스러웠다. 이곳을 드나드는 손님들이 보여주는 매너와는 결이 달랐다. 하지만 모를 일이었다. 처음엔 부드럽고 배려심이 많아 보이던 사람이 술을 마시고 나면 달라지거나 조금 친숙해졌다고 생각되는 순간 본모습이 튀어나오는 경우도 이미 겪은 터였다.

신바는 술을 천천히 마셨다. 워낙 술을 많이 마시지 않는다고 했고 위스키의 뜨거운 목 넘김보다는 생맥주의 시원함을 선호한다고 했다. 그가 한 시간 동안 스트레이트 잔으로 겨우 3잔을 마셨다. 중간중간 마신 물과 우유의 양이 더 많을 것 같았다.

"잠시 화장실을 좀 다녀오겠습니다."

신바가 히나에게 양해를 구하고 일어났다.

"네, 다녀오세요. 저도 잠시 화장을 좀 고치고 오겠습니다."

히나는 대기실로 들어갔고 신바는 화장실 대신 마담을 찾았다.

"마담, 내가 한 달에 천만 엔씩 술값을 미리 내고 여길 단골로 삼으려는데, 어때요?"

신바를 유심히 살피며 하루미가 말했다.

"손님, 오늘 처음 오신 분이시죠? 안 그래도 처음 오신 것 같은데 바로 히나를 찾아 궁금했었어요."

"아, 인사가 늦었군요. 저는 신바입니다."

"아네, 저는 마담 하루미입니다."

"다시 말씀드리지만 선불로 천만 엔을 내고 싶습니다."

여러 특이한 손님들이 있었지만, 하루미도 처음 겪는 경우였다. 가게에 들어올 때부터 히나를 찾는 것도 의외였지만 기마이가 유별나 보이지도 않는 사람 같았다.

"혹시 저랑 친해지려고 하는 농담 아니죠?"

여전히 동경에는 돈이 흘렀지만 버블이 터져 한쪽으론 흉흉해진 시절 때문이었는지 하루미가 신바의 황홀한 제안을 쳐다보기만 했다. 맛있는 미끼를 코앞에 두고 커다랗게 입을 벌리고 있었지만, 덥석 물지는 못했다.

"그럴 리가요."

한쪽 입술이 치켜 올라간 미소를 지으며 신바가 백만 엔 묶음 한 다발을 재킷에서 꺼냈다.

"여기 오늘은 백만 엔만 가져왔습니다. 내 제안을 받아주시면 모레 나머지 9백만 엔을 가져오겠습니다."

하루미가 허리를 굽히며 백만 엔 다발을 받았다. 두 손에 방금 문 물고기의 팔딱거림이 고스란히 전해져 왔다.

"죄송합니다. 제가 손님을 몰라뵙고 실례를 했습니다. 근데 대신 원하시는 게 있는 것 같은데 알려주십시오. 히나에게 특별히 원하는 게 있으신가요?"

"아니요. 한 가지뿐입니다. 오늘부터 히나 양의 손님은 오직 저 하나뿐입니다. 그럼 당연히 제가 오지 않는 날에는 가게에 나오면 안 되겠죠? 제가 오는 날에는 당연히 저와 함께 퇴근할 것이고요. 조건은 그것 하나뿐입니다."

남자들이란 역시 똑같다는 생각이 하루미의 마음을 편안하게 했다. 어떻게 히나를 알았고, 왜 히나를 선택했는지 여전히 궁금했지만, 원래 호박은 덩굴째 굴러들어 오는 법이었다. 하지만 한 가지 궁금증이 마음을 긁었다. 하루미가 엉글엉글 억지웃음을 지으며 말했다.

"근데 죄송하지만 한 가지 질문을 드려도 될까요, 손님?"

하루미의 마음을 눈치챘는지 신바가 큰 소리로 웃었다.

"아! 한 가지를 빠트렸네요. 제가 한 달에 술을 딱 한 병만 먹어도 그 천만 엔은 마담의 것입니다. 물론 히나 양이 가져가야 할 매출에 대한 보상은 반드시 이루어져야 하고요."

하루미가 놀라 벌어진 입을 잽싸게 닫았다.

"그럼, 마시는 술과 상관없이 매달 천만 엔을 내신다는 건가요?"

"그렇습니다."

손해 볼일은 없었다. 다만 히나를 보고 찾아오기 시작한 다른 손님들이 마음에 걸렸지만 다른 호스티스에게 돌리면 그만이었다. 더구나 선금이고 현금이고 보아하니 마시는 술의 양도 적은 게 횡재가 분명했다.

"알겠습니다. 그럼 그렇게 하시지요."

"만약, 내가 말한 조건이 하나라도 지켜지지 않는다면 마담은 한 달 천만 엔짜리 현금 매출을 잃어버리게 된다는 걸 잊지 마십시오. 제가 일부러 다른 사람을 보내 히나 양을 찾을지도 모릅니다. 그리고 만약 제가 돈으로 히나 양을 사고 싶다면 한 번에 일억 엔 정도를 쓰면 되겠지요. 그러니 절대 명심하십시오. 아셨습니까? 그리고 내일은 제가 바빠서 못 옵니다. 히나 양도 쉬게 하고 모레는 제가 8시에 올 거니 하나 양도 8시까지 출근을 시키세요."

"네네네, 잘 알겠습니다."

히나가 집으로 아이 상태를 확인하려 걸었던 전화를 끊고 홀로 나왔다. 가게 한쪽에서 신바에게 이마가 바닥에 닿을 기세로 연달아 허리 인사를 하는 하루미가 보였다. 여러모로 신바는 특이한 손님이라 생각하며 자리로 갔다.

신바도 자리로 돌아와 히나에게 말했다.

"오늘은 히나씨와 첫인사 나누었으니 됐습니다. 이제 자리를 끝내야 할 것 같으니 마담에게 가서 퇴근 인사하고 오세요. 제가 하나 양 댁까지 에스코트 하겠습니다."

하루미가 히나를 부르는 손짓을 했다. 웃음꽃이 핀 하루미가 히나의 손을 잡고 말했다.

"히나, 자세한 이야기는 천천히 해줄게. 오늘 저 손님과 함께 퇴근해. 그리고 앞으로는 저 손님 전속이니 다른 손님은 받을 필요 없어."

"네? 언니, 그게 무슨 말이에요? 나 손님하고 밖에서 안 만나요."

"걱정 마. 그런 거 아니야. 내일 이야기하거나.. 아 아니다. 내일은 너 쉬어야 해. 그리고 모레 8시까지 출근하고."

"언니~~!!! 무슨 말이야. 나 돈 벌어야 해."

"걱정 마. 내가 내일 오후에 집으로 전화할게. 아무 걱정 말고~! VIP 손님이니까, 잘 모셔. 저분을 우리 가게 단골로 만들어야 하니 그렇게 알고 있어."

히나가 이야기를 마치고 고개를 돌렸다. 자신을 바라보며 서 있는 남자가 보였다. 무도회에서 여자에게 왈츠를 청하는 사람처럼 왼팔은 뒤춤에 꺾어 붙이고 오른손을 뻗어 손바닥이 하늘로 향해 벌린 채 입구를 가리키고 있었다. '어서 밖으로 나가시지요' 하는 제스처 같았다.

밖으로 나온 신바가 택시를 잡았다.

"댁이 어디세요? 히나 양."

"신오쿠보입니다."

"기사님, 신오쿠보 쪽으로 출발 부탁합니다."

신바가 히나를 쳐다보며 말했다.

"히나 양, 두려워하거나 이상하게 생각하지 않으셔도 됩니다. 댁 근처 대로변에서 저는 내릴 테니 집 앞까지 택시를 타고 가세요. 아까 마담에게 이야기 들으셨겠지만, 내일은 출근하지 마시고요. 만약 출근하면 마담이 아주 곤란해지니 명심하세요. 저는 모레 저녁 8시에 다시 뵈러 오겠습니다."

택시 기사가 힐끗 룸미러로 뒤쪽을 흘려보았다. 대화 내용으로 보면 호스티스가 분명했다. 화장을 지우고 나왔는지 화장기 없는 얼굴은 창백했지만 호스티스 치고는 너무 우아했다. 남자가 신오쿠보 대로변에서 내릴 때까지 두 사람은 아무 말이 없었다. 그저 각자 앉아 있는 쪽 창밖을 물끄러미 쳐다만 보았다. 남자가 내리며 배웅을 해 줄 수 있게 허락해 줘서 감사하다는 말을 했고 여자는 고맙다는 인사를 했다.

...

메이코의 전화가 왔다.

"케빈, 일단 잘 된 거 같아요. 우리 생각이 맞았어요. 하루미라는 여자, 매달 들어오는 천만 엔을 지키기 위해 미진 씨를 잘 보호할 게 틀림없어요. 이제 일단 마음 놓아요, 케빈. 그리고 신바가 그러는데, 히카루 경부가 했던 말, 미진 씨가 마지막 자존심도 버린 것 같다는 말 사실이 아닌 것 같데요. 마담에게 은근히 떠보았는데 미진 씨가 절대로 그것만은 안 한다고, 불가능하다고 했데요. 내 생각엔 누군가 미진 씨를 시기한 호스티스가 모함을 한 것 같아요.

괜한 소문을 내는 경우인 것 같아요."

"그래요? 다행이에요. 그 하루미라는 여자가 돈을 밝히는 여자라 오히려 안심이 된다니, 참 아이러니하네요."

"그러게요. 세상은 참.... 이제 마음 놓아요, 케빈. 이젠 시간이 도와줄 거예요. 미진 씨 마음은 시간이 아물게 해줄 거예요. 그러니 케빈은 시간에서 좀 떨어져요. 그러다 몸 상해요."

...

아이는 곤하게 잠들어 있었다. 일찍 들어온 미진을 보고 신애가 물었다.

"오늘 무슨 일이 있었니?"

"아니에요. 오늘 몸이 조금 안 좋아서 일찍 들어왔어요."

몸살 기가 있는 것 같아 약을 먹고 잠자리에 들었다. 약이 독했는지 아침에 쉽게 일어나지 못하고 자리에 누운 채로 한참을 있었다. 아이가 칭얼거리는 소리가 들렸고 신애가 아이를 달래는 소리도 들렸다.

오후 4시쯤 전화벨이 울렸다. 하루미였다.

"어제 온 그 남자. 신바던가? 그 남자와 전속계약을 했어. 언제까지 그럴지는 몰라도 앞으로는 그 손님만 받으면 돼. 그 손님이 안 오는 날은 집에서 쉬면 되고. 그리고 지금까지 네가 받던 돈은 그대로 유지될 거니 걱정 말고. 그 남자가 왜 그런지는 알 수가 없지만 일단 호박이 굴러온 거니 넌 그냥 그 호박마차를 타면 되는 거야. 언제 마법이 풀려 썩은 호박이 될지 모르는 게 화류계 남자들이지만 말이야. 그나저나 아이가 아프다던데 참 다행이다. 네가 운이 아주 없지는 않나 봐? 호호호."

하루미가 매달 천만 엔씩 현금이 들어온단 생각에 기쁨을 뿌려댔다. 그러다 문득 하루미의 마음이 탄 버스가 '딴마음이라도 먹으면 어떻게 하지' 정거장에 도착했다. 혹시라도 미진의 마음에도 바람이 들었다면 대바늘로 찔러 터뜨려야만 했다.

"그런데, 너 말이야. 행여 그 남자랑 살림이라도 차리면 안 된다. 그런 남자일수록 조심해야 해. 돈 떨어지면 너 남편처럼 졸지에 폐인이 되거나 여자를 괴롭히니까."

하루미의 미간이 접혔다. 확인 사살이 필요했다. 이미 커다란 빗장이 걸려 잠긴 대문에 커다란 대못을 박으려 망치질을 해댔다.

"너 매 맞으며 살았던 거 절대 잊지 마. 절대. 난 그런 꼴 못 본다. 그러니 절대 살림 같은 거 차릴 생각 마!"

전화를 끊고 나니 조금 멍해졌다. 코웃음이 나오기에도 어이가 없는 말이었다. 돈을 위해서는 뭐든 팔 수 있는 여자취급을 받는게 처음은 아니었지만 하루미에게 그런 취급을 받는다는 생각에 마음이 쓰라렸다. 전속계약이란 말이 마음에 걸렸지만 한편 달가운 일이었다. 한여름에도 해가 들지 않는 지하실에 햇살과 바람이 드나드는 창문이 생길지도 모른다는 희망이 반가웠다. 아이에게 꼭 필요한 햇살과 바람이었다.

···

이제 조금 있으면 '라이언 일병 구하기' 작전이 한 달에 접어든다. 시부야를 다녀온 날엔 신바와 메이코가 통화를 했다. 그날 통화가 어려우면 다음 날에라도 했다.

"요즘 어때?"

"누구? 나? 아니면 히나?"

"그러게. 둘 다."

"잘 지내. 근데 누나, 뭐 하나 물어봐도 돼?"

"응. 뭔데?"

"그 사람, 케빈. 히나랑 다시 뭘 해보려는 거야?"

"글쎄. 지금은 바로 뭔가를 하려는 것 같지는 않아. 미진 씨가 우선 힘든 삶에서 벗어나게 만드는 걸 바라지. 케빈은 배려가 깊은 사람이야. 자기 마음만 생각했다면 네가 필요하지 않았겠지. 자기가 직접 뛰어들어 뭔가를 하려 했을 거야. 근데 왜?"

"그냥. 히나가 너무 딱해서..."

"그나저나 미진 씨는 가게 언제 그만두려고 할까?"

"안 그래도 이야기를 좀 하려고 모델 제안을 했어."

"모델?"

"응. 거기에 찾아간 지 벌써 한 달이 돼 가잖아. 아무래도 가게를 그만두게 하려면 핑계도 있어야 하지만 차분하게 이야기를 하는 시간이 필요할 거 같아. 가게에서 손님과 직원으로 만나는 거 말고."

"그래 잘했다. 그림 모델이 좋네. 모델료를 지불할 수 있으니까."

"응. 히나 씨 마음이 담긴 초상화를 그려주면 좋아할 거야. 누나도 알겠지만 그림에는 특별한 힘이 있어. 아마 자신의 모습을 그림으로 만나면 힘이 날 거야. 분명히!"

메이코가 생각에 잠겼다. 신바의 마음에 싹이 튼 게 분명해 보였다. 처음 대화를 나눌 때는 미진이라고 부르던 신바가 언제부터인가는 히나 씨라는 호칭만 썼는데 오늘은 그냥 히나라는 호칭을 썼다. 동생은 진심이 드러나는 사람이었다. 미진에게 연정을 느끼는 게 틀림없었다. 케빈을 생각하면 이렇게 놔둬도 되는지 혼란스러웠다.

무더운 8월이 지나갔다. 메이코를 만나지 않는 날엔 신주쿠에 가서 점심을 먹고 오쿠보로 가서 커피를 마시고 저녁엔 시부야로 가서 맥주를 마셨다. 해가 완전히 떨어지고 한 시간쯤 후에 호텔로 돌아왔다. 그녀 가까이에서 그녀를 기다리는 나를 만나러 갔다. 선글라스와 모자를 썼다. 미진이 다니지 않을 곳에서만 시간을 보냈다. 미진과 비슷해 보이는 여자가 보이면 우선 등을 돌리고 자리를 피했다.

"여기에요 지난번에 말했던 맛집. 어서 들어가요."

작지도 크지도 않은 꼬치구이 집으로 들어섰다. 벽 여기저기에 걸린 전자기타와 브루스 스프링스틴의 앨범, 포스터가 걸려 있었다.

"이 집 사장님이 왕년에 로커였대요. 재미있죠?"

오마카세 꼬치구이와 맥주를 주문했다. 살짝 매캐한 냄새가 나서인지 맥주가 더 달고 시원했다.

"케빈 온 지가 벌써 3개월이 되다니. 모든 시간은 지나고 나면 더 빨랐다고 느끼지만 지난 3개월은 정말 빨랐던 것 같아요."

"그렇네요. 이곳 주인도 그렇고! 삶의 주인은 시간인 것 같아요."

"그럴 수도요. 혹시 케빈이 어려서 기억하는 것 중에 제일 생생하고 또렷해서 영원히 지워지지 않을 거 하나만 말해줄래요?"

"어릴 적?"

"네, 지금도 생생한 기억. 그중에서도 제일 강렬한 기억."

"메이코가 물어보니 바로 떠오르는 기억들이 있어요. 근데 그중에서도 제일 또렷하고 아직도 가슴이 떨리는 기억이 있어요. 어릴 적 아버지 서재 서랍에서 백 원짜리 동전을 훔친 적이 있었어요. 그때 기억이 슬로우 모션으로 만든 영화처럼 기억이 나요. 분명 나는 내 모습을 보지 못했는데 마치 내 영혼이 몸을 빠져나와 나를 보듯이 그려져요."

"케빈이 아버지 돈을 훔쳤어요? 우와... 역시 사람이 맞나 봐요? 하하. 근데 그 기억이 왜 1등이 되었을까요?"

"그 기억엔 예전 내가 태어나 어린 시절을 보낸 집이 고스란히 들어 있어요. 여기저기 구석구석 또렷이 보여요. 집도, 식구도, 나도요. 근데 제일 기억나는 건 내 마음이에요. 아버지가 이 사실을 알면 얼마나 실망을 하실까. 그럼 그런 아버지를 보고 나는 또 얼마나 부끄러워질까. 정말 두려웠어요."

"그게 몇 살 때였어요?"

"초등학교 1학년인 것 같아요. 아니면 2학년일 수도 있고요."

"기억이 그렇게 강렬한데 몇 살인지 몇 학년인지는 모르네요."

"그러게요."

메이코가 흐뭇한 미소를 지었다.

"기억은 두 가지인 것 같아요. 쌓이는 기억 흐려지는 기억. 다 같은 뇌지만 우리는 뇌라고 이야기하고 마음이라고도 이야기를 하죠. 뇌와 마음의 기억이 다른 거 같아요. 뇌의 기억은 처음엔 또렷하지만, 나중엔 흐려지며 사라지는 기억이 많아요. 아무리 기억을 하려 해도 기억이 나지 않는. 결국, 모든 기억은 유일하고 독립적인 거죠. 하지만 마음은 유일한 마음이 있다고 해도 바닥엔 뭔가 다른 게 깔려있어요. 그리고 마음은 쌓이고 쌓이며 더해지고 달라지죠. 사라진다기보다는."

"그런 것 같아요. 그때가 내 부끄러움의 시작일 지도 모르겠어요."

"어쩌면 이미 있었던 부끄러움 위에 덧칠을 했었을 지도 몰라요. 이미 있던 파란색 바탕에 노란색이 더해지며 고흐의 '별이 빛나는 밤' 같은 작품이 되고, 마음이 영원히 간직하고 싶은 기억이 되었는지도 몰라요."

맥주 한 모금을 마신 메이코가 이야기를 이었다.

"케빈은 기억력이 좋은 사람 같아요. 대부분의 사람들은 뇌의 독립적인 기억력을 소중하게 생각하고 자랑스러워해요. 하지만 내가 보기엔 마음의 기억력이 좋은 사람이 정말 기억력이 좋은 사람이에요. 삶에도 훨씬 더 좋고요. 삶에만 좋나요. 세상에도 좋죠. 그런 사람들이 많은 세상은 얼마나 따뜻할까요? 사람의 사람다운 마음이 보이는 세상. 정말 훌륭할 거예요."

"메이코는 역시 작가인가 봐요. 뭐든 바탕을 만들고 그걸 멋지게 표현하는 능력이 있어요."

"케빈은 앞으로 또 사랑을 한다면 굉장히 잘할 거예요. 첫사랑이 '사랑'이라는 기억의 바탕이 될 테니까요. 다음 사랑은 새로운 사랑 같지만 많은 부분은 첫사랑의 기억 위에 덧칠이 되거나 더해지는 게 될 거예요. 그런 사랑이 첫사랑 보다 못해질 수 있을까요? 아마 케빈은 앞으로도 모든 걸 걸고 사랑을 할 거예요, 지금처럼. 무엇을 가졌건 가진 걸 다 걸고 사랑하는 남자를 좋아하고 존경하지 않고 배길 수 있는 여자는 드물어요."

꼬치구이 집을 나서, 밤거리를 걸었다. 메이코가 물었다. 이어지던 차분한 대화를 뚫고 나온 느닷없는 질문이었다

"케빈은 내 첫사랑은 물어보질 않네요? 궁금하지 않나 봐요?"

미안한 파도가 따귀를 철썩 때렸다. 얼굴이 화끈거렸다.

"아.. 메이코, 미안해요. 그러게요. 메이코의 첫사랑을 물어보질 않았네요. 메이코도 분명히 첫사랑이 있었을 텐데... 첫사랑 이야기해 줄래요?"

"해줄까요? 말까요? 하하."

메이코가 팔짱을 꼈다. 가볍지 않은 팔짱이었다.

"프랑스 남자였어요. 사랑했고, 행복했고, 아팠던. 근데 이젠 내 기억에만 남아 있는 흔적일 뿐이에요. 잊으려고 노력해도 잘 안되던 게 어느 날부터는

생각을 더듬어야 확연해지는.... 첫사랑은 그런 것 같아요. 내가 어제 쉰 숨을 기억 못 하듯, 상처가 되는 것들을 잊고 치유하는 능력을 길러주는 삶의 첫 번째 선물."

"나도 그런 생각이 들어요. 의미 있는 것들을 잃어버릴 수밖에 없는 삶이 너무 가혹해지지 않게 만들어 주는 첫 번째, 그리고 가장 강력한 도구가 첫사랑인 것 같아요."

이야기가 끊겼지만 그대로 밤거리를 걸었다. 이제는 익숙해진 도쿄 거리를 한동안 걸었다.

•••

1주일 만에 메이코를 만났다. 9월 초 도쿄는 아직 한여름. 해가 져도 여전한 더위를 씻어내기엔 생맥주가 좋았다. 오랜만에 이자카야로 갔다.

"이젠 잡지사 글은 쓰지 말아야겠어요. 어쩔 수 없이 승낙을 했지만 이젠 다음 소설에 집중하고 싶어요."

"그래요. 다음 소설 나도 응원해요."

"고마워요. 하지만 케빈이 도쿄에 있는 동안은 시작 안 할 거예요."

두 눈이 웃음으로 작아졌지만, 눈동자가 별빛처럼 반짝였다.

"메이코, 근데 웃겨요. 여러 가지가."

"네? 뭐가 웃겨요?"

"일주일 만에 만나니까 참 반갑고, 또 일주일이 그리 긴 시간도 아니었는데 길게 느껴졌다는 것도, 지난 3개월간의 시간을 거의 메이코와 함께 보냈다는 것도 웃겨요."

"그러게요. 지난 3개월을 누군가 지켜봤다면 아마 케빈과 나를 엄청난 열애에 빠진 커플이라 생각했을 거예요!"

"어차피 첫 밤도 보냈는데 우리 그냥 애인으로 지내볼까요?"

농담이었지만 거짓은 아니었다. 그렇다고 마음이 제대로 담긴 말도 아니었다. 메이코가 유쾌하게 웃으며 기분 좋은 농담 쪽으로 고삐를 돌렸다.

"케빈과는 참 편해요. 남자 여자 간에 쉽게 하지 못할 말을 불쑥해도 오해가 안 생기는 게 참 신기해요. 케빈이 미국에 살아서 그런 걸까요? 근데 실상은 미국 사람 같기는커녕 너무 지고지순한 한국 남자인데 말이에요."

"근데, 케빈, 궁금하지 않아요? 요즘 미진 씨 어떤지?"

"궁금해요. 요즘은 어떻게 지내고 있어요?"

"왜 내게 묻지 않았어요?"

"그냥, 조금 자신이 없어져서요. 미진이 마음을 생각하면 할수록 자신이 없어져요. 새 출발을 해야 하는 미진에게 나도 과거잖아요. 선택적으로 과거를 남기는 게 얼마나 힘들까요? 삶이 사랑을 위해서 존재할 수는 없잖아요. 사랑은 삶을 위해 필요한 거잖아요. 지금 미진인 삶을 찾아야 해요. 그럼 내 자리는 미진이 바로 곁은 아닌 것 같아요. 하지만 난 여전히 미진이 근처를 서성대고...."

메이코가 턱이 하늘로 향하게 고개를 뒤로 넘기며 얼마 남지 않은 맥주를 들이켰다. 빈 잔을 내리며 메이코가 말했다.

"신바가 초상화를 그려요. 미진 씨 생일선물로 그리는 것 같아요."

"아! 그랬구나.... 그랬었군요. 미진이에게 정말 좋은 생일선물이 되겠네요. 신바가 부러워요!"

"케빈, 괜찮아요?"

마음을 들킬 것 같았다. 이미 알고 있는 마음일 텐데 그래도 들키면 눈물이 날 것 같았다. 목구멍을 있는 힘껏 벌리고 차가운 맥주를 쏟아부었다. 잔을 내려놓으며 눈부신 웃음을 만들려 노력했다.

"아... 참, 내가 말했었나? 미진과 내 생일이 같아요."

...

신바는 손님이라고 하기엔 너무 정중했다. 말이 많지는 않았지만 한마디 한마디가 다정했다. 하지만 토스터기의 온도를 잘못 설정해 겉이 검어지도록 바싹 구워진 식빵 슬라이스처럼 파삭해진 미진에겐 그저 특이한 손님일 뿐이었다. 따뜻한 마음을 가진 사람인 건 확실했지만 미진의 메마른 마음을 적시는 건 불가능했다. 하지만 신바는 고마운 손님이었다. 그런 신바가 모델을 제안했다. 모델료를 주겠다고 했다. 대신 가게는 그만두면 좋겠다고 했다. 일주일에 3일, 하루에 4시간씩 그린다고 했다. 인물 초상화라고 했다.

요코하마 아틀리에서 화가의 시선이 모델에 내려앉는 시간이 쌓여갔다. 어려운 일은 아니었다. 편안하게 앉아 그대로 있기만 하면 됐다. 하지만 한 가지는 어색했다. 화가를 쳐다봐 주길 원했다. 어쩔 수 없이 시선이 마주쳤다. 신바의 얼굴을 처음으로 똑바로 쳐다보았다. 잘생긴 얼굴이었다. 상처받지 않은 젊음이 살아있는 선한 얼굴이었다. 신바의 시선이 너무 뜨거웠다. 시선을 조금 비껴 뒤쪽 벽을 바라보았다. 그림을 그리는 동안, 모델도 화가도 말이 없었다. 일주일이 흐르고 네 번째 화실을 찾은 날 신바가 처음으로 그림을 그리며 입을 열었다.

"히나 씨 코가 조금 삐뚤어진 거 알아요?"

미진 얼굴에 옅은 미소가 스쳤다. 모델의 얼굴만 뚫어져라 쳐다보던 화가만 알아챈 미소였다. 다섯 번째 날 모델이 물었다.

"근데 저를 소개했던 친구가 누구예요?"

화가의 눈썹이 씰룩댔다. 화가를 쳐다보던 모델도 알아챘다. 당황한 화가가 허리를 숙여 캔버스 뒤로 얼굴을 숨겼다.

섬세한 표현을 하려는 듯 캔버스에 얼굴을 바짝 대고 붓을 놀리며 화가가 말했다.

"그건 지금 말 못 해요. 아니, 하기 싫어요. 중요하지도 않고요."

화가와 마음을 나눌 사이도 아닌데 괜한 질문을 한 것 같았다. 어색한 침묵이 흘렀다. 가슴에서 지푸라기 밟는 소리가 들렸다.

화가의 이야기가 점점 많아졌다. 자기 이야기를 많이 했다. 살아온 이야기. 가족 이야기. 첫사랑 이야기. 모델을 그리는 화가였지만 자신을 그려 보여주려는 사람 같았다. 모델이 되고 싶어 화가가 된 사람 같았다.

가을이 깊어지기 전에 그림이 완성된다고 했다. 화가지만 남자인 신바의 시선을 받다 괜히 얼굴이 붉어지던 처음 몇 날이 생각났다. 손님으로 만났던 땐 한 번도 없던 일이라 당황했었다. 그러고 보면 한 남자의 시선이 이렇게 오래 집중됐던 적은 없었다. 타쿠미도 그런 적이 없었다. 오직 하나, 동주뿐이었다. 동주와의 첫 만남부터 마지막까지의 시간이 떠올랐다. 마른 눈물이 났다.

'차르르르르..'

도미노 패 한 장이 넘어지며 차례로 도미노가 쓰러졌다. 순식간에 마지막 도미노 패가 쓰러졌다. 포개 넘어져 있는 도미노를 세울 수 있을지 눈앞이 캄캄했다. 쓰러진 자리에 그대로 세우는 것조차 엄두가 나지 않았다. 가슴이 멨다. 가슴을 움켜쥔 고통이 악을 쓰며 점점 더 세게 비틀어 댔다.

...

10월 13일. 엄마가 미역국을 끓여 놓아서 오늘이 생일인 줄 알았다. 오늘은 일이 있다며 5시까지 화실로 오라는 신바의 전화가 있었다. 화실에 들어섰다. 작은 테이블이 보였다. 흰 보자기가 씌워진 테이블 위에 촛불이 이미 일렁이고 있었다. 와인과 와인잔, 꽃까지. 그림이 완성된 것 같았다. 오늘이 마지막 날인지도 모른다는 생각이 들었다.

"히나 씨. 어서 와요. 미안해요. 미리 이야기를 못 해서..."

"그림이 끝난 거예요?"

"네."

그러고 보니 이젤에 걸린 캔버스 위에도 흰 천이 쓰여 있었다.

"우선 축하 먼저 해요, 우리. 그다음에 그림 봐요."

"우리요?"

우리라는 단어가 마음에 걸렸다.

신바가 붉은 와인을 따랐다. 건배를 하자며 신바가 말했다.

"생일 축하해요!"

"네?"

"히나 씨 생일 축하한다고요."

내 생일을 말해 준 적이 없는데. 생각이 빙빙 돌았다.

"내 생일 오늘인지 어떻게 알았어요?"

"마담에게 물었어요."

믿어지지 않았다. 하루미 언니가 내 생일을 알 리 없었다. 아버지가 하루미에게 이야기를 했고 또 그걸 기억해야 하는데, 가능성이 없었다. 모른 척했다.

와인을 비우고 그림 앞으로 갔다. 신바가 천을 걷어냈다. 눈물이 났다. 너무 굵어 방울로 흐르는 눈물이 났다. 나였다. 잊고 있었던 내 모습이었다. 아름다운 나였다. 왜 눈물이 나는지 모르는데 자꾸 눈물이 났다. 눈물로 흐린 시야에 무릎을 꿇고 있는 남자가 보였다. 신바였다.

신바가 말했다.

"사랑해요. 히나 씨."

힘이 하나도 없었다. 아무 말도 나오지 않았다. 아버지 앞에서 무릎을 꿇고 있던 동주 생각만 났다.

•••

10월 12일. 잠이 들려는지 정신이 가물가물해졌다. 베개가 차가워 눈을 떴다. 결국 잠에 들었다. 덩치 큰 남자가 미진을 거칠게 안고 있었다. 그걸 쳐다보는 작은 남자가 보였다. 나였다. 남자를 떼미는 미진을 도우려 다가서려는데 발이 떨어지지 않아 꼼짝할 수 없었다. 아무리 움직이려 해도 소용이 없었다. 소리를 치는데 아무 소리도 나지 않았다. 덩치 큰 남자는 점점 더 거칠어졌고 힘이 빠진 미진의 두 팔이 아래로 툭 떨어졌다.

"안돼. 미진아~!"

벌떡 일어났다. 내가 지른 소리였다. 심장이 뛸 때마다 거문고 현이 뜯겨나가듯 '퉁퉁' 아픈 소리를 냈다. 눈물이 흘렀다. 흐느끼지 않으려 애써야 했다. 미안한 마음이 칼춤을 추었다.

초상화 이야기를 듣고 난 후 신주쿠엔 가지 않았다. 그래도 미진이 살고 있는 도쿄에서 시간을 더 보내고 싶었다. 마지막 미련이라도 괜찮았다. 충분한 고통은 최고의 진통제니까. 하지만 조금씩 무기력해졌다. 갈라진 마음에 외로움이 자꾸 스며들었다. 혼자선 시간이 칼날처럼 흘렀다. 따뜻한 사람의 조용한 온기가 필요했다.

아침 일찍 전화가 왔다. 오사카로 북 콘서트를 다녀온 메이코였다.

"오사카는 어땠어요?"

"생각보다 사람들이 많았어요. 싸인을 좀 했더니 팔이 아파요. 그나저나 내일이 케빈 생일인데 우리 맛있는 거 먹으러 가요. 오사카로 오기 전에 일단 예약을 해 놓았는데. 케빈 괜찮아요?"

"그래요. 좋아요."

"그럼 내가 호텔로 5시까지 갈게요. 같이 가요."

일본 가정식 집이었다. 아기자기하고 아담한 그릇에 조금씩 담긴 음식이 담백하고 예뻤다. 일본 술도 마셨다.

"메이코, 나 이제 뉴욕으로 돌아가려고요."

"언젠간 간다고 생각했지만, 이제 결국 가네요. 케빈."

담담한 목소리였다. 이미 알고있는 사실을 사실보다 더 사실처럼 만들어 나를 위로하려는 것 같았다.

"그래요. 근데 신바가 미진 씨를 정말 좋아하는 것 같아요. 미진 씨도 많이 좋아진 것 같고요."

"메이코, 난 괜찮아요. 미진에게 도움이 된다면 다 좋아요. 미진이 다시 자신을 사랑하며 살면 좋겠어요. 다른 누군가를 사랑하려면 자신을 먼저 아끼고 사랑해야 하니까요. 내가 아니라도 돼요."

"알아요. 케빈 마음. 그래도, 한번 만나보고 싶지 않아요?"

"만나보고 싶어요. 그래서 축복해 주고 싶어요. 근데 힘들 거 같아요. 미진이가 이제야 마음을 추스르는데, 내가 도움이 될 것 같지 않아요."

"그럼, 먼발치에서라도 봐요. 안 그럼 너무 아쉬울 거 같아요. 후회될지도 모르잖아요. 내가 신바에게 이야기할게요. 그렇게 해요. 꼭."

일본 술을 제법 많이 마셨다. 메이코가 호텔로 바래다주었다. 방으로 들어와 침대로 엎어졌다. 취기와 함께 질투심이 올라왔다. 갑자기 어지럼이 진해지더니 속이 뒤집힐 것 같았다. 일어나 화장실로 가려는데 휘청거렸다. 엉금엉금 기어 변기통에 머리를 반쯤 넣었다. 잘라지고 뒤엉킨 물컹한 것들이 쏟아져 나왔다. 세 번을 토했다. 손가락을 넣고 위를 짜냈다. 시큼한 물만 넘어왔다. 울고 싶은데 속이 아파 눈물이 나오질 않았다. 꺼이꺼이 울고 싶은데 소리가 가슴을 벗어나질 못했다. 주저앉아 변기에 머리를 기대고 기절같이 졸았다. 바닥이 차가워 눈을 떴다. 그제야 눈물이 났다. 이제 남은 건 이별이었다.

아침이 돼도 어지러웠다.

"여보세요."

"케빈? 목소리가 왜 그래요? 나예요. 메이코."

"알아요. 그냥 좀 아팠어요."

"어제 너무 과음한다 싶었는데. 지금은 괜찮아요? 내일 오후 2시에 신바가 미진 씨와 함께 백화점에 갈 거예요. 2층에서 잘 보이는 보석 판매점을 몇 군데 돌아볼 거니까. 한번 멀리서라도 봐요."

···

다카시마야 니혼바시 백화점은 뉴욕에 있는 오래된 건물처럼 건물의 외부가 돌로 장식된 건물이었다. 번화한 사거리 쪽 모퉁이가 둥글게 깎여있는 게 꼭 명동 신세계 같았다. 도쿄가 뉴욕을 따라 하고 서울은 도쿄를 복사한 것 같았다.

1층 실내는 크고 육중한 대리석 기둥이 촘촘했다. 2층까지 뻥 뚫린 중앙 공간을 지지하는 기둥들이었다. 잘린 2층 바닥 단면을 따라 난간 같은 철 구조물이 보였다. 2층으로 올라, 베란다 난간에 기대 아래를 바라보았다. 벽을 따라 둥글게 튀어나와있는 오페라하우스의 2층 특별관람석 같았다. 1층 무대가 훤히 잘 보였다. 문득 김포공항 국제선 청사 3층 출국장에서 입국장을 쳐다보며 미진을 찾던 내 모습이 보였다.

보석 판매 코너들이 잘 보이는 곳에 섰다. 시간이 가까워졌다. 선글라스를 고쳐 썼다. 난간에서 반 발자국 뒤로 물러섰다. 시동 걸린 심장 소리가 '쿵쿵' 두개골을 울렸다. 익숙한 노란 원피스를 입은 여자가 보였다. 한 바퀴 돌면 밑단이 동그란 원이 되며 웨이브를 만드는 그 원피스였다. 신바와 미진이 보석 진열장 앞에서 멈췄다. 잠시 후, 흰 장갑을 낀 판매원이 진열장에서 반지를 꺼냈다.

태풍 속에서 걷다 휘몰아친 바람에 들고 있던 우산이 뒤집어졌을 때처럼 몸이 휘청였다. 아프게 얼굴을 때리는 굵은 빗방울 때문에 제대로 눈을 뜨지 못했던 때처럼 눈앞, 모든 것들이 물방울로 녹아내려 가물거렸다. 그대로 몇 걸음 뒤로 밀렸다. 턱을 너무 꽉 깨물었는지 얼얼했다. 사정없이 뺨을 후려 맞은 것처럼 뺨도 뜨거웠다. 마음이 홀가분해졌지만, 눈물이 마르진 않았다.

그녀가 보이지 않을게 확실해질 때까지 기다렸다. 눈을 감고 기다렸다. 거대한 빙하가 '뻐적' 소리를 내고 거대한 쐐기 모양으로 떨어져 바다로 처박혔다. 고체가 액체가 되기를 거부하려는 듯 쐐기 모양 빙하의 머리가 수면 위로 불쑥 솟아올랐다. 한동안 온몸을 흔들며 파도를 만들던 빙하가 수면 위로 작은 얼음조각만 남긴 채 잠잠해졌다. 바다를 받아들인 것 같았다.

천천히 내가 서있던 곳으로 가서 미진이 서있던 곳을 쳐다보았다. 아무것도 보이지 않았다.

...

나리타 공항에 섰다.

"케빈, 건강하고! 언제 볼지 몰라도 금세일 거예요. 그렇죠?"

메이코가 가방에서 작은 봉투를 꺼내 건넸다.

"이건 비행기가 바다 한가운데를 날고 있을 때 열어 봐요. 읽고 나면 창밖으로 바다를 쳐다봐야 할지도 몰라요."

입국장 앞에서 메이코와 작별 인사를 했다. 자식을 군대로 떠나보내는 엄마처럼 나를 안고 등을 두들겨 주었다. 그것도 모자란지 두 손으로 내 뺨을 감싸 쥐었다.

탑승구를 분리한 비행기가 뒷걸음을 쳤다. 동그란 창밖으로 연회색 작업복과 흰색 안전모 차림의 남자가 형광봉을 메트로놈처럼 흔들고 있었다. 날개가 그 남자를 가린 후 남자가 시야에서 완전히 사라졌다. 긴 택싱(taxing)을 마친 비행기가 엔진 출력을 올리며 흡입구에 달린 칼날 같은 회전핀이 빠르게 돌았다. 날카로운 칼 수십 개가 공기를 잘게 저미는 소리가 났다. 비행기가 빠르게 달리기 시작했지만 육중한 덩치 때문인지 천천히 움직인다는 착각이 들었다.

바퀴가 시멘트 활주로를 구르는 소리가 순간 사라지며 세상이 고요해졌다. 맨 앞자리 사람들이 뒤로 굴러 내려올 정도로 비행기 머리가 들렸다. 조용하던 기내로 엔진이 만드는 돌개바람 소리가 '우우웅' 낮게 진하게 깔렸다. 땅과 하늘이 번갈아 나타나는 창밖을 보며 공항으로 오는 차 속에서 메이코가 했던 질문이 떠올랐다.

　"내가 가진 케빈의 첫날밤, 그게 6백만 불짜리였네요. 미진 씨와 나 둘 중에 누가 더 큰 걸 가진 걸까요? 어리석은 질문이죠? 삶으로 내린 결정들인데 자칫 의미와 물질의 대결로 오해받을 수도 있겠어요. 하지만 케빈은 정확히 알 거예요. 그리고 시간이 지나고 나면 또 소화하겠죠. 다음에 만나면 꼭 알려 줘요. 케빈이 또 찾아낸 것들을."

　눈을 감았다.

　차밭이 보였다. 차 나무들이 동그랗게 만든 두둑이 매스게임을 위해 연두색 텔레토비 머리를 쓰고 경기장 한가운데 줄지어 앉아 있는 사람들 같았다. 고랑마다 차 나무를 향해 고개 숙인 키 큰 선풍기가 보였다. 노란 선풍기 날개가 천천히 돌아가며 찻잎에 신선한 바람을 더해 주고 있었다. 찻잎을 하나하나 정리하지도 않았는데 차분한 기운이 절로 생겨나는 차밭이었다.

　차밭 한쪽 작은 테이블을 사이에 두고 나와 메이코가 마주 앉아 있었다. 미소 짓는 메이코 넘어 차밭이 시선을 끌었다. 노란 원피스를 입은 젊은 여자가 밀짚모자를 쓰고 차밭을 사뿐사뿐 걷고 있었다. 차 나무를 손으로 스치며 걷느라 고개를 숙였던 여자가 고개를 들고 나를 찾았다. 시선이 마주치자 흰 팔을 하늘로 쭉 뻗어 흔들었다. 뭐라고 소리를 치는 것 같았다. 하지만 아무 소리도 들리지 않았다. 이슬을 방금 닦아낸 것처럼 흰 이가 반짝였다. 웃는 입 모양이 커다랗고 환한 어린아이 같은, 내 첫사랑 미진이었다.

창밖 구름 사이로 깊고 푸른 바다가 보였다. 주머니 속 메이코가 건네준 봉투를 꺼냈다. 봉투 안에 노란 편지 봉투가 보였다. 내가 쓴 편지가 담긴, 그 노란봉투였다. 어제만큼 오래전 그때, 신촌 장미여관 앞에서 찢어져 남루했지만 반짝이며 빛나던 첫사랑을 담아 건넨 편지였다.

봉투 끄트러미를 잡고 꺼내는데 갑자기 천장에 달린 안전벨트 그림에 빨간불이 켜졌다. 난기류를 만난 비행기가 사정없이 곤두박질쳤다가 다시 부웅 떠올랐다. 주변을 돌아 보았다. 이상했다. 자갈길을 달리는 마차처럼 비행기가 덜컹거리는데 승객들은 하나같이 차분했고 편안했다. 순간 난기류를 벗어났는지 거짓말처럼 고요해졌다.

'구우웅' 낮은 주파수의 제트엔진 진동이 일정해졌다. 노란 편지지를 꺼내 펼쳤다. 내가 쓴 편지 뒷면에 그녀의 글씨가 보였다. 진동 때문인지 꼭꼭 눌러 쓴 글씨들이 겨울을 만난 마지막 잎새처럼 힘없이 매달려 떨고 있었다. 눈물이 꽉 솟았다.

동주 씨 보세요.

기억나요?
예전에 동주 씨가 내게 써서 주었던 이 편지.

그때 많이 아팠죠?
하지만 잘 견뎠잖아요.

나도 잘 견딜 거예요.

그러니 걱정 말아요.
그리고, 고마워요.

동주 씨가 있었다는 거,
동주 씨가 다해준 거,

나 알아요.

그래서 힘냈고 또 힘낼 거예요.

하지만 이제 동주 씨도 더이상 젊음을 양보하지 말아요.
여태껏 양보만 해 왔는데 또 하는 건 내가 못 참아요.

우리 삶이 겹쳐지고 함께 하지 못한다고 서운해 마요.
나도 내가 살 수 있는 한 행복하게 잘 살게요.

사랑해요.
하지만 우리 첫사랑은 여기까지만.

잘 가요. 내 사랑.
행복할 거라 진심으로 믿어요.

당신을 사랑하는

미진

작가의 말

〈세번의 거짓 네번째 약속〉은 물에서 나오지 않으면 알 수 없는 물 밖 세상을, 수면 가까이 혹은 수면 위로 점프하며 구경하고 상상하는 물고기의 마음을 그린 소설이다.

물 위에서 산다는 건 결국 죽음인 물고기가 물 위로 뛰어오르려 한다?

이유를 알고 싶지만 설사 이유를 찾아내도 모든 게 풀리진 않는다. 우연인지 운명인지, 세상으로부터의 의지인지 온전한 스스로의 자유인지도 알 수 없다.

사람은 어느 순간 죽음이 있음을 인지하지만, 도저히 도달할 수 없다고 여기며 살아간다. 불면증에 잠을 못 이루는 순간도 끝이 나지 않아 괴로운데, 몇십 년의 시간은 영원이라 여겨질 수밖에 없는지도 모른다. 첫 번째 거짓이다.

소설은 주인공 동주의 시선에 걸리는 것들. 손가락 끝 촉각으로 태어나는 것들. 작지만 세상의 소리가 모여드는 귀와 작은 내음에 담긴 분자를 잡아내는 코. 그리고 입술이 전달하는 것들이 영혼과 육체를 대표하는 뇌와 심장을 차갑고 뜨겁게 만드는 과정과 상태를 그렸다. 사람과 삶을 설명할 수 있는 모든 것들 중에 사랑을 선택하고 그 선택을 가슴에 넣고 달리는 남자 사람, 동주. 시간을 민들레 홑씨처럼 날리고 또 날리는 동주의 보람과 행복을 보여주고 싶었다.

또 한 명의 주인공, 미진의 뇌와 심장 이야기는 의도적으로 하지 않았다. 이미 그녀의 일부는 신애와 써니, 메이코와 하나, 심지어는 하루미를 통해서도 보이기 때문이다. 여자 사람이라면 겪고 느끼는 것들을 미진이만 경험하지 않고 살수는 없을 테니까! 하지만 미진을 만나지 않는 한 미진을 알 수 없다. 언젠가 미진의 마음이 궁금한 독자들이 생겨서, 미진의 마음이 세상에 태어나는 꿈같은 꿈을 꿀 수 있기를 바란다.

초대

바다거북이. 알에서 깬 바다거북이는 다른 새끼거북이들이 깨어나길 기다렸다 거의 동시에 바다를 향해 달린다. 삶과 죽음은 그저 운이라고 부를 수밖에 없는 백사장과 얕은 바다를 지난 거북이에게는 넓고 깊은 바다에서의 고독이 기다린다.

15년간의 외로움이 쌓인 어느 가을날, 처음 바닷물을 접할 때 기억해 놓은 지구자기장을 따라 출발점으로 돌아온다. 5천4백7십5일 만에 처음 만나는 바다 거북들. 처음 보는 암컷, 수컷들. 그리고 짝짓기.

연어. 연어가 알에서 깨어나 죽은 부모의 몸이 남긴 양분을 먹으며 바다로 갈 수 있는 몸을 얻는다. 태어난 민물 향을 살아있는 한 잊을 수 없는 한 가지 기억으로 새기고 바다로 떠나 3년을 보낸다. 목적은 오직 하나, 다시 돌아오기 위해서다.

태어난 곳으로 돌아가는 순간부터 아무것도 먹지 않으며 몸의 형태와 색이 변하고 결국 만신창이가 돼서 도착한다. 그리고 딱 한 번 짝짓기를 마치고 죽는다. 단 한 번만 주어지는 기회와 낮은 확률을 뚫고 목표를 이루면 바로 죽어야 하는 삶. 연어에게 삶이란 무엇인지... 연어의 마음은 어떨지...?

사람. 죽음을 위해 태어난 곳으로 회귀하기 시작하는 연어처럼, 혈혈단신 15년을 보냈던 거북이가 태어난 곳으로 향할 때처럼, 내가 누군지, 내 삶은 무엇인지를 찾고 싶어지는 때가 있다. 그 때를 찾아 나설 이유가 찾아 오기도 하고 죽음이 선명하게 보이는 병처럼 불쑥 찾아오기도 한다.

그리고 대개는 그간 삶을 꾸려왔던 방식으로는 설명도 이해도 안 되는 상황에 당황한다. 어떤 옷을 입었는지가 중요한 세상에서 걸친 옷을 홀딱 벗지 않으면 안 되는 목욕탕으로 들어선다. 커다란 거울에 내가 그대로 드러난다. 처음 보는 것도 아니지만 내가 바라는 내 모습과는 너무 다른 나다. 그냥 그게 나라는 인정이 쉽지 않다. 왜 이런 모습이 되었는지를 궁금해하고 알아가는 과정이 없었기 때문이다.

결국 자신이 어떤 삶을 사는 사람인지 찾아내야 한다. 찾아 나선다? 찾아낸다? 이상한 말이다. 내가 나를 언제는 잃어버렸었나? 하지만 찾아내야 할 정도로 가려지고 만들어진 삶인 경우가 많다.

어떻게 찾아야 할까? 갑자기 윤곽도 흐릿한 내 모습을 어떻게 그리고 칠하고 입체화할 수 있을까? 유일한 방법은 과거를 회상하는 것. 과거 속에 내 모습과 내 마음을 들여다보는 것. 그러면 반드시 거쳐야 하는 곳이 있다. 사랑을 만났던 시간. 내가 가장 잘 보이는 시간이다.

사랑을 한 번도 안 해 본 사람도 있을 수 있고, 여러 번 했다고 여기는 사람도 있다. 하지만 어떤 사랑이었는지는 자신만 알 수 있다. 호르몬에 지배되는 성욕이 사랑이라는 감정을 처음 만난다는 면에서 첫사랑은 강렬할 수밖에 없다. 동시에 어떤 종류의 사랑을 찾는 사람인지를 구별할 수 있는 매우 중요한 시점이고 경험이다.

사랑은 사랑이 가진 고유의 특성이 얼마나 치열한지에 따라 분류될 수도 있다. 하지만 그 치열함이 오직 자신에 대한 충실함에서만 발원했다면 그 사랑은 사랑이 가진 고유한 가치를 갖지 못한 사랑이다. 삶에 필요한 돈을 위해 삶을 희생하는 모양새다.

사랑은 결국 사람이 사람다울 수 있는 빨간약이다. 〈세번의 거짓　네번째 선택〉은 누구라도 선택하게 되는 빨간약 이야기다. 너무나 당연했던 선택들. 우리는 그 선택의 시간에 다시 한번 서길 원한다. 설사 같은 결정을 해도 다른 이유를 찾게 돼도 그때의 나를 만나고 싶어 한다. 그래서 오늘을 이해하고 미래를 그리고 싶어 하는 인간의 욕망이다.

첫사랑처럼 불꽃이 활활 타지는 않지만 잠깐만 쏘여도 익어버리는 뜨거운 수증기처럼 지독한 욕망이다.

연어가 되고 거북이가 돼서 그곳으로 향하는 여행으로 독자를 초대한다. 세 번의 거짓에도 용기 내서 네 번째 약속을 하며...

-도서출판 길위에서 편집부

독자의 응원

소설을 소개하는 추천글이나 독후감에 선호되는 사람들이 있다. 이 책의 소개는
그런 분들보다는 실제로 읽고 소설 속으로 풍덩 다이브 했던 독자들의 마음을
소개 글로 담았다. 웹 소설로 먼저 읽은 독자들의 댓글에 실린 솔직한 마음,
종이책이 나온다는 소식에 소중한 시간을 담아주신 글을 수정 없이 올린다.

- 작가 RYUKANG

순간순간의 조각들이 쌓여 삶이 되고 그것이 바로 인생이 된다. 시간은 기억을
지우라 하지만 강렬한 첫사랑의 기억은 누구에게나 아련한 아픔과 함께 다가온
다. 특히 누군가가 나를 첫사랑의 그 시절로 끌어 당긴다면. 이 소설은 등장 인
물 하나하나, 배경 속의 사소한 포인트 하나까지도 묘사와 표현이 너무 디테일해
서 〈글을 읽는 것〉이 아닌 〈영상을 보는 것〉 같은 착각을 불러 일으킨다. 그러다
보니 소설 속 내용에 쉽게 빠져든다. 그래서 더 아프고 더 슬프고 더 감동적이다.
주인공 동주의 마음이 되었다가 어느새 미진의 마음이 되어 있다. 1980년대와
90년대에 사랑앓이를 해봤던 중년들이 이렇게 공감할 수 있는 소설이 얼마만인
가? 잠시나마 빡빡한 일상에서 벗어나 찬란했던 젊은 날로 돌아가보자. 작가가
이끄는 시간여행 속으로.

- 독자 | 유리지연맘

웹소설로 호응을 얻었던 〈세번의 거짓 네번째 약속〉이 드디어 책으로 나온다니 너무 반갑다. 사실 누군가를 사랑했던 기억을 돌이켜보면 〈뜨거웠던 감정의 온도〉보다는 〈함께했던 순간의 언어와 약속들〉이 마치 점들처럼 더 오래 남아 있다. 이런 점들을 붙여서 선이되면 감정도 마법처럼 되살아난다. 이 소설은 기억 속의 점들을 이어서 선을 만들고는 감정에 몰입된 독자들에게 끊임없이 질문을 던진다. 사랑하는 누군가를 위해 내 생의 모든 것을 포기할 수 있겠냐고. 독자들이 대답을 위해 잠시 멈추고 사색하는 과정. 그 대답을 찾아가는 길. 비로소 작가의 의도가 여기에 숨어있음을 느낀다. 〈따뜻한 마음으로 채우기〉 위해 읽기 시작했던 나는 결국 〈순수한 마음으로 비우기〉로 마무리했다. 그게 더 사랑에 가까웠고 더 옳았다.

– 독자 | 메이비준

안녕! 동주 선배!

　내 나이만큼이나 늘어진 눅눅한 여름날 이렇게 청춘의 선배를 불러봅니다. 소설을 그닥 좋아하지 않은 내게 선배의 이야기는 신촌 백양로 청송대 캠퍼스 써클... 자석처럼 그렇게 나의 청춘과 만나게 됩니다.

　매일 밤낮을 선배를 동경하고 그리워하고 또 응원하고 원망하며 미진과 함께 보낸 시간들. 세상에 이건 너무 소설 같잖아요!" 정신이 나갔는지 소설을 보면서 소설 같다니요. 아마도 내가 미진이었나 봐요. 미진의 아픈 현실을 소설이라 부정하면서요!

　선배와 미진의 사랑과 그 사랑을 지키기 위한 거짓말들은 내 안에 숨어있던 청춘과 사랑을 흔들며 시작했고 끊임없이 삶의 무게 속으로 선배를 끌어내리는 현실 속에 '김동주'라고 불러주는 미진만 있어도 세상 부러울 게 없던 그 시절 선배를 동경했지요.

　찰나의 사랑의 그 순간이 영원하길 바라며 지낸 철없던 여대생에서 세상에 영원한 건 없다고 단언하는 나이가 되어 버렸지만 80년대 이후 우리들의 자화상 같은 그 시절 아름답게 꽃피워진 정통 로맨스의 이야기를 이젠 스크린에서 보며 가슴 뛰고 싶네요. 가벼운 만남과 쿨한 이별이 요즘이라지만 동주 선배와 미진의 이야기라면 나는 세상 힙한 내 20대 아들과 함께 이런 게 사랑이라 말하며 만나러 갈 거예요.

　마지막으로 동주 선배! 지금도 어디에선가 있을 미진도,,. 또 예전 삶의 무게 속에 경직되었던 선배의 모습... 그 단정함들도... 잠시 잊고 이젠 시시껄렁 의미 없는 농담도 던지며 그렇게 지내시는 건 어떨까요 ?

　스무 살의 나였다면 사랑한다며 왜 그렇게 지켜만 주냐고 원망했을 선배에게 중년의 나는 이젠 그때의 선배에게 감사하단 말을 할 수 있네요.

감사했습니다. 그리고 감사합니다

- 독자 | 느린달

382